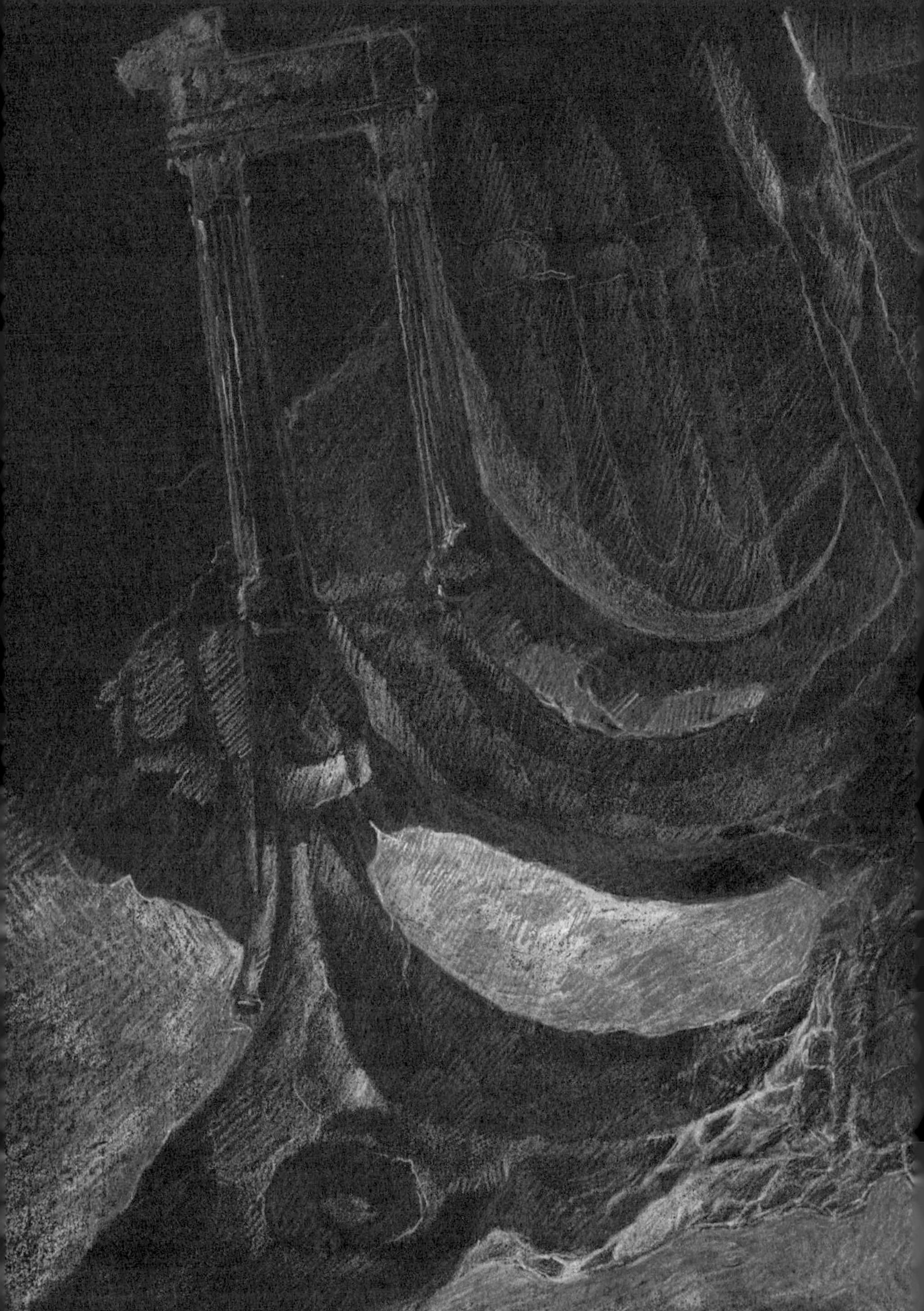

ODYSSEY
II

# 오디세이 2

한율 장편소설

한율 장편소설

# 오딧세이 ❷

발행일
2020년 10월 8일　초판 1쇄

지은이 ● 한율
펴낸이 ● 김종해
펴낸곳 ● 문학세계사
출판등록 ● 1979. 5. 16.　제21-108호

주소 ● 서울시 마포구 신수로 59-1(04087)
대표전화 ● 02-702-1800
팩스 ● 02-702-0084
이메일 ● mail@msp21.co.kr
홈페이지 ● www.msp21.co.kr
페이스북 ● www.facebook.com/munsebooks


ISBN 978-89-7075-964-7 04810
ISBN 978-89-7075-967-8 04810(세트)
CIP제어번호: CIP2020040278

# 오디세이 2

ODYSSEY

한율 장편소설

문학세계사

명봉에게

언제나 우리에게 다가오는

현실의 이야기

## 오딧세이 ● 차례

서문序文

*1*

제1부 전주곡 Prelude

제2부 도화선 導火線

제3부 잠재 반응 潛在 反應

*2*

제4부 대위법 Counterpoint

제5부 열망 熱望

제6부 공명음 共鳴音

제7부 재조합 再造合

*3*

제8부 다 카포 알 코다 Da Capo Al Coda

제9부 순차 진행 Stepwise Motion

*4*

제10부 도약 진행 Skipwise Motion

제11부 잔향 변조 殘響 變調

*5*

제12부 호라티안 오드 Horatian Ode

제13부 아나포라 Anaphora

*6*

제14부 싱굴투스 Singultus

제15부 시창 視唱

*7*

제16부 휘모리

제17부 카덴차 Cadenza

제18부 작가의 후기

## 일러두기

- 본 소설 안에서, 인명, 지명, 장소명, 기관명, 업체명 등이 실제 명칭이거나 실제를 연상시키는 명칭으로 만들어진 예가 부분적으로 존재합니다. 그러나 그 명칭들을 이용하여 만들어진 플롯과 사건들은 실재(實在)와 관계가 없습니다. 본 소설에 나오는 등장인물들과 배경, 사건들은 작가의 상상력에 의해 창작된 것으로서, 모두 픽션(Fiction)입니다.
- 본 소설 속의 외래어 표기 중에서, 실제 외국어 발음에 가까운 원음식 표기의 필요성이 대두된 경우가 간혹 발생했습니다. 따라서 제목 포함 일부는 국립국어원 외래어표기법과 다름을 알려 드립니다.

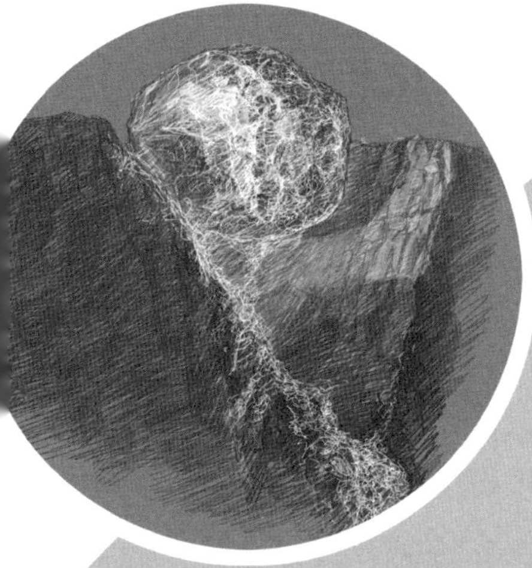

# 2권 차례

제4부 대위법 Counterpoint 13

제5부 열망 熱望 105

제6부 공명음 共鳴音 171

제7부 재조합 再造合 261

제4부

# 대위법
Counterpoint

## 14

"타타타타타타타……타아…… 트트트트트……."

로터 날개의 회전 소음이 점차 낮아지면서 헬기의 고도도 같이 낮아졌다.

"하강 6분 전."

미군 부조종사의 음성이 기체 내에 울리자, 좌우에 일렬로 앉아 있던 가벼운 군장 차림의 군인들 중 한 사람이 헬기 창문 밖을 바라보았다. 가파른 산들이 연이어 솟아 있는 산맥들 틈새에서, 대낮의 날선 각도를 잃은 저녁 해가 벌겋게 녹이 슨 채 뉘어져 가고 있었다. 그 막막한 붉은 원이 시야에 들어오는 듯하자, 같이 편대 비행 하던 미 해병대의 CH-53E 수퍼 스탈리온[1] 특수전 헬기의 시커먼 동체가 곧바로 저녁 해의 자취를 온데간데없이 막아 버렸다.

"담당관님. 하강 준비 해주시죠."

헬기 창밖을 내다보던 소령 계급장의 30대 후반 군인은 비슷한 연배

1 CH-53E Super Stallion **특수전 헬기** 미 해병대의 대형 쌍발터빈 침투수송헬기. 자체 무장을 갖추고 있으며, 항속 거리 2,070킬로미터의 장시간 비행이 가능하다.

의 상사 계급장 부사관에게 넌지시 말을 건넸다. 그 말이 떨어지기가 무섭게 상사는 대원들과 힘찬 복창 구령을 시작하였다.

"우리가 누구냐!!"

"세계 최강!!!!! 천하 제일!!!!! 대한민국 특전사입니다!!!!!"

"다시 말한다! 우리가 누구냐!!"

"안 되면 되게 하라!!!!! 대한민국 특전사입니다!!!!!"

"좋아!! 고글 착용! 탄약 장전!"

철컥철컥 하는 소리가 대원 일동에게서 터져 나오더니, 다시 힘찬 복명 복창 소리가 헬기 내에 메아리 쳤다.

"고글 착용 완료!!!!! 탄약 장전 완료!!!!!"

"이제부터 우리는, 대한민국 특전사의 명예를 걸고, 오늘의 야간 기습 침투 작전을 시행한다. 알았나!"

"예!!!!! 알겠습니다!!!!!"

"하강 3분 전."

부조종사의 지시가 다시 들리자, 담당관-상사가 응대했다.

"하강 3분 전!! 일어섯!!"

대원들은 고개를 끄떡거리며 눈빛으로 서로 간 결의를 다졌다. 모두가 일시에 자리에서 일어났다. 이윽고 헬기가 하강하며 지상 20미터 높이에서 호버링[2]을 시작했다.

"전부 이상 무!!!!! 하강 준비 끝!!!!!"

---

2 Hovering 공중정지.

대원들이 상사에게 보고하자, 미군 부조종사가 조종석 칸막이 너머로 엄지손가락을 치켜세우며, '하강 1분 전'임을 지시했다.

"하강 1분 전."

헬기 뒤편으로 후면 램프 도어Lamp Door가 열렸다.

"하강!!"

"하강!!!!!"

안전 고리 없이 로프를 보호 장갑 낀 맨손으로 잡고 헬기에서 뛰어내리는 공중강습Past Roping이 일제히 시작되었다. 헬기 오픈 게이트 아래로 보이는 산악 지대의 험준함이, 인간의 발길을 허용하지 않으려 날을 세우며 기다리는 듯, 대원들의 육안으로 더욱더 선명히 다가왔다.

25명의 미군들이 오퍼레이터로 모니터 앞에 앉아 있는 넓은 공간의 SFOB[3] 지휘 통제실. 두 장년의 군인이 팔짱을 끼고 서서는 진지하게 서로 대화하며 전면의 커다란 스크린들에 비춰지는 각종 영상들을 분석하고 있었다. 한 명은 미군 대령이고, 한 명은 한국군 대령으로, 서로 간에 긴장감이 형성되어 있는 것이 상황이 녹록지 않음을 보여 주었다. 미군 대령은 이번 공중강습작전의 부대장, 즉 AATFC[4]의 임무를 맡고 있었고, 한국군 대령은 지상전술지휘관-GTC[5]의 책임을 지고 있었다. 미군 대령의 임무는 작전의 총지휘라 할 수 있는 것으로서, 한국

3 SFOB(Special Forces Operational Base) 특수작전부대 작전기지(특전지휘소).
4 AATFC(Air Assault Task Force Commander) 공중강습작전 부대장.
5 GTC(Ground Tactical Commander) 지상전술지휘관.

군 대령의 임무보다 한 계급 높은 것이 일반적이다. 하지만, 한미 연합으로 진행되는 이번 작전 성격상, 지상군에 대한 전술적 통제가 원활하게 이루어짐이 무엇보다도 주요했다. 그런 까닭에, 한국군 특전부대 지휘에 있어 미군 대령은 조언자의 역할로, 권한을 상황에 맞게 제한할 것이 절충안으로서 사전 협의된 상태였다. 협의는 그러하지만, 막상 상황이 닥치면 어떻게 전개될지 모르는 일이고, 책임 소재 부문이나 여러 면에서, 대령들의 원만한 협력이 작전 성공의 중요한 카드가 되어 버렸다. 그러니 이 두 사람 사이에 미묘한 기류가 흐르고 있는 건 당연한 상황이다.

"커널Colonel, 한국군 특전부대의 공중강습이 무사히 끝나고 헬기들은 기지로 이동 중입니다."

항공임무지휘관-AMC[6]를 담당하는 미군 중령이 미군 대령에게 다가와 보고를 했다. 보고를 들은 미군 대령은 고개를 끄덕거리며 명령을 내렸다.

"일단, 침투전 상황에 맞추어 항공 지원의 적절한 타이밍을 캐치해야 하니, 향후 18시간 대기 상태 해 놓도록 하게. 작전 실패 시는 근접항공지원[7]이 필요할지 모르네. 공격항공제대장에게도 임무를 환기시켜 놓도록. 알았나?"

"옛썰!Yes, Sir"

중령이 자리로 돌아가자, 미군 대령은 전방의 스크린을 주시하다가

6 AMC(Air Mission Commander) 항공임무지휘관.

7 **근접항공지원** 아군에게 직접적인 위협을 줄 수 있는 지상 표적을 근거리에서 공중 공격.

옆에 서 있던 한국군 대령에게 말을 걸었다.

"커널 킴, 생각보다 행군 속도가 빠릅니다. 지금까지로만 보면, 시간 내 표적지점에 도달할 수 있지 않을까 기대합니다. 어쨌든 한국군 특전부대의 현 침투로는, 적군의 입장에선 우리의 침입을 전혀 우려하지 않을 만큼 여러 면에서 난코스입니다. 우선 야간 침투 작전이 성립되기에는, 공중강습이 가능한 지형부터 표적지점까지의 아군의 작전상 이동 거리가 너무 깁니다. 적은 우리가 저 지역으로 침투하지는 못할 것이라 자신하고 있겠지요. 덕분에, 적의 대비가 가장 허술합니다. 정보 분석 결과, 암매설된 IED와 전초기지 하나 외에, 표적지점에 도착하기 전 다른 종류의 저항이란 변수가 존재치 않을 것이란 확신을 가질 수 있었습니다. 우리는 적의 예상을 뛰어 넘는 침투로를 고른 것입니다."

스크린에는 두 가지 종류의 대형 영상이 주로 비춰지고 있었다. 하나는, 행군하는 군인들의 모습이 고고도高高度 무인 정찰기와 군사 위성에서 잡은 부감 샷으로 동영상이 비춰지고 있어, 그들의 행태 파악이 용이하게 되어 있고, 다른 하나는, 등고선으로 도식화되어 상황에 맞게 축척이 변화하는 지형도 내에, 이동 간 지나치는 객체-군사적 오브젝트Object들과 행군하는 군인들이 점과 선, 조그만 둥근 원으로 표현되어, 각종 현 상황의 정보들을 실시간 수치화하여 전달하고 있었다. 입체 투시, 가시선 분석, 은-엄폐 분석, 기동로 분석, 경사도, 식생분포도 등이 연속으로 특전대원들의 행군 상황에 맞춰 변화하는 중으로, 진보된 지휘 통제실의 개념을 확실히 구현한다는 목표에 충실하였다.

**커널 킴**이라 불린 한국군 대령은 스크린을 보며, 옆에 서 있는 미군 대령에게 조용한 목소리로 응대했다.

"지금 산악 급속 행군을 하고 있는 32명 2개 중대[8]는, 이번 작전에 맞추어 특별 편제된 정예 중에 정예들입니다. 1개 전술팀-중대의 인원수를 작전에 맞게 재편성했습니다. 특전사 707특임대[9] 요원들이 주축이 되어 있고, 다른 특전대 중에 특별히 뽑힌 우수 대원들과, 미군 측 TACP[10]와의 긴밀한 협력을 위한 공군 CCT[11] 요원 2명이 포함되어 있습니다. 대한민국이 자랑하는 전사 중에 전사들이오."

"도대체 저들의 야간 산악 행군 능력이 어느 정도입니까?"

---

8 여기에서 말하는 '중대'는 일반적인 보병 편제에서의 중대를 의미하지 않는다. 특전부대는 기본적으로 팀 단위로 작전 운용이 이루어지는데, 여기에선 본 작전에 필요한 특별 편제의 단위를 별도로 호칭하는 것이다.

9 **특전사 707특임대(특수임무대대)** 대한민국 육군 특수전사령부 소속으로 특전사 내에서 선발된다. 707 특임대는 1개의 고공 지역대와 1개의 해상 지역대, 2개의 특공 지역대로 구성되어 있으며, 수십 개의 팀으로 세부 이루어져 있다. 특수전, 대테러전을 주임무로 한다. 대한민국 특전사 중에 특전사이다. 배치 지역 및 훈련 방식 등은 1, 2급 기밀로 유지되고 있다.

10 TACP (Tactical Air Control Party) 전술항공통제반

11 공군 CCT(Combat Control Team) 대한민국 공군 전술공정작전팀의 약자이다. '공정통제사'라 불리는 임무를 가지며, 부대 구호는 'First There, Last Out'으로 전시에 가장 먼저 적지에 들어가고, 가장 마지막에 빠져나온다는 의미이다. 공군 내 최정예 요원들로 이루어지며, 폭격기, 수송기를 정확한 위치로 관제하고, 특수전 시에 물자, 병력의 침투 지점 등을 유도한다. CCT는 위험한 임무를 수행해야 하는 만큼 인간의 한계를 넘나드는 모든 종류의 특수 훈련 과정을 통과해야 한다. 항공 관제, 고공 낙하, 스쿠버, 통신, 폭파, 야전 기상 관측, 생환 등 1년이 넘는 기간 동안의 자체 훈련은 물론, 육군 특전사 707특임대 훈련, 해군 수중폭파반(UDT) 훈련, 해병대 산악 레펠 훈련 등 무려 2년 간의 특수 훈련 기간이 필요하다. 한미 합동 작전에서, 주로 미군들과 활동하는 일이 많아 영어에 능통해야 하며, 정식 CCT 대원이 되기까지 평균 5년이 걸리는 전문화된 소수정예 특수부대이다.

가파른 산비탈을 헤치며 거의 뛰어가다시피 하는 한국군 특전부대의 모습들에, 미군 대령은 거의 경이스러워 하는 표정마저 보이며 질문을 계속했다.

"일반 보병의 주간 전술 행군 속도를 빨라야 시간당 4~5킬로미터 정도로 잡지만, 며칠 간 하는 장거리 행군이 아닌 경우, 저들은 보통 두 배의 속도로 이동할 수 있습니다. 야간이란 조건에서의 속도 감소를 생각하면, 40킬로그램 완전 군장시에 야간 산악 행군 속도가 지속적이진 않지만 시간당 5킬로미터에서 6킬로미터까지 가능합니다. 지금같이 최대한 짐을 줄인 평균 17킬로그램의 군장을 맨 경우, 충분히 시간당 8킬로미터 이상까지도 가능하다고 보고 있습니다. 이들에게 17킬로그램의 군장은 아마 등에 날개 단 것 같을 것이오."

"흐음. 시간당 야간 산악 급속 행군이 8킬로미터 이상도 가능하다고……." 미군 대령은 스크린을 유심히 보며 혼잣말하면서, 한국군 대령의 설명에 한편으론 귀 기울이고 있었다.

"30킬로미터의 급속 행군, 장애 지역 통과하며 5킬로미터 행군, 전초기지 점령 및 임무지원지점의 확보, 7킬로미터 급속 행군, 표적지점의 침투 및 03시 40분 경의 타격 완료, 그리고 다시 7킬로미터 일반 행군, 전초기지에서의 05시 30분 경의 헬기 철수 예정까지 저들의 능력에 맞추어 시간대가 계산되어 있습니다. 그러니 새벽에 동틀 무렵이 되면, 저들은 후송 헬기에 편안하게 몸을 실을 수 있을 겁니다."

한국군 대령은 잠시 말을 끊더니 입가에 미소 지으며 설명을 더해 나갔다.

"한국군 특전부대는 천리침투훈련(천리 행군)이란 것을 합니다. '천리'란 약 400킬로미터 정도의 거리를 말하는데, 사실 지도상의 거리이기 때문에 실제로는 더 됩니다. 이것을 1980년대 초반에는 무박無泊 4일에 한 적이 있습니다. 내가 경험한 것으로도 '지리산 천리침투훈련'이 있는데, 하루에 100킬로미터씩 40킬로그램 완전 군장을 매고 산악도로를 연결해서 행군해야 했지요. 잠잘 시간, 밥 먹을 시간도 없었고, 행군 중에 생쌀을 씹기도 하고 전투 식량을 먹으면서 걸었습니다. 다리 관절이랑 발바닥이랑 이루 말할 수 없는 통증이 몰려 듭니다. 그런 강행군을 했습니다. 그러다 86년에 무박 6일간으로 기간을 연장하였고, 90년 이후부터는 9일간으로 기간이 다시 연장되었습니다."[12]

미군 대령은 한국군 대령의 말을 묵묵히 경청하더니, 혼자 고개를 끄떡거리며 생각에 잠겨 전방의 스크린을 쳐다보았다.

"잠시 행군 정지!"

"행군 정지!!! 행군 정지!!!"

선두에서 행군을 이끌던 첨병이 행군 정지를 이끌었다. 30킬로미터에 가까운 거리를 4시간의 야간 산악 급속 행군으로 해낸 그들이었다. 어두운 밤, 시각은 22시25분을 가리키고 있었다. 행군이 정지되자, 바로 첨병 뒤에 서 있던 한 대원이 중대장-소령에게 보고하기 시작했다.

---

12 2014년 10월부터 천리침투훈련은 무박 7일로 기간이 바로 직전보다 줄어든다. 본 대화의 시점은 2010년의 때를 기준으로 한 것이다.

"여기는 3-3-4, 0-2-2, 확인점 C. 이 지점부터는 대원 각자가, 지급된 개인용 야간 투시경을 착용하라 작전 명령서에 되어 있습니다."

"그런가? 오히려 행군에 거추장스러울 뿐일 텐데. 오늘 같은 달빛 정도면 육안으로 상황을 판단할 수 있게 우린 훈련되어 있잖아. 지형에 관한 암기는 우리한텐 기본이야."

소령 옆에 다가온 정작(정보 작전) 담당관-상사가 두 사람의 대화를 듣더니, 소령과 대화하던 대원에게 개인적으로 말을 시켜보고는, 이번엔 자신이 소령에게 의견을 개진했다.

"중대장님. 앞으로 500미터 지점부터 매설 지뢰 및 급조 폭발물(IED)[13] 50여 점이 매립되어 있다고, '공정 통제사'가 지금 말하고 있습니다."

"공정 통제사? 아! 공군 CCT에서 오는 친구들을 통제사라 하지. 맞아. 담당관님, 성 중사가 그걸 어떻게 안다고 합니까?"

"지급된 PRE[14]에 정보가 입력되어 있다고 합니다. 어쨌든 상황이 그러하니 김 대령님에게 보고해서 지휘를 받는 것이 좋을까 합니다."

"알았어요. 내가 지금 보고하지요."

"김 대령님. 1중대장에게서 보고가 들어왔습니다."

동양계 미군 병사가 한국군 대령에게 한국어로 보고하며 헤드셋을

---

13 급조 폭발물(IED : Improvised Explosive Device) IED는 이라크에서 미군에게 많은 피해를 주었으며, 2007년 이후엔 아프간에서도 IED 공격으로 미군 피해가 급증하고 있다.
14 PRE(Positioning Reporting Equipment) 위치 정보 접속 장치. 군사용 네비게이션.

건네었다. '김 대령'이라 불린 이는, 미군 병사의 유창한 한국어에 잠시 친근감을 나타내다가, 곧바로 헤드셋을 끼고 중대장과 연락을 취했다.

"1중대장. 수고가 많아. 그래 무슨 일인가?"

"필승, 대령님. 확인점 C부터는 야간 투시경을 전원 착용하라 되어 있는데, 굳이 그럴 필요가 있겠습니까? 오늘 기상 조건으로 봤을 때, 이 정도 달빛이라면, 계속 급속 행군할 수 있을 것입니다. 야간 투시경을 쓰면 상당히 거추장스러워서 행군 속도가 늦어지지 않을까 염려됩니다."

김 대령은 잠시 생각하다가 옆에 서 있는 미군 대령에게 지금의 상황을 설명했다. 미군 대령은 일단 듣기만 하다가 알겠다는 듯 고개를 끄덕이며 말했다.

"커널 킴. 전원 착용하라 명령해 주십시오. 단순한 야간 투시경이 아닙니다. '증강현실'로 모든 군사적 오브젝트에 대한 정보가 투시경에 투영되게 되어 있습니다. 앞으로 다량의 IED가 나타날 거예요. 그걸 일일이 제거하며 가기에는 시간이 없습니다. 안전하게 피해 갈 수 있게 설계되어 있습니다. 눈의 피로도 부분에 있어서도, 지장 없을 정도로 진보되어 있습니다. 믿으라고 하세요. 그것도 친절하게 한국어로 번역까지 해 놓았습니다."

미군 대령이 입가에 미소까지 걸면서 설명하자 김 대령은 뭐라 하지 않고 곧바로 1중대장에게 착용을 명령했다.

"전원 착용하게. 그리고 2중대장 최 대위에게 말해서, 2중대 16명은 확인점 D까지 암벽을 슬랩Slab 등반[15]으로 올라 우회하여 합류하도록 하게. 확인점 D부터 다시 1중대와 2중대는 연결 작전을 하는 거야. 알았나?"

"예. 알겠습니다! 필승!"

1중대장과의 통신이 끝나자, 옆에서 한국계 미군의 통역을 듣던 미군 대령이 의아해하며 김 대령에게 질문했다. "왜 2그룹은 암벽을 타게 하는 겁니까? 그곳은 작전에는 없는 지역인데?"

"가령 1중대가 예정대로 행군하다가 지뢰나 급조 폭발물에 당하면 작전에 차질이 생길 수 있습니다. 그렇다면 2중대만의 단독 작전이 필요하겠지요." 김 대령의 짤막한 답변이다.

"우리를 안 믿으시는 군요……."

미군 대령에게 언짢아 하는 표정이 나타나자, 김 대령은 얼굴 전체로 부드러운 미소를 지으며 말을 이어갔다. "안 믿는 것이 아니고, 첨단 장비도 에러가 날 수 있지 않겠습니까? 노파심에 그러는 것일 뿐입니다."

"그런 그렇고 야간에 암벽을 탄다? 너무 무리수가 아니겠습니까?" 미군 대령의 말투에는 이제 시비조가 섞여 나왔다.

"가능합니다. 암벽을 슬랩 등반하는 것은 가능합니다. 경사도나 높이가 괜찮습니다. 암벽 라펠Rappel[16]은 힘듭니다만, 다행히 저 지형은 올라가다 우회로로 합류하니 시도해 볼 만합니다." 감정 없는 말투로

---

15 **슬랩 등반** 장비 없이 암벽을 맨몸으로 오르는 것.
16 **암벽 라펠** 암벽을 줄을 타고 내려오는 것.

자신의 명령 사항에 대해 설명만을 하는 김 대령이었다.

"단안식도 아니고 쌍안식으로 되어 있는 것을, 몇 시간이고 쓰라는 게 좀 이상하지 않은가? 요즘 누가 쌍안식을 쓰나."

소령은 고개를 갸웃거리며 지급된 야간 투시경을 어둠 속에서 이리저리 달빛에 비춰 보았다. 헬멧에 장착하게 되어 있는 일반적인 야간 투시경과는 달리, 스노우보드 고글처럼 탄력있는 밴드로 머리 둘레에 끼우는 식의 부착 스타일에, 생긴 것도 얼핏 보기엔 고글과 비슷해 보이는 투시경이었지만, 디자인된 매스Mass 자체가 섬세해 고글보다 훨씬 날렵하게 양 눈 주위에 달라붙어 착용감이 뛰어났다. 복잡한 기계임을 암시하는 표면의 미세한 요철들과 양 눈을 의식해서 렌즈 부분이 쌍안으로 나뉘어져 있는 점이, 스노우보드 고글하고는 분명히 달랐다. 소령은 눈에 부착하고는 전원 스위치를 눌렀다.

"야! 이거 물건인데. 화면이 깨끗해. 눈에 거슬리는 것도 없고. 전부 한 번 써 보라고."

소령의 말에 대원들 모두가 야간 투시경을 착용했다.

"중대장님. 행군하는 데 생각만큼 큰 지장을 받을 것 같진 않습니다."

상사가 말하자 소령이 맞장구 치며 대답했다.

"맞네요. 담당관님. 미국 애들 기술이 좋네요. 하여튼 다시 행군을 시작합시다. 01시 30분 이전에 표적지점에 도달하는 것이 좋겠습니다."

"알겠습니다. 자! 모두 일어섯! 행군을 다시 시작한다! 출발!"

SFOB 지휘 통제실, 대령 두 사람은 잔뜩 긴장한 얼굴로 스크린을 보고 있었다. 두 화면으로 분할된 위성 영상 스크린은, 급조 폭발물(IED) 지역을 저속도 행군을 하며 이동하는 1중대와, 암벽 위를 오직 손과 다리, 발만 가지고 기어 올라가고 있는 2중대의 모습을 비추었다.

"커널 킴. 아무래도 시간이 지체되는 느낌이 강하군요."

미군 대령은 옥수수수염 색깔의 콧수염을 만지작거리면서 옆에 서 있는 김 대령에게 말을 걸었다. 김 대령도 굳은 얼굴로 팔짱을 끼고는 스크린을 응시하며 대답했다.

"어찌했든, 확인점 D에서 합류한 이후, 확인점 E-서남부 전초기지에 대한 거점 확보, 그리고 표적지점에의 도달까지, 01시 20분부터 01시 40분 사이 완료된다고 보고 있습니다."

"두고 봅시다. 하여튼……."

미군 대령은 무슨 말을 더 하려다가 그냥 입을 다물어 버렸다.

"이거 어떻게 발견해 내는 거지? 담당관님. 이거 참 신통하네. 신기하지 않아요?"

소령은 행군 간 앞서서 가는 상사에게 낮은 목소리로 말을 걸었다.

"공정 통제사의 PRE에 있던 정보와 동일한 것으로 보아, 지금 발견해 내는 것이 아니고, 미군 측에서 미리 입력해 놓은 것이 틀림없습니다. 미리 예상하고, 매설 지뢰와 급조 폭발물 위치들을 좌표로 입력해 놓은 것입니다. 그 위치들을, 이동 간에 거리까지 연동하여 투시경 영상에 나타내 주는 것입니다."

상사는 행군 중에 혹시라도 발걸음 박자가 늘어질까 주의하면서 소령 곁으로 와 대답했다.

"그렇네. 미군들이 미리 알고 했다……. 어떻게 알았지? 화학 약품으로 지면에 위치를 표시해 놓고 투시경에 나타나게 한 것이라면, 미군이 미리 여기에 들어와 위치를 탐지했다는 증거라도 되지만 그것도 아니고, 사실, 미군이 여기까지 잠입할 수 있었다면 우리의 투입을 한국 측에 요청하지도 않았을 것이고. 어떻게 IED의 위치를 사전에 알고 있을 수 있다는 거지요?"

"잘 모르겠습니다. 그렇지만, IED의 위치를 정확하게 포착하고 있습니다."

상사는 짤막하게 대답하며 행군하는 대원들에 정신을 집중하는 모습이었다. 소령은 그런 상사에게 계속 낮은 목소리로 말을 걸었다. 그는 지금의 의문 사항이 영 이해되지 않아 생각이 정리되지 않은 것이 분명했다.

"군사 위성에서도, UAV[17]로도, 지뢰 매설 지역의 통합적 예상 정도지, 이런 식의 하나하나 잡아 내는 객체 좌표 추적은 아직은 탐지가 불가능한데……. 이글 스캐너 장비가 야간 투시경에 내장된 거라 보기에는, 이렇게 빠른 행군 속도에 맞춰 실시간으로 위치가 나타난다는 것은 말이 안 되는 얘기고……, 이런 이글 스캐너[18]가 있다면 미군이 IED 때문에 아프간에서 속 썩을 일도 없을 거고……, 신기하지 않아요?"

17 UAV(Unmanned Aerial Vehicle) 무인 정찰기.

“저는 잘 모르겠습니다. 더 알고 싶지도 않고, 빨리 이 지점을 벗어나고 싶기만 합니다. 중대장님.”

소령은 상사의 다소 무뚝뚝한 대답에, 자신도 더 이상 입을 열지 않고 행군을 계속해 나갔다. 2.5킬로미터 정도 전진하였다. 야간 투시경의 영상에, ‘지뢰와 IED의 위치, 경고’ 자막이 사라지고, ‘안전’이란 한국어가 갑자기 나타났다. 연이어, ‘확인점 D 도착. 2.2km 1시 방향 직진. 확인점 E-전초기지’란 안내어가 증강현실로 투시경 화면에 보여졌다. 그 안내문이 뜨는 순간, 16명의 1중대원은 일제히 급속 행군을 하기 시작했다. 500미터 정도 뛰어가니 먼저 가던 2중대와 합류하게 되었고, 32명 전원은 확인점 E-전초기지에 대한 야간 침투 작전을 준비하였다.

전초기지에 도착한 시각은 23시 43분이었다. 어둠 속 달빛에 어슴푸레 모습을 드러낸 전초기지는, 완만한 경사의 산등성이에 세운 토담집 두 채로 이루어져 있었다. 토담집들은 토벽과 얼기설기 얽은 목재, 합판으로 이루어진 초라한 모습이었다. 모래주머니로 보강된 참호가 토담집 주위를 둘러치고 있고, 그 바깥으로 은폐, 엄폐가 불가능하게 그나마 얼마 있지도 않은 말라비틀어진 나무와 수풀들을 전부 잘라 버린, 황폐한 민둥성이의 완경사지가 넓게 펼쳐졌다. 따라서 적 참호병

18 이글 스캐너(Eagle Scanner) 무선 주파수를 송출해 반사되는 신호를 측정, 표적의 이미지를 스크린에 재현하는 휴대용 단말기 크기의 첨단 장비이다. 특히, 콘크리트 벽 뒤에 숨은 사람의 움직임이나 사물을 투시할 수 있으며, 땅굴과 도로에 매설된 폭발물의 형태도 시현할 수 있다.

의 사방 경계가 수월할 것임이 느껴지므로, 행군 방향으로, 시야가 트인 낮은 지역에서의 접근이 용이치 않음을, 대원들은 한눈에 알 수 있었다. 그때, 야간 투시경 영상에 '참호내 3인, 기지내 5인'이라는 정보가 투영되더니 이내 사라졌다.

"저격수가 필요합니다. 산등성이 우측 절벽으로 잠입해서, 기지 위로 올라가 배후에서 참호 내 3인을 사살하고, 그 사이 우리는 낮은 포복으로 기지에 접근하다가, 저격이 완료되면 일시에 기지로 잠입하여, 내부에 있는 5인을 사살해야 될 것입니다. 참호 자체는 은폐가 비교적 허술한 편입니다. 공용 화기가 놓인 부분은, 외부에서 보기에도 확실히 표가 날 만큼 모래주머니가 높이 쌓여져 있고, 모래주머니의 벽 높이를 생각하면, 참호 자체의 깊이는 1미터 정도로 얕게 판 것이 틀림없습니다. 따라서 저격수의 위치를 비교적 낮게 가도, 저격 대상 포착이 가능합니다. 어떠한 신호나 총격음으로 적이 상황을 주변에 알리지 못하게 하라는 작전 명령이니, 적들이 눈치채기 전에 그들을 제거하는 것이 중요합니다. 사실 그래야지 우리의 안전도 보장됩니다." 상사가 소령에게 자신의 의견을 말했다.

"좋습니다. 이번 전술팀 구성은 화기 주특기 대원을 대폭 보강했는데, 마침 잘됐습니다."

소령도 동감이라는 듯이 고개를 끄떡거리고는, 2개 중대에 있는 화기 대원 8명 중 4명을 저격수로 골라내었다. 이들은 임무를 부여받자마자 어둠 속으로 사라졌다. 나머지 대원 28명 중 10명은, 정작 담당관-상사의 지휘하에, 낮은 포복으로 전초기지가 있는 완만한 경사지를 기어가기 시작했다. 그들 사이로 가끔가다 흙먼지 회오리바람이 올라가면서 모습들이 서로 간 시야에 완전히 묻혀지곤 했다. 40분 정도 경과하자 참호 내 3인의 적은 사살됐으며, 야간 투시경으로만 인식되는 열적외선 그린 라이트로, 이 상황을 전초기지 위편에서 저격수들이 알려 왔다. 작전에 투입된 대원들은 이 신호를 보자마자 기지 안으로 잠입하고는, 기지 내 토담집의 출입문과 창문을 소리 없이 따낸 뒤, 안에 있는 5인을 K-7 기관단총[19]으로 사살했다. 정확히 가슴에 두 발, 미간에 한 발씩이었다. 정적 속에, 적이 느낄 수 있는 일체의 소음도 발생하지 않았으며, 따라서 적 제거는 완벽한 성공이었다. 전초기지에 대한 침입 사살 작전에 걸린 시간은 총 50분, 전체 작전 시간으로 봤을 때는 상당한 지연이 이루어진 셈이다. 작전 완료 후, 시각은 이미 00시 38분을 가리키는 상황에서, 표적지점까지의 남은 거리는 7킬로미터 정도였다.

전초기지에는 체력 소모가 컸던 저격수 대원 4명이 지원조로 남아, 임무지원지점으로서 철수가 이루어질 때까지의 거점 확보 임무를 완수해야 한다. 헬기 철수는 바로 이 전초기지에서 이루어질 예정이었다. 대원 28명은 일제히 어둠 속을 헤치고, 전초기지 뒤 가파른 산등성

19 **K-7 기관단총** 2001년에 실전 배치된 국산 화기. 기관단총의 전체적인 외형은 K-1a 기관단총과 비슷하다. 빗물, 흙탕물 등에 강한 내구성을 가져 악조건에서의 신뢰성을 높이 평가받았다. 한국 산악 지형에 맞춰 휴대가 간편하며 특수전 용으로 발사 소음을 최소화했다. 소음기는 총신과 일체형이다.
종류: 소음기 내장형 기관단총/ 무게: 3.40킬로그램/ 구경: 9밀리미터/ 전장: 620-800밀리미터/ 유효사거리: 100~150미터

이를 뛰어 올라갔다.

"굿잡! 브라보!"

미군 대령은 위성 영상 스크린을 통해 현지의 작전이 훌륭하게 성공함을 보고, 오른손을 불끈 쥐며 자기 직속 대원들이 해낸 것처럼 흐뭇해했다. 김 대령은 군인으로서의 동질감이 어린 미군 대령의 눈빛을 흘낏 쳐다보더니, 다시 전방의 스크린을 주시하며 고개를 끄떡거렸다.

"이제 00시 40분인데, 표적지점 도착 시각은 정확히 언제가 되겠습니까?" 미군 대령은 잠시 잠깐의 흥분 상태를 곧바로 가라앉히면서 김 대령에게 질문을 던졌다.

김 대령은 01시 40분 전까지는 충분히 도착할 것이라고 짤막히 대답했다. 그리고는, 자신이 궁금하던 것을 이 기회에 다 물어보겠다는 의도를 노골적으로 나타내며, 작정하고 질문하는 태도로 연이어 넘어갔다. '난, 거리낄 게 없다.'는 표정이 그의 얼굴에 쓰여 있었다.

"작전 지역이 북 와지리스탄North Waziristan주 내인 것은 알고 있는데, 왜 아프가니스탄이 아닌 파키스탄 영토에 속한 와지리스탄이 지목된 겁니까? 물론, 대충 상황은 알고 있긴 하고……, 으음, 어쨌든, 이 지역에 대한 정세 파악을 더 확실히 해놓는 것이, 우리 부대의 작전 수행에 도움이 되는 면이 있지 않을까 하는 생각이 듭니다만."

미군 대령은 김 대령을 잠시나마 물끄러미 바라보았다. '뭐, 어때.'라는 기분이 드는지 싱긋 웃으며 시원하게 말해 주기 시작했다.

“이 와지리스탄이 파키스탄 서북부에 있다고는 하지만, 파키스탄 정부의 통치 범위를 벗어난, 사실상의 치외법권적인 지역입니다. 파키스탄 소수종족연방보호지역(FATA: Federally Administered Tribal Area) 중의 하나인데, 파키스탄-탈레반운동(TTP: Tehrik-i-Taliban Pakistan)의 중심지이지요. 우리는 남북 와지리스탄 중에서도, 남 와지리스탄South Waziristan주에 탈레반이 더 많이 집결하고 있다고 분석하고 있습니다. 하지만, 이번 작전 지역은 북 와지리스탄입니다. (미군 대령은 뭔가 얘기를 덧붙이려 하다가 생각하는 눈치를 잠시 보이더니 답변을 계속했다) 탈레반의 대다수가 파슈툰Pashton족입니다. 아프가니스탄 인구 3천 3백만 중 1천 4백만이라는 다수를 차지하고 있고, 파키스탄 인구 1억 8천 중 2천 7백만 가량 되는 큰 부족입니다. 이들 파슈툰족은 60여 개의 소수 부족으로 또 나뉘어지는데, 그중에서 와지리스탄에 거주하는 파슈툰 산악 부족, 즉 와지르Wazir족과 마흐수드Mahsud족은, 역사적으로 알렉산더대왕의 정복 전쟁, 무굴제국, 대영제국, 소비에트 연방의 침공을 다 이겨낸 부족입니다. 아주 전투적인 부족입니다. 파키스탄에도, 아프가니스탄에도, 어디에도 속하기 싫어하는 별종들이지요. 용맹하고, 투쟁적이고, 유혈 사태도 종종 일으키고, 정상적인 방법으로 다스린다는 것은 거의 불가능합니다. 윈스턴 처칠도 『말라칸드 야전기』에서, ‘영국군이 절대로 평정할 수 없다.’고 말했습니다. 18세기 초까지만 해도, 지금의 아프가니스탄과 파키스탄 서북부에 걸친 지역이 파슈툰족의 영토였습니다. 그러다가 19세기 중엽에 대영제국에 의해 둘로 나뉘게 되지요. 그후 20세기 중반까지, 한 1백 년 동안을 영국은 와지리스탄을 진압하려고 했지만, 결국 실패로 끝나게 됩니다. 파슈툰족 중에서도 가장 골치 아프게 구는 와지르 부족과 마흐수드 부족의 정벌을 포기한 거지요. 그래서, 1947년 파키스탄에게 이 지역을 양도합니다. 파키스탄 정부 입장에서도, 이 와지리스탄은 영국의 성가신 유산이라 할 수 있습니다. 지금까지도, 파키스탄과 아프가니스탄 사이의 험준한 산악 지역을 가로지르는 국경선이, 양쪽으로 나뉘어져 살고 있는 파슈툰족끼리의 사사로운 왕래를 막지 못하고 있습니다. 그런데, 2001년 미국이 아프가니스탄 탈레반 정권을 무너뜨리자, 탈레반이 이 와지리스탄 지역으로 들어와 본거지를 삼았습니다. 저항 세력의 중심 지역이 된 것입니다. 이게 골치 아프니까 파키스탄 정부에서도 토벌 작전을 폈었는데, 결국 실패하고, 뭐……, 하여튼 우리 미국 입장에서도 머리가 아픈 곳입니다."

"그러면 왜 미군이 직접 와지리스탄에 들어가질 못하고 있습니까?"

"사실, 어쨌든 이 와지리스탄의 탈레반화를 막기는 막아야, 우리의 아프가니스탄에서의 작전들이 순조롭게 되는데 이게 쉽지가 않습니다. 우선 파키스탄 정부의 반발이 심해요. 새로, 아시프 알리 자르다리 정권이 출범한 후에는, 미군 헬기가 자국 영공을 침범한다며 비난을 퍼붓고 있고, 특히 탈레반 소탕을 위해 파키스탄 국경을 월경해서 작전한 프레데터[20]의 와지리스탄 공격이 좋지 않았습니다. 파키스탄의 반미 정서 확대는 물론, 대테러전 연대에서의 탈퇴까지 고려하게 만든

20 프레데터(Predator) 무인 정찰 공격기.

형국입니다. 그러니 미국으로서는 함부로 군사 행동을 와지리스탄에 단행할 수 없는 일이고……, 탈레반 진지에 대한 스텔스 전폭기의 벙커버스터[21] 공격도, 작전 목표 달성이 성공한다는 보장도 없고, 그후에 펼쳐질 수 있는 파키스탄 정부의 대테러전 연대 탈퇴를 예상하면, 외교적으로 득보다 실이 많아 고려치 못합니다. 사실상, 파키스탄 국경 일대에서 표면화된 작전을 벌이는 일은, 일정 기간 불가능할 것으로 보입니다."

"그러면, 왜 펜타곤은 한국군에게 특수전 요청을 한 것입니까? 간곡한 요청이었다고 전해 들었습니다."

"어쨌든 와지리스탄의 탈레반 세력을 약화시키긴 해야 하니까요. 계속적으로 와지르 부족과 마흐수드 부족의 탈레반화가 진행되고 있습니다. 더 늦어지면, 와지리스탄을 중심으로 해서 탈레반이 서쪽으론 아프가니스탄을……, 이미 그 위험성이 보여지고 있지요. 이 와지리스탄과 인접한 아프간 북동부, 코렌갈 계곡Korengal Valley에서의 미군의 고전을 못 들어보셨습니까? 바로 탈레반이 세력을 키운 뒤, 아프간 국경을 넘어 미군을 괴롭히고 있습니다. 이러다간, 아프간 수도 카불까지도 위험합니다. 그리고 동쪽으로는, 탈레반이 파키스탄의 탈레반화를 노린다는 첩보도 있습니다. 파키스탄은 핵 보유 국가입니다. 그

21 GBU-37(Guided Bomb Unit-37) 벙커버스터(Bunker Buster) 미국의 레이저 유도 폭탄으로, 공중 투하한 뒤 지상에서 곧바로 터지지 않고 두께 6미터 이상의 바위를 뚫고 동굴 안에서 폭발하도록 설계되어 있다. 벙커 버스터, 즉 벙커 파괴자란 뜻으로, 걸프 전쟁 시 이라크의 지하벙커 공격용으로 개발한 GBU-28탄을 개선한 것이다.

런 이 나라가 탈레반 국가가 된다고 생각해 보면, 미국이 기분이 좋겠습니까? 그런데……."

미군 대령은 말을 하다가 잠시 눈살을 찌푸리더니, 대화를 중단하려 했다. 김 대령은 상황을 더 파악하고 싶어 계속 질문을 던졌다. "내게 말해 주실 것이 있으면 속시원히 말씀하시지요. 나도 명예를 아는 군인입니다."

미군 대령은 흘깃 김 대령의 얼굴 표정을 살피다가 씩 웃으며 말을 이어갔다.

"와지리스탄의 탈레반화를 막아야 한다는 것은 미국의 불변의 목표입니다. 그것도 미국 입장에서는 시간이 많지 않아요. 그런데 뚜렷한 방법은 사실 없습니다. 미군은 오래전부터 지상전에 관한 전략 전술에 있어, 지상군이 들어가기 전, 항공 전력 타격에 의한 적의 지상 전투력 소모, 즉 적 전쟁 수행 체계의 마비가 기본 목표였습니다. 병력 수송은 차량이나 항공 전력에 의존하는 빠른 기동 작전을 세워 왔구요. 그러나 이 와지리스탄은, 파키스탄 정부의 입장 때문에, 공군이나 기타 항공 전력에 의한 작전이 사실상 불가능합니다. 그에 따라 미군의 주요 전략적 목표 달성이 모두 불가능해져 버렸습니다. '딥 씨, 딥 컨트롤, 딥 스트라이크(Deep See, Deep Control, Deep Strike)'[22]의 무기 체계가 발이 묶인 겁니다."

---

22 Deep See, Deep Control, Deep Strike '종심 깊게 보고, 깊숙이 통제하며, 깊게 타격한다'는 뜻으로, 걸프전 이후의 무기 체계가, 항공기나 배, 탱크 같은 탑재 수단에서 정보와 타격 중심으로 진보되어 감을 의미한다.

"미군도 답답하겠네요."

"그렇지요. 거기에 이 와지리스탄은 굉장히 험준한 산악 지형입니다. 설령, 파키스탄 정부가 와지리스탄 내의 작전을 허용한다고 해도, 산악 지형 때문에 우리 미군은 대단히 고전할 것입니다. 계곡의 폭이 너무 좁아 항공 전력, 즉 무인기나 스텔스기에 의한 정밀 폭격의 성공을 장담할 수가 없고, 따라서 지상군도 산악 지형에 애를 먹을 겁니다. 그렇다고 지금의 미국 입장에선 예산 문제 때문에 대규모 파병도 기대할 수 없습니다. 그러니, 우선 가장 좋은 결과가 나올 수 있는 쪽으로 차근차근 문제를 풀어 나가야겠지요? 해답은 대단히 제한된, 그야말로 환부를 메스로 도려내는 듯한, 외교적으로도 묻어 버릴 수 있는 은밀한 침투 작전, 비정규전입니다. 탈레반의 중추적 두뇌들을 비밀리에 제거하면, 나머지 팔다리들의 힘이 사라질 것은 기대해 볼 만하지 않겠습니까? 따라서, 펜타곤 입장에선 첫째로, 산악 지형에서의 작전 능력이 탁월하고, 둘째로, 어떠한 지원이 없어도 작전을 성공시키겠다는 의지가 강인하게 불타는, 극도로 험악한 조건 하에서의 비정규전을 수행할 수 있는 부대가 필요했던 것입니다."

"그래서 한국군 특전부대에 대한 파병 요청을 극비리에 한 것이구요?"

"그렇습니다. 이제 궁금한 문제들이 다 풀렸습니까?"

미군 대령은 살피듯이 가늘게 두 눈을 뜨면서 김 대령을 쳐다보았다.

"예. 이제 상황을 다 알겠습니다. 말씀해 주셔서 고맙습니다."

김 대령은 다시 정색을 하며 전방의 스크린을 주시했다. 스크린에는, 급경사를 뛰어올라 가는 대한민국 특전대원들의 모습이 부감으로 화면 가득히 보여지고 있었다.

"바그람 기지는 잘 진행됩니까?"

스크린 영상을 주시하던 미군 대령이 갑자기 아프간 한국군 기지에 대한 질문을 했다.

"기지가 안정화되기 전에 탈레반의 로켓포 공격을 받고 해서 우려들을 많이 했는데, 이제는 잘 돌아갑니다. 미군의 도움을 많이 받았습니다."

김 대령의 말에 미군 대령은 싱긋 웃으면서 친밀감을 나타냈다. 두 사람 사이엔, 작전 초기에 흐르던 딱딱한 긴장감이 많이 누그러진 상태였다.

"아버지가 베트남전 때 미-한 간의 연락 장교였습니다. 그래서 난 어릴 때부터 한국군에 대한 아버지의 이야길 많이 듣고 자랐습니다."

"아! 그렇습니까? 아버지에 이어 아들도 한국군과 같이 작전을 하게 되는 것이니, 한국과 인연이 많은 집안인 모양입니다."

"나도 한국에서 파견 근무를 2년 했습니다. 포항 캠프 무적(Camp Mujuk, 무적 기지)에서 한국 해병대하고 같이 있었습니다."

"그렇습니까? 한국을 잘 아시겠네요."

"잘 안다고 할 정도는 못 됩니다. 2년 근무한 것 가지고 뭐 잘 알겠습니까? 한국 음식이 뭐, 뭐가 있는지, 주왕산의 산세가 기가 막히다는 것, 한국 해병대 훈련이 정말 만만치 않더라는 것, 그런 것들을 조금 압니다."

"주왕산 자주 가보셨나 봅니다."

"한 달에 두 번 정도는 산을 타곤 했습니다. 계곡과 폭포가 정말 좋은 산입니다. 머리 식히려고 자주 갔습니다."

"한국에 대해 잘 아시는데요. 그 정도면 미군 내의 한국통이라고 하셔도 되겠습니다."

"하하하. 뭐, 그 정도는 아닙니다. 다만, 어릴 때부터 베트남전 때의 한국군에 대한 얘기들을 많이 듣고 자라, 한국에 친숙함을 느낀 것은 사실입니다. '난 걔네들이 항상 내 6시[23]를 맡아 주길 바랬다!' 하시면서 아버진 껄껄 웃곤 하셨지요."

아버지 이야기를 마친 미군 대령 얼굴엔, 소년 시절의 기억 속에서 자연스레 떠올려진 순수함이 어려 있었다.

그 얼굴 표정을 놓치지 않은 김 대령은 미군 대령을 향해 약간 고개 숙이며 말했다.

"아버지와 아들, 2대에 걸친 한국과의 인연이네요. 그 인연 때문이라도 내가 부탁합니다. 우리 대원들, 잘 좀 살펴 주시오."

미군 대령은 김 대령의 얼굴을 한동안 쳐다보았다. 그 눈길엔 '이게 무슨 뜻이지?' 하는 경계 같은 감정은 없었고, 담담한 마음이 담겨져 있었다. 이윽고, 미군 대령은 가볍이 고개를 끄덕이더니 스크린 속 한국군 특전대원들의 모습을 물끄러미 바라보았다.

---

23 6시 배후, 등 뒤, 후방의 의미.

[시각: 01:35:23]

'표적지점 도착'이란 안내어가 투시경 내에 선명히 나타나더니 금세 사라졌다. 측면으로, 풀 한 포기 하나 없이 메마른 협곡을 끼고 있고, 연이어 다른 황량하고 깎아지른 듯한 산들의 호위를 받고 있는, 험준한 산등성이 광경이 특전대원들의 투시경 내에 푸른색 야간 투시 영상으로 떠올랐다. 가파른 능선을 따라 생긴 식별이 어려운 좁은 소로는, 산등성이의 좌측 편으로 흘러들어가 어디로 통하는지 알 수 없게 사라져 버렸고, 불쑥 튀어나온 넓은 암반이, 바로 밑에 끝을 알 수 없는 검은 그림자만 드리우고 있었다. 바로 그곳의 검은 그림자를 투시경이 + 표시로 지시하며, '동굴 진지 유개호有蓋壕 위장. 침입 장소 Target B'로 간략 정보를 알려 왔다.

그곳에서부터 산등성이의 우측 편으로, 대원들은 시선 방향을 연신 바꾸며 살피기 시작했다. 그러던 중, 특별한 그 무엇도 전혀 나타나지 않을 만한 듬성듬성한 키 낮은 잡목림 사이로, 무언가가 있음을 투시경이 갑자기 알려 왔다. '동굴 진지 위장 벙커. 침입 장소 Target A'라는 지시어가 투시경 화면에 나타나더니, 작전 대상이 있을 것임을 지시했다. 그러자 곧바로, 투시경은 동굴 진지 내부의 3차원 그래픽 입체 영상을 그려 내기 시작했다.

"상당한 규모로군요." 김 대령이 신음하듯이 말을 내뱉었다.

SFOB 지휘 통제실의 스크린에는, 특전대원들의 야간 투시경에 그려지던 3차원 그래픽 영상과 동일한 동굴 진지 영상이 대규모로 구현되고 있었다. 공중 폭격과 은폐를 의식한, 깊고 견고한 동굴 진지가 산등성이 내부에 종횡으로 지하 통로들을 연결하는 중이었다. 남서 방향과 북서 방향, 두 방향으로 총 7개의 출입구가 있는 것이 보였는데, 지금 대원들이 접근한 북서 방향에서는 출입구가 세 군데에 존재했다. 지형을 의식한 동굴 진지의 전면 출입구 두 곳은 흙과 돌, 나무를 사용해 만들어진, 은폐가 가능한 뚜껑이 있는 유개호를 구축해 놓았고, 다른 하나는, 외부가 흙과 바위로 덮인 위장 벙커 시설이 있어, 출입 시에 혹시라도 있을지 모르는 적의 공격에 대비하고 있었다. 김 대령은 미로같이 그려지는 동굴 진지의 그래픽 영상을 보며 혼잣말 같이 되뇌었다.

"쉽지가 않겠어……. 어느 정도는 예상했지만, 생각보다 정교하고 복잡한 진지야."

미군 대령은 인상을 찌푸리는 김 대령의 얼굴을 보더니, 자신도 안 좋은 얼굴 표정이 되면서 상황을 설명했다.

"가장 효율적인 적진 침투로를 계산해서 설정해 놨습니다. 일단 침투가 성공적으로 끝나면, 약 두 시간에 걸쳐 동굴 진지 내에 있는 적 1백여 병력을 사살해야 합니다. 두 시간의 소요 시간 안으로 해 내야 하니 쉽지 않지만, 대원들은 동굴 진지의 모든 형태와 적의 위치를 사전에 파악하고 대비할 수 있으니, 가능할 것이라고 생각합니다."

"동굴 진지 뒤로 연결되어, 산의 반대편으로 통하는 지하 통로들의 선은 무엇입니까?"

김 대령은 작전 지역인 동굴 진지와는 조금 다른 곳을 지적하였다.

동굴진지
SCALE: 0 10 30 50m
비밀창고
무기창고
핵심인물은거지
회의실
내무반
TARGET B
•동굴진지의 전면출입구는 2개소.
TARGET A: 흙과 바위로 덮힌 위장 벙커
TARGET B: 은폐 가능한 뚜껑이 있는
• 사격예정소: -------

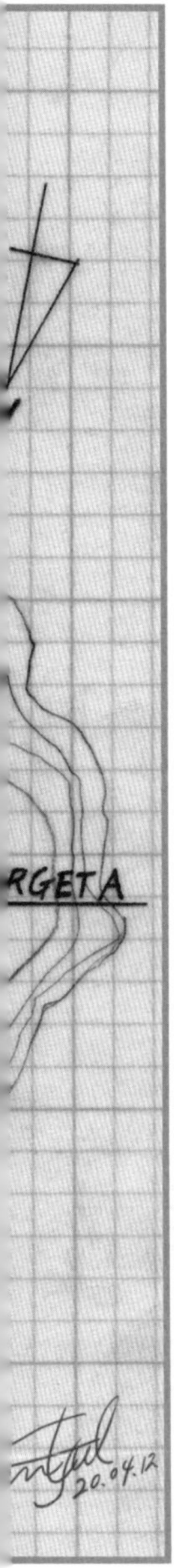


복잡한 미로들이 얽혀 있는 동굴 진지 뒤편 한 곳에서, 한 가닥의 실선이 길게 뻗어 나오고 있었다. 그 실선은 몇 가닥의 선들로 나뉘어지더니, 이 동굴 진지 밑으로 더욱 깊게 파내려 간 이후에, 복잡한 미로와 방들로 변했다. 그 미로와 방들의 복잡했던 선들이 다시 몇 가닥으로 정리되면서, 또다시 산 반대쪽의 위편으로 올라가며, 전체적으로 기다란 V자 형들을 그리더니 반대편 산등성이 외부와 마지막으로 연결되었다. 이런 불확실한 상황들을 3차원 그래픽 영상에서 파악하고는 김 대령이 미군 대령에게 질문을 한 것이다.

"저곳이 사실 이번 작전에 핵심이라 할 수 있습니다. 탈레반이 이곳에 거점을 틀고 동굴 진지를 구축하기 시작할 때에, '무엇'인가를 이 산에서 발견한 것 같습니다. 틀림없이 무기와 게릴라들을 운용할 자금이 될 만한 '무엇'인가를 말입니다. 저곳들은, '무엇'이 나오는 광산이 동굴 진지와 연결되어 있는 상황을 보여 주고 있는 겁니다. 군사 위성으로 감시한 결과, 동굴 진지가 있는 산 반대편에서, 낮에 인근 주민들이 일하러 오고 밤이 되면 돌아가는 모습을 발견할 수 있었습니다. '무엇'이 나오는 거지요. 돈이 될 수 있는 '무엇' 말입니다. 자금줄인데, 이것이 '무엇'인지는 들어가서 발견하지 않으면 모릅니다. NSA[24]에서 탈레반들이 암호로 이 '무엇'에 대해 '옐로우 케이크'라 부르는 것을 감청했지만, 구체적으로 '무

24 NSA(National Security Agency) 미 국가 안보국. 미 국방부(펜타곤) 산하 정보 기관으로, 신호정보(SIGINT: Signal Intelligence) 분석을 총괄 담당한다.

엇'인지, 알아내는 것은 실패했습니다."

"옐로우 케이크[25]요? 그건 농축 우라늄을 말하는 것 아닙니까? 여기서 우라늄이 나옵니까?"

"분석 결과 아닙니다. 우라늄이 아닙니다. 탈레반들이 일부러, 실제와는 전혀 연상이 안 되는 단어로 암호를 정한 것입니다. 광산 갱도의 형태나 현지 지질地質을 생각할 때, 우리는 '무엇'이 보석 중의 한 종류일 것이라 추측하고 있습니다. 우리는 일단 네다섯 종류의 보석을 선택하여 범위를 좁혀 보았습니다. 그래서 NSA에서 각 유통 경로들을 추적했습니다만, 중도에 포기할 수밖에 없었습니다. 보석 시장의 특성 자체가, 산지産地하고 집하지集荷地하고 가공지加工地가 모두 다른 나라, 다른 지역인 데다가, 특히 산지에서 집하지로 모이는 경로는 암거래暗去來가 워낙 많아서, 네다섯 종류라고 보석의 범위를 좁혀 보았자 추적이 불가능했습니다. 결국 분명한 보석의 종류, 그리고 종류만 알아도 부족하고, 그 채굴되는 보석 원석의 품질 등급까지도 분명히 알아야 유통 경로를 추적할 수 있다는 결론이 나왔지요. 이들이 캐내는 보석 원석이 무엇인지를 확실히만 알 수 있다면, 우리는 이들의 국제 판매 커넥션을 완전히 차단할 수 있습니다. 언론 보도와는 달리, 양귀비 재배로 인한 아편의 양은 실제 얼마 안 되는 것으로, 정보 분석 결과가

25 **옐로우 케이크(Yellow Cake)** 우라늄 정광 또는 옐로우 케이크는, 여과액으로부터 얻어진 우라늄 농축액의 일종으로, 우라늄 광석 가공 과정의 중간에 생성되는 것이다. 현대의 일반적인 평삭 공정을 통해 얻어지는 우라늄 농축액은, '옐로우 케이크'라는 별명에도 불구하고, 실제로는 갈색이나 검은색이다. 옐로우라는 이름은, 과거 초기의 공정에서 얻어진 농축물의 색깔과 구조에서 온 이름이다.

나왔습니다. 자금줄이 아니라는 겁니다. 이번 작전이 성공한다면, 탈레반 군자금 루트의 원천 차단과, 아울러 얻어지는 탈레반 핵심 인물들의 제거로, 우리에겐 저들의 세력을 급속히 약화시킬 수 있는 기회가 될 것입니다."

"잘 알겠습니다. 설명 감사합니다."

김 대령은 미군 대령의 말을 듣더니 고개를 끄덕거리다가, 스크린을 쳐다보곤 한숨을 잠시 내쉬었다. 이제 스크린에서는, 무인 정찰기와 군사 위성에서 촬영되는 하나의 부감 영상이 아니고, 화면이 9분할로 쪼개진 상태에서, 각각의 영상들이 특전대원들의 모습을 자유로운 각도로 보여 주고 있었다.

"장비를 착용하라"

소령이 지시하자 특전대원들은 방탄복 조끼를 걸친 후, 위치 식별기[26]를 가슴 부위에 달고, 얼굴에 군사용 방음 헤드셋을 착용한 뒤, 다시 지급받은 야간 투시경을 양 눈 위치에 맞게 재장착하고, 카이샷[27]을 부착한 방탄모를 머리에 썼다. 그 즉시, 지휘 통제실과 실시간 대인 영상 및 무선 통화가 이루어졌다. 장비 착용을 끝내고 나니, 얼굴이 완전히 가려진 대원들이었다.

"필승! 대령님. 표적지점, 기습 작전 개시하겠습니다." 소령이 헤드

---

26 **위치 식별기** 휴대용으로 제작된 군용 GPS로 민수용과 다른 점은, 위치 정밀도의 차이와 전파 방해(Jamming)에 대한 저항능력이다.

27 **카이샷(KAISHOT)** 한국군 특수 부대의 헬멧과 총기에 부착하는 무선 영상 전송 시스템.

셋으로 지휘 통제실에 있는 김 대령에게 보고하였다.

"좋아. 1중대는 우선 적의 위장 벙커, 침입 장소 A부터 은밀 기동으로 접근하여, 안의 적을 사살하고, 동굴 진지로 침입 작전을 수행한다. 2중대는 1중대의 벙커 적 사살이 끝난 후, 침입 장소 B, 즉 위장 유개호를 통해 동굴 진지 내부로 들어가, 작전을 수행한다. 2개 전술팀은, 작전 통제실에서 지휘하는 동굴 진지에 대한 작전 루트를 따라가며, 안에 있는 모든 적을 소탕한다. 모든 진행 루트와 순서는, 야간 투시경에 사전 시뮬레이션 되어 있네. 그리고 동굴 진지 외부에는 경계조로 4명을 남겨 놓으며, 그중 2중대의 공군 CCT 대원 1명을 포함시켜, 첩보 위성을 통한 재밍[28]과, 작전 실패시 탈출 구호 헬기의 접근 경로를 항로 선도하게 하게. 1중대의 CCT 대원 임무는 그의 PRE에 입력되어 있어, 자신의 임무를 자체 수행하게 되어 있네. 자, 건투를 비네. 이상."

"예. 알겠습니다! 필승!"

소령과 지휘 통제실 김 대령과의 무선 통화를 들은 모든 대원들은, 이미 작전의 개요를 숙지한 상태였다. 헤드셋은 외부로 대원들의 말소리가 새어 나가지 않도록 방음처리 되어 있었다.

"각 중대는 경계조 대원 2명을 제외한 각 12명으로 표적지점을 침투한다. 각 중대는 주 행동조 4명, 특수 임무조 2명으로, 중대 당 공격조 2팀으로 편성, 2개 중대 총 4팀이 되어 동굴 진지를 타격하고 모든 적

---

28 재밍(Jamming) 적의 무선 장비 전파를 방해하여, 적과 타 지역 적과의 연락을 차단하는 기술.

을 제거한다. 이상."

소령의 지시를 받은 특전대원들은 일사분란하게 편제를 완료한 후, 표적지점-동굴 진지에 대한 기습 침투 작전을 개시하였다.

SFOB 지휘 통제실은, 9분할로 나뉘어진 현지의 외부 영상 스크린 외에, 카이샷에서 보내오는 영상들이 다분할多分割로 편집된 스크린이 하나 더 나타났다. 총 3개의 대형 스크린(지형도 포함)이 작전에 대한 모든 정황을 실시간으로 미군 대령과 김 대령에게 보여 주었다.

"잘 되겠습니까?"

"믿어야지요."

미군 대령의 걱정스런 질문에 김 대령은 짤막하게 대답하면서 스크린들을 쳐다보았다.

1중대 12명은 위장 벙커에 대한 포복 잠행을 시작했다. 벙커에서 외부를 감시하는 적들은, 전혀 대원들의 접근을 눈치채지 못한 상황이었다. 군사 위성에서 벙커의 위치가 포착될 것을 우려하여 적들이 잡목림을 듬성듬성 남겨 두는 바람에, 전초기지의 접근 때보다 오히려 잠행 접근이 쉬운 편이었다. 은밀 기동하던 1중대 대원들이 벙커 가까이에 이르러 상황을 살피니, 투시경에서 벙커의 내부 구조를 선명하게 입체 그래픽으로 보여 주었다. 대원들 중 하나가 이글 스캐너를 들고 적들의 위치를 투시 추적했다. 벙커 안 적들의 위치가, 스캐너 화면 안에 좌표 위의 점들로 나타났다. 투시경의 정보와 이글 스캐너의 정보를 조합한 결과, 벙커 안의 적들 위치와 상황이 선명하게 대원들에게 숙지되었다. 벙커의 뚫린 작은 구멍과 측면의 외부 출입구, 천장의 은폐된 환기구를 통해, 동시에 저격 대상을 포착, 적 모두를 일시에 사살함이 가능했다. 대원들은 잠시 의논한 뒤 은밀 잠입하여, 계획대로 벙커의 모든 개구부開口部들에 K-7 기관단총 총구를 일제히 밀어 넣고 조준하였다. 기관단총의 소음기들에서 "퍼억, 퍽, 퍼억!" 하는 낮은 소리들이 연신 울려 나왔다. 벙커 안 7인의 적들은 작전을 전혀 눈치채지도 못하고 사살되었다. 1중대는 2중대의 B지점 위장 유개호 침입 개시를 기다리며, 헤드셋으로 자신들의 벙커 침입 완료를 알려 주었다.

"첫 단추가 잘 끼워지고 있습니다." 스크린을 응시하던 미군 대령이 혼잣말같이 뇌까렸다.

"그렇습니다. 감이 괜찮아요. 큰 전쟁이건 작은 전쟁이건 리듬이란 게 있잖습니까? 처음의 순조로운 출발이, 계속적으로 밀어붙이는 힘을 만들어 주지요."

김 대령도 작전 개시 때의 딱딱하던 표정에서 조금은 벗어나, 얼굴이 풀리면서 미군 대령의 혼잣말에 대답했다.

1중대의 벙커 침입 완료를 들은 2중대는, B지점-위장 유개호 침입을 개시하였다. 산등성이의 좌측으로 난 길을 따라 들어가니, 넓은 암반 밑으로 위장된 동굴 입구의 출입문이 보였다. 나뭇가지를 표면에 얼기설기 엮어 놓아, 한눈에도 출입문임을 알아차릴 수 있었다. 그러나, 2

중대 정작 담당관-중사가 그곳에 접근한 순간, 갑자기 야간 투시경 화면에 '위험'이란 글자가 나타났고, 연이어 출입문 내부를 입체 그래픽으로 보여 주었다. 급조 폭발물(IED)이 출입문과 연계 설치되어, 문짝을 건드리는 순간 땅바닥에서 IED가 터지면서, 대원들이 갑자기 나타난 구덩이 속으로 떨어질 것을 동영상이 순차적으로 설명했다. 그 구덩이 속에는 끝을 뾰족하게 깎은 동발들이 줄줄이 세워져 있어, 떨어진 대원들은 꼬치에 꿰진 생선 신세가 될 것임을, 투시경은 연속 동영상으로 알기 쉽게 안내해 주었다.

"아주 친절하구만……." 2중대 담당관이 혀를 차며 농담을 하니, 다른 대원들의 재미있어 하며 웃는 소리가 헤드셋으로 담당관의 귀에 들려왔다.

"그만 웃고, 다른 출입구를 찾아보자고."

암반 밑에 그림자가 드리워진 어두운 부분을 살피니, 투시경에서 + 표시가 갑자기 나타났다. 투시경은 바위 중 하나의 외곽선 전체를 밝은 라인으로 다시 둘러치며, 진짜 출입구라는 점을 알려 왔다. 다가가 살펴보니, 투시경 화면은 지시한 바위의 어느 한 부분을 다시 외곽선으로 재지적하며, '누를 것'이라고 한글로 지시를 내렸다. 담당관이 누르자 바위가 옆으로 움직이면서 내부가 드러났다. 곡괭이질 자국이 벽에 남아 있는, 사람이 머리를 숙이고 들어가야 하는 좁은 동굴이었다. 경사 45도 되는 가파른 계단이 아래로 펼쳐지며, 멀리 보이는 계단 끝에선 계속 이어지는 동굴 진지의 갱도가 드러나 있었다.

"야아! 이 투시경에 나타나는 것이 도대체 뭐지? 이걸 어떻게 사전에 안단 말인가! 귀신이 곡할 노릇이네! 정말!"

비교적 떠버리 근성이 있는 2중대 담당관은 — 농담으로 긴장감을 풀려는 것이다 — 1중대 소령과 마찬가지로 투시경에 나타나는 정보에 의문을 표시하며, 조심스레 계단 아래로 내려갔다. 2중대 특전대원 모두는, 일제히 편제를 취하며, 동굴 진지의 잠입을 시작했다. 2중대의 잠입 성공을 확인한 1중대도, 위장 벙커를 통하여 동굴 진지로 잠입하였다.

"2개 중대 모두 잠입 성공이군. 이제 시작이지." 미군 대령은 스크린을 보며 혼자서 중얼거렸다.

"각 중대는 2개 공격조로 나뉘어 좌우를 각각 맡으면서, 2개 중대에 각각 할당된 2개의 주 통로를 따라 전진하며, 하나하나씩 적을 제거해 나갈 것입니다. 시간이 걸리겠지만, 서두르지 말고 찬찬히 해 나가는 것이 중요합니다. 주 통로에 횡으로 연결된 미로 같은 협로들과 각 실室들을 확인해 가면서, 내부에 숨은 적들을 빠짐없이 모두 사살해 나가야, 이번 작전에서 가장 중요한, 즉 미군 측이 가장 강조해 온, **적이 알아차릴 수 없고, 나중에도 알 수 없고, 눈치를 채더라도 뭐라 할 수 없는 은밀함**이 성공합니다."

김 대령이 말을 하자, 미군 대령은 그를 돌아보며 씩 웃으며 대답했다.

"그렇습니다. 오죽하면, 이번 작전명을 **'오퍼레이션 나이트 고스트'**[29]라 했겠습니까."

---

29 오퍼레이션 나이트 고스트(Operation Night Ghost) 밤의 유령 작전.

## 15

수혁이 펠드스파Feldspar홀딩스에 출근한 지도 벌써 한 달이 지나가고 있었다. 크게 할 일도 없는 채 한 달이 순식간에 흘러가니, 헨리 유 사장이 자신과 처음 만나 한 말들은 다 어디로 갔나, 약간 김이 샌 기분이었다. 수혁은 그동안 회사 분위기도 익힐 겸 이 부서 저 부서를 기웃거리며 사람들과 대화를 나눴다. 직원들 모두가 하얀 와이셔츠에 넥타이를 단정히 매고 근무하거나 외근 나가는 것이, 수혁에게는 처음에 맞닥뜨린 가장 낯선 광경이었다. 먼저 직장인 방송국에서는 자유로운 사복 근무 차림으로 돌아다녔기 때문에, 출근 준비하는 아침마다 넥타이에 목이 졸리면서, '이것 좀 안 매면 좋겠다.'는 생각이 절로 들었다. 그러나 얼마나 좋은가! 사람들이 새로 들어온 자신에게 친절하게 말을 걸고, 점심시간이 되면 '밥 같이 먹자.'면서 관심을 표명해 주는 분위기 때문에, 수혁은 회사 출근하기가 항상 기분 좋게 느껴졌다. 지난 8년 동안 아침에 출근할 때면, 언제나 가슴에 돌이 들어간 것 같은 중압감을 느껴야만 했던 수혁이었다. 그는 살 것 같았다.

가만히 살펴보니, 펠드스파홀딩스는 우선 사람의 변동이 심한 회사였다. 다른 곳으로 이직하는 자들도 많았고, 반대로 불규칙하게, 일로서 만나 급구해서 데려오는 인간들도 시시때때로 많았다. 이런 까닭에, 회사가 자신의 영구적 일터라고 생각하는 피고용인도 없었고, 그 점이 오히려 장점이 되어, 같이 있는 한은, 서로 신경 긁으며 살지 말자는 분위기가 형성되어 있었다. 역으로 생각하면, 앞으로 자신의 캐리어에 어떤 도움이 될지도 모르니, 회사에서 만나는 사람들에 대해선 인간관계를 감정에 치우치지 말고 잘 맺으려 하는, 차가운 냉정성들이 돋보이는 곳이었다. 확실히, NBS 아트코어 디자이너 집단보단 경제 · 경영학과 출신들이 이성적이고 차분한 집단 분위기를 만들고 있었다. 수혁에게는 오히려 그런 점이 지내기 편했다. '노골적으로 계속 당하는 것도 당해 보면 아주 고럽다. 차라리 모르고 살다가 뒤통수 맞는 것이 나을 수 있다.' 능력에 대한 질시나 시기심을 겉으로 표출하며, 감정적으로 흘러가는 집단 따돌림이나 원색적인 비난보단, 여기는 자신의 쌍권총을 아름다운 망토 속에 감추고, 결정적인 순간에 즉각 꺼내서 한방 갈기고자 하는, 용의주도한 인간들이 훨씬 많으니 말이다. 이곳은 표면에 노출되어 눈에 드러나 보이는 적대적 시위보단, 권력 경영의 예술이 판을 치는 사회인 것 같았다. 단점은 앞날에 대한 불안감이 항상 있다는 점이지만…….

수혁은 자신이 다니던 NBS 아트코어를 떠올리지 않을 수 없었다. 그곳은, 한 번 들어가면 스스로 뛰쳐나오지 않는 이상, 회사가 사원에게 퇴직을 노골적으로 요구하지는 않았다. 하지만 그곳은, 오랜 나날 동안 서로 얼굴을 맞대며 — 부서간의 이동도 적은 곳이었다 — 나이가 들수록 적어지는 승진과 자리 문제, 일로서 오랜 시간 쌓여 가는 각 개인들과의 감정 등이 얼키고 설켜, 마치 한 좁은 우리에 곰방쥐 여러 마리를 집어넣으면 치즈 한 조각 가지고 서로 엉겨붙어 싸우듯이, 세월이 흘러 갈수록 점점 서로 간의 벽이 쌓여 가는 직장이었다. 또한 실력 있는 연출자-드라마 PD나 제작 파트 중 카메라 감독 등 몇몇 외에는, 실질적으로 방송판은 아직 시장이 작아 이직이 쉽지 않은 것도 한 이유였다. 공중파 방송국보다 좋은 곳은 아직 방송판에 나타나지 않았었다. 지금은 어떤지 모르겠지만…….

수혁은 회사에 있는 부동산 개발 관련 제안서들을 책상에 쌓아 놓고 들여다보며, 자신의 업무에 도움이 될까 싶은 부문들을 머리에 저장하느라 애썼다. 남들은 열심히 일하는데, 혼자서 논다는 것이 왠지 눈치 보이고 미안하기도 한 것이 또 다른 이유이기도 했다. 수혁이 보니, 프로젝트가 위에서 떨어져 진행시켜 나갈 때의 일의 강도는 대단했다. 제안서 작업을 하느라 밤을 꼬박 새우는 일은 예사였으며, 회의는 필요에 따라 프로젝트 담당자 서로 간에 밤낮없이 진행되는 것이 일반적이었다. 체력이 필요한 일이다. PT(프리젠테이션) 준비라도 할 경우, 삼사 일 정도 집에 안 간다는 갸륵한 마음가짐은 회사 생활 태도의 기본이었다. 자신에게 떨어진 프로젝트에 대해 일방적으로 매달려야 함은, 여기나 방송국이나 똑같다는 생각을 하며 — 하루, 하루, 업무 강도의 불규칙함이 똑같았다. 오히려, 일처리 과정에 관한 한, 방송국 쪽이 더 인간적인 면이 있었다 — 수혁은 '월급 받기 쉽지 않지.'라며 혼잣말을 하곤 했다.

투자 제안서들을 보니, 입지 선정과 수요 예측에 대한 지식이 기반으로 된 내용들이라 충분히 이해할 수 있었다. (수혁은 대학원 다니면서 경영학과 마케팅 관련 수업들을 들어야 했는데, 논문에 나오는 테마파크 계획안을 만들어 내려면, 수요 예측 모형을 개발하지 않고선 공간 프로그램(Space Program)의 데이터를 객관적으로 수치화할 방도가 없어서였다) 대규모 쇼핑몰 같은, 아시아 지역 전체를 대상으로 하는 복합 상업 공간에 대한 제안서들이 많아, 수혁으로서도 상당히 흥미로웠다. 테마파크에 국한되었던 그의 시각을 넓혀 주는 계기가 되어, 회사 들어온 보람이 있다는 생각이 들었다. 제안서들을 읽다 보면, 이미 알고 있는 점들이긴 했지만, 특히 상업 건축이나 디자인 같은 분야가 얼마나 학문적으로 경영학에 종속되는 면이 많은가 하는 생각이 새삼 들어, 입맛이 씁쓸해지곤 했다. 프로젝트 관련 중간 보고서들을 보면, 건축 설계 사무소에서 기획 설계된 대단위 건축 평면들이—작은 건 없었다—펠드스파홀딩스에서 다시 제시한 공간 프로그램 때문에, 뒤집히는 일이 비일비재했다. 과부 사정은 홀애비가 안다고, 눈이 껍껍해지는 고통을 참아 가며 모니터 앞에 쭈구리고 앉아, 며칠 밤을 새워 가며 캐드CAD로 뽑아 놓은 것인데, 막상 그걸 다시 그려야 하는 설계 사무소 직원들의 노고는, 이익의 추구라는 대원칙 앞에서 **계란으로 바위치기**라는 저항력밖에 가지지 못함을 여실히 느낄 수 있었다.

수혁에게는 회사 친구도 생겼다. 같은 사무실 책상 앞에 앉아 있는 친구인데, 나이도 34세 동갑이고, 전공도 건축공학과를 졸업하고는 설계 사무소 '공간'에 있다가, 펠드스파홀딩스에 들어와 제안서에 들어갈 건축 설계 도면들을 감리하는 일을 맡은 사람이었다. 배종삼 차장인데, 중키의 뚱뚱한 살집 좋은 체격, 사람 좋아 보이는 얼굴을 가진, 주위 사람에게 편안한 기분을 불러일으키는 — 본인이 실제로 느끼고 있는 감정은 어떨지 모르겠지만 — 호인好人이라 할 수 있었다. 머리는 한 번도 빗질을 하지 않았는지 항상 부스스하게 중력의 법칙에 저항하며 일어서는 것을, 도면을 들여다보며 두 손으로 계속 헤집어 놓아, 퇴근할 무렵이 되면 항상 머리에 까치집을 하나 이고 있는 꼴이었다. 낮은 파티션 너머로 보이는 두 손이 긁적거리고 있는 그의 머리와, 고통에 찬 신음 소리(도면 볼 때마다 꼭 끙끙거리는 신음 소리를 냈다)가 너무 우스워, 수혁은 혼자서 웃곤 했다. 하루는 그의 신음 소리가 좀 더 커진 것 같아 궁금해져 가까이 가보니, 인천 송도에 예정 중인 로봇 관련 테마파크 기획 도면들을 들여다보고 있는 것이 아닌가. 수혁은 '테마파크'라고 이름 붙은 것을 보고 반가운 마음이 들어 배종삼 차장에게 말을 걸었다.

"테마파크네요?"

"예. 설계 사무소에서 올라온 것인데, 내가 뭐 테마파크 쪽은 전무하니, 공간 프로그램하고 잘 매치가 되게 마스터플랜이 된 것인지도 모르겠고, 도면을 봐선 관리-보존 동선이 어떻게 도는 것인지도 모르겠고……, 에히, 참 괴롭네. 괴로워하고 있습니다. 하하하."

"제가 한번 봐도 될까요?"

수혁의 말에 배 차장은 얼굴이 환히 밝아지며, 얼른 도면을 넘겨 주었다. 회사에서 스스로 일을 맡는다는 것은, 후에 큰 덤터기가 돼서 돌아올 수 있는 불길한 미래를 예약하는 짓이란 걸, 수혁도 다년 간의 직장 생활로 뼈저리게 깨우치고 있었다. 하지만, 지금 별로 일도 없고, 헨리 유 사장과 면접하며 자신이 장차 해야 될 일이 명확하게 정해져 있는 것도 알고 있고, 친구도 필요하고 해서 인심 좋게 배 차장을 슬쩍 도와주기로 했다. 도면의 문제점들을 대충 배 차장에게 알려 주고, 첨부되었던 조감도가 하도 엉성한 것이 눈에 띄어 물어보니, 이거 별도로 전문 회사에 맡기면 5백만 원짜리라는 대답이 돌아왔다. 그래서 수혁은 "내가 한 번 그려 볼까?"라는 제안을 하니, 배 차장 대답은 "오케이!"였다. 퇴근하고 집에 돌아와, 오랜만에 수작업으로 트레이싱지에 로트링펜과 수채화 물감, 마카로 멋진 테마파크 조감도를 그려 이틀 후에 배 차장에게 건네 주니 찬사가 이어졌다. 배 차장과 수혁은 그날 저녁 술을 한 잔 거하게 하고, 회사에선 서로 존대하되 밖에서는 말을 놓는 친구가 되었다.

윤미란과는 토요일만 되면 만났다. 수혁의 마음은, 놀 수 있을 때 놓치지 말고 즐겁게 놀라고 항상 귓전에 속살거렸다. 놀라고 주어진 시간이 얼마 남지 않았을 거라는 초조함이 미란과의 만남을 더욱 부채질했다. 그녀를 지프 랭글러에 태우고는 경기도 가평의 연인산 일대를 돌아다니기도 하고, 어비 계곡 지나 양평 유명산으로 기어 나오는 산길에서, 덜컹거리는 차의 진동을 즐기며 오프로드 기분을 내보기도 했다. 저녁이 되면 청평 호수의 '쁘띠 프랑스Petit France'로 데려가, 미란이가 좋아할 만한 프랑스 요리로 환심을 사 보려고 노력하는 등, 전례에 없이 꽤 애를 쓰고 있는 한수혁이었다.

그는 문화재 쪽으로도 미란을 끌고 다녔는데, 예를 들면 수원 화성華城 위를 그녀와 같이 걸으면서 이런저런 고건축古建築에 대한 말들을 하길 좋아했다. 수혁은 고건축에 대해선 거의 사랑에 가까운 감정을 지니고 있었다. 방송국에서 한옥 세트를 세우다 가지게 된 관심인데, 고건축이 가진 구조적 함축미와 공간적인 중첩 효과는 그의 흥미를 항상 불러일으키고 있었다.

"**한옥의 미**가 뭐라고 생각합니까?"

"네? 글쎄요……. 다들 자연과 닮으려고 한다, 자연주의다, 그런 말을 많이 하잖아요?" 미란은 이렇게 불쑥 말을 꺼내는 수혁을 볼 때마다, '정말 뜬금없는 사람이다.'라는 생각이 들곤 했다.

"그건 아주 피상적인 말들이에요. 한옥에는, 건물을 세울 때면 인간으로서 가지기 쉬운 욕심이나 느낌의 과다함을, 스스로 균형 잡으려 하는 대목장大木匠-도편수의 마음이 있어요. 그걸 자연과 닮으려고 한다고 표현할 수도 있겠지만, 너무 막연한 표현이고……. 내가 디자인이란 것을 해봐서 아는데, 그게 막상 쉽지가 않아요. 모자라지도 않으면서 동시에 더 그리면 썩어 들어가는, 그 사이의 미묘한 균형……, 그런 게 한옥에 잘 나타나요."

"음. 그래요? 알 것도 같네요……."

"안동 병산서원屛山書院 만대루晩對樓에 보이는, 주위 환경과 하나로 일체화하려는 트인 공간감, 금욕적이라고까지 느껴지는 극도의 절제미와 자연미, 영주 부석사浮石寺의 건축적 중첩에서 오는 열림과 결합,

인간의 시선을 유도해 내는 건축적 산책(Promenade Architecturale), 내부로 상승하면서 느껴지는 정신의 고양, 순천 송광사松廣寺 진입부에서 보이는 계곡 안에서 솟아 나오는 듯한 기둥들, 기둥인지 계곡에서 자라는 나무인지 심리적인 구분이 안 가고 돌다리들과 사찰, 계곡은 하나가 되고……, 그 거스르지 않는 통일감…….”

“어머나, 참 얘기 잘하네요. 건축 평론을 하셔도 되겠어요. 정말, 어쩌면 그런 말들이 그렇게 술술 나와요?”

수혁은 미란의 말을 듣고는 좀 어색한 듯이 계면쩍은 웃음을 짓다가 계속 이어갔다.

“뭐어, 입만 산 건 아니고……, 이왕 시작했으니 끝까지 갑시다. 핫하하. 우리 가까운 데 있는 조선 왕조의 ‘종묘宗廟’를 보자구요. 외국의 모 건축가가 ‘동양의 파르테논이다.’ 하니, 종묘와 그리스 파르테논 신전의 기능적 유사성, 하긴 둘 다 산 자를 위한 공간은 아니니까……, 열주列柱의 반복에 따른 외형 간의 유사점 같은 걸로 그런 말을 했나 보다 생각할 수 있지만, 나는 그가 한 말은 기능이나 형태에 대한 감상은 아니었을 것이라고 생각합니다.”

“그러면요?”

“종묘는 종묘일 뿐이고, 파르테논은 파르테논일 뿐입니다. 서로가 완전히 다른 건축물입니다. 공간을 대하는 태도나, 재료나, 목적과 기능이나, 다 다릅니다. 종묘에다가 파르테논 얘기를 들려주며 ‘널 동양의 파르테논이라고 하더라고.’ 하면, 종묘가 섭섭해서 얼굴을 찌푸리고, 파르테논에게 ‘한국에 너랑 비교되는 건축물이 있어.’라고 말을 걸면, 파르테논이 화를 냅니다. 자신의 이름이 여기저기 너무 팔리고 있다고 말이지요. 인도의 타지마할을 보고 '동양의 파르테논'이라고 말한 사람도 있었고, 일본의 이세신궁伊勢神宮도 파르테논에 필적한다는 소감을 들었습니다."

"무슨 말을 하고 싶은 건지 알겠어요." 수혁의 술술 터져 나오는 입심에 미소가 절로 나오는 미란이었다. "자! 그럼, 이제부터 종묘를 어떻게 바라봐야 할지 얘기해 보세요."

"그러죠. 건축가들이 '동양의 파르테논이다', '왜 이렇게 아름다운 건물을 자랑하지 않는가', 그런 말들을 불쑥 내뱉기도 하고, 나름대로 관심도 표명하고 하는 것은, 해석이나 분석 이전에 느끼는 순간적인 직관에서 비롯된다고 생각해요. 인간이 한 대상을 바라볼 때에 가지는 감성적 동질감 말입니다. 나는 항상 '종묘宗廟'를 볼 때마다, 묘하게 빈켈만[30]의 말이 떠오르곤 했어요. 그는 그리이스 고전기의 조각이나 건축을 가지고, '고귀한 단순성과 고요한 위대성'이라 표현했는데, 나는 이 말이 '종묘'를 볼 때마다 생각나더군요. (수혁은 성벽 위에서 고개를 약간 들어 하늘을 바라보며 말을 했는데, 그럴 때의 그의 얼굴 표정이란, 그를 쳐다보는 다른 사람에게 **혼자 딴 세상에 살고 싶은 사람 얼굴**이란 생각이 들게 만드는, 그 무엇이 천천히 밑에서 배어 나오

30 요한 요하임 빈켈만(Johann Joachim Winckelmann) 1717~1768 독일의 미술 고고학자. 그리스 미술을 예술 창조 작업으로서의 근본적인 입장에서 다시 고찰하였고, 미술가들로 이루어지는 연대기적 미술사를 대신하여, 미술과 사회와의 관계, 예술 정신의 제문제를 탐구하는 새로운 조형 양식사를 수립한다. 고전고고학, 미술사학, 미학의 기초를 새롭게 구축하였다. 저서에는『그리스 미술 모방론』,『고대 미술사』등이 있다.

는 순간이기도 했다) 사실 그리스 고전기라는 것도 얼마나 일순간입니까? 순식간에 과장에 빠지는 데카당이 일어나지요. 모든 예술 사조들의 역사를 가만히 보아도, 그 정점은 순간이고 결국 매너리즘에 빠집니다. 이룩하는 것은 오래 걸리나 파괴는 순간이라고, 국가나 개인의 역사나 자신의 균형 감각을 가지고 정점을 지켜나가는 일이 쉽지 않은 것 같아요. 퇴폐는 결국 찾아오지요. 그러니 빈켈만이 말한 '고귀한 단순성과 고요한 위대성'이라는 것이 얼마나 일순간의 찬란한 광휘입니까? 연약하고 부서지기 쉬운, 그 온전한 조화와 균형의 아름다움을 말한 것이라고 생각하는데, '종묘'에는 그게 있어요. 순간의 광휘 말이에요……. 그 위태위태하고 아슬아슬한 균형. 성취된 그 조화가 다시는 반복되지 않을 수 있다는 것을 전제해야 되는 인간적 한계……, 그에 대한 서글픔. 광휘란 그런 것이죠."

수혁은 고개를 숙이며 땅을 바라보더니 혼잣말 하듯 중얼거림으로 마무리지었다. 말을 끝내는가 싶더니 부연 설명을 하나 더 붙였다.

"나는 이렇게 요약하고 싶어요. '수작업에서 오는 미묘한 변화의 파장 속에, 건축적 구조는 극도로 단순하여 장식이 주는 비천함을 떨치고, '고귀함'을 획득했고, 신문神門으로 진입한 후 월대月臺와 회랑回廊으로 통합되어 가는 공간은, 이 현상계를 떠나 초월적인 정신계로 상승하는, 위대한 '고요함'을 가지고 있다.'고 말입니다. 서양의 미학 언어로도 '종묘'를 아주 잘 표현할 수 있어요."

"정말, 어쩜 이렇게 말을……, 방송국에서 보면 어딘가 비범한 데가 있을지 모르겠다 생각했는데, 이렇게 말씀하시는 것을 들으니 이제는 정말 기묘한 사람이라는 생각이 드네요. 하여튼 수혁 씨, 만날 때마다 인문학 강의로, 나이 들어 메마른 나의 감성을 어루만져 주시니 진짜 고마워요. 진짜!"

"예? 참, 욕인지 칭찬인지 잘 모르겠습니다. 하하하하."

수혁과 미란은 이런 말들을 주고받으며 수원 화성 위를 걸어다녔다. 수혁은 그녀랑 말하기가 즐거웠다. 머리가 빠르고 이해심이 있어, 그가 하는 말을 비틀어서 듣질 않고, 수혁의 본질에서 나오는 솔직한 얘기라는 점을 쉽사리 알아내는 여자였다. 그러면서도, 서로 어느 정도의 나이가 있어서 그런지, 아니면 회사에서부터 알던 사이라 그런지, 친밀한 대화나 육체적 접촉은 없이 쌍방 간에 상당히 정중한 말씨와 태도가 계속 이어져 갔다. 수혁은 토요일이 되면 미란이 보고 싶었다. 미란도 수혁과 만나면 좋은 것이 표정에서 역력했다. 삶이란 정으로 두들김 당해 조금이나마 모서리들의 날이 죽을 만도 한 나이의 총각과 처녀! 이 두 사람은, 서로 간의 예의라는 얇은 빙판 위를 조심스레 걸으며, '언제 이 빙판이 깨져 자기네들이 물 속을 허우적거릴까?'라는 생각을 하면서, 서로가 서로를 바라보곤 했다.

"미스터 한. 오랜만이야. 잘 지냈나?"

"예. 안녕하십니까. 사장님."

사장의 호출이 있다는 말을 듣고 수혁이 사장실을 한 달 만에 방문하니, 헨리 유는 자신의 수족관 앞에서 얼쩡거리고 있었다. 그는 수혁의 들어오는 모습을 곁눈질로 잠시 물끄러미 쳐다보더니, 곁으로 오라고 손짓을 했다.

"내가 아주 볼 만한 구경거리를 제공하지. 자네는 옆에서 이 바가지를 좀 들고 있게."

헨리 유는 수족관 밑에 있는 하단부 도어를 잡고 잠시 움찔거리며 가볍게 힘을 주어, 도어 여섯 짝을 모두 들어내고는 내부를 환히 들여다볼 수 있게 만들었다. 수혁이 그 안을 보니, 작은 원통형 돌들이 커다란 양파망들에 싸여 잔뜩 들어가 있는, 격벽이 쳐진 대형 유리 수조가 우선 눈에 띄었다. 그 옆으론, 검은 모래가 가득 담긴 큼지막한 유리 수조가 또 하나 놓였고, 이 두 가지 유리 수조와 아로와나가 있는 상부의 대형 수족관이, 배관들로 복잡하게 얽히고 설켜 연결되어 있었다. 또한 배관 사이에 달려 있는 큼지막한 전기 모터는, 상부 메인 대형 수족관과 아래 수조들 사이에서 물이 끊임없이 순환하고 있는 이유를 짐작케 했다. 하단에는 부분적으로 조명이 들어온 곳이 보였고, 그 조명 불빛 밑에 놓인 두 자 폭 정도의 조그만 어항에, 작은 금붕어 50마리 정도가 우글거렸다. 헨리 유는 뜰채로 금붕어 15마리 정도를 떠내어, 수혁이 들고 있는 물 담긴 바가지로 옮겼다.

"잘 보게나. 장관일 거야."

헨리 유는 바가지를 들고 수족관 밑에 마련된 계단식 발판 위로 올라섰다. 크지 않은 발판은 원목으로 고급스럽게 만들어져 있었다. 이윽고, 그는 너비 4.5미터 되는 투명 강화 아크릴 수족관의 상부, 벽체의 일부인 양 숨기듯 마감한 한 부분을 들어 올리더니, 바가지를 엎어 금붕어들을 한꺼번에 수족관 물속에 집어넣었다. 그 순간, 유유히 헤엄치고 있던 아로와나들이 삽시간에 금붕어들에 달려들어, 한입에 삼키겠다고 서로 부딪치고 난리를 피우기 시작했다. 아로와나들의 요동에, 수족관 물은 밖에서 보기에도 파도가 치는 것처럼 하얀 물보라가 일었고, 어떤 놈은 지들끼리 다투다가 수족관 투명 아크릴에 몸뚱아리가 거세게 부딪쳐, 진동이 밖으로 들리기까지 했다. 수혁은 아크릴이 깨지지 않을까 문득 걱정이 들었다.

"미스터 한. 먹으려 하는 의욕이 대단하지? 이게 한 마리 단독 사육을 하면 먹이를 본체만체하거나, 심지어 지 입맛에 안 맞는다고 거부하는 경우도 있다네. 그런데 이렇게 집단으로 아홉 마리씩 한 수조에 넣으면, 영역 경쟁으로 서로 간 다투는 짓도 포기하고, 그냥 살지. 그리고 먹이 반응이 굉장해져. 먹이 주는 맛이 나."

금붕어 한 마리를 가지고 한 놈이 먼저 입에 무니, 다른 한 놈이 마저 달려들어, 금붕어 몸체가 두 동강 나며 씹어 먹혔다. 동강이 난 몸체에서 선지피가 터지며 물감 퍼지듯이 주변을 붉게 물들였다. 금붕어는 절단된 머리 몸통이 각기 따로 놀며, 부들부들 경련이 일면서 아로와나들의 아가리 속으로 사라져 갔다. 이 광경을 보니 굉장한 볼거리라 하기에는, 수혁에겐 금붕어 신세가 절망적인 서글픔으로 보였다. '치열한 삶의 현장이로구만……. 정말 이 광경은 자극적이긴 하군. 코엑스 아쿠아리움에 가도 이런 노골적인 광경은 본 적이 없지.'

아로와나들을 살피니, 가지런하면서도 큼직큼직한 비늘들이 전체적으로 핏빛 붉은색이다가, 꼬리지느러미 쪽으로 갈수록 비늘의 황금색 부분이 많아져 한눈에 보기에도 호화로웠다. 쳐다보려니, 그 호화로운 모습을 타고난 운명들이 이 유리 상자 안에 갇혀 몸부림을 치고 있다는 느낌이 들었다. 먹히는 금붕어나 먹겠다고 난리치는 아로와나나 둘 다 처량한 신세라고 수혁은 생각했다.

“이 물고기는 굉장히 근사해 보이는 군요. 뭐라고 하는 겁니까?”

수혁의 질문에 헨리 유는 어깨를 으쓱하며 별거 아니라는 식으로 대답했다.

“이건 아시아 아로와나 중 홍룡紅龍이라는 거야. 홍룡 중에서도 혈홍룡血紅龍이라 할 수 있는데 좀 피가 섞였어. 아주 순수하게 빨갛지는 않잖아? 그러나 내가 보기에는 저 금빛이 도는 것이 더 좋아서 기르고 있지.”

“한 마리에 얼마나 합니까? 굉장히 비쌀 것 같은데…….”

“얼마나 할 것 같은가?”

“글쎄요. 한 마리에 몇천만 원은 할 것 같은데……, 그렇지 않습니까?”

“하하하하. 그렇게 비싸진 않아. 한 마리에 삼백 정도? 그 정도일세.”

헨리 유의 태도를 살피니, 계속 물고기를 쳐다보고 있는 것이, 이 수족관에 대해 좀 더 대화를 하면서 머리를 식히고 싶어하는 눈치가 역력했다.

“이 수족관 밑은 뭐가 이렇게 복잡합니까? 관리하시려면 정말 힘드시겠습니다.”

“하하하. 그래 보여? 아닐세. 오히려 작은 어항보다 편해. 내가 할 일은 먹이 주는 일밖에 없어. 하루에 한 번 정도. 그것도 꼭 매일 줄 필요도 없다네. 먹이 너무 많이 주면 오히려 안 좋아.”

"그렇습니까? 제가 보기에는 엄청난 시스템 같은데요. 이걸 유지하려면 장난이 아닐 것 같은데……."

헨리 유는 수혁의 질문에 약간 자랑스러워하는 얼굴 표정까지 나오더니, 수족관 밑 시스템들을 설명하기 시작했다.

"이 격벽들이 연이어 있는 유리 수조는 섬프Sump 수조라는 거야. 여기서 이 홍룡들이 있는 메인 수조의 물을 여과하지. 얘네들이 얼마나 많은 바이오 로드[31]를 만드는지 아나? 엄청난 양의 똥들, 체외 분비물들, 이런 단백질 성분이 부패하여 다량의 암모니아를 발생시키는데, 그건 얘네들한테는 극독이지. 그런데 이 섬프의 여과제에 번식하고 있는 호기성好氣性 여과 박테리아들이, 암모니아를 아질산으로, 아질산을 다시 질산염이라는 비교적 덜 위험한 물질로 변화시킨다네. 그럼 보통 담수 수조는 물을 교환, 새 물을 수조에 주입하는 것으로 질산염을 없애 버리는데, 이 수조는 사실 물갈이가 필요 없다네. 증발하는 물만 보충해도 되는, 사실상 자연의 질소 순환 사이클[32]을 복제해 낸 무환수無還水 수조라네. 질산염까지도 질소 가스로 환원시켜 공기 중으로 증발

31 **바이오 로드**(Bioload) 생물학적 부하.

32 **질소 순환 사이클**(窒素循環 Nitrogen Cycle) 자연계에 있어서 질소는, 대기 중의 유리질소를 비롯하여, 질산이나 암모니아 등 구조가 간단한 화합물로부터 요소·단백질·핵산 등 구조가 복잡한 것까지, 한없이 물질에 포함되어 있으나, 이들의 물질이 서로 관련을 가지고 변천한다. 결과적으로는 질소 자체가 순환하고 있는 것처럼 보이는데, 이 현상을 가지고 질소 순환 사이클이라 말한다. 자연계의 질소는 우선 생물체가 영위하는 물질 대사, 즉 질소대사에 의해 생물계와 무생물계 사이를 순환하고 있고, 그중에서도 역할이 큰 것은 질소고정窒素固定이다. 대기 중의 유리질소는 질소고정에 의해서, 토양이나 물에 들어가 생물체에 이용되며, 각종 형태를 취하며 자연계를 순환한다.

되게 하지.”

“무환수 수조라구요? 물갈이가 필요 없다는 겁니까? 제가 잘은 모릅니다만, 보통, 어항의 물은 갈아 주는 것 아닙니까?”

“무환수 수조의 원리는 원래 해수어, 산호를 키우는 친구들에서 시작했지. 걔네들은 인공적으로 바닷물을 만들어 줘야 하니, 그게 얼마나 귀찮았겠나? 정수한 물에 해수염을 비중까지 맞춰서 풀고, 거기에 필요한 미량 원소들을 정확한 비율로 또 풀어 넣어야 하니, 노가다도 노가다지만 돈도 많이 들거든. 그러니 가급적이면 소금물을 안 갈고 어떻게 좀 안 될까 하는 궁리가 생긴 거지…….”

‘노가다라…….’ 수혁은 재미교포의 입에서 ‘노가다’란 단어가 나오자, 재미있다는 생각이 들었다.

“그 방법이 가장 보편화된 것이 베를린 시스템이라는 건데, 처음에는 바다에서 채취한, 즉 여과 박테리아가 살아 있는 라이브 락Live Rock들을 수조에 넣고, 강한 물살을 인공적으로 라이브 락에 부딪치게 해서 여과를 시키는, 원래 출발은 순수한 자연적 원리에 따라 만들어진 여과 시스템이었어. 인도네시아의 리 친엥Lee Chin Eng이라는 사람이 처음 시작한 것이지. 그 사람의 자연에 대한 관조랄까, 직관에 의해 개발된 것인데, 다른 이들이 직설적으로 따라하기에는 역부족이었던 면이 많았던 것 같아. 사실 이게 잘 안 되니까 장비가 덧붙여지게 되지. 스키머Skimmer라고, 단백질 입자를 물에서 분리해 내는 장비를 만든 거야. 암모니아가 발생하기 이전에, 아예 그 근원을 없애자는 거지. 하지만 엄밀히 말하자면, 이것은 자연의 시스템과는 상관이 없고 인공적으로 장비에 의존하는 거지. 물 세계의 **수정주의자**들이라 할 수 있는데, 그러면 이 세상일이 다 그렇듯이 **순수주의자**, 즉 **근본주의자**들의 반발이 당연히 있을 것 아닌가?"

헨리 유가 한참 설명하고 있으려니, 수혁은 '물 세계의 수정주의자'라는 대목이 나오자 왠지 웃음이 질끔질끔 새어 나오다가, '근본주의자' 대목에서 터져 버렸다. "하하하하. 으흠, 아! 예. 세상일이 다 그렇지요. 뭐."

헨리 유는 수혁의 웃음을 보더니 정색을 하면서 말했다.

"이 친구야. 웃지 말게나! 이 방면에 종사하는 사람들도 굉장히 진지해! 이건 단순한 취미를 넘어선다고. 애완동물 하나 키우는 것하고는 달라. 이건 시스템을 만드는 거야! **세계를 건설하는 일이라구**! 여기에 골몰하는 사람들을 보면, 자신이 물고기에 대해선 신神이라고 생각한다고."

수혁은 헨리 유의 정색을 보곤 조심해야 되겠다고 생각했다. '도대체 날 불러 놓고 뭐 하자는 거지? 같이 물고기 감상하려고 부른 건 아닐 텐데. 무슨 꿍꿍이지?'

헨리 유는 물고기들을 다시 쳐다보았다. 설명은 계속됐다.

"그 근본주의자들이 주장하는 것이 바로 쟈베르 시스템이라는 것이지. 이건 모나코에 사는 쟈베르Jaubert 교수가 처음 만들었고, NNR 시스템[33]이라고 부르기도 하지. 플레넘Plenum이라고 부르는, 수조 바닥에

33 NNR(Natural Nitrate Reduction) System 자연적 질산염 저감 시스템.

서 2에서 3센티미터 떨어진 빈 공간을 만들고, 그 위에 2 내지 5밀리미터 크기의 모래를 아주 두껍게 까는 거지. 그럼, 그런 모래 알갱이들 사이사이로는 수조의 물이 수월히 움직이며 돌아다니기가 어렵겠지? 당연히, 수류水流는 거의 정지 상태가 되겠지? 게다가 모래 알갱이들 사이에는 빛이 새어 들어오기가 불가능할 것이고, 덩달아 산소도 적어지거나 아예 희박한 상태가 될 게 아닌가?"

"예. 그렇겠습니다. 빛도 없고 산소도 없겠지요." 수혁은 헨리 유의 이야기에 흥미가 느껴져서 열심히 듣기 시작했다.

"그런 조건하에서는, 산소가 필요한 일반적인 여과 박테리아와는 다른 종류가 번성하겠지? 물론 여기 사는 것들에 대해서도, '완전 혐기성嫌氣性은 수조 내에선 불가능하고, 임의성任意性[34] 박테리아다.'라고 하기도 하고 말들이 많네만, 그냥 혐기성이라고 해둠세. 혐기성 박테리아들인데, 쉽게 말해 빛을 싫어하고 산소를 싫어하는 박테리아들이야. 그런데 이것들이 질산염을 분해한다네. 질소 가스를 만들지. 자연 상태로 생각하면, 강에서 느리게 물이 흐르는 곳, 깊은 모래 바닥 속에서 일어나는 일이라고 생각하면 될 거야. 자연은 그 자체로 질소 순환 시스템을 가동하고 있지. 폭포와 연결되는 바위와 자갈이 많은 곳, 큰 강줄기에서도 여울목들, 즉 빠른 물살이 부딪치고 산소 교환 작용이 풍부하게 일어나는 장소에서는, 산소를 필요로 하는 호기성好氣性 박테리아가 암모니아를 질산염까지 만들고 있고, 물살 느린 곳의 깊은 강

34 **임의성(任意性)** 산소가 있는 곳에서는 호기성이 되고 산소가 없는 곳에서는 혐기성이 되는.

바닥, 소沼들에서는 열심히 혐기성 박테리아가 질산염을 분해하고 있는 거지. 바다도 마찬가지야. 조류가 빠른 곳의 바위 표면이나 바닥 표면에서는 호기성 박테리아가, 바위 내부나 깊은 바닥 모래 속에서는 혐기성 박테리아에 의한 활동이 일어나고 있지. 그런 자연의 시스템과 같은 원리인데, 이 쟈베르 시스템은 데이터가 확실하지 않다는 게 문제야. 모든 것이 경험치야. 그러니 상품화가 어렵고, 또 상품화가 되어도 곤란하지. 너무 돈이 안 드는 시스템이니 수족관 장비 업체들이 곤란할 것 아닌가? 하하하하. 스키머도 필요 없고 말야? 그러니 잘 안 쓰이고 실패할 확률도 높아. 짠물을 하는 사람들 대부분은 그냥 장비 쓰는 베를린 시스템으로 간다네. 또한 잘 알려지지도 않았지. 어느 정도의 베일이랄까? 그런 게 있어. 해본 사람마다 말들은 많은데, 자신의 데이터에 자신감들이 없어. 아니면 다 공개 안 한 것일 수도 있고."

"예. 그렇겠네요. 이해하겠습니다."

"세상은 말이야, 근본주의가 너무 심해지면 신비주의가 된다네……. 그런데 그 신비주의가 어떤 건 진짜일 수도 있겠지만, 가짜가 너무 많거든. 증거 없이 말로만 떠드는 것은 조심해야 한다네."

헨리 유는 묘한 말을 한 마디 던지고는, 수혁의 얼굴을 쳐다보며 혼자서 재미있다는 듯이 웃고 있었다. 그는 설명을 계속하면서 수혁하고의 대화를 즐기는 듯했다.

"그런데, 한국에 와서 사무실 수조 제작을 맡기려고 업체를 돌아다니다가, 나이 드신 한 양반을 알게 됐네. 우연히 알게 됐는데, 그 양반의 집에서, 이 쟈베르 시스템이 완전히 구축된 것을 보았지. 지금은 돌아가셨을 거야, 그 양반. 인천에 사시는 분이었어. 해수 수조인데 산호가 주로 있었지. 산호 중에서도 연산호[35]가 아닌 경산호[36]였어. 경산호는 말이야, 얼마나 어려운지 아나? 물속에 거의 질산염이 없어야 한다네. 아크로포라[37]라고 나뭇가지 모양으로 생긴 경산호가 있는데, 이것들이 파란색, 보라색으로 정말 환상적인 발색을 하고 있더군. 그런데 메인 수조 밑을 보니 ─ 속된 말도 아랫도리를 본다고 하는데 ─ 섬프 수조에는 스키머가 안 달려 있었고, 바로 저거 같은 수조가 하나 더 있었지."

그러면서 헨리 유는, 자신의 수족관 하단에 있는, 까만 모래가 가득 담긴 유리 수조를 가리켰다.

"난 그때, '혹시나 하수 종말 처리장처럼, 질산염을 없애기 위해 메탄올 같은 물질을 쓰냐?'고 그 양반한테 물어봤었지. 그랬더니 그분은 '그럴 리가 있겠냐!'며 웃으시더군. 그러면서 하는 말이, 자신은 평

---

35 **연산호(Soft coral 軟珊瑚)** 여러 개충個蟲이 군체를 이루는 산호 종류 중 탄산칼슘성 골격을 가지고 있지 않은 산호류. 몸체가 부드럽고 수질이나 수온에 대한 관용도가 높아 비교적 키우기가 쉽다.

36 **경산호(Hard coral 硬珊瑚)** 외골격에 탄산 칼슘(석회질)이 있어 딱딱한 산호 종류. 수온이 일정해야 하므로 한국 인근해에선 발견되지 않는다. 수질도 대단히 좋아야 하고 변화에 민감하다. 가격도 높다.

37 **아크로포라(Acropora)** 경산호의 대표적인 종이다. 다소 무거운 골격을 가지는 다른 모든 종류의 경산호들처럼, 이 종류도 역시 수조에서 기를 때는 칼슘의 농도와 알카리니티 Alkalinity 수치, 조명의 강도, 먹이에 대해서 세심한 주의가 필요하다. 수질에 질산염과 인은 측정할 수 없는 농도를 유지하는 것이 좋다. 환경이 좋지 않으면, 자라지 않거나, 허옇게 퇴색하거나, 표면이 까진다던가, 폴립이 열리지 않거나 한다. 죽기도 쉽고 관리가 까다로운 편이다. 여기서 헨리 유가 말하는 '환상적인 발색'이란, 최상의 환경(자연 그 자체)이 이루어졌을 때에 아크라포라 표면이 형광색으로 빛이 나 보이는 상태를 말하는데, 산호 수조를 하는 사람들의 이상적인 목표라 할 수 있다.

생 물을 만져 왔다며, 물이 하고 싶어 하는 말들을 자신은 듣는다며 미소 짓는데, 정말 도인의 청아한 얼굴이었네. 그 양반은 상업 수족관 시스템을 설계하는 일을 평생 한 분인데, 자기는 취미삼아 이것을 만들었고 결국 성공했다고 하셨지. 그래서 나는 갖은 통사정, 정말 휴일만 되면 찾아가 귀찮게 굴었다네. 나도 집요하거든. 게다가, 그런 걸 탐구하고 있으면 스트레스도 잊혀지게 돼. 즐겁잖아! 그래서 다는 아니고, 원리에 대한 스케치나마 들을 수 있었네. 일반적으로 알려진 쟈베르 시스템하고도 달라. 집념을 갖고 졸라 대니 결국 가르쳐 주시더군."

"어떤 원리입니까?"

"기본적으로 유속流速을 거의 제로에 가까울 정도로 느리게 하는 동시에, 결코 정지하지는 않게 한달까—아예 흐름이 정지하면 물이 썩거든. 흐른다고 하기에도, 정지했다고 하기에도 뭐한, 어디에도 속하지 않는 아슬아슬한 경계면의 상태지—그런 식으로 물이 모래 사이를 아주 천천히 흘러 다니도록 격벽을 설치하는 거야. 격벽들이 저 검정 모래 속에 들어 있다네. 여과조濾過槽에 격벽들을 설치하고 모래를 가득 담은 거지. 일반적인 호기성好氣性 여과조濾過槽는, 구멍이 숭숭 뚫린 여과재로 채워진 격벽 사이를, 물이 위아래로 오르락내리락하면서 빠른 유속 속에 여과가 되지만, 이것은 모래가 가득 담긴 격벽 사이를 물이 횡으로 천천히, 아주 천천히 움직이게 되어 있다네. 게다가 격벽 자체도 완전히 막혀 있는 것이 아니고, 부분적으로 뚫려 있기도 하고, 상당히 불규칙하게 만들어져 있지. 일반적인 쟈베르 시스템은 여과조를 너무 크게 만들어야 하고, 부피에 비해 효율이 떨어져. 이건 모래 담는 여과조의 크기를 적정 수준으로까지 줄일 수 있지. 그래도 효율적이야. (말을 하며 헨리 유는 검정 모래가 가득 담긴 여과조-유리 수조를 가리키는데, 수혁이 보기엔, '효율적'이라는 그것이 엄청나게 큰 크기로, 수족관 하단부에 떡 하니 버티고 있다는 느낌이었다) 물을 완전히 이해한 사람만이 생각해 낼 수 있는 거네. 혐기성嫌氣性 탈질脫窒 여과조 만들기가 쉽지 않아. 알아? 하하하. 이것도 물을 많이 다뤄 본 사람이나 설명 들으면 이해하지, 자네는 내가 지금 말해 줘도 이해가 전혀 안 갈걸? 하하하하."

수혁의 얼굴을 쳐다보며, 약간 의기양양한 빛까지 새어 나오며 신나서 웃고 있는 헨리 유의 얼굴엔, 자랑의 빛이 가득했다. 수혁은 겸손함을 가장한 채 그런 말을 하는 헨리 유를 말끄러미 내려다보며, 재미도 있지만, 이 다음에는 무슨 말이 나오려나 초조해 했다. 헨리 유는 다시 정색을 하고 조용한 어조로 말을 이어 갔다.

"나의 수족관 시스템은 말이야. 훌륭히 자연의 구조를 모방했다네. 질소 순환 사이클면에서 말이지. 나는 세계를 만든 거야. 이해하겠나? 이게 정착되니까 물이 엄청 건강해졌어. 웬만해서는 여과가 깨지지도 않고, 물고기들의 똥도, 온갖 찌꺼기도, 완전히 그 자체로 사라져 버리는 일을 보고 있다네. 물갈이로만 질산염 문제를 해결한다면 결코 얻을 수 없는 현상이지. 나도 이 현상이 다 이해가 되질 않아. 경험만 있는 거지 분석은 못해 봤네. 그러면서도 나는 성에 안 차, 자동 물갈이 장치까지 설치했지. 왜냐, 이 물고기들에게 혹시라도 도움이 될까 싶어서 한 거야. 미량 원소들의 부족을 염려한 거지. 그리고 증발하는 물의 자동 보충도 생각한 것이고. 그러니 얘네들의 이 발색을 보게. 정말 아름답지 않은가?"

수혁은 헨리 유가 늘어놓는 수족관 시스템에 대한 자랑을 십분 이해할 수 있었다. 그는 세계를 창조한 후, 지 맘대로 하고 싶은 것이다. 수혁 자신도 초등학교 때 아크릴 상자 속에 흙을 담아 놓고, 여왕개미, 수캐미, 일개미 모두를 잡아다 넣어 먹이를 주면서 기른 적이 있었다. 개미들이 집을 지으면서 통로와 방들이 만들어지고, 알을 낳고, 애벌레들이 길러짐을 아크릴 상자 바깥에서 관찰하면서, 어린 생각에도 자신이 개미들의 하느님이라고 느끼며, 마음속에 말할 수 없는 뿌듯함이 생기던 것이 기억났다. 개미 입장에서야 좁다란 아크릴 상자에 가둔 악몽 같은 존재로 수혁이 보이겠지만……. 이 취미가 꽤나 오래 가서 중학교 끝날 때까지 수혁은 개미집을 들여다보았다. '흐음. 하긴 사장의 수족관이나 내 개미집이나 똑같은 거구만…….'

헨리 유가 말하는 아로와나, 홍룡들의 발색을 새삼 관찰하니 정말 찬란하다는 느낌의 붉은색과 금빛의 조화였다.

"자색과 금빛이라……. 저건 옛날부터 황제의 배색이었죠."

"그래. 자넨 확실히 보는 눈이 있군." 헨리 유는 만족한 듯이 빙그레 미소 지으며, 수혁을 가만히 쳐다보았다.

"나는 말이야. 수족관 하나 만들어도 이 정도는 되야……, 만족이 조금은 오는 사람이야. 그런데……, 지금 드림밸리Dream Valley사에서 나오는 우리의 제주테마파크 컨셉들을 보면, 나는 머리칼을 쥐어뜯고 싶은 심정이라네……. 내 심정을 이해하겠나?" 헨리 유가 이번엔 나지막한 목소리로 말했다.

'이제부터 본론이 시작되는구나……. 도대체 무슨 말을 하려고 이러지?' 수혁은 올 게 왔구나 각오하며 헨리 유의 다음 말을 기다렸다.

"난 드림밸리Dream Valley사에 있는 디자이너들을 모조리 다 한국에 불러 합숙을 시키면서, 완전히 새로운 테마파크를 생각해 내게 할 결심이야. 새로운 것, 혁신적인 것, 한 번 구경한 사람은 반드시 다시 오고 싶어서 좀이 쑤시는 것, 월트 디즈니를 넘어서는 것, 그게 내 꿈이자, 반드시 이뤄 내야 할 목표일세. 이런 내 마음을 자네가 가장 잘 이해해 줄 거야. 그렇지?"

"예. 그렇습니다."

"그래! 맞아! 자네가 앞장서야 돼. 걔네들을 모두 제주도 현지에 합숙시키고 해내야 돼. 현지의 실제 입지 지역을 수시로 보면서, 그리고 이 한국의 정취도 맛보면서, 정말 대단한 디자인을 해야 되네. 그러니 자네는 배종삼 차장하고 같이, 내일 당장 제주도로 가서 미국에서 오는 디자이너들이 묵을 숙소, 일할 사무실, 필요한 집기와 시설, 그리고 사무실에 필요한 인테리어 부문까지 일주일 이내에 마련해 놓게. 인테리어는 세게 할 필요 없네. 지내는 데 쾌적할 정도로만 하게. 일주일 후에 걔네들이 도착하면, 둘이는 제주도에 계속 같이 있으면서 테마파크 디자인 작업부터 시작하는 거야. 모든 구체적인 자료는 내일 웹하드로 부쳐 줄 테니 — 오늘 중으로 미국에서 웹하드에 올린다고 하니, 오늘밤 정도는 돼야 나도 받아 볼 수 있을 거야 — 내일 제주도로 떠나게! 회사 들를 필요도 없어. 알았나?"

"알겠습니다. 내일 당장 제주도로 가겠습니다. 배 차장한텐 제가 말하겠습니다."

"좋아. 나는 정말 자네를 믿네. 자넬 믿어. 알았지?"

"예. 알겠습니다. 열심히 해야지요."

"좋아."

헨리 유는 수혁의 손을 잡더니 크게 흔들며 악수를 하였다. 그리곤 면접 때처럼 수혁의 눈을 응시하며, '내가 가진 욕심이 크기가 얼마나 되는지를 니가 꼭 알아 줬으면 좋겠다!'는 분명한 의사를 엄숙하고도 근엄한 얼굴로 표현하였다.

'뭐, 어차피 할 일인데. 오히려 이렇게 터지기 시작하니 왠지 기분이 시원하구만……. 이젠, 노는 것도 끝났군.'

수혁은 사장실을 나왔다. 복도에 있는 전시 벽감들 중 하나에 시선이 절로 집중됐다. 금빛 찬란한 검집이 위로, 바로 그 아래엔, 다마스쿠스 검이 시퍼렇게 날을 세웠다. 완만한 초승달 모양의 검날은, 물결무늬가 소용돌이치고 있었다.

## 16

레이저 빔이 쏘아졌다. 동굴 진지 어두운 갱도의 벽에 붉은 점들을 만들었다. 특전대원 6명이 공격조 팀을 구성한 1개 중대당 공격조 2개 팀 12명은, 주 통로의 좌우를 한 팀씩 각각 나누어 책임지는 편제를 이루며—두 곳의 주 통로로 침투하는 2개 중대 4개팀이므로, 총 인원은 24명이다—은밀 기동으로 전진해 나갔다. 공격조 편제 중 선두에 선 특수 임무조 2명은, 뒤를 잇는 주 행동조 4명의 이동 통로와 안전을 확보하기 위해, 혹시 있을지 모를 갱도의 경계병과 장애물들에 대한 탐지의 눈길을 쉬지 않고 번득였다. 주의 깊고 은밀한 전진이었다. 통로의 경계 병력은 그리 많지 않았다. 그저 모퉁이 정도에 하나나 둘씩 있었고, 그런 그들조차도 깊은 밤 갱도에 널부러져 잠이 들어 있거나 하여, 요식적인 경계 행위가 있을 뿐이었다. 탈레반은 동굴 진지의 은닉에 자신이 있어 보였다. 하지만 야간 투시경에는, 공격조 4개 팀에 대한 각기 다른 맞춤 제작된 상황 분석이 증강현실로 나타나, 동굴 안 각 내실, 통로의 형태, 그리고 최적 진행 방향을 대원들에게 사전에 알려주었다. 야간 투시경 정보 덕분에 대원들의 은밀 기동이 용이하게 된 것이다. 진행 방향을 알려 주지 않으면, 외부인은 완전히 길을 잃을 미로들이었다.

이윽고, 투시경의 영상에, 이동 방향 앞에 있을 적 경계병들의 위치와, 그 배후에 있는 방들의 정교한 현재 모습, 적 인원수와 그 예상 위치 등이, 3차원 그래픽 영상으로 일목요연하게 나타나기 시작했다. 입체 영상의 방 내부 묘사에는, 심지어 탈레반의 전투 강령을 써 놓은 듯한 동굴 토벽의 천 조각과 잡다한 물건들, 바닥에 흩어져 있는 가재 도구들과 담요들, 모르고 돌진하다 걸려 엎어질 만한 땅바닥의 깊게 패인 부분들, 얼굴을 때릴 만한 천장의 튀어나온 금속 파이프, 숨겨 놓은 총기 위치까지 상세히 나타났다. 각 공격조 중 특수 임무조에서, 이글 스캐너를 꺼내들고 투시경이 알려 주는 정보와 스캐너의 정보를 취합하니, 작전 대상이 된 탈레반 반군 몇 명이 지금 어디서 무엇을 하고 있는지, 완전한 전모를 파악할 수 있었다. 적의 위치와 인원수는, 투시경의 예상과 스캐너가 표시한 현재 상태의 실제 투시 정보가 거의 일치했다. 낮이라면 사람의 이동이 많아서 달라지겠지만, 지금은 한밤중이라 이동하지 않고 잠들어 있기 때문에, 각 방의 탈레반 인원수와 위치를 확인할 수 있는 적소適所의 정보만 확실히 주어진다면, 그런 정보들을 통해 얻어 낸 투시경의 예상은 스캐너의 실제 결과와 일치가 충분히 가능할 수 있는 상황이었다. 다만 미군이 그런 요소요소의 정보들을 어떻게 얻어 냈냐는 의문이, 특전대원 모두의 머릿속에 공통으로 생기기 시작했다.

애초부터 위성에선 파악조차 안 되는 산속 동굴 진지, 그것도 내부의 좁다란 통로들을 지나 여기저기 붙어 있는 구역들 각각의 적 인원수와 위치 예측의 정보들을, 미군이 직접 이곳에 와보지 않고도 알아냈다는 점은 진짜 수수께끼였다. 사실상, 대원들이 작전 수행하면서 겪는 지금의 느낌을 과장 섞어 묘사하면, 진짜 유령이라도 된 후, 동굴 토벽을 뚫린 곳 없어도 스며들 듯이 그냥 무사 통과하고는, 안에 있는 적들을 미리 찬찬히 살펴보는 특권을 가진 투명 인간이었다. 다만 진짜 유령에 비해 질적으로 떨어지는 차이점이 있으니, 정보 분석과 파악에 시간이 좀 걸린다는 약소한 문제였다. 이런 기분으로 특수 임무조는 갱도 내 경계병 제거하기를 완료한 후에, 적 위치와 인원수가 사전에 파악된 야간 투시경 정보와 똑같이 그대로 맞는다는 걸 확인하였으며, 이에 힘입어 일종의 안도감까지 느끼면서 주 행동조는 각 내실로 진입하여, 새로운 돌발 변수라곤 없는 안정감 있는 사살 작전을 개시하였다. 일체의 소리가 새어 나가지 않았다. 레이저 빔에 지시된 탈레반 반군의 가슴에는, 총탄이 아닌 화살촉이 박혀 있었다.

"석궁을 씁니까?"

미군 대령이 스크린을 쳐다보며 웃음기를 빙그레 입가에 만들더니, 김 대령에게 고개를 돌리며 질문을 했다.

"예. 무성 무기로는 저만한 게 아직 없습니다. 어떠한 소음기 장착 총기류도 소리가 있습니다. 소리가 작다는 권총류를 개조하여 사용해도 60데시벨은 됩니다. 50미터 거리에서 미세하게 들릴 수 있습니다. 소리 안 나는 총이란 영화에나 나오는 거잖습니까? 야간에 소리가 진동하는 동굴이라면 더욱 위험합니다. 그래서 사격 예정선에 다다를 때까지는 석궁을 씁니다. 그 이후, 바로 동굴 진지의 모든 출입구 동선을 폐쇄하고, 나머지 밀집 지역, 즉 60여 인스의 적 주력이 모여 있는 곳을 은밀히 포위한 후, 곧바로 K-7 기관단총으로 타격 섬멸할 것입니다."

"한국군 특전부대는 석궁을 개인화기로 계속 사용하고 있습니까?"

"예전에는 사용했지만 지금은 아닙니다. 운용에 대한 노하우는 가지고 있습니다. 사용되는 석궁은 이번 작전을 위해 한국에서 특별 제작한 것입니다. 워낙 특수한 경우의 작전이니까요. 크기는 작지만 위력은 3백 파운드짜리 컴파운드 석궁하고 맞먹습니다. 곰도 한 방으로 잡을 수 있습니다. 그러나 재장전의 시간이 걸리고 효율성이 떨어지기 때문에, 사격 예정선에 이르면 기관단총을 사용하기로 사전 협의했습니다. 그때가 되면 동굴 진지에서도 내부 지역이기 때문에, 총기 소리가 진지 외부로 새어 나가더라도, 떨어져 있는 다른 탈레반 진지까지는 들리지 않을 것입니다. 우리가 소음기 단 K-7 기관단총을 사용해도, 적이 쏘는 총기 소리는 날 테니까요. 따라서, 총기 소리 자체가 동굴 진지 밖에선 잘 들리지 않을 내부 지역까지 침입 완료한 이후 기관단총의 사격을 개시합니다. 사격 예정선 안쪽의 내부 지역은 적 밀집 지역이기에, 접전도 각오해야 합니다. 그러니 석궁에만 의존할 수는 없습니다."

"접전이라……. 내부 지역이라고 외부에 총기 소리가 안 들릴까요? 잘 모르겠습니다. 우리 미군은 이번 작전을 접전 없이 진행시킬 수 있지 않을까 예상하기도 합니다만, 사실 저도 그건 힘들지 않을까 혼자서 생각하곤 했습니다."

미군 대령도 수긍하는 눈치로 김 대령을 쳐다보았다. 김 대령은 미군 대령의 눈을 응시하며 힘주어 말했다.

"상황에 대한 완전한 예상과 그에 따른 완벽한 대처란 사실 없다고 생각합니다. 항상 최악의 경우도 각오해야 합니다. 그렇지 않습니까?"

"흐음……."

미군 대령은 김 대령의 두 눈을 쳐다보다가, 고개를 돌려 아래쪽을 내려다보며 미동도 하지 않았다. 뭔가를 골똘히 생각하는 눈치였다.

대한민국 특전대원들의 작전 수행은 신속하고 정확하게 포위망을 좁혀 가며, 석궁을 통한 사살과 이에 따른 각 구역들의 점령으로 이어졌다. 이제 동굴 진지 안쪽 깊숙이 박혀 있는 탈레반 핵심 인물 은신 지역과, 주력 병력 내무반, 회의실, 무기 창고만이 남아 있었다. 공격조 4개 팀은 동굴 진지의 외곽 지역 점령을 마무리하고, '포위망-총기 사격 예정선'을 형성했다. 이것도, 야간 투시경에서 보여 주는 진지 구조 3차원 입체 그래픽 영상이 있었기에 사전 파악으로 가능했던 일이다. 1중대 소령이 K-7 기관단총의 사용을 방음 헤드셋을 통해 모든 특전대원에게 명령했다.

공격조의 발걸음이 순간 빨라지기 시작했다. 각 조의 선두에 선 특수 임무조는, 하나하나의 방들을 확인하던 집요함 대신, 구역에 대한 통합적인 정찰로 임무를 전환했고, 주 행동조는 각 방들에 대한 신속 점령과 적 사살을 행동 개시했다. K-7 기관단총 소음기에서는 '턱, 터억' 하는 낮은 진동음들이 연신 울려 나왔다. 전광석화電光石火와도 같은 타격 섬멸 작전이었다. 순식간에, 남아 있는 적 예상 병력 60여 인의 반수가 사살되었다. 동굴 진지 내부의 적 총 예상 1백여 병력 중 이미 70인 정도가 제거되고 30여 인만이 남은 것이다.

포위망을 계속적으로 좁혀 가던 특전대원들은, 적 주력의 내무반 지역을 급습하자 저항에 부딪쳤다. 기관단총 소음기에서 나는 소리에 잠깨어 일어난 탈레반 반군이었다. 접전이 시작되었다. 갱도에서는 탈레반 반군의 총소리가 연신 진동음으로 울려 퍼지며 흙먼지가 뿌옇게 일어났다. 특전대원들이 지금 구사하는, 적재적소의 정확한 타격을 위한 총기 사용과는 거리가 먼, 무작위적인 난사에 가까웠다. 적은 침착하지 못했다. 쥐 죽은 듯이 고요한 한밤중의 급작스런 습격인 데다가, 깊은 잠에서 깨어 일어난 직후란 점이 그 이유였다. 평시라면, 이들도 훈련받은 대로 행하는 차분한 대응이 가능했을 것이다.

특전대원들 중 일부는, 투시경의 지형 정보와 이글 스캐너를 통한 적의 실제 위치 정보를 조합하여, 측면을 급습할 수 있는 동굴 진지의 협로들로 잠입하였다. 나머지 대원들은 가만히 숨죽이며 적의 반발이 잦아들 무렵을 기다리다가, 측면에서 아군의 공격이 시작되자, 적이 당황한 틈을 노려 은밀 기동과 돌격이 반복되는 기습전을 감행했다. 눈 깜짝할 사이에, 적 주력 20여 인을 사살했다. 아군의 피해도 있었다. 옆구리에 총탄을 맞은 중상자가 1명, 팔에 맞은 경상자가 1명이지만 전사자는 없었다. 탈레반 반군 중 7인 정도가 핵심 인물들의 동굴 안쪽 은거지로 후퇴함이 목격됐다. 동굴 진지 인원 중 남은 탈레반 10

여 인의 제거를 위해, 특전대원들은 계속 포위망을 좁혀 갔다.

"작전 자체로 놓고 보면 성공적이 될 것 같습니다. 해내고 있네……, 참……." 미군 대령은 스크린을 보며 특전대원들의 작전 수행을 감명 깊게 보고 있었다.

"부상자가 발생했어요. 한 명은 중상일지도 모른다는 생각이 드는데……." 김 대령은 부상자의 발생에 안타까워 하는 눈치가 역력했다.

"헬기 철수는 적의 전초기지에서 하기로 했지요?" 미군 대령은 철수 지점을 김 대령에게 물어보았다.

"그렇습니다. 점령한 전초기지가 지금 우리의 임무지원지점입니다. 그곳까지 7킬로미터의 철수 행군이 작전 계획입니다. 중상자와 사상자는 들것에 실어 날라야지요."

"모든 것은 상황 봐서 합시다. 사상자가 앞으로 더 생기거나 할 경우, 철수가 용이치 않을 수 있습니다. 그럴 때는 후송 헬기를 보다 전방 라인으로 전진하여 후송하는 경우를, 난 생각합니다. 나는 작전 상황 봐서, 근접항공지원까지도 각오하고 있습니다."

"근접항공지원이라면 폭탄이 터지고 할 텐데, 근처 탈레반들이 다 알 텐데요? 파키스탄 정부도 결국 상황을 알게 될 것 아닙니까? 그렇다면, '나이트 고스트'라는 작전 개념이 흔들리는 것 아닙니까?"

"지금까지 대원들이 실행해 준 작전 결과로 보아도, 일단은 성공할 것이라 생각합니다. 끝까지 가봐야 알겠지만, 저기까지 잠입한다는 것도 쉬운 일이 아니었습니다. 광산에서 채굴되는 보석 종류가 무엇인지를 알고, 그리고 탈레반 핵심 인물의 제거가 성공하면, 그 자체로도 큰 성과입니다. 가령 파키스탄 정부의 반발이 일어난다면, 외교하는 작자들이 어떻게든 해결해야겠지요. 아군의 구출은 최우선 과제입니다."

미군 대령의 말을 듣자, 김 대령의 얼굴에는 마음의 커다란 짐이 덜어지는 듯한 표정이 순간 나왔다. 그걸 본 미군 대령은 김 대령의 두 눈을 주시하며 싱긋 미소를 지었다. 전투를 수행할 때의 마음가짐으로, 머릿속에 아군과 적군만 존재하는 것이 난마처럼 얽힌 배경들에서 정신을 집중할 수 있게 하여, 혼란한 마음을 단순화시키고, 간결한 승리를 가져다주는 요인이 될 것이다. 처음으로, 두 사람 각자의 마음에서 벽이 사라지고, 길이 나고, 서로 통하기 시작했다.

마지막 결전이다. 탈레반의 저항은 거셌다. 7인의 반군은 핵심 인물들의 위기 상황 모면을 위해 죽음을 두려워하지 않고 맞서서 싸웠다. 접전은 한동안 계속되었지만, 상황을 반전시킬 뚜렷한 타개책이 나오지 않는 교착 상태였다. 이곳이 동굴이 아닌 외부라면 적의 측면이나 후면을 타격할 뚜렷한 방도가 있을 테지만, 마지막 남은 곳은, 한 방향으로만 갱도가 형성되다 우측으로 휘어져 가는 길에 핵심 인물의 은거지가 있었고, 반군은 그 휘어진 곳에 은닉하고 계속적으로 사격을 해대어, 특전대원들도 더 이상 전진을 하지 못했다. 방법은 폭약의 사용이지만, 소리의 진동음이 외부까지 알려지므로 대원들은 스스로 금하고 있었다. 제한이 많은 작전이다. 적도 나갈 곳 없이 완전히 갱도에 갇혀 버릴 것을 미리 예상하고, 수류탄 같은 폭탄을 먼저 터뜨리지 않았다. 이렇게 마냥 시간은 흘러가고 있었다.

"충성! 소령님, 성 중사입니다. 제가 맡은 임무를 지금부터 시작하겠습니다. 이들에게 비밀 창고가 있습니다. 그곳에 들어가려면 문 잠금 장치의 암호 해독이 필요합니다. 창고 진입을 완료한 후, 그 안에 있는 것을 샘플로 가지고 나오는 일이 저의 임무입니다. 그런데 비밀 창고와 벽 하나를 사이에 두고 있는 옆방이, 바로 핵심 인물들의 거주지입니다. 지금 반군이 결사적으로 막고 있는 지역입니다. 또한 비밀 창고와 옆방 사이에, 출입할 수 있는 문이 있다고 저의 PRE에서 알려주고 있습니다. 동시에, 비밀 창고와 연결되는 다른 갱도가 있는 것도 PRE에 나타나고 있습니다. 핵심 인물들이 중간 출입문을 통해 비밀 창고로 들어가게 되면, 창고와 연결되는 갱도를 타고 동굴 진지 반대편 쪽을 향해 도주할 위험이 있다고 저는 생각합니다. 역으로, 우리 대원이 비밀 창고로 잠입한다면, 옆방에 있는 핵심 인물들을 제거한 이후, 지금 저항하는 반군들의 처리도 배후로 나오면서 가능합니다."

'성 중사'라 스스로를 칭한 1중대 CCT 대원이, 소령에게 헤드셋으로 상황 보고를 하였다. 그러자, 보고를 듣던 1중대 소령은 성 중사에게 그 즉시 반문했다.

"아니, 그 중요한 정보를 왜 자네한테만 알려 주는 거지? 정말 이상하네. 거기에 뭐가 있다고 그러지? 어쨌든, 자네는 빨리 비밀 창고에 잠입해서, 지금의 교착 상태를 타개할 수 있도록 하게. 시간이 없어."

"예. 알겠습니다. 충성."

성 중사는 '필승'이 아닌 자신의 부대 구호 '충성'을 외치며 어둠 속으

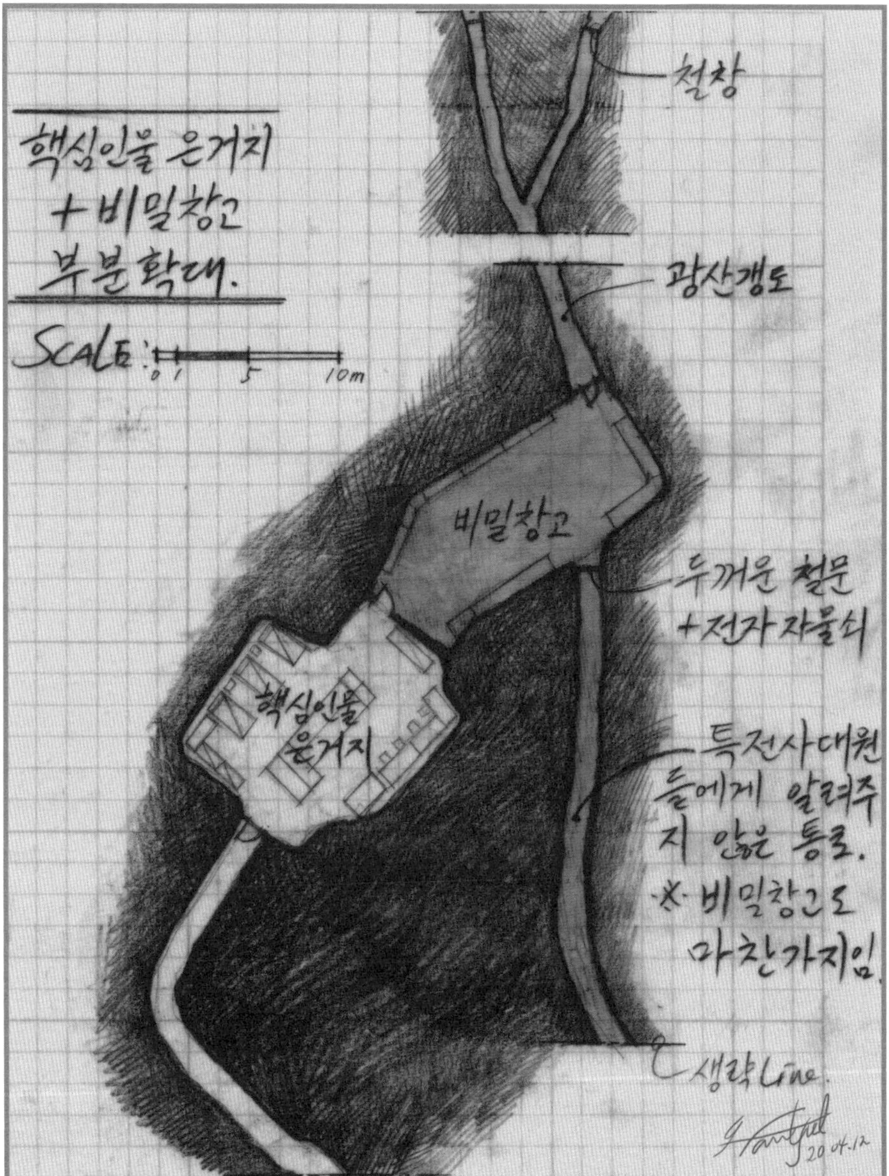

철창
핵심인물 은거지
+비밀창고
부분확대.
SCALE: 0 1 5 10m
광산갱도
비밀창고
두꺼운 철문
+전자 자물쇠
핵심인물
은거지
특전사대원
들에게 알려주
지 않은 통로.
※ 비밀창고도
마찬가지임.
생략 Line.
2004.12

로 사라졌다. 그 뒤를 다른 특전대원 5명이 뒤따랐다. 같은 공격조 일원들이었다.

"결국은 이렇게 되는 거야. 정보 공개가 필요했어."

미군 대령은 전개되는 양상을 보고 혀를 차며 못마땅한 듯이 입을 실룩거렸다. 그도 이번 작전에 의문 사항이 많았던 모양이다.

"왜 저렇게 성 중사에게만 정보 공개를 한 겁니까? 시간만 지연되지 않았습니까? 미리 저 창고 지역을 대원들이 선제 공략하고 핵심 인물들을 처리한 이후, 은거지 배후에서 반군들을 기습할 수 있었다면, 벌써 작전이 완료되었을 겁니다. 전투 중 성 중사는 PRE에 정보가 뜨자 그제서야 상황을 판단할 수 있었고, 작전 제시를 소령에게 자신이 먼저 내놓은 황당한 경우이니, 지휘관과 부하가 뒤바뀐, 도대체가 말이 안 되는 지휘 계통의 혼란인 겁니다. 게다가 저 창고 지역은 최우선적으로 점령해야 해요. 저기에 혹시 광산으로 빠지는 길이 있습니까? 그렇다면 K-7 기관단총의 사격 예정 시각을, 저 비밀 창고의 확보 이후로 정해야 합니다. 저기도 적의 퇴로가 될 수 있어요." 김 대령은 답답하여 스크린을 보면서 미군 대령에게 소리 지르다시피 말했다.

"맞는 말입니다. 어차피 핵심 인물의 은거지 공략은, 가능한 우회로가 비밀 창고 방향밖에 없다는 점을 한눈에도 알 수 있지 않습니까? 당연히 전 대원들에게 알려 주어야 할 사항인데, 정보 관계자의 조심성이 일을 복잡하게 만드는 것이지요. 혹시나, 핵심 인물들의 은거지로 대원들이 배후 진입할 필요없이, 작전 상황이 반군들에 대한 전원 사살로 전개될 수 있지 않을까, 기대했던 것입니다. 핵심 인물들은 얌전히 자리를 지키고만 있을 것이다, 지 맘대로 예상하고 말이지요. 비밀 창고에 있는 퇴로, 즉 광산으로 연결되는 갱도를 퇴로로 생각하지 않았습니다. 왜냐하면 저곳의 모든 출입에는 잠금 장치들이 되어 있고, 평시에는 핵심 인물들 중에서도 오직 한 사람만이 비밀 번호나 열쇠들을 관리하고 있는 것으로, 정보 분석 결과가 나왔습니다. 일반 반군은 사실 저 비밀 창고에 들어가 보지도 못했고, 무엇이 있는지도, 핵심층은 전혀 반군들에게 말하지 않았습니다. 그건 정보 분석 결과 분명합니다. 그래서 창고의 광산 갱도가 퇴로로 될 수 있다고 작전에 넣지 않았던 겁니다. 하지만 말이 안 되는 겁니다."

미군 대령은 김 대령의 질문에 자신의 불만을 솔직히 토로하였다. 그러자 김 대령은 대답을 듣더니 갑자기 웃으며 자신의 생각을 말하기 시작했다.

"아! 혹시, 우리 대원들이 저기에 뭐가 있는지를 알면, 거기에 정신 팔려 작전에 지장이 있을까 봐 그런 것 아닙니까?"

미군 대령도 어이가 없다는 듯이 웃으며 김 대령의 말에 맞장구쳤다.

"핫하하. 그렇지요. 저기에 보석 원석들이 있다는 것을 알면, 대원들이 가지고 나오느라 정신 팔려 작전에 차질이 있을 수 있다는 우려였는데, 생각하면 일리도 있는 말입니다. 하긴 귀한 보석들이라는 것을 알면, 대원들도 인간인 이상 마음이 흔들릴 수 있습니다. 욕심이 생기면, 작전 전개에 필요한 예리한 판단력의 날이 무뎌진다는 겁니다. '저기까지만 가면 뭐가 있다.'가 머릿속을 짓누르는 거지요. NSA에서는 그 점을 강조하더군요. 인간은 누구나 약점이 많은 존재라고 말입니다."

공군 CCT 대원 성 중사와 특전대원 5명은, 좁은 갱도를 지나 막다른 골목에 이르렀다. 갱도를 막고 있는 것은, 육중한 삼단 철봉이 가로지르고 있는 전자 자물쇠가 달린 두꺼운 철문이었다. 성 중사는 이를 보자 PRE를 꺼내 자물쇠 밑의 한 부분과 코드Cord로 연결했다. 이는 모두 사전에 미군 측에서 그에게 지급한 물품들이었다. PRE의 액정 화면은 일제히 숫자가 나타나며 어지럽게 난수표 해독을 시작했다.

"폭약을 쓸 수도 없고, 부식성 물질을 쓸 수도 없고……. 난관이 많구만."

김 대령은 스크린을 쳐다보며 한숨 같은 혼잣말을 내뱉었다.

"부식 물질도 안 되지요. 모두 산 종류인데 거기서 나오는 수소 같은 인화성 기체가 갱도 안에 퍼지면 정말 위험합니다. 트인 공간이라면 간단하겠는데 뭐 어떡합니까? 빠른 시간에 끝낼 수 있는 레이저 절단도 고려해 봤는데, 절단기가 무게가 너무 나가 행군 간에 곤란하겠더군요." 미군 대령은 어깨를 으쓱하며 '뭐 할 수 없지 않나.' 하는 얼굴 표정을 지었다.

"비밀 번호 해독은 확실히 되는 겁니까?"

김 대령의 질문에 미군 대령은 퍽 자신 있다는 태도를 보이며 대답했다.

"NSA에서 저곳에 쓰인 전자 자물쇠의 제작 업체를 알아냈습니다. 스위스 카바KABA사의 자물쇠인데, 동일한 기종을 연구해서 비밀 번호의 입력 방식과 해제 방법을 알아냈지요. 한 4만 가지 경우의 수를 저 대원의 PRE에 입력했다고 하더군요. 5분 이내에 해제될 것이라 자신합니다. 암호 해독은 그쪽 전공입니다."

"아. 그렇습니까? 알겠습니다." 김 대령은 고개를 끄덕거리며 스크린을 다시 쳐다보았다.

성 중사의 PRE에서 '매치Match'라는 단어가 화면에 뜨더니, '1192792435'라는 일련의 숫자가 나타났다. 그 숫자를 본 성 중사는 전자 자물쇠의 키판을 손가락으로 조심스레 두들겼다. 이윽고, 철문의 검은색 삼단봉이 철컥 소리를 내면서 우측으로 움직였다. 철문이 열리자 어둡고 습기 찬 창고 내부가 드러났다. 벽에 줄줄이 붙어 있는 선반에는 포대 같은 것들이 몇 개가 놓여 있었다. 벽을 가득 채운 선반들에 비해, 포대 자루의 모양과 크기, 개수는 빈약하기만 했다. 자루 속에 뭐가 들어 있는지는 모르겠지만, 창고의 규모에 비해 초라하고 별 볼일 없는 느낌이었다. 성 중사는 고개를 돌려 다른 것들을 살피기 시작했다. 창고 안은 퀴퀴한 박쥐 똥의 냄새가 나면서, 다른 쪽으로도 바깥과 통하는 출구가 있을 것임을 암시했다. 야간 투시경으로 살피니, 창고의 좌측 한편에 옆방과 통하는 출입문이 보였고, 우측편 끄트머리엔, 다시 지하 광산으로 들어가는 갱도 입구가 보였다. 그 입구 쪽으로 다가서니, 갱도를 막고 있는 두꺼운 나무문이 있었다. 문에는 또한 육중한 자물쇠가 잠금 장치로 달려 있었다. 이를 본 성 중사는, 미군 측에서 사전 지급한, 군복 앞주머니 속에 들어 있는 열쇠를 꺼내어 자물쇠에 맞추어 보았다. 열쇠는 자물쇠에 들어가자마자 부드럽게 잠금 장치를 해제했다. 성 중사는 열쇠를 들여다보며 이상한 듯이 고개를 갸웃거렸다. 육중한 나무문이 열리자마자, 그 틈을 놓칠세라, 나무문 바깥에 매달려 있던 박쥐 몇 마리가 창고 안으로 재빨리 날아들었다.

3명의 특전대원은 옆방과 통하는 좌측편 출입문에 대해 경계 태세를 유지했고, 성 중사와 다른 특전대원 2명은 우측편 갱도 입구를 지나, 주의 깊게 은밀 기동하며 광산 갱도 속으로 이동했다. 50미터 정도 진입하니 두 갈래로 갱도가 나뉘어지면서, 각각 10미터 정도 전방에 견고한 철창이 설치되어 있는 것이 발견됐다. 갱도에는 아무도 없었다. 성 중사의 PRE는, 전방 방향 아래쪽으로 갱도가 내려가며 광산 지역이 나타나고, 다시 올라가면서 전체적으로 2킬로미터는 더 전진해야, 동굴 진지 반대편 산등성이로 빠지는, 광산의 출구가 나타날 것임을 그래픽으로 알려 주었다. 동시에 그쪽 출구엔 또 다른 탈레반 경계 병력이 버티고 있을 것도 보여 주며 작전 지역이 아님을 표시했다. PRE와 달리, 야간 투시경에는 아무 정보도 나타나지 않았다.

성 중사와 두 특전대원은 재빨리 되돌아와, 광산 갱도 입구의 문을 다시 닫았다. 성 중사가 문 자물쇠를 잠그려는 순간, 옆방과 통하는 좌측편 출입문이 갑자기 열리며, 탈레반 핵심 인물 3인의 경호를 담당한 2인의 반군이 총기를 들고 나타났다. 그들은 대원들을 보더니만 깜짝 놀라면서 사방으로 난사를 갈겼다. 출입문에 경계 태세를 유지하던 특전대원 3명은 즉시 대응 사격을 개시했다. 창고 안에 반군의 총성이 난무하였건만 순식간에 공격은 격퇴되었다. 그러나, 광산 갱도 출입문 쪽에 몰려 있던 3명의 대원들은, 반군들의 난사 방향 전면에 노출된 상황이었다. 그 즉시 특전대원 1명은 자리에 쓰러져 일어나지 못했고, 성 중사도 어깨에 총상을 입고 쓰러졌다. 탈레반 측은, 창고 내부로 먼저 진입하던 자신들 아군 2인이 일시에 출입문 앞에서 널부러지자, 나머지는 출입문 뒤로 재빨리 후퇴했다. 혼란한 상황이었다. 나머지 특전대원 4명은 은밀 잠입하려던 계획이 총소리로 틀어진 것을 깨닫자, 출입문을 통해 즉시 옆방으로 침입하여 반군의 배후를 공략했다. 쓰러진 적들에 대해 확인 사살을 할 시간적 여유가 없었다. 탈레반 반군의 나머지 5인과 핵심 인물 3인은, 배후에서 들이닥친 특전대원들의 기습과 은거지 전방 갱도에서 대기하던 대원들의 순간 돌격으로, 모두 타격 섬멸되었다.

성 중사는 어깨를 부여잡고 자신의 맡은 바 임무를 완수하려 자리에서 일어났다. 동시에, 비밀 창고에 쓰러져 있던 탈레반 반군 2인 중 하나가, 성 중사 눈을 피해서 조용히 움직임을 시작했다. 치명상을 입지 않은 것이다. 총상은 두 곳에 났으나 아직 몸을 움직일 수 있었다.

이때, 성 중사는 자신이 맡은 임무, 즉 포대 자루 속에 있는 것을 꺼내려 선반으로 이동 중이었다. 한쪽 팔을 잘 쓸 수 없으니 행동이 부자연스러웠고, 움직이는 적을 발견하지 못하고 있었다. 반군은 총소리가 나면 옆방에 있는 특전대원들에게 자신이 노출될 것을 염려했는지, 들고 있던 소총을 조용히 내려놓고는, 뒤에서 달려들어 성 중사의 목을 조르고, 칼을 쥔 오른손으로 그의 가슴을 찌르려 했다. 성 중사는 순간, 칼을 내리치는 반군의 오른팔과 오른손을, 부상 입은 어깨 쪽인 오른팔 팔뚝과 오른손날을 사용하여 힘들게 막아 내면서, 뒷머리로 적 얼굴의 코와 인중을 가격했다. 성 중사의 목을 조르던 적 왼팔의 힘이 떨어졌다. 이때를 노려, 성 중사는 어깨가 완전한 왼팔 왼손으로 적의 칼 쥔 오른손의 손목 부위를 잡고는, 칼의 방향이 바깥쪽으로 되게 적의 오른팔을 비틀며, 허리에 찻던 수통을 자신의 오른손으로 즉시 꺼냈다. 몸을 완전히 우측으로 틀며, 배후에 있는 적 머리의 관자놀이를 수통 마개로 내리찍었다. 이 가격으로, 힘이 빠진 반군의 오른손은 칼을 떨어뜨리고 말았으나, 성 중사도 몸 회전의 탄력 때문에, 왼손으로 잡았던 적의 오른 손목을 순간 놓치고 말았다. 배후의 적은 양팔의 힘이 빠지면서 성 중사에 대한 결박을 완전히 풀더니, 근처에 있는 광산 갱도의 나무문 쪽으로 필사적으로 도망갔다. 성 중사는 쫓으려 했으나, 자물쇠로 잠그지 않은 문은 열려 있었고, 반군은 이미 그 문을 통해 모습을 감추어 버린 뒤였다. 성 중사는 갱도로 들어갔다. 폭발음이 저편에서 들리더니 갱도가 무너졌다. 성 중사는 무너지는 갱도를 피해 비밀 창고로 돌아올 수밖에 없었다. 한 번의 폭발음이 있었고, 1인의 적이 탈출한 상황이다.

성 중사는 고개를 잠시 떨구었다. 움직이지 않고 자리에 서 있다가 다시 고개를 들고는, 선반 위 포대 자루를 향해 걸어갔다. 그 속에서 무엇인가를 하나 꺼내 들더니, 방탄복 조끼 속 군복 앞주머니에 넣었다. 그리고는 찬찬히 주위를 둘러보기 시작했다.

"상황이 애매하게 됐네……." 미군 대령은 고개를 갸웃거렸다. 그는 판단이 잘 서지 않는다는 눈치로 콧수염을 만지작거렸다.

김 대령은 어이 없어 나오는 실소를 입가에 숨기지 못하며 미군 대령에게 항의조로 말했다.

"성 중사에게 달려든 탈레반 반군, 해도 너무 한 것 같습니다. 총 두 방 맞고도 저렇게 움직일 수 있다고 주장하면 뭐 할 말이 없지만, 관자놀이를 수통 마개 부분으로 찍히고 저렇게 도망간다는 건 말이 안 되는 겁니다. 저길 저런 식으로 맞으면 사실 즉사입니다. 성 중사가 다칠까 봐, 일부러 호흡을 끊고 실제 가격을 하지 않았으니 망정이지……."

"그렇지……. 우리 탈레반 친구 너무 오버했어. 저건 말이 안 돼. 차라리 완전한 RNC(Rear Naked Choke)로 처음을 시작했으면……. 하긴 상호 간에 서 있던 자세니까, 어떻게 될지 몰라서 그랬겠지. 하지만, 특전대원들은……, 순간적으로 옆방에 진입해야 할 상황이라 확인 사살을 할 여유가 없었던 것으로 이해할 수 있다 하지만, 왜 CCT 대원은 쓰러진 탈레반들을 확인 사살 안 하고 곧바로 선반 쪽으로 간 겁니까? 그 부분은 CCT 대원의 실수가 있었다고 봐도 되겠지요?" 미군 대령은 양 눈썹으로 '자기 말이 맞지 않냐.'는 식의 얄미운 여덟팔 자를 미간에 슬쩍 만들며, 김 대령을 넌지시 바라보고 있었다.

"그 부분은, 성 중사도 쓰러져 있던 상황이니, 대원들이 옆방으로 침입하기 전 확인 사살을 했을 거라고 예상하고 일어나서, 그냥 넘어갔던 것일 수도 있고……, 으음, 뭐……, 실수라면 실수랄 수도 있고……. 어쨌든, 저 부분은 애초의 작전 계획이 가진 문제점에서 사실 시작된 것 아닙니까? 비밀 창고로 통하는 길을 우회로로 할 수 있다는, 즉 핵심 인물들 은거지 공략에 대한 가장 중요한 정보가 주어지지 않았고, 따라서 사격 예정선에서 저 비밀 창고의 점령 부분이 빠져 버렸고, 이러이러한 초기 상태의 문제점이 결국 저 결과를 낳았다고 생각합니다." 김 대령은 말머리 처음에는 좀 몰리는 듯하다가, 다시 상황을 역전시킬 만한 합당한 이유를 생각해 내곤 신이 나서 마무리 지었다.

미군 대령은 오른손을 들어 가볍게 내저으면서, 그만하자는 듯한 표정으로 말했다.

"아니, 나는 꼬투리 잡자는 게 아닙니다. 이 작전을 어떻게 더 끌고 가야 되나, 생각하느라고 말입니다. 이번 작전에 대한 한국군 특전부대의 수행 능력은 분명하게 확인됐다고 생각합니다. 저 공군 CCT 대원의 현장에서의 임기응변 때문에, 교착 상태였던 마지막 상황도 극복이 됐고……, 결국은 비밀 창고의 존재를 모든 대원들이 알게 되긴 했지만……. 하하하하." 미군 대령은 어딘가 속이 시원해 보이는 얼굴 표정을 지으며 크게 웃어 댔다. 그리고는 말하기를 이어갔다.

"세 가지 점에서 말하겠습니다. 첫째로, 다음 작전 때는 비밀 창고의 우선 점령을 상정하고, 기관단총의 사격 예정선을 재설정해서 실시해 봅시다. 두 번째로, 적과 아군 소총들의 소리가 진지 바깥으로 어느 정도까지 들리는지, 시뮬레이션해서 확인해 볼 필요가 있습니다. 셋째로, 이건 내 생각인데, 아까 보니 석궁에 의한 타격이 아주 괜찮아 보였습니다. 아예, 동굴 진지 내부에서의 타격을, 총기가 아닌 석궁을 주로 하면 어떨까 하는 생각이 들더군요. 어떻게 생각하시는지?"

"그러면 작전 시간이 두 시간 가지고는 모자랍니다. 그리고 석궁은 재장전 시간이 길고, 융통성이 없어요. 순간적인 대응에 약합니다." 김 대령의 얼굴은 좀 난처한 표정으로 바뀌었다.

"반면에 더 시간이 주어진다면, 적이 눈치채지 못하게 계속적으로 은밀 타격을 줄 수도 있잖습니까? 오히려 안정성이 확보될 수도 있고, 철수 시점이 늦어져도 조용히 빠져 나오기만 하면 되니, 괜찮을 것 같기도 하고……. 총기라는 것이 사실, 쌍방 동일 조건하에서 보다 빠른 대응을 위해 발전해 왔지만, 우린 적의 모든 것을 완전하다고 할 수는 없더라도, 미리 알고 접근하지 않습니까? 아이러니한 결과로, 오히려 그 점이 원시적인 무기 체계가 빛을 볼 여지를 많이 만드는 게 아닌가, 아까 한국군의 석궁 공격을 보고 그런 생각이 들더군요. 가령, 우리에게 아예 신과도 같은 능력이 주어진다면, 적에 대한 공격과 제압에 원시적인 무기 체계 정도가 아니라, 무기 자체가 필요 없어지지 않겠습니까? 더 나아가, 적이나 공격, 제압이란 개념조차 무의미해질 수도 있지 않겠어요? 좀 엉뚱한 생각이긴 하지만 말입니다. 하하하."

김 대령은 조리 있는 미군 대령의 말을 잠자코 듣기만 했다. 그 자신도, 한번 석궁 공격으로만 해볼까 하는 생각을 했던 눈치였다. 하지만, 한국군 입장에선 전체를 조율할 수 없으니, 별다르게 적용할 엄두를 내지 못하고 그냥 넘어간 것이 분명했다.

"그럽시다. 나도 결과가 궁금해요. 한번 해볼 필요는 있어요." 오히려 반가운 음색이 섞여 나오는 김 대령의 목소리였다.

"그러면 잠시 휴식을 갖고 현장에서 상황을 점검한 후, 마저 진행하도록 합시다." 결론을 내리는 듯한 미군 대령의 어조였다.

"예. 그리하시지요." 김 대령의 어투에는 이제 별다른 저항감이 없었다.

자신의 의견을 받아들이는 김 대령의 태도에 만족한 듯, 미군 대령은 큰 입을 기분 좋게 한일 자로 늘이며 씩 미소를 지었다. 그리고 지휘 통제실의 통제 장교에게 명령을 내렸다.

"잠시 작전을 중단하게. 우리는 현장에 가볼 테니."

"에이 씨, 이게 뭐야. 왜 작전 중단이야."

"다 했잖아요. 죽어라고 뛰어서 여기 들어와선 다 쏴 죽였는데……."

특전대원들은 저마다 투덜거리며 동굴 진지 바깥으로 어슬렁어슬렁 걸어 나왔다. 잔뜩 긴장하고 있다가 작전 중단으로 풀어지니까 다들 김이 팍 샌 눈치였다.

"아니, 그 자식 왜 도망가는 거야? 내가 쓰러져 있을 때 봤거든. 성 중사님이 분명히 관자놀이 가격하던데, 죽어 자빠져야지, 그냥 막 도망가면 어떡해. 말이 안 되지. 그리구선, 폭탄 터지구 지는 도망갔으니 작전 실패라고 할 모양인데, 그 자식 우리가 끝내주게 다 해치우니까 일부러 심통 부린 겁니다. 안 그렇습니까? 성 중사님? 하하하하." 비밀 창고에서 탈레반에게 사살당했던 정 하사는 다시 살아나, 성 중사 곁으로 오며 너털웃음으로 말을 걸었다.

"그러게……." 성 중사는 좀 자신이 없는 목소리로 조용히 정 하사에게 대답했다.

"그러네. 정 하사 말이 맞아."

"맞습니다. 맞아요."

"맞아. 그러네."

여기저기서 맞장구치는 소리들이 갑자기 성 중사 쪽으로 메아리쳐 왔다.

고도의 훈련을 받은 정예 부대들 중에서도 다시 간추리고 간추린 전문가 집단일수록, 계급을 떠나 친밀함과 유대감이 굉장히 강했다. 짬밥도 다 찼고 갓 임관한 신출내기 하사도 아니므로, 서로가 서로를 돕는다는 의식 속에, 철저하게 훈련받은 전문가들로서 상호 인정하고 있었다. 힘든 훈련과 실전 투입을 겪어 내야 하기에, 생활은 누구라도 마음의 휴식을 가지게 해준다는 말 없는 약속으로 서로가 서로를 지탱하는 중이다. '스트레스를 주지도 말고, 받지도 말자!'가 이들의 내무반 앞에 써 붙인 생활 구호였다. 정신적으로 가혹한 상황들을 연신 겪어 내야 할 그들에겐, 마음의 안정이 필수불가결한 생활 조건이다. 혹독한 전장에서 생명을 걸고 싸워야 한다는 점이, 바로 전우의 생명이 자신의 목숨과도 같다는 의식을 그들 각자에게 깊숙이 침투시키고 있었다.

지금 정 하사도 겉으로는 떠벌리는 것 같지만, 사실은, 혹시라도 타 부대 출신인 성 중사가 자신의 책임이라고 의기소침할까 봐 감싸 주면서, 모두에게 정황을 환기시키는 경우이다. 성 중사는 정 하사의 마음 씀씀이가 고마웠다.

성 중사는 진지 바깥으로 걸어 나오며, 탈레반 핵심 인물들의 은거지 방에서 자신이 보았던 것들에 대해 생각에 잠겨 있었다. 아랍어 모양 같은 문자로 씌어진 벽의 낙서, 서류 같은 종이 더미들, 군데군데 보이는 실제 같은 생활의 흔적들이 자꾸 그의 신경을 곤두서게 만들었다. 좀 이상했다. 비밀 창고에서 중간 출입문을 통해 곧바로 은거지 방으로 건너갔을 때, 그에게 보이는 광경이란, 특전대원들 각자가 맡은 바 임무대로, 방안에 있던 컴퓨터들의 하드 디스크를 분리 수거하고, CD들, 서류철들을 가져 나오느라, 분주히 움직이고 있다는 것이었다. 핵심 인물 은거지 이외에도, 내무반과 회의실 지역에 대원들은 흩어져 자료와 기록물들을 수거하고 있었다. 무턱대고 모두 가져 나오게 되어 있질 않고, 야간 투시경이 지시하는 것들만 찍어서 챙기게 되어 있어, 운반이 부담스러울 일은 없었다. 아무튼, 대원들이 그 짐들을 각자의 배낭에 나누어 집어 넣는 작업을 하느라 얼마간 시간이 지체되는 바람에, 성 중사는 핵심 인물 은거지 방 내부를 찬찬히 훑어볼 기회가 있었다. 그러다가 느닷없이 작전이 중단된 지금의 상황이다.

성 중사가 방안의 서류들 묶음을 들춰 보았을 때부터, 그의 마음속엔 의문점들이 본격적으로 생겨나기 시작했다. 서류 묶음 앞장에만 글자가 씌어 있고 나머지는 백지 묶음이었다. 동굴 방의 토벽 부위는 모두 회색 톤 하나로 되어 있고, 나머지 물건들은, 손톱으로 긁어 보면 얇은 칠이 떨어져 나갈 정도로 색깔을 엉성하게 입혀 놓은, 영화 세트 같은 이미테이션임을 알게 했다. 다만, 사람이 지금 진짜 살고 있는 것 같은 느낌이 강했다. 예를 들면, 나무 기둥과 판자로 군데군데 보강된 토벽의 표면에서 불쑥 튀어나와 있는 바위에는, 공사하느라 생겼을 곡괭이의 날 자국이 생생하게 살아 있었다. 토벽 중간 중간에는, 무엇을 틀림없이 때려 박았을 굵은 못 자국 같은 것들이 군데군데 나 있었고, 거기에 더하여 선반이라도 매달렸었는지 직선으로 남은 흠집들이 선명히 보였다. 무엇인가가 설치되어 있다가 한참의 시간이 지난 후 철거되어 버린 것이 틀림없었다. 지금은 사라지고 없는 상태인 것이다. 바로, 오랜 시간의 사용 흔적들이다. 불도 들어오지 않는, 천장에 매달린 전구 빠진 빈 소켓의 전선줄을 쫓아가다 보면 토벽 속으로 들어가는데, 세트치곤 섬세하게, 굵은 파이프를 벽에 묻어 놓고 전선줄 묶음을 그 속으로 매입하게 되어 있었다. 그렇다고 사람이 사는 현실도 아니었다. 손으로 만져 보면 전선줄 묶음이 탄력이 없어서 말린 국수 다발 같은 느낌이랄까? 좀 딱딱하기도 하고, 뭐라고 표현하기 힘든 이상한 감각이 있었다. 토벽에 튀어나온 바위를 개머리판으로 강하게 때리면, 충격에는 약한 편인지 툭 튀어나온 부위는 조각으로 미세하게 떨어져 나왔다. 나무로 둔탁하게 짠 테이블 같은 생활 집기도 한 손으로 너무나 가볍게 들어 올려졌다. 전반적으로 굉장히 물건들이 가벼웠다. 토벽으로 된 천장에는, 환기구로 쓰이는 좁다란 구멍도 길게 바깥으로 연결되어 있고, 속을 들여다보면 조잡한 환풍기가 설치되어 있는 식의, 실제 생활 시설의 냄새가 났다. 영화 세트라면— 카메라에 잡히지도 않을 곳들까지 설치물이 있다? — 절대로 하지 않을 수고였다. 전반적으로 모든 느낌들이, 영화 세트와 현실 사이 어딘가의 애매모호한 위치에 존재했다. 시간이 담긴 세트라고 할까? 시간이 약간 결핍된

현실이랄까? 이런 점들을 살핀 성 중사는, 이런저런 생각을 하며 동굴 진지 바깥으로 특전대원들과 같이 걸어갔다. 바깥으로 가면 갈수록, 아까 들어올 때에는 눈에 뜨이지 않던, 입구로 침입해 들어오는 빛줄기가 점점 더 강하게 드러나고 있었다.

동굴 진지 바깥으로 나왔다. 환한 빛이 동굴에만 있던 대원들의 눈을 잠시 아프게 찔러 댔다. 특전대원들은 눈을 반사적으로 손으로 가리며, 또 투덜거렸다.

"뭐야. 이거."

"에이. 이거 왜 이래."

성 중사는 가린 손을 살며시 띄우면서 하늘을 쳐다보았다. 환한 조명등들이 줄줄이 열을 지어 빛나는 평행선들을 만들고 있었고, 그 빛의 평행선들은, 그 뒤로 보이는, 하늘을 가로지르는 듯한 거대한 검은색 트러스 구조물들과 씨줄 날줄 모양으로 교차선들을 이루며, 하늘이 바로 대공간大空間 인공 구조물의 천장임을 분명히 알려 주고 있었다. 대원들이 들어갔던 동굴 진지가 있는 산이, 그 까마득한 천장 트러스들 밑에 버티고 서 있는 중이었다. 앞을 가리는 산등성이는, 정확하게 자신의 동굴 진지가 있는 부분만큼만 그 자취를 드러내고 있었고, 나머지 윗부분이나 아래는 사라져 버린 상태였다. 그 광경을 전체적으로 보고 있자니, 밑면이 넓고 위로 올라가면서 좁아지는 웅대한 원기둥(윗부분이 잘려진 엄청난 크기의 원뿔이라 해도 좋았다)을, 마치 하늘을 가리는 거대한 고래의 늑골들이 감싸고 있는 것처럼 보였다. 대원들이 행군했던 소로는 경사진 언덕으로 되어 있고, 그 언덕의 밑은, 끝없이 평평할 것만 같은 바닥으로 되어 있으며, 그 바닥의 까마득한 끝 언저리에 슬쩍 드러나 보이는, 거의 지평선같이 멀리 떨어진 벽체들이, 이곳이 하나의 공간으로 이루어진다는 것을 알게 했다. 산과 대원들이 행군한 곳 이외에는 모두 푸른색으로 뒤덮여 있었고, 그 푸른색 표면에는, 자세히 보면 격자 형태로 배열된 흰색 점들이 있는 것이, 성 중사의 눈에 들어왔다.

모든 대원들은 주위를 둘러보며, 어안이 벙벙해져 말을 잇지 못하고 두리번거리고만 있었다. 대원들의 주위를 사살당했던 탈레반들이 모두 부활하여, 휘적휘적 걸어다녔다. 피곤한지 좀비들처럼 기운 없이 걸어다니는 꼴이 그들의 축축 늘어지는 탈레반 복장하고 잘 맞는다는 느낌을 주었다. 그중에는, 한국에서 온 특전대원들을 보면서 씩 웃으며 스쳐가는 친구들도 있었다. '이봐! 좀 놀랐지?' 하는 얼굴 표정들이었다. 한 녀석이 지나가는데, 성 중사가 쳐다보니 바로 광산 갱도로 도망갔던 친구였다. 그 녀석도 성 중사를 알아봤는지, 갑자기 어깨를 흔들며 특전대원들을 향해 입술을 있는 대로 좌우로 늘이더니, 고개를 갸웃거리면서 즐겁다는 웃음을 한껏 뿌려 주고 사라졌다. 성 중사는 얼른 돌아서 사라지는 그 뒷모습을 보며 왠지 웃음이 터져 나왔다. 이상하게 밉지 않은 녀석이란 생각이 들었다.

"흐흐흐. 저자식이야! 맞아! 저자식 웃어? 흐흐흐흐. 으으으……. 그래……. 너 다음에 두고 보자. 아주 아작을 내주마."

특전사 정 하사는 싱글싱글 웃으면서 계속 말을 지껄였다. 정 하사의 버릇이다. 속 생각과는 달리 겉으로만 위악적으로 뇌까리는 것이 그의 특기였다. '어차피, 여기 와서 다 고생하고 있는데!'가 겉으로 나오면, '아주 아작을 내주마!'로 변하는 것이다. 성 중사는 정 하사의 지껄임을 귓전으로 들으며, 여기저기 자세히 둘러보는 일을 멈추지 않았다.

평평한 푸른색 바닥에서 직육면체의 물체가 솟아올랐다. 그 물체에서 문이 아래로 내려가며 출입구가 열리더니, 한 미국인 대령과 같이 나오는 김인식 대령의 모습이 성 중사의 눈에 들어왔다. 두 사람이 대원들에게로 곧장 걸어오자, 대원 일동은 모두 차렷자세를 취하고 거수경례를 했다. 가볍게 경례를 받은 두 사람 중 미국인 대령이 말을 시작했다. 190센티미터는 확실히 넘고, 2미터에 완전히 도달했는지는 조금 애매모호한 키에, 보디빌더 같은 우람한 체격을 가진, 새파란 눈에 숫사자와 같이 듬직한 코, 그 밑으로 노란 콧수염을 기른 얼굴과 모습이다.

"Hey Guys! 한국 친구들. 고생 많아. 나는 USSOCOM[38] 소속 알렉산더 스티븐슨Alexander Stevenson 대령일세. 귀관들과 같이, '오퍼레이션 나이트 고스트'를 진행하게 되어 영광으로 생각하네. 여기는 네바다Nevada주, 모처某處에 위치한 USSOSTC[39]이네. 자네들은, 여기서 우리들과 향후 4주 동안, 모든 상황에 맞추어진 훈련을 실시하고, 아프간-파키스탄 국경 지대, 즉 북 와지리스탄에 투입될걸세. 나는 귀관들의 건승을 믿네. 한국 친구들. 우리 같이, 한번 잘해 보자고."

스티븐슨 대령은 짤막하게 자기 소개와 격려사를 마치더니, 모든 대원과 악수로 인사를 시작했다. 차례로 인사를 나누던 스티븐슨 대령이, 마침내 성 중사 앞으로 오게 되었다. 성 중사는 대령이 앞에 오자 절도 있는 거수경례를 하며 자신의 관등성명을 댔다.

"대한민국 공군, CCT 대원, 중사 성준모입니다."

스티븐슨 대령은 성 중사의 관등성명을 듣더니, 흥미 있다는 얼굴 표정이 나오며 말을 걸었다.

"자네가 아까 동굴 진지에서 맹활약한 친구로구만. 자네 덕분에 나도 마음이 후련해졌어. 잘했어."

성 중사는 자신 덕분에 마음이 후련해졌다는 말이 무슨 뜻인지 몰랐지만, 얼른 대답을 했다.

"예. 감사합니다."

"좋아. 자네. 이제 북 와지리스탄 현지에 가선 진짜 돌덩어리를 가지고 와야 하네. 진짜를 말이야. 작전 성공해서 꼭 가지고 오도록. 알았나?"

"예. 알겠습니다. 작전 성공하겠습니다."

"좋아."

38 USSOCOM(United States Special Operations Command) 미합중국 특수작전사령부.

39 USSOSTC(United States Special Operations Systematic Training Center) 미합중국 특수전 과학화 전투훈련장. 이곳은 MILES(Multiple Intergrated Laser Engagement System, 다중 통합 레이저 교전 체계)장비로 운용되는 과학화전투훈련장이다. 화기들에 MILES 장비들을 부착하여, 실제 교전 상황을 그대로 재현하여 훈련한다. 기존의 과학화전투훈련장보다 훨씬 진보된 환경 하에서 완벽한 전시 상황을 연출하고 있다. 하나의 특수 작전에 대한 훈련 내용이 작전 현지에서 그대로 적용될 수 있도록 하여, 직진의 성공률을 극한까지 끌어올리는 동시에, 아군에 대한 피해를 최소한으로 줄이는, 두 가지의 목표를 실현한 과학화전투훈련장이다. 이 훈련장에서 훈련받는 특수 부대원은 실지實地의 적에 대한 모든 상황 파악이 가능해짐으로써, 작전 시 돌발 변수들에 대한 모의 훈련이 거의 완전한 대비 수준으로까지 발전하였다.

스티븐슨 대령은 성 중사의 어깨를 툭툭 치며 격려하더니 다음 대원에게로 향했다.

스티븐슨 대령과 김인식 대령은 지금까지 이루어진 작전 상황의 보완점을 짤막하게 대원들에게 설명하고 지휘 통제실로 돌아갔다. 30분 휴식이 있고 훈련이 재개될 예정이었다. 성 중사는 휴식 중에 스티븐슨 대령의 말이 생각나, 군복 상의 앞주머니에 넣어 놨던, 비밀 창고 자루 속에서 끄집어 낸 물건을 다시 꺼내 보았다. 쳐다보니, 손아귀에 쏙 들어갈 크기 정도의 시각적으로 푸석푸석한 표면 느낌이 있는, 마치 시멘트 가루가 뭉쳐져 있는 듯한 기분이 드는, 그리고 솜사탕처럼 가벼운 납작한 돌덩어리였다.

제5부

# 열망
熱望

## 17

백색의 넓은 공간이다. 전체가 하얗게 칠해진 벽들에는 그림들이 30여 점 군데군데 간격을 띄우고 진열되어 있었다. 공공 미술관에 빽빽이 진열된 그림들처럼 나를 먼저 봐 달라는 무언의 호소가 보는 이에게 압력으로 다가오질 않고, 진열 방식이 휑하다는 느낌을 줄 정도로 벽들이 시원했다. 전체 바닥면의 중심 부분엔, 여기저기 테이블과 소파들이 놓였고, 사람이 서서 감상하거나 설치 작업이 용이한 정도의 면적을 빼고는, 그림이 걸린 벽체 밑에서 전체 바닥면의 중심부 쪽을 향해 적절한 경사도의 램프로 높여지고 있어, 소파가 놓인 곳의 바닥면은 벽체 바닥면보다 750밀리미터가 올라가 있었다. 이는 소파에 편히 앉아서 그림을 멀찌감치 전체적으로 보고 싶거나, 가까이 가서 고개를 빼곤 해부하듯이 감상하거나, 두 가지 욕구 모두가 충족될 수 있는 섬세한 설계였다. 쫓기듯이 보지 않아도 되는 미술관, 그림 하나를 조용히 바라보며 관조에 잠길 수 있는 그런 곳, 한두 사람의 관객만을 위한 이 전시장에, 두 남자가 소파에 앉아 있었다. 한 사람은 바로 헨리 유 사장이다.

헨리 유는 모회사 피전블러드홀딩스의 아이작 스티글리츠 회장과 그림을 보면서, 이런저런 담소를 나누고 있었다. 제주테마파크 SPC 설립과 관련한 모회사의 지원 사항 협의를 위해 어제와 오늘 계속 회의가 진행되고 있었고, 그 때문에 헨리 유는 뉴욕으로 날아와 지금은 스티글리츠 회장의 집에서 업무의 사적이자 공적이기도 한 마무리를 시도하는 중이다.

"헨리, 자네에게 이걸 보여 주고 싶어서, 집에 같이 오자고 한걸세."

스티글리츠 회장이 만면에 흐뭇한 미소를 지으며 바라보고 있는 그림은 한 폭의 동양화였다. 계곡에 급류가 흐르는 바위들 너머로 장대한 암벽이 솟아 화폭 전체를 채우고 있고, 그 암벽의 바위 틈새로 지금 떨어지고 있는, 가느다란 선으로 보여지는 폭포가 화폭 우측에 그려져 있어, 암벽의 거대함과 화면 아래 계곡과의 원근감을 한껏 증폭시키고 있었다.

"중국 북송시대 화가인 판 쿠안[40]의 작품일세. 그의 《계산행려도谿山行旅圖》가 완성되기 전에 구상 연습으로 스케치된 것인데, 그의 필법이 더욱 자유분방하게 나타나 있지. 마지막 습작習作으로 보이네. 어떤 면에선 최종 완성본보다도 더 좋다네. 진품이야. 판 쿠안 작품은 남아 있

40 판 쿠안(范寬 범관) 중국 북송北宋 초기의 산수화가. 초기에는 이성의 그림을 흉내 냈으나, 돌연 자신만의 독자적인 경지에 이르른다. '선배들의 방법은 사물에 대한 인지에서 비롯되었다. 인간을 스승으로 하고 있는 나는, 사물 자체에서 배우는 것과 같지 못하다. 그러나 이런 방법들보다 더욱 좋은 것은, 나 자신의 마음으로부터 배우는 것이다.'라는 말을 남긴다. 이후 그는 화풍을 불현듯 바꾸고 독자적인 유파를 세운다. 대표작으로《계산행려도谿山行旅圖》가 남아 있다.

는 것이 얼마 안 돼. 내가 이 작품을 가진 것을 중국 국가 박물관에서 알면, 그곳 학예사들이 피눈물이 날 거야. 허허허. 내가 이걸 어떻게 구했는지 아나?"

스티글리츠 회장은 헨리 유에게 질문을 던지면서도, 이 보물이 자신의 수중에 들어온 것이 믿기지가 않는다는 표정이 역력했다.

"신해혁명辛亥革命으로 청나라가 망하고, 1912년 중화민국 임시정부가 중국 본토에 수립되지. 그러자 청나라의 마지막 소년 황제 푸이溥儀가 쯔진청紫禁城에 머물러도 된다는 결정이 당시 지도부에 의해 내려지네. 푸이는 이전대로 호사스러운 생활을 유지하려고 한다네. 1년에 4백만 온스의 은을 국가로부터 공급받고 있었으면서도 말이야. 푸이는 궁궐의 비품들을 팔아 치우기 시작하지. 그러자 그걸 기화奇貨로 삼은 타락한 환관들이 미술품들을 쯔진청紫禁城에서 몰래 들고 나가서, 아예 자신들의 골동품 가게를 차린다네. 귀중한 미술품들이 대량으로, 흔적도 모르게 팔려 나가지. 적어도 6천여 점 이상이 사라진 것으로 아네. 그때 사라진 미술품들 중 하나가 바로 저 그림일세. 소장가의 개인 저택에 오랜 세월 걸려 있던 것을, 내가 미술품 사냥꾼을 통해 정보를 입수하곤 사들였지. 이 그림은 가치를 제대로 아는 자가 소장함이 신의 섭리에도 맞다네. 내가 잘 관리해 줄 거니까……. 보면, 그동안 조금 훼손이 있었어. 그게 안타까워."

스티글리츠 회장은 말미末尾에 그림 훼손 얘기를 꺼내며 눈살을 찌푸렸다. 그는 뉴욕 맨해튼, 어퍼 이스트 사이드Upper East Side에 있는, 자신이 개발한 고층 아파트의 최상층부 3개 층을 주거지로 삼고 있었다. 한 층 전부는, 소장품들의 완벽한 관리를 위해 온도, 습도가 자동적으로 제어되며 화재 및 도난을 철저히 방어하는 보안 창고로 쓰여지고, 여기에 많다고는 할 수 없는 — 스티글리츠 회장은 언제나 '좀 갖고 있지.'라고 표현했다 — 7백여 점의 동양 미술품이 보관되어 있었다. 회화 작품이 주된 콜렉션이었다. 주로 동북 아시아 지역 국가들의 국보급 회화 작품들이었고, 바로 위층이 그의 개인 미술관으로 쓰였다. 나머지 한 층은, 스티글리츠 회장의 소박한 주거 공간이다. 이 헝가리 출신 독일계 유태인은, 자신과 비슷한 부의 수준을 자랑하는 사람들이 뉴욕에 살면서 라이프 스타일 중 하나로 즐겨 선택하는 방식, 즉 롱아일랜드 숲속 '왕궁(Palace)'에서 아침을 맞이한 뒤 자가용 헬기에 몸을 싣고 맨해튼으로 출근하질 않았고, 이 어퍼 이스트 사이드에 거주하면서, 아침이면 20년은 족히 넘었을 바바리코트에 중절모를 눌러쓰고, 러시아워 이전에 택시를 타고 14번 가로 출근하는, 무명성無名性을 희구하는 히포콘드리아[41]의 유형에 속해 있었다. 그가 소장한 회화 작품들의 가치를 언젠가 헨리 유가 웃으면서 농담 삼아 물어보니, "값을 따질 순 없는 거지만, 대충 30억 달러 정도는 넘지 않겠나?"라고 가볍게 말하고 아무 부연 설명도 없던 것을 보면, 그가 가진 재산의 전체 자산가치를 짐작할 수 있으리라. 그는 학예사를 고용해서 개인 미술관의 관리를 맡겼고, 한 달에 두 번 정도 자신을 위한 교환 전시를 끊임없이 진행시켰다. 밤에 홀로 앉아 바흐의 음악을 들으며 — 그의 주장에 따

41 히포콘드리아(hypochondria) 근심병. 염려증.

르면 극동의 산수화와 가장 잘 매치가 되는 음악은 바흐였다 — 헝가리의 풍부한 풍미를 가진 달콤한 와인, 토카이 에센시아Tokaii Eszencia를 조금씩 마시는 시간, 즉 자신의 미술품에 대한 하염없는 관조의 순간은, 이 지독한 스토아주의자의 일상에서 유일한 사치라고 할 수 있었다. 그는 회사 집무실에서도, 세네카의 격언을 자필로 써서 조그만 액자 안에 넣어 놓고, 피곤해질 때마다 바라보는 사람이었다. 그 액자 안의 글귀는 다음과 같았다.

'정상적으로 일을 하고 있는 사람은, 어리석은 짓을 할 시간이 없다. 일을 하는 것은, 게으름의 악덕을 내버리기 위한 가장 확실한 수단이다.'

헨리 유는 사실 동양 회화 쪽으로는 식견이 깊다고 할 수 없었고, 그가 개인적으로 '보니 괜찮군.' 하고 있는 단순한 생각에서 나온 회화의 호불호好不好는, 유럽의 인상주의와 후기 인상주의 작품 사이를 왔다 갔다 하는 수준이라, 스티글리츠 회장이 보여 주는 집착에 가까운 수집벽을 잘 이해하지 못했다. 그는 동양화보단 캔버스에 그려진 유화나 추상 계열의 조각 작품을 더 좋아했다. 다만 헨리 유에게 중요한 것은, 자신이 스티글리츠 회장의 개인 미술관에 초대받을 수 있는 열 명 남짓한 인물 중에 하나라는 점이었고 — 스티글리츠 회장은 그의 미술관을 함부로 타인에게 공개하지를 않았다. 언제나 자신만의 공간이었다 — 피전블러드홀딩스 내의 입지를 상징하는 것 같아 내심 안도감과 뿌듯함을 느끼며, 수집 작품들을 같이 열심히 쳐다봐 주곤 했을 뿐이다. 스티글리츠 회장에겐, '인간 피라니아'들이 우글거리는 월 스트리트에서 벗어나, 속 깊은 대화를 나눌 수 있는 별도의 공간이 필요했고, 그 공간에 초대받을 수 있는 사람이란, 회장의 취미에 대해 분위기 맞추어 맞장구쳐 줄 만한 삶의 지혜 정도는 당연히 터득하고 있는 게 사실이기도 했다. 오늘도 그 이유로, 이 미술관에서 스티글리츠 회장의 말을 열심히 듣고 있는 헨리 유였다. 스티글리츠 회장으로서야, 동북 아시아의 회화를 태생이 동북 아시아인 사람에게 보여 주면, 자신의 콜렉션에 대한 보다 깊은 찬탄을 끌어 낼 수 있지 않을까 하는 기대감이 있었는지는 모르겠지만…….

"헨리. 나는 말이야. 저 북송北宋 시대의 산수화를 제일 좋아한다네. 리 쳉[42], 구오 치[43], 그리고 판 쿠안으로 대표되는 시대를 말이야. 가히 최고의 수준에 다다른 회화들이라 할 수 있지. 저 동양의 회화 재료가 가지는 특성에 너무 함몰되지 않은, 적절한 균형감의 모든 것이라 생각하네. 내가 왜 이 말을 하는지 아나? 서양의 회화라는 것이, 얼마나 재료와 형태, 즉, 질료質料와 형상形相 사이의 연속된 투쟁인가. 그렇지? 형상은 인간의 의식 속에 주어지나 질료는 만들려는 형상에 저항한다는, 즉 거부한다는 푸념이나, 질료는 형상의 가능태(可能態 Dynamis)이

42 리 쳉(李成 이성) 중국 오대五代~북송北宋 초기의 화가. 중국의 산수화가 중 가장 위대하다고 일컬어진다. 북송 산수화의 효시이다. 황량한 겨울 풍경을 주로 그렸다. 당대의 사람들에게 자연과 창조력을 나누어 가지는 인물로 여겨졌다. 대표작으로《청만소사도晴巒蕭寺圖》가 있다.

43 구오 치(郭熙 곽희) 중국 북송 시대의 화가. 이성李成의 평원산수를 바탕으로 범관范寬의 산수 양식을 취용하여 광대한 풍경을 대관적으로 그렸다. 그림뿐만 아니라 산수화론에도 뛰어나 많은 글을 남긴다. 고정형의 형태보다 유기체적인, 즉 땅은 부풀어 오르고 침식되며, 나무는 비틀려 있는, 불안정적인 풍경을 그렸다. 대표작으로《조춘도早春圖》가 있다.

긴 하나, 인간의 손이 닿으면, 또는 해방시키면, 과연 그 나타난 형상은 얼마나 제대로, 가치 있게 드러난 것일까 하는 빈정거림이나, 모두 그 끊임없는 회의에 시달리는 인간을 볼 수가 있지. 중세까진 말이야. 신을 예술가로 묘사하면서 모든 자연(Nature)을 신의 창조물로 찬미하지. 여기선 인간이란 존재가 하잘 것 없고 별 볼일이 없어지네. 그 이후론, 예술(Art) 활동을 신의 창조 행위에 갖다 붙이면서, 인간인 예술가를 영웅화하려 신에 비유하지. 그러면서 결과물에 절망하고. 또 신을 의식하고는 인간 지 혼자서 나자빠지지. 언제나 서양은, 피조물인 인간이 신에 대해 느끼는 좌절감의 한 표출로 귀결되네. 그러나 동양에서는 투쟁이 한결 덜하지. 공자가 말한 문질빈빈文質彬彬[44]이란 말을 조형 예술에다 이입해 보면, '질료와 형상이 유기적으로 결합해야 이상적'이란 뜻으로 좀 막연하기는 하나 후대에도 계속된다네. 동중서[45]에 가면 상당히 현대적인 말들을 이미 하는데, 인간의 의지가 질質[46]이고, 외재적 표현 형상은 문文[47]인데, 유기적인 결합이 힘들거든 아예 문文을 버리고 질質만 갖추라는 말까지 해 버리지.[48] 이거 아예, 현대 회화

44 문질빈빈(文質彬彬) 『논어』 제6편 옹야雍也 16절. 子曰, 質勝文則野 文勝質則史 文質彬彬然後 君子. 바탕이 지식(다듬어 꾸미는 일)을 누르면 야비해지고, 지식이 바탕을 누르면 문약해지나니, 지식과 바탕이 어울려 조화를 이뤄야 군자이니라.(『논어』 박일봉 역저, 육문사)

45 동중서(董仲舒) BC 170 ?~BC 120 ? 중국 전한 중기의 대표적 유학자이다. 한나라 초기의 사상계가 제자백가의 설로 혼란하고 유교가 쇠퇴하였을 때, 도가의 설을 물리치고 유교 독립의 터전을 굳혔다. 유교의 발전에 중요한 영향을 미친다.

46 질(質) 동양 미학에서는 내용, 본질, 질료의 뜻으로 해석되나 동중서는 질을 지志라 하였다. 인간의 의지라고 생각할 수 있다.

47 문(文) 형식, 형상, 현상 등으로 해석할 수 있다.

48 동중서의 『춘추번로春秋繁露』, 「옥배玉杯」. 志爲質, 物爲文, 文著于質. 質不居文, 文安施質?

의 가열찬 주장을 듣는 것 같지 않은가? '나의 행위, 나의 의지, 나의 퍼포먼스가 바로 예술이다.'라고 말이야. 그림 그리겠다는 예술 의지만 있으면, 뭘 개발새발 그려 놓든지 그림이자 예술이란 소리를 동중서는 사실 하고 있는 거네. 20세기에 들어와야지, 질료와 형상간 대립에 대한 해결점을 찾는 그 지루한 모색을 서양 회화가 포기하고, 작가의 의지에 주목하게 되는 데 반해, 동양 회화는 기원전 2세기경에 이미 그 사상적 기반들을 만들어 내거든. 헨리. 나의 말이 어떤가?"

"아주 재미있습니다. 계속하시지요. 저로서도 처음 듣는 말들이라 흥미진진하군요."

"그런가?"

스티글리츠 회장은 대답한 헨리 유를 물끄러미 쳐다보더니, 다시금 이번에 수집한 판 쿠안의 그림을 잠시 바라보다가 말을 이어갔다.

"그런 생각이 먼저 나온 것은, 중국인 나아가 동북 아시아인들이 회화에 관한 한, 시대를 특별히 앞서가는 선천적인 지혜를 타고나서가 아니라네. 내 생각엔 그래."

스티글리츠 회장은 말을 뱉고는, 오른쪽 눈썹을 밀어 올리며 다시 헨리 유를 놀리듯이 쳐다보았다. 이에 헨리 유가 별다른 반응을 보이

---

質文兩備, 然後其禮成. 文質偏行, 不得有我爾之名. 俱不能備而偏行之, 寧有質而無文. 심지가 질이고 표현 방식은 문인데, 문은 질을 밝게 드러낸다. 만약 질이 문에 자리잡지 못한다면 문이 어떻게 질을 드러낼 수 있을까? 질과 문 두 가지가 다 갖추어진 다음에야 예가 완성된다. 문과 질 중 한쪽만 갖추면, 너와 나의 합당한 호칭이 없어지게 되니, 어떻게 예를 차릴 수 있겠는가? 극단적으로 문과 질을 모두 갖출 수 없어 한쪽만 갖춘다면, 차라리 질만 있고 문은 없는 게 낫다.(『동아시아 미학』 리빙하이, 역자 심정근, 도서출판 동아시아)

지 않자 자신의 생각을 말하기 시작했다.

"먹과 비단, 그리고 종이라는 재료 때문에 그러네. 동북 아시아의 종이는 서양의 종이하고는 달라. 세계 최초로 중국에서 종이가 만들어진 이유가, 좀 더 간편하고 값이 싼 비단이 필요하다는 간절한 욕망에서 비롯된 것이 아닌가 난 생각해 보곤 하는데, 그래서 그런지, 종이의 닥나무 섬유질이 비단의 결처럼 살아 있지. 그래서 서양의 종이와는 다르게 수분에 대해 견고하면서도 유연한, 풍부한 융통성을 보여주네. 동양 회화는 너무나 독특한 재료를 손에 넣은 걸세. 표현하고자 하는 의지를 가진 작가가 붓을 들고 종이나 비단 위에 그리면, 매질媒質 표면 위 붓과 직접 닿은 부위뿐 아니라, 먹물은 물기를 머금고 다른 부위까지 퍼져 나가게 되네. 풍부한 변화를 내포하고 있지. 서양의 수채화하고도 달라. 지 혼자 하나의 형상이 연상되도록, 비단이나 종이 위에 퍼지는 거지. 발묵潑墨이라고 하네. 무엇을 묘사하려고 붓질을 하는 것은 별 의미가 없어. 바위를 그리는 것도, 바위를 그리려고 화가가 애쓰는 것이 아니라, 부벽준斧劈皴이라 해서, 붓을 들어 도끼로 연신 내리찍듯이 화면에 붓질을 하지. 그러면 바위라는 형상이 연상되네. 모든 것이 어떠한 우연의 효과를 상정하고, 화가의 작업은 자신의 의지가 그 효과에 투영되기를 바라는 행위일세. 질료는 작가의 의지를 거부하지 않고 그 자체로 형상을 드러내지. 형상이 가지는 존재성, 그 자체일 뿐이네. 실재實在의 재현再現도 아니고, 이상理想을 기대하는 것도 아니야. 바위는 바위고, 숲은 숲이고, 물은 물인 거야. 단 수정은 불가능하지. 일회성이야. 두 번 다시 돌아오지 않는 찰나일 뿐인 거네. 그러니 동양 회화에 있어 질료와 형상, 재료와 형태라는 대립적 구도가 뭐 그리 와 닿았겠는가. 생각이 질료와 형상의 유기적 결합이란 쪽으로 흐르는 것은 당연하네. 다만, 동양 회화는 작가의 의지가 다가 아닌, 다른 힘도 작용한다는 것을 인식한 거지. 모든 것은 찰나일 뿐이니, 완전한 통제는 존재하지 않고 맡길 뿐이란 것을, 일찍 깨달았던 거야. 그걸 일필휘지一筆揮之 기운생동氣運生動이라 한걸세. 동중서까지 쉽게 가는 거지. 너는 하겠다는 의지만 있으면 되니, 형상은 버리더라도 질료만 취하라. 아니면 질료에 맡겨라가 되겠지. 따라서 동양 회화를 우리들의 눈으로 보면, 추상도 아니고 구상도 아닌 것이 맨날 여백 투성이 미완성의 어정쩡한 상태라고 보이는 거야. 완성이란 개념 자체도 자연스럽게 버리게 된 거라네. 나도 서구의 시각에서 완전히 못 벗어났기에 남송 산수화까지 가지 못하고, 북송 산수화를 제일 좋아하는 것일지도 모르네만……."

"그러면 서양 회화 경우는 어떻게 되는 겁니까?"

헨리 유는 이 노년의 유태인이 동양 회화에 대한 자기 나름대로의 상당한 안목을 토로하는 것을 보고, 무엇이 이 사람을 이렇게까지 심취하게 만들었나가 갑자기 궁금해졌다. 그러자 대화에 자신도 모르게 열중하게 되었다. 스티글리츠 회장은 헨리 유의 태도를 보더니, 이곳에 헨리 유를 데려온 목적이 달성됨을 당연시 여기는 속마음이라도 표현하듯 입가에 흐뭇한 미소가 번져 나갔다.

"서양의 경우, 캔버스에 유채로 그리기 이전까지 회화는 그야말로 악전 고투일세. 템페라나 프레스코화의 경우를 생각해 봄세. 붓질은 어떠한 융통성도 없이 작가의 기술적 완성도를 그야말로 일목요연하게 보여 준다네. 잘 그렸는지, 못 그렸는지를 말일세. 화가는 자신의 의도를 다 나타내려면 마지막까지 대상을 책임지고 묘사해야 하는데, 이게 시간도 도와주지를 않아. 프레스코는 회벽 바탕에 습기가 있을 때만 안료를 입힐 수 있었고, 바탕이 마르면 색채가 칠해지지 않는다네. 이러니 화가는 마르기 전, 시간 내에 목표 달성하기에 급급했지. 벽화를 그릴 때, 전체적으로 한꺼번에 들어가지 못하고, 하루 동안 그릴 수 있는 분량의 부분 완성된 면들을 모자이크처럼 더해 가며 전체를 완성하는 방식이니, 통일감을 고려해야 하는 화가한테는 답답한 일이지. 상당한 숙련이 필요해. 수정도 그래. 화면畵面 내 회칠한 바탕층 자체를 들어내서 수정하니 까다로워지네. 템페라의 경우는, 처음부터 선명한 색상을 칠할 수 있는 것이 아니야. 원하는 강도의 색상을 얻으려면 동일한 색을 무수히 덧칠해야 하는데, 덧칠 전에 바탕은 완전히 말라 있어야 한다네. 템페라가 비교적 빨리 마르기는 하나, 채색 완성의 전체적인 수고를 생각하면 만만한 것이 아니지. 많은 인내심이 요구되네. 그러니 수도사들이 기도하는 심정으로 세밀한 제단 장식 패널화나 채색 사본을 그린 것 아니겠는가? 그리고 자유로운 색상을 얻는 안료의 혼색도, 칠한 후의 수정도 어렵네. 덧칠하면 바탕색과 같은 색만 나타나지 입체 효과를 나타내는 부드러운 톤 변화가 없어서, 그림이 평면적이고 딱딱해지지. 다 빈치는《최후의 만찬》을 그릴 때, 부분 완성을 해 나가야 하는 프레스코는 익숙치 않아서 자신이 없었고, 따라서 템페라로 그리되 부드러운 톤 변화를 원했다네. 이런 점을 노린 다 빈치는 회벽에 백랍(Pewter)을 바르고 템페라를 사용하지. 일종의 프레스코 세코Fresco Secco(건식 프레스코)였던 거야. 백랍으로 화면 바탕면을 환하게 만들고, 그 위에 붓으로 색을 칠하되, 먼저 칠한 면이 좀 천천히 마르게 하면서 거기에 톤 변화를 위한 덧칠이 하고 싶어, 템페라에 기름(Oil)을 섞어 그렸지. 그러자 세월 지나 색채면과 선들이 뭉개지게 되네. 탄산칼슘 코팅막이 화면 최상층에 생겨나 그 아래층들은 반영구적으로 결속되는 부온 프레스코Buon Fresco(습식 프레스코)[49]와는 달리, 백랍과 기름 때문에, 안료가 바탕면과 하나가 되어 고정되지를 못하고 떨어져 나가기 시작하지. 그 현상이 이미 다 빈치 말년에 나타난다네. 그러다가 유화가 나왔지. 색상의 자유로운 혼합도, 수정도 대단히 쉬워졌네. 맘에 안 드는 부분 수정할 때는, 곧바로 다른 색상의 물감으로 덧칠을 하거나, 그것도 찜찜하면 캔버스 나이프로 벅벅 긁어 내면 되네. 그러나 물감과 캔버스란 재료, 즉 질료가, 절대로 화가의 붓질과 하나가 되어 스스로를 형상화하는 법은 없다네. 오히려 혼합도 수정도 쉬워지니, 화가는 대상으로서만 바라보는 형태들을 완벽하게 묘사해야 한다는 압박감에 더욱 시달리게 되었지. 작가에게 마지막 순간까지 헌신을 요구하는 회화 재료로 군림하게 된 거야. 이게 대충 인상주의가 나오기 이전까지 계속되네. 사진기의 발명이 화가들을

49 **부온 프레스코(Buon Fresco)** 'Buon'은 'Buòno'의 어미음 탈락 형용사로, 좋은, 적절한, 정직한, Nice, Good, True 등의 뜻을 가진 이탈리아어이다. 'Buon Fresco'를 영어로는 'True Fresco'라고 한다. 스티글리츠 회장이 말하는 프레스코 기법은 'Buon Fresco'이다. '프레스코'하면 일반적으로 'Buon Fresco'이다.

구해 준 거나 마찬가지일세. 이러니 서양 회화에서 작가가 형상을 나타내려 하면 질료가 거부한다고 푸념하거나, 아니면 질료는 형상을 나타내려는 가능성은 가지나, 막상 작가 자신이 제대로 형상을 질료에서 해방시켰는지, 즉 재료에 맞는 기법을 써서 그린 건지 아닌 건지 모르겠다는 자조감 섞인 생각들이 안 나오겠나? 그림을 그리면서 될 때까지 끊임없는 수정을 하며, 이데아(Idea)를 바라보는 거지. 시지프스의 신화처럼 말일세. 이데아는 환영(Illusion)에 불과할 수 있는데 말이네. 대리석은 어떤가? 아무리 다루기 쉬운 석재라 해도 돌은 돌일세. 마지막까지 정과 망치가 필요하지. 미켈란젤로 한번 생각해 보자고. 그 같은 경우 대리석이 항상 자신에게 저항한다고, 즉 자기 맘대로 안 된다는 절망감 같은 감정을 많이 호소한다네. 그의 운문시(Rime)를 들어보자고. (한참 말하던 회장은 이제 신이 나는지 턱을 치켜들고 양손으로 허공을 휘저었다) '나는 더 이상 활기가 있지 않기에, 나의 예술은 충만한 결실에 반하여 더욱더 사그러집니다', '열등한 재능, 이 정열로는 먼지처럼 사라지는 유한성, 절망적인 사망 외에 어떤 것도 이끌어 내지 못할 것이라는, 바로 그 점을 나는 압니다.' 천국과 지옥을 오르락내리락 하는 조울증 환자였던 것 같아. 아니면 피조물로서 자신의 한계에 대해 천착한 것이거나. 어쨌든 이런 한탄 천지야. 그러니 서양에서는 질료와 형상은 대립적이란 생각을 할 수밖에 없지 않은가? 안 그런가?" 말을 마친 회장의 양 눈썹은 이마 위로 심하게 말려 올라가 있었고 눈은 헨리 유를 뚫어져라 직시했다. 뭐라도 얼른 긍정적인 대답 내지 반응을 내보이는 게 좋은 상황이다.

"말씀하시는 것이, 동·서양의 회화, 예술에 대한 사상적 차이는 그 속성을 들여다보면, '결국 재료의 차이에서 발생한 거다.'라는 회장님의 해석으로 요약이 되고, 어느 쪽 인간이 더 회화에 대해 우수한 소질을 타고났느냐 말한다는 것도 '웃기는 말이다.'라고 말씀하고 싶으신 것을 이해하겠고……, 뭐……, 그런 말 아닙니까?"

"그렇다네. 거의 비슷해. 완전하지는 않지만."

"그런데 동북 아시아 회화 작품들을 왜 이렇게 모으시는 겁니까? 이게 회장님 생각하고도 관련이 있나요?"

헨리 유의 질문이 나온 뒤, 스티글리츠 회장은 판 쿠안의 그림을 잠시 물끄러미 바라보다가 이제는 가라앉은 조용한 말씨로 답변했다.

"나는 말이야. 평생 많은 사람들을 만나면서 그들을 내 마음대로 통제하는 것이 일이었어. 사업이라는 게 어디 쉬운가? 사람을 결국 구워삶아야 하는 걸세. 젊은 날에는 밤에 클럽들을 전전하며 사업 정보 얻느라 바빴고, 어느 정도 궤도에 오르니 그다음부터는 세상을 요리해야 되었네. 통제해야 할 대상이 날로 점점 커져가기만 하더군. 모든 것을 내 마음대로 되게 하려면 인간적인 도덕률을 넘어서기도 한다네. 좋아서 하는 것 아닐세. 또 그래야만, 내 밑에 있는 사람들을 지켜줄 수가 있어. 이러고 살다 보니 정말 어느 순간에는 내가 요리할 수 없는 수준이 다가오기 시작했네. 다 통제가 되질 않더군. 사업이란 것이 지 혼자 마구 굴러가는데, 나는 무력감을 느끼며 사업이란 것을 바라봐야 하는 순간이 결국 온다네. 머리는 띵한 것이 멍한 생각이 계속되고 아득해지는 때지. 이 세상을 통제한다는 것이 사실 불가능해지더군. 그러기엔 변수가 너무 많아. 인간의 힘을 넘어서는 그 무엇이 있어. 그걸 깨닫는데 30년이 걸렸네."

스티글리츠 회장은 '너도 잘 알고 살아라!' 하는 듯한 표정을 지으며, 헨리 유를 흘깃 보았다. 그러면서 대화를 계속해 나갔다.

"그걸 깨닫고 나는 스스로 힘을 빼기로 작정했지. 쉽게 말해 사업이 어떻게 되든 모든 것을 각오하면 되는 거지. 통제에 대한 집착을 벗어던지기로 한 걸세. 그러면서 저 동양 회화들이 좋아지더군. 재료를 통하여 나타난 형태들에, 완전한 통제를 요구하지 않는 회화 말일세. 그냥 그 스스로가 되어 가는, 작가의 그리고자 하는 의지 자체를 순수하게 즐거워하는 회화 말이야. 극단적으로 말하면, 잘 그려지거나, 못 그려지거나, 그린 행위와 의지 자체를 인정해 버린 회화. 통제로 인해 발생하는 결과들에 대한 완벽성의 의지를 나도 벗어던지니, 저 회화들이 눈에 들어오더군. 그다음부터 사 모으기 시작했지. 밤에는 나 혼자 들여다보면서 즐거워하는 거고. 거기에 동양 취미까지 생겨, 여행도 주로 아시아 지역으로 돌아다니고는 했지. 동아시아에 대한 깊은 관심이랄까? 나는 아주 관심이 많아. 주로 문화재와 사는 인간들을 관찰하며 다녔는데, 자네의 모국도 몇 번 갔다 왔다네. 자네가 이번에 계획하는 테마파크가 제주에 세워지잖아. 나도 가봤어. 좋은 곳이지."

제주에 대한 스티글리츠 회장의 소감을 듣자 기분이 좋아지는 것이, 헨리 유 얼굴 표정에서 한가득 드러났다. 그는 스티글리츠 회장 옆으로 다가앉더니, 오른손을 허공에 호소하듯이 회전시키며 맞장구 쳤다.

"그렇습니다. 제주 자체가 참 좋은 곳입니다. 제 고향이라서가 아니라…….”

“허허허허. 그 제주 얘기만 나오면 자네 얼굴이 확 변해. 그 점 하나는 참 솔직한 친구야. 제주 말이야. 테마파크에 대한 우리의 투자는 확고하네. 우리는 여러 가지 포석을 생각하고 있어. 그중 하나가 바로 제주에 세워지는 테마파크야. 또한 자네가 한다니, 이익 부문에 대해서도 기대를 하고 있지. 하지만, 자네에게 내가 해줄 말이 있어서 계속 동양 회화에 대한 장광설을 늘어놓은 걸세. 무엇인지 알겠나?”

“글쎄요. 잘 모르겠습니다. 무슨 말씀이신지?”

“자네를 보면 꼭 옛날의 나를 보는 것 같아. 한 20년 전의 날 말이야. 오십대 중반까진 나도 그랬어. 모든 것을 자신이 해결하겠다고 덤비던 시절이지. 마지막까지 모든 것을 자신의 손아귀에 넣고 주물럭거리고 싶어 하던 시절 말이야. 대규모 테마파크만 해도 인간의 힘을 넘어서는 것이라네. 사실 개장하고 돌아가기 시작하면, 사업의 승패 여부는 아무도 장담할 수가 없어. 살아 있는 거대한 유기체라네. 너무나 많은 변수들이 도사리고 있지. 게다가 F Zone은 또 무엇인가? 자네는 쉽게 생각하는 것 같은데, 그것이야말로 가장 큰 함정이 될 수도 있을 걸세. 많은 약속들을 믿지 말게. 오직 믿을 것은 자신의 의지와 따라오는 운일 뿐이야. 그 운을 손아귀에 쥐려면 통제 가지고는 안 되네. 성공에 대한 확신이 필요해. 자넨 그 확신이 없으니 불안하고, 불안하니 통제하려는 걸세. 확신은 의지하고는 다른 거야. 의지는 확신이 없어도 존재하나, 확신은 나타날 것들에 대해 이미 나타난 것이라고, 세계 안에 현실화된 것일세. 마치 종이 위에 떨어진 먹물이, 화가의 붓질이란 의지 하에 작가가 바라는 궤도대로 펴져 나가는 것과도 같은 거야. 내 말이 무슨 뜻인지 알겠나? 그러면 통제는 당연히 따라오게 되지. 그 통제는 다른 사람이 보면, 타인에 대한 너그러운 간섭 정도로 느껴지게 될걸세. 허허허. 헨리. 자네 요새 항상 뒷목이 뻐근하지 않은가?"

"……." 헨리 유는 스티글리츠 회장의 말이 무슨 소리인가 싶어 말없이 묵묵히 있기만 했다.

"확신하게 되면 뒷목 뻐근한 것이 사라질걸세, 헨리." 말을 마친 회장의 표정이란, '이 녀석이 내가 말하는 걸 얼마나 알아듣고 있을까?' 하는 의문 내지, 약간의 걱정해 주는 마음이라 할 수 있었다.

두 사람 사이는 잠시 침묵이 흘렀고, 각자 생각에 잠겨 있는 시간이었다. 스티글리츠 회장은 헨리 유의 태도를 지켜보더니 질문을 하기 시작했다.

"내가 펜타곤을 자네하고 연결시켜 준 사람이네만, 왜 펜타곤에서, 한국에 시설이 세워지기를 바랐는지 자네는 아나? F Zone 말일세. 그 친구들이 먼저 원한 걸세."

"아닙니다. 그런 얘기는 처음 들어봅니다." 헨리 유는 스티글리츠 회장의 말을 듣자, 이게 무슨 소리인가 싶어 의아해하며 그의 말이 계속되기를 기다렸다.

"무엇인가 테스트를, 아니면 연구할 게 있는 것 같았어. 나도 전체적으로 정보를 입수하지 못했기에 다는 모르네만, 한국 고건축과 관련된 것이라는 정도까진 알 수 있었네. 뭔가 자신들이 필요한 데이터의 추출이 이상하게 제대로 안 되는 한 케이스가 있었는데, 해결을 해서 분석을 내야 한다는 그런 입장이었네. '발전을 위한 것일 뿐이다.'라고 표현하더군. 정치적인 언사인가 조사시켜 보니, 안전하지 못하다거나 시스템 오류 그런 면 때문은 아닌 것이 확실했네. 해서, 나도 생각 끝에 제주테마파크에 그 시설을 넣으면 어떨까 하는 마음으로 자네에게 그 정보를 넘겨 준 것이야. 테마파크나 펜타곤이나 양자가 서로 원하니 나쁠 것이 없지 않은가. 자네는 테마파크의 수익성을 확실하게 보여 줄 '그 무엇' 때문에 고심하던 차고, 펜타곤은 한국이 필요했고, 그러니 양자의 목적이 절묘하게 맞아 떨어지는 셈이지. 다만 자네에게 F Zone에 대한 주의를 부탁하는 것은, 테마파크를 순수한 의도로 만드는 것과는 다른 시설이, 그것도 상당한 비중을 가지고 들어온다는 점일세. 펜타곤의 입장도 이해하네. 수익도 올리고 연구도 계속하고 싶겠지. 하지만 애초부터 다른 의도가 섞인 것은, 그 부분이 암세포가 될 수도 있다는 점을 자네가 알아 줬으면 하는 거야. 나중에 정말 안 되겠으면 그 F Zone이란 것만을 떼어 내어도, 자생력이 있는 테마파크를 자네는 대비하고 있어야 하네. 생각해 보면 너무 환상적인 시설이긴 하네만, 만에 하나라도 생각하고 있어야 하는 거야. 알았나?"

"알겠습니다. 회장님." 헨리 유는 이 스티글리츠 회장하고 말을 하는 것이 점점 부담스러워져, 아랫배가 뜬뜬해지는 스트레스를 참고 있었다. '확신을 가지고 마음 편하게 먹으라고 해 놓구선, **만에 하나라도 혹시 모르니**를 주의시키니……, 에이, 정말 고약한 노인네야. 정말.'

"헨리. 그렇다고 너무 걱정하진 말게나. 나는 어디까지나 만에 하나의 가정도 생각하는 거니까……. 펜타곤은 그들 나름의 선량한 목적도 같이 가진 것이 분명하다네. 그렇지 않으면 내가 자네에게 정보를 주지도 않았어. **선량한 목적**이란 바로 **돈**일세. 그래서 나도 안심한 거야. 권력이 섞이지 않은 돈은, 모든 다른 의도들을 다시 순수하게 정화시켜 주거든. 그 친구들도 돈을 벌고 싶어하네. 요새 얼마나 어렵나, 다들. 그리고 이것은 실제적인 무기하고는 아무 상관도 없는 것 아닌가? 그 친구들도 이걸 만들어 놓고는 너무 환상적이라 관계자들끼리 시설에 들어가서 즐겼다고 하네. '판타스틱'을 연발하면서 말야……. 하하하."

스티글리츠 회장은 혼자서 웃으며 즐거워하더니, "나도 한번 구경하고 싶다."라며 혼잣말을 했다. 이제 하고 싶은 말을 다했다는 후련함이 어린 표정으로 헨리 유를 물끄러미 쳐다보더니, 잔을 들어 헝가리 와인 토카이를 홀짝 들이켰다. 다리를 쭉 뻗으며 경직되어 있는 헨리 유에게 다시 말을 걸었다.

"그리고 말이네. 자회사인 펠드스파가 상당한 지분으로 출자하는 것에 대해, 다른 투자 기관들이 부담스러워 하게 될 거야. 그렇지 않은가?"

"저로선 그렇게 될 거란 것을 어느 정도 각오하고 하는 일입니다."

"그렇지. 나는 자네를 믿고, 또 맡겨야 한다고 생각하네. 그러나 다른 친구들이 우리들을 언제나 예의주시하게 될 일을 만드는 것일 수도 있네. 경계하게 돼. 그렇다고 그게 두려워 할 일을 안 한다는 것은 말이 안 되고. 그럴 때는 항상 우리 편을 들어줄, 분명한 숨은 친구도 하나쯤 있는 게 나쁘진 않을 거야? 안 그런가?"

"그렇지요."

"그래. 그 펜타곤 말이야. 그 친구들도 출자하지? 회사 이름이 뭐라고 하든가……?"

"더 스테이지 게이트The Stage Gate란 이름의 회사입니다."

"더 스테이지 게이트? 재밌는 이름이군. 허허허. 펜타곤에도 그런 위트를 가진 친구가 있었나? 어찌하든 그 친구들은 우리들이 필요할 수밖에 없어. 생각해 보면 그 F Zone이란 것이 여러 모로 쓸모 있구만. 허허허허."

"무슨 말씀이신지 알 것 같습니다."

"그래. 자네가 미국계 회사들도, 한국계 회사들도, 다 틀어쥐려면, 어디서나 상대편이 예상하지 못하는 곳에, 가급적이면 멀리 숨은 아군들을 만들어 둬야 하네. 펜타곤뿐만 아니라 미국과 한국 다른 기관들도 접촉하게나. 여러 경로를 모색하게. 절대로 고립이 되면 안 되네. 고립이 자네를 무너뜨릴 수도 있다는 것을 항상 명심하게. 시간은 자네의 감각을 무디게 하고, 적들의 동향에 대한 대응력을 약화시키지. 그러다 보면, 자신도 모르게 고립되게 된다네. 끊임없이 살피고 있어야 하네. 펠드스파홀딩스의 과도한 출자는—그들이 보기에 그렇다는 말이야—노골적인 경계를 불러오고, 장차 자네가 고립되는 쪽으로 밀려나도록 상황이 만들어질 원인이 될 수 있네. 그러니 숨어 있는 아군들과 자네가, 테마파크의 존립이 위태롭지 않은 선에서, 하나의 사건이 일어날 수 있도록 궁리해 보는 것도 나쁘지 않을 거야. 지금부터 2년 이상은 확실히 지난 후의 시점, 바로 테마파크는 어느 정도 건설이 끝나 가면서 시험 가동을 준비하려는 시점 정도가 좋을 거네. 그 사이는 잠잠히 있으면서 살피다가, 때가 오면 이미 점령해 놓은 거점들을 확 뒤집어서, 자네의 기반을 다시 한 번 점검해야 하지. 살펴보면 많은 부분들에 먼지가 쌓여 있을 것이네. 그때 그 먼지들을 청소할 수 있는 적절한 위기를 만드는 거야. 즉, 경계하는 다른 집단들이 자네에게 도움을 요청할 수밖에 없는 상황이 되어야 하네. 스스로 자네를 찾아오게 하란 말이야. 그때, 자네는 자비의 손길을 내밀어 주는 거지. 또한, 숙이는 상대에게 진심 어린 정직함으로, 이익을 보여 주고 말이야. 따라서 모든 것이 자연스러워지네. 그다음부터 자네는 견고하게 되는 거야. 명심할 것은, 항상 우아하게 모든 일을 처리해야 한다는 거네. 그래야 **전쟁의 예술**이라 할 수 있지 않겠나. 안 그런가?"

회장은 잠시 말을 끊더니 눈을 감으며 말을 이어 나갔다.

"으음. 난 그래. 이제 나이도 먹었고, 할 만큼 했어. 자네에게도 하나쯤은 만들어 주고 싶은 것이 내 마음이네."

"알겠습니다."

스티글리츠 회장은 가만히 헨리 유를 쳐다보면서 입가에 미소를 띄웠다. 헨리 유가 그 미소를 편안하게 받아들이지 못하고, 내심 계속 긴장하고 있음이 느껴지는지, 회장은 얼굴 표정을 부드럽게 하며 자신의 오른손으로 나란히 앉은 헨리 유의 무릎을 탁 치더니, 분위기 전환을 시도하였다.

"내가 자네에게 재밌는 얘기 하나 해줄까?"

"예. 그러시죠. 무슨 얘기를……."

"그 제주테마파크의 진입-공유 구역(Entry-Public Area)에 대한 내 생각이네. 바자 거리(Bazaar Street) 같은 쇼핑 시설과 레스토랑 시설들 밀집시킬 것 아닌가. 뭐 각 이벤트 존이야 테마에 맞춰서 할 테지만, 그 진입-공유 구역의 테마를 한국적인 것으로 통일시키면 어떨까 하는 생각이 드네."

"아, 예! 그런 생각을 하고 계십니까? 저희도 머리를 맞대고 생각들을 하지만, 솔직히 말해서, 아직 구체적으로 답을 내리지는 못하고 있는 상황입니다. 한국적인 것으로 할까 하는 생각도 있지만 테마파크를 국제화시키는 목표가 분명한지라, 저도 정하지는 못했습니다."

"요즘 말이야. 관광의 경향이 바뀌고 있네. 뭔가 사람들이 휴식을 원해. 자네의 테마파크는 관객의 포지션을 높게 잡았잖아. 미들 클래스보다는 상위로 가는, 하긴 그래야지 섬이란 불리한 조건을 극복할 수 있을 테니까. 관광객의 객단가客單價를 높이겠다는 것은 옳은 생각이야. 그런데 요새 이런 사람들한테는, 매머드하고 쳐다보면 신기하고, 뭐, 경악스러운, 아니면 이국적이거나 만화 같은 풍경, 그런 것들이 이젠 안 먹혀. 제주테마파크에 올 정도의 사람들이라면 이미 디즈니랜드나 피라미드 정도는 다 가본 사람들이고, SF 영화만 봐도 하도 대단하게 표현들이 돼서, 정말 웬만하지 않으면 재방문율을 기대하기가 어려워. 그러니 테마파크가 사양 산업이니 하는 이딴 소리들이 터져 나오는 것 아니겠는가? 하지만 방법은 있네. 생각을 전환해야 돼. 자네가 항상 외치는 혁신 말이야. 허허허."

스티글리츠 회장은 웃으며 헨리 유를 곁눈질로 흘낏 쳐다보았다. 그러면서 말을 이어 나갔다.

"이제는 친숙함이야. 자연과 인공의 조화, 친환경적인 문화 경관, 그러면서도 평범하지 않고 색다른……. 그 공간 내에 들어가면 마음이 편안해지고 감동을 주고, 만족을 주는, 뭔가 그런 것이 필요해."

"예. 그렇습니다. 맞는 말씀이시죠."

"그렇지? 난 말이야. 한국에 가서 사실 엄청난 규모로 밀어붙이는 것은 본 적이 없네만……. 왜 만리장성이 있거나 하지는 않잖아. 하지만 만리장성 같은 것은 휴먼 스케일이 넘어가 버려서, 실제로 관광객이 현장에서 느끼는 부분은 얼마 안 돼. 역설적이지. 항공 사진이 더 근사하게 와 닿지. 그냥 케이블카 타고 올라가서 잠시 걷다가 내려오는 거라네. 휴먼 스케일이 넘는다는 것이 어디 쉬운가? 허허허. 전 세계적으로 따져 봐도 그다지 많지 않네. 중국도 휴먼 스케일을 넘는다는 생각이 드는 유적은 많지 않아. 만리장성, 이허위안頤和園(이화원), 위안밍위안円明園(원명원) 정도라네. 그 위안밍위안이 참 아까워. 형식도 변화무쌍하고 아주 다양했을 텐데 말이네. 중국 북부, 남부 스타일에 프랑스식 형식주의 정원까지 완전히 소화한 정원인데 말이야. 제대로 남아 있었으면, 세계 최고라 부를 수 있는 대규모 정원이지 않았을까 그런 생각이 들더군. 건축물도 풍부하고 말이지. 양쯔강 중하류 유역, 중국인들이 강남江南이라 부르는 지역을 가보면, 건축도 정원도 아기자기하고 규모도 그다지 크지 않다네." 회장은 잠시 말을 멈추고 무언가를 생각하다가 다시 말을 이어갔다. "으음. 이왕 말이 나왔으니, 내 느낌을 말해 봄세. 중국은 회화가 대단히 뛰어나네. 평면에 표현하는 것은 뛰어나. 그런데 건축이나 조각 같은 것은 잘 모르겠어. 입체는 말이야. 허허허. 스타일들이 다양하고 풍성하다네. 한데, 바로크적이라는 느낌이지 클래식하지는 않아. 장식이 많고, 색채나 비례 등의 정리에 대해 관대한 느낌 같은 것이 있네. 땅덩어리가 커서 지역마다 스타일들의 차이가 크지만, 나의 전반적인 느낌이야."

스티글리츠 회장은 말하기를 일단 끊고는 입안이 마르는지 토카이 잔을 완전히 비웠다. 그는 다시 한 잔을 찰찰 따랐다. 그리고 두 잔째, 토카이로 입을 축이고 나서 다시 입을 열었다.

"정원을 한번 말해 볼까? 내가 산수화에 취미가 있어서 그런지 정원에 관심이 많다네. 정원 없이 살면서 말이야. 허허허. 자 그럼, 시작해 봄세. 중국이나 일본은 정원이란 공간이 분명히 보이고, 같은 조성 개념으로 정원이 이루어지네. 또한 원림園林이란 대규모 정원들이 남아 있지. 두 나라의 정원은 축경縮景이란 개념으로, 자연의 모습을 전체적으로 축소시키거나, 차경借景이란 개념으로, 어느 한 부분, 주로 멀리 보이는 원경을 자연 자체에서 끌어들여 빌려 와, 중경과 근경을 인위적으로 만들어 낸 정원과 결합시킨다네. 베이징北京의 이허위안頤和園이나 쑤저우蘇州의 주오졩위안拙政園, 오카야마岡山의 고라쿠엔後樂園 같이 정원의 규모가 크건, 아니면 자그마하건 그게 문제가 아니야. 일본 료안지龍安寺의 가레산스이枯山水 정원이 유명하지. 젠 가든Zen Garden 스타일로 말이야. 우리들이 '일본의 미'라 느끼는 대표적인 것이지. 모든 것을 아주 극도로 단순화시켜서, 역으로 힘과 변화가 충만하다네. 아주 멋지지. 고요히 바라보노라면 '바다와 섬'을 느끼게 하는 '모래와 바위'로 이루어지네. 복잡하게 의미 전달을 하려 하지 않고, 간결하게 직선적으로 깨닫게 해주네. 그래서 세상에 내놓기에도 간편한, 문화적인 보편성도 강하게 가지고 있지. 가레산스이 정원에 대해서, 모래는 흐르는 물이나 바다를, 돌은 산이나 섬을 상징하고, 나아가 우주(모래)와 존재(돌)를 표현하는 '상징적인 조원 기법' 또는 '상징 형식'이라고 따로 구분해서 말한다네. 그런데, '상징(Symbol)'이란 단어를 쓰는 해석은 본질을 꿰뚫는 맛이 없는 것 같아. 미리 알고 있지 않아도 누구나 쳐다보면 곧바로 떠오르는 느낌이, 바다에 떠 있는 섬이네. 약속된 규약이나 관념을 모르는 사람도 자연스럽게 연상이 되는 거지. 즉, '상징'은 아니야. '상징'은 인과성이나 연계성이 없어서 연상이 안 되는 기호를 말하는 거네. 그럼 좀 더 깊이 들어가 보자고. 하나의 '존재'라는 개념에 대해, 바다에 주위가 둘러싸인 '섬'으로 표현하는 의미 전달(Communicaton) 방식은, 연상이 자연스럽게 넘어가지. 인간 사회들에서 보편적으로 나타나는 비유(기호)일세. 주로 존재적 고립을 이야기하고 싶을 때 쓰는 방법이야. 인간이나 집단 사이에 이루어지는 역학적 관계의 개념 같은 것에 대해서도—선禪 불교에서 말하는 인연, 존재의 파장, 그런 얘기들이야—섬(돌)과 섬(돌) 사이의 배치와 모래의 물결무늬로 표현되는 의미 전달(communication)로서, 자연스럽게 연상이 따라오게 되지. 정원의 표현이 명확하고 상당히 선형적線形的이네. 내가 보기엔, 본질은 바다와 섬이란 자연의 축경縮景이야. 축경 정원이지. 즉 자연 상태를 항상 의식하고 있는, 섬과 바다에 대한 극도로 단순화된 묘사네. 매스Mass 모형을 보는 듯하고 객관적이야. 차라리, '도상적(Iconic)인 조원 기법'이라고 하면 더 어울리는 표현을 찾아낸

해석이 아닐까 싶네. 물론, '도상(Icon)'과 '상징(Symbol)'을 정확히 구분해서, 그때그때 알맞은 단어를 사용한다는 게 얼마나 혼란스러운 일인가? 기호학자들도 자기네들끼리 용어 사용에 헷갈리는 것 같더군. 기호학 용어들이 뭐, 웬만히 많아야지. 허허허. 난, **세상은 모두 기호(Sign)로 이루어졌다**는 말 따윈, 별로 안 좋아하는 사람일세. 어쨌든, '도상적(Iconic)'이기 때문에, 가레산스이 정원이 전 세계인에게 보편적으로, 많은 설명 없이 착 와 닿는 거네. 그래서 큰 장점이 되지. 그런데, 한국에 가서 본 시크릿 가든Secret Garden[50]이나 소쇄원瀟灑園은 내가 보기에, 내가 서구인이라서 그런지 모르겠네만, 미안하지만, 정원이 아니야. 정원이라 이름 붙여 놨는데 어딜 봐도 정원은 없었네. 허허허허."

스티글리츠 회장이 "미안하다."는 표현을 하면서, 거의 개구쟁이 같은 얼굴 표정으로 입가에 미소를 띄우는 것을 본 헨리 유는, 그런 표정을 회장을 만난 이래로 처음 보는 지라 신기하다는 생각까지 들었다.

"계속 하시죠. 진짜 회장님 말씀 흥미진진합니다. 하하하."

"그런가? 허허허. 그래. 내 계속하지. 소쇄원은 정원 이전 자연 그대로의 상태에, 여기저기 있는지 없는지 애매모호한 담들을 둘러친 것이고, 시크릿 가든은 자연 그대로의 숲 가운데에, 우주를 상징하는 아주 인공적인 연못을 덩그마니 만들어 놨더군. 땅은 네모나고 하늘은 둥그

---

50 시크릿 가든 창덕궁 후원을 스티글리츠 회장이 '시크릿 가든'이라 부른 것이다. 지금도 공식적으로, 외국인에게는 The Back Garden(후원)이라 하지 않고, The Secret Garden(비원)이란 명칭으로 소개하고 있다. 비원秘苑이라는 명칭은, 금원禁苑, 후원後苑과 더불어 조선 왕조 후기부터 사용된 것이 확실하므로, 일제 강점기하고는 상관이 없다.

렇다는 생각을 한국인은 했다지. 우주관으로 '하늘은 둥글고 원만하니 한계가 없고, 땅은 모가 있어 질서 속에 살아간다. 그런 땅을 그런 하늘이 감싸고 있다.'고 상상했으니 일종의 천동설이더군. 연못으로 만들어 놨네. 네모지게 기하학적으로 연못을 파곤, 연못 주위를 재단된 돌들로 분명한 직선의 장방형을 만들면서 단정하게 단을 쌓았더군. 땅을 말하는 거지. 그리고 연못 가운데엔, 동그란 원형으로 분명하게, 석축을 쌓아 만들어 놓은 섬이 있더군. 바로 하늘이야. 정원이 아닌, '극단적인 자연'인 숲과 '극단적인 인공'인 연못 조형물이 같이 있다네—이건 프랑스식 형식주의 정원하고도 달라. 형식주의 정원에선 나무가 제멋대로 자라게 내버려 두질 않네. 세계관도 분명하고— 누가 봐도 사전 지식이 없으면, 그 연못이 우주를 가리키고 있음을 전혀 알 수 없더군. 연상이 되질 않네. 약속된 규약이나 관념을 모르는 사람에겐 의미 전달(Communication)이 전혀 되질 않아. 즉, 상징(Symbol)이야. '도상적(Iconic)'이라기 보단 '상징적(Symbolic)'이란 말이 더 어울려. 신화적이고 주관적이라네. 특수한 의미론의 영역이야. 상징들을 결정하는 동기 부여(Motivation)들이 논리적인 추론이 안 되네. 의미 작용(Signification)들이 선형적으로 명확하질 않고, 그물망을 이루고 있지. 상징에 치우치면 정원이 사라질 수 있다네. 정원은 애매모호하게 상징적인 조형물을 만들라는 곳이 아니야. 정원은 정원이야 되네. 누가 봐도 편안하게 알 수 있어야 되는 곳이야."

회장은 말을 잠깐 멈추고, 와인잔을 들어 토카이를 조금 들이켰다.

"난 원래, 상징(Symbol)은, 기호(Sign)의 범주와 부분적으로 겹치는 동시에, 별도로 기호의 바깥에서, 인식 대상들에 대해 잘 맞아떨어지지 않는 고유固有하며 모호한 표상체表象體(Representamen)를 가진다고 생각하는 사람이야. 이 말은, 지금하고 있는 정원 얘기하곤 상관없는 것이지만, 내가 생각하는 방식을 알려 주고 싶어서 한 것일세. 뭐 어쨌든, 내 입장일 뿐이야. 허허허허." 스티글리츠 회장은, 알아듣기에 알쏭달쏭한 소리만 골라서 뱉더니, 헨리 유에게 짓궂은 표정을 지으며 웃고 있었다.

'아! 제기 정말……, **고유하고 모호한** 말씀만 하시는구만!' 헨리 유는 속으로 투덜거리고 있었지만, 겉으로는 경청하는 척 고개를 끄덕이며 분위기를 열심히 만들었다. 회장은 다시 입을 열기 시작했다.

"시크릿 가든의 연못을 보고 있노라니, 하늘과 땅 사이에 물이 있어 바람이 일 때마다 햇빛에 물결이 반짝이더군. 그런 광경을 보고 있으니, 우선 한국인은 정원이란 것에 별 관심이 없던 사람들이 아닌가 그런 생각이 들었어. 그런데 한국 조경의 역사를 설명 들으니 반드시 그런 것도 아니야. 삼국시대 백제나 신라에는 축경의 조원술 흔적이 있다고 하더군. 경주의 임해전지臨海殿址를 내가 봐도 흔적이 있긴 있었네. 조선시대, 형이상학에 골몰한 관념주의자들, 즉 선비가 지배 이념을 생산한 사회에서, 지배자들의 구미에 맞지 않으니 사라진 것이지. 내가 동북 아시아를 말할 때, 동북 아시아인들이 서양의 의복을 입기 시작한 시점에서 바로 전 단계의 한 시대를 주로 말한다는 것을 잊지 말게. 내 눈으로 남은 유적을 분명히, 풍부하게 볼 수 있는 시대 말일세. 현대에 들어와 새로 만들어 붙인 것에 대해선, 나는 별로 말하고 싶지 않다네. 각자 자신들 입맛에 맞는 대로, 주로 서구란 타자의 눈을 의식하여 개념과 역사들을 말장난처럼 과하게 포장한다면, 나는 할 말이 없지. 동북 아시아인들은 그러지 않아도 될 수준들이 아닌가. 포장은 하되, 적당한 선이 좋아. 한국인은 그런 점에선 서투르네. 창덕궁 해설사에게 '연못이 바로 우주의 상징이로군.' 했더니 '아, 그런가?' 하면서 되묻더군. 한국 정원은 차경借景 정원이란 말만 앵무새처럼 되풀이하면서 말이야. 내가 보기엔 차경 정원은 아니네. 도대체가 **차경 정원**이란 단어의 뜻을 무엇으로 생각하고 있는지 조차가, 난 의심스럽더군. 시크릿 가든만큼은 개념을 새로 정리하는 게 맞을 거야. 허허허."

"해설사가 좀 무능했나 봅니다."

"지금 생각해 보니 '서투르다.'라고 봐줄 문제가 아니고, 전반적인 '답답함'이라고 해야 될 것 같네. 아직 한국인은 자신들이 원래 가지고 있는 것조차, 포장은커녕 제대로 남에게 전달하지 못하고 있는 느낌이 많아. 관광 다니면서 보면, 어떤 해설자는 계속, '우리 것이 동양 최고, 세계 최고야!'라고 하면서, 내가 보기엔 꼭 광야에서 외치는 선지자 같은 표정을 짓고 있는 사람이 있는가 하면, 민속 박물관인가 거기 같을 때 말이야. 색채도 화려하고 아름다운 회화 작품들 앞에 서선, '소박미'니 '자연미', '무작위의 미', '무기교의 기교'니, 나중에는 무슨 '애석(Regret)'[51], '비애(Grief)'[52], '깊은 슬픔(Deep Sorrow)[53]의 정서'니,

51 52 53 스티글리츠 회장에게 박물관 해설자가, '한恨'에 대해서, Regret, Grief, Deep Sorrow 등의 여러 영어 단어를 한꺼번에 사용하여 설명했던 상황으로 여겨진다. 보통 번역가들이 '한恨'을 영어로 간단히 직역할 때엔, 크게 따지지 않고 Regret(애석, 유감, 한탄)를 많이 사용한다

이런 표현들을 써 가며 해설자가 한국 문화라고 설명하는데, 내가 보기엔 상황이 거의 블랙 코미디더구만. 마침, '깊은 슬픔'을 해설자가 말하는데, 뒤에 걸린 그림엔 밥 호프Bob Hope같이 생긴 호랑이가 입을 옆으로 벌리며 기분 좋게 웃고 있었네. 그림들이 굉장히 유머러스하고 유쾌하던데, 왜 그 앞에 서선 슬픔을 말하나? 관광 안내서들만 봐도 왜 이리 답답한지……. 연도와 천편일률적인 내용만 잔뜩 써 놨더군. 관광도 상품이네. 재미가 있어야 돼. 분위기가 자신감 있게 전달돼야 하네. 안 그런가? 헨리, 지금은 어떤가. 6년 전 얘기니, 지금은 좀 달라졌을라나?"

"예. 글쎄요……. 뭐……."

스티글리츠 회장은 헨리 유의 표정을 힐끔 쳐다보면서 계속 말을 이어나갔다.

"양 극단에 있는 표현은 사실 같은 거네. 소극적으로 어딘가 위축되어 있는 마음에서 나오는 수동적인 표현들이나, 그게 싫으니까 화가

---

고 한다. 그러나, 한국인이나 한국 문화를 설명하는 글에서 '한恨'이란 단어가 튀어나와 정확한 어감의 번역이 필요해지기 시작하면, 한국어가 모국어인 번역가 자신도 그 개념이 잘 잡히지 않아 애를 먹기 시작한다. 따라서 결국은, 번역가들 각자가 생각하는, 자신들도 한국인이면서 그 실체가 머릿속에 그려지지 않아 애를 먹는 '한恨'의 뜻을, 의미 중복적으로 표기하기 위해, '한恨'을 'han'이라고 음을 우선 표시해 준 뒤, 기다란 주석을 자기 나름대로 만들어서 따로 달아 준다고 한다. 이런 상황들을 곰곰이 생각해 보면, 결국, 무슨 뚜렷한 개념도 없으며, 왜 이 단어가 한국 문화와 연관되었는지 그 정확한 이유도 알 수 없는, '한恨'이 아닌가 싶다. '한恨'이라는 한자가 있는 것을 보면, 전 인류 공통, 아니면 범위를 좁혀서 동아시아 공통, 더욱 범위를 좁혀서 동북 아시아 공통의 '한恨' 정도는 어디엔가 있을 수도 있겠다. 박물관 해설자 자신도, 자신이 익숙해져 온 대로 막상 설명은 해야 될 것 같은, '한' 많은 의무감의 단어-'한恨'을 가지고, 결국 번역가들과 마찬가지의 방법을 사용하며 스티글리츠 회장에게 설명을 그냥 해 버린 것이다.

나서 나오는 과다한 자의식의 표현들이나, 두 가지가 다 자연스럽지가 않아. 둘이 다 똑같이 일그러진 표현들이네."

헨리 유는 스티글리츠 회장이 지금 무슨 말을 하고 있는지 깨달았다. 회장은 인간 무리에 대한 관찰에선 통찰력이 대단한 눈을 가진 사람이었다. 하고 있는 일 자체가 인간에 대한 연구가 없으면 재미 보기 어려운 사업들이니 말이다.

"지금도 상처가 아물지를 못해서 그럽니다. 근대사가 참혹한 경험이었고, 60여 년이 지나도 정신적으로 다 벗어나지를 못했지요. 실제 상황도, 한반도 문제는 현재 진행형이구요. 상처가 아직 아물지 않게 되어 있습니다."

"한국인들의 자신에 대한 표현을 들여다보면, 피지배 국가의 식민지 경험이란 것이, 당하는 입장에서 참 좋지 않은 상처를 계속적으로 유전되게 한다는 것을 알게 해. 왜 심리학에서도 보면, 한 집안 선대의 상처가 삼대 이상 후손들에게 내려오면서, 부정적인 영향을 연속적으로 주는 것을 지적하잖아. 사회나 국가라는 큰 단위에서는 더할 거야. 나중에 알고 보니, 앵무새처럼 되풀이되는 한국미에 대한 표현들이, 전부 식민지 시절 지배자였던 당시 한 일본인에게서 처음 시작이 되었더군. '자연미', '소박미'니 '무기교의 기교', '무작위의 미', '비애의 미'이니 하는 것들 말이네. 제3자인 나는 도통 이해가 안 되는 표현들이지. 뭐라 해도 본질은 말장난이야." 스티글리츠 회장은 헨리 유를 향해 오른손 검지를 흔들며, 무언가를 지적하는 듯한 손짓을 하였다. "무작위, 비애, 소박, 무기교, 애석(Regret 恨), 다 수동적이고 움츠러들게 만드는 언어라는 것을 잊지 말게. 말이 무서운 거네. 표현되는 언어가 사고를 지배하네. 노골적인 멸시천대의 말이 청산하기는 더 쉬운 법이야. 이해해 주는 척하면서, 이건지 저건지 모르게 위축시키는 말장난이 무서운 것이네. 또한 이런 식으로 애매모호하게 표현한 말장난은, 다른 식으로 변화하면서 끊임없이 확대 재생산 되네. 귀에 걸면 귀걸이 코에 걸면 코걸이 식으로 말이야. 상당히 생명력이 질긴 법이지. 거의 덫이라고 해도 좋을 정도일 거네. 한국인들은 하루 빨리 타인이 교묘하게 씌워 놓은 색안경을 벗고 자유로워져야 될 거야. 그 색안경이 얼핏 보면 괜찮아 보이나 보지? 하긴, 씌우는 지배자 입장에선 전력으로 궁리해서, 피지배인들에게는 선의로 느껴지게 위장하고는, 상당히 근사하게 보여지도록 연구하는 법이지. 그건 식민 통치의 기본일세. 그러니 아직도 한국인들은 열심히 그 색안경을 쓰고 있는 거지. 하지만, 벗어던져야지, 자신들에 대해서도 편안하게 들여다볼 수 있을 거네."

"그게 쉽지는 않을 겁니다. 인간 사회란 것이 한 번 쳐 놓은 보이지 않는 거미줄에서, 쉽게 벗어날 수 있게 돼 있습니까? 한국의 피지배 경험이 35년으로 짧은 것 같아도, 지배자 입장에서 보기엔 거미줄을 사방으로 교묘하게 칠 시간은 충분했을 겁니다. 그래도 한국인은 발버둥치며 벗어나려 애쓰는 케이스지요. 줄곧 곳곳에 쳐진 거미줄들을 뜯어왔습니다. 포기하지 않고 말입니다. 완전하게 다 없애 버렸다고 할 순 없습니다. 아직도 자기 충족적으로 유지되는 밀집된 거미줄들이, 높은 철책에 엉겨 붙어 한반도의 허리를 자르고 있습니다. 슬픈 현실입니다. 시간이 더 필요합니다."

스티글리츠 회장은 열심히 답변하는 헨리 유의 표정을 물끄러미 바라보더니, 고개를 끄덕이며 말을 이어갔다.

"대화가 다른 쪽으로 한참 흘렀구만. 다시 정원 얘기 하자고. 어쨌든, 한국 조경도 나는 지금 조선 시대의 것을 생각하고 말하는 거네. 고전적인 한국인이 가지는 최후의 미감美感이지. 자, 본론으로 돌아가겠네. 시크릿 가든을 다시 살피면서, 자연 그대로의 상태인 숲과, 상징적 표현으로 기하학적 구성을 보이는 연못 사이를 이어 주는 조경이란 다리 없이, 한국인은 자연에서 곧바로 우주란 상징으로 이동해 버린 것이 아닌가 하는 생각이 들더군. 그런데, 소쇄원이나 시크릿 가든이나 가만히 생각하며 쳐다보니 깨달은 것이 있어. 바로 고건축이야."

"고건축? 한국 전통 건물들 말입니까? 정원하고 무슨 관계가……."

"왜 이런 식으로 만들었나를 해석하는 핵심은 같이 서 있는 한국 고건축의 존재감이야. 크고 작은 건축물들, 여러 스타일들이 보이더군, 바로 이 건축물의 독특한 특징들이, 자연인 숲과 상징적 우주인 연못 사이의 딜레마이자 그에 따라 발생하는 불협화음과 충돌을 다른 상태로 변화시켜 주는, 즉 기단과 주추는 연못의 조경석이기도 하고, 기둥들은 잘 가꾸어진 정원수이기도 하고, 전체적 매스는 배경이 되는 석가산石假山이기도 한 거였다네. 또한 가장 아래에 있는 연못 주변에서, 이를 에둘러 싸고 분지盆地 형태를 만드는 동산 위쪽으로 가면 갈수록, 매스들이 점점 커지는 건축물들로 여기저기 분산 배치를 하더니, 결국 동산 맨위 한편에는, 주합루宙合樓란 가장 큰 2층 누각樓閣이 떡 버티고 있더군. 내 일찍이, 세계 어느 정원에서도 보지 못한 역배치였네. 한국 고건축과 유사하다고 할 수도 있는 다른 동북 아시아 스타일 건축물이 들어섰어도, 굉장히 어색한 경치로 보였을 거야. 도대체가, 상징적 형태로서 네모 반듯한 연못과 거의 자연 그대로로 보이는 숲을, 어떻게 전형적인 동북 아시아 정원이라 할 수 있겠나. 그럼에도, 시크릿 가든이 아름답고 조화로운 그 무엇을 이루고 있는 것도 또한 틀림없다네. 한국 고건축의 공이지. 한국인은 건축물을 세우고 정원을 만든 것이 아니야. 한국인의 머릿속은 범주 지워진 개념이 아닌, 건축물도 조경이고, 조경도 건축물이야. 집 짓고 정원 만들자는 의식을 버리기 시작한 거지. 조경과 건축과 자연이 그냥 한 덩어리일 뿐이네. 거기에는 말이야, 자연에 대한 노골적인 찬탄贊嘆이 아니라, 인공人工에 대한 숨어 있는 예찬禮讚이 있어." 이때, 회장은 두 손으로 공이라도 말아 쥘 듯한 포즈를 취하면서, 고개를 약간 측면으로 돌리며 무언가를 응시하는 것이, 꼭 어딘가를 향해 뛰어나가고 싶은 얼굴 표정이라고 헨리 유는 생각했다. 순간 느끼기에 그 모습은, 나이에 어울리지 않게 매사에 정열도 있고 의욕도 있는, 꼭 신이 난 젊은이 같아 보였다.

"하나의 우주를 향해 이뤄 나가는 과정들이야. 통합적인 시각이지. 동시에 인간의 손으로 만들어진 소우주를 자연에게 결국 돌려주고 있다네. 자신에게 끌어들이는 것이 아니고 말이야. 건축이 내부에 서서, 밖의 자연 일부분을 안으로 끌어들이는 차경借景과는 반대로, 건축물이 자연 속으로 발길을 내딛고 들어가기 시작하네. 인간과 자연은 통합되면서 연못에 표현되는 기하학적인 선들의 이질감을 포위하고, 용해시키며, 상징으로 표현된 우주라는 또 다른 차원으로 상승하고 드러내지. 그러니 내가 해석의 열쇠인 한국 고건축에 지대한 관심을 가지게 된 것은 당연한 일 아니겠나? 아주 재미있더군."

헨리 유는 대화를 계속 듣고 있노라니, 스티글리츠 회장이 비원秘苑이란 장대한 세계를 설명하면서, 일종의 정신적인 면모에 대한 나름대로의 고찰까지 행하고 있음을 깨달으며 내심 놀라고 있었다. 이 노인네가 얼마나 동양에 대해 깊은 이해가 있는지, 왜 제주테마파크에 지대한 관심을 가지고 있는지를 새삼 알 수 있었다.

"회장님의 말씀을 듣노라니 제가 다 정리가 됩니다. 전 시크릿 가든을 가봤어도, 회장님 같은 관찰력으로 들여다본 적이 없습니다. 그냥, '좋구나!' 하고 있었지요. 그건 그렇고……, 정말 많이, 깊이 보셨네요. 소쇄원에 대한 말씀도, 아까 잠깐 나오는 걸 보고 속으로 감탄하고 있었습니다. 전 아직 못 봤거든요. 언제 소쇄원을 다 가보셨습니까?"

"내가 월스트리트의 동료들하고 한국을 단체 관광한 적이 있었어. 좀 알고 싶었지. 우리들이 가니까, 한국관광공사에서 직원이 나와 일반인은 못 들어가는 곳까지 안내해 주고 그러더군. 이 친구야, 그래도 2주를 돌아다녔네. 나중에는 나 혼자 좋아서 한국 여기저기를 보곤 했지. 자 그럼, 한국에 대한 내 감상을 한번 본격적으로 말해 볼까?"

"예. 그러시죠. 정말 재미있습니다."

"그래. 좋아. 우선 내가 느낀 것은 한국은 입체를 다루는 것이 대단히 뛰어나. 회화 같은 평면은 잘 모르겠어. 허허허." 스티글리츠 회장은 헨리 유를 곁눈질로 흘깃 보더니, 또 "잘 모르겠다."고 하면서 허허 웃었다.

"물론 나는 고려 시대 불화도 3점, 정선의 산수화, 김홍도와 장승업의 그림도 가지고 있지만, 어디까지나 내가 말하는 것은 숲을 얘기하는 거지, 나무 하나하나를 말하는 것이 아니라는 걸 알지?"

헨리 유는 스티글리츠 회장의 미소 짓는 얼굴을 바라보며, '여전하시구만. 북 치고 장구 치고 다 하시네!'라고 속으로 중얼거렸다. 대화할 때, 자신이 하고 싶은 말은 다 하면서 어떠한 표면적인 반발도 존재치 않도록, 상대편의 입을 정중히 막아 버릴 줄 아는 탁월한 재주를 가진 이가 바로 회장이었다.

"한국에 처음 내려 서울부터 둘러보기 시작했지. 우선 고건축이 눈에 들어오더군. 경복궁이나 창덕궁에 있는 건물들은 비례가 대단히 아름다워. 경회루인가? 아, 나는 동양 건축의 백미라고 말하고 싶네. 완벽한 비례감이야. 입면을 전체적으로 보면 지붕과 벽체의 입체적 균형감이 전혀 어색한 데가 없이 딱 들어맞아. 구조도 뭘 더 붙이고 빼고 할 게 없어. 구조 자체로 승부하더군. 필로티[54]가 중요시된 모더니즘 건축을 보는 느낌이랄까. 색채와 약간의 장식도 적절하게 조화를 이루고 있지. 조잡스런 것을 싫어하고 아름다워. 처마선은 말할 것도 없고 지붕의 다른 선들도, 거대한 지붕 매스의 무게감이 안 느껴지게, 직선은 존재치 않고 전체적인 현수 곡선으로 교묘하게 처리되네. 그 현수 곡선은 다른 동북 아시아의 건축물 지붕에선 볼 수 없는 것이야. 그 지붕의 전체적인 선과 매스가 중요해. 배경을 이루는 자연의 온갖 불

54 **필로티** 건물의 전체, 또는 일부를 지상에서 기둥으로 들어 올려 건물을 지상에서 분리시킴으로서 만들어지는 공간, 또는 그 기둥 부분을 말한다.

규칙한 선들과 함께 하며, 건축물이 조화를 이루는 핵심이라 생각되더군. 시크릿 가든 경우처럼 말이네. 뭐……, 지붕이 다는 아니겠지만 말이야. 말하다 보니 또 정원 생각이 나는데, 경복궁의 경회루와 향원정의 호수, 연못들 말이야. 상징적인 동시에 굉장히 기하학적이야. 고궁 건물 주변에—특히 여성들이 거주하는 곳에 주로 보이는 것 말이네—조그만 정원으로 만들어진 화계花階는 또 어떤가? 단정하게 석축을 연이어 쌓아, 계단 모양으로 질서정연하게 만들어 놨어. 기하학적인 형태들이야. 오히려 다른 동북 아시아 정원들이 내가 보기엔 자연의 형태를 더 의식하고 재현한다네. 한국 정원은 인공적이야. '우린 자연 자체를 소박하게 사랑하고 있지.'라는 말투로, 미국인인 자네마저, 자연미니 소박미니 그런 말 하지 말게나. 요새 만든 것 말고 옛날부터 그냥 남아 있는 것들을 보면, 한국 정원은 아주 인공적으로 느껴져. 아무리 봐도, 자연적이 아니네. 참고로, **자연적인 것하고, 자연을 그냥 내버려 두는 것**, 이 두 가지 말은 서로 다른 것을 가리키네. **자연미니 자연적**이란 말에는, **자연을 의식하면서 재현한다, 가꾼다**는 뜻이 내포되어 있네. 한국 정원 안의 숲과 나무는, **자연적이 아니고**, 내가 보기엔 **자연을 그냥 내버려 두는** 거네. 내버려 두는데, 그 점에 대해서 내버려 둔다는 점 이외의 다른 개념을 잡을 필요는 없겠지. 그러니 논의에서 한국 정원의 내버려 둔 그 숲과 나무는, **우리도 내버려 두자**고. 알겠나? 허허허. 따라서 자연미를 말할 근거가 한국 정원 안에는 없는 게 되지 않을까?" 말을 잠깐 끊고는, 재미있다는 듯이 웃고 있는 회장이었다. "경복궁 해설사도 자연미 타령만 하더군. 내가 여행할 때 가만히 보니까 말이야, 한국 사람들은 자신들의 것이 자연적이라든지, 자연미라는 말을 들어야지만 안심이 되는 사람들로 보이더군. **인공적**이란 말은 그렇게 싫은가? 그 자연미라는 명제가, 혹시라도 타자에 의해 주입되고 강요된 것은 아닌지, 생각해 볼 필요가 있을 것이네. '내가 보니 인공적이다.'라고 말하니까, 나한테, 얼굴을 다 붉히더군. 해설사가 말이야. 허허허허. 생각나니까 하는 말이고, 한국 정원에 대해선 말을 많이 했으니 넘어 가지. 허허허."

헨리 유가 보니 또 개구쟁이 같은 표정이 스티글리츠 회장 얼굴에 나타나 있었다. '나 참 정말, 한국 가서 고궁 해설사들하고 무슨 일이 있었나? 토론하다 싸웠나? 하여튼, 심통 맞은 것 하난 확실한 노인네야. 그러면 그러려니 하고 좀 넘어가 주는 맛이 없으니.'

"자, 다시 고건축 얘길 하자고. 여기저기 있는 고건축물들을 봤는데, 동일한 공통점들이 있더군. 매스들이 좋아. 한국인은 건축적 볼륨감을 참 좋아해. 규모가 크건 작건 말이지. 그래서 목조 건물들이 듬직듬직해 보여. 내가 좋아하는 스타일이야."

"한국 고건축을 아주 유심히 보셨나 봅니다."

"음. 그래. 사원도 가보고 궁궐도 가보고 그랬지. 궁궐에는 잘 안 나타나는데, 그 사원이나 서원들 있잖아. 독특해. 처음 느낌은 대체적으로 금욕적이네. 정중해. 욕심 안 부려. 그다음, 자세히 살피기 시작하면……, 주춧돌 같은 것을 보잔 말이야. 모두 그런 것이 아니고 가끔 일부러 전체 주춧돌 중에 한두 개쯤을 그런 상태로 놓아 두더군. 보면 기둥을 세우기 위한 기능에 멋진 형태를 완전히 부여하려는 노력보단,

자연 그대로의 재료 상태에서 주춧돌로 변해 가는 과정을 기록해 놓았다고 해야 하나? 그런 것들을 의식적으로 남겨 놓더군. 한쪽은 돌 자체의 상태가 그냥 남아 있고, 다른 쪽은 완성된 주추네. 그 사이는 자연 상태에서 점점 주춧돌로 형태가 변해 가는 중이지. (회장은 천천히 옆으로 오른손을 움직여 가며, 마치 허공에서 무언가를 쓰다듬는 듯한 동작을 하였다. 동시에 얼굴은, 흐르는 강물에 손을 집어넣고, 그 물의 미묘한 저항을 눈 감고 느끼고 있는 소년으로 되어 갔다) 과정의 마지막으로 기둥이 박힐 자리는, 기둥 세우기 위한 기능을 충족시키는 형태로 완성되니, 보노라면 이 주춧돌은 '옛날에는 이런 자연스런 돌이었구나.' 하는 기억을 불러일으키네. 장대한 시간을 견뎌 온 돌 자체의 역사들이지. 기둥이나 천장의 골조들을 보아도, 나무가 자연의 상태에서 자유롭게 자란 상태를 그대로 보여 주려는 의식 같은 것이 보이네. 얼마든지 다듬어서 뭐든지 자유롭게 해낼 수 있는 기술이 있다는 건 구조 자체로 알게 하거든. 일부러, 다듬는 것을 일정 부분 피한달까? 원시적인 것하곤 차원이 다른 얘기야. 재료 자체가 가지는 본질을 훼손하지 않고, 완성과 미완성 사이에서 노는 듯한 형태를 이룸으로써 오히려 돋보이게 하려는 노력들이야. 인위성의 조심스런 자제심이지. 여기서도 돌은 돌이고 나무는 나무일 뿐일세. 허허허."

"북송 산수화 말하실 때는, 바위는 바위고 숲은 숲이라고 하시더니, 지금은 돌은 돌이고 나무는 나무일 뿐이라고 하십니다."

헨리 유는 빙그레 웃으면서 회장을 쳐다보았다. '하여튼, 참 묘한 노인네야!'라는 생각을 하면서.

"그런가? 같은 의미지. 우리가 하는 일은 따지고 보면, 통제와 투쟁일세. 극복이고 말이야. 그러니 어느 부분이라도 좀 그냥 놔두는 것이 필요하지 않겠나? 허허허허." 스티글리츠 회장은 일부러 슬그머니 곁눈질하며 장난기를 섞으면서 미소 지었다.

"목조 건축으로서 전체는 아주 기술적으로 근사해. 구조 자체를 자유자재로 구사하고 구조가 곧 장식이 되지. 장식을 덧붙여 화려하게 보이려 할 필요도 없고, 장식을 빼서 단순하게 보이려고 애쓸 필요도 없네. 동양식 목조 건축으로 최고조에 달한 기술적 완성도네. 내가 말한 건, 눈여겨 봐야 보이는 부분적인 유머들이야. 하여튼 즐겁더군. 뭔가 건축 형식이, 재료에 인위적 형태를 부여하려는 압박감이 과대해진다 싶으면, 할 수만 있으면 도망다니고 싶어하는 느낌 같은 것이 있네. 나무란 질료와, 건물이란 형상 사이의, 고통스런 대립을 싫어해. 여기에도, 정원을 조성할 때의 숲과 나무를 대하는 태도하고, 마찬가지의 마음이 있다네. 어느 부분은 그냥 내버려 두고 싶어 하는 마음이지. 자연미, 자연주의(Naturalism)하고는 달라. '자연에 대한 재현'이란 목적 때문에 의식하게 되는, 자연을 만들어 놓고자 하는 내재된 의도가 없어. 또 생각나는 게 있는데……."

스티글리츠 회장은 말끝을 길게 늘이면서 입을 다물었다. 어떤 기억이 머릿속에 떠올랐는지, 몹시 인상 깊은 그 무엇이라도 있었는지, 생각에 골몰해 있는 회장의 얼굴 표정이 잠시 계속되었다. 그러자 다시 말하기 시작했다

"건축물의 큰 문들로 된 벽체 자체를 전부 들어 올려 천장에 고정하

는 일을 하더군. 벽이 사라졌어. 닫힌 공간이 갑자기 확 트이게 되는 거지. 창문 좀 올려서 공기 순환 하자는 게 아니야. 그런 거 처음 보았네. 그러면, '나'를 둘러싼 막힌 공간이, 기둥들만 남는 트인 공간으로 변화하는 거지. 건축의 본질이란 원래 '경계 만들기'인데 말이야……. (회장은 잠시 잠깐 딴생각을 하는 눈치였다. 그러자 다시 말을 이어갔다) 어쨌든, 이런 감상들은 부분만 말한 것이고, 궁궐이나, 사원이나, 서원이나, 여러 건축물들이 군집을 이루고 서 있는 모습을 전체적으로 바라보고 또한 돌아다녀 보면, 나타나는 모든 공간들이 내부냐 외부냐 하는 구분에 의미를 둠이 아니라는 것을 느낄 수가 있었네. 건축물 외부나 내부나 다 하나로 통합되며, 연속적인 공간을 이루어 나가는 중인 거야. 인간에게 주어진 공간들은 반드시 안전하게 보호받아야 할 내부도 아니고, 반드시 싸워 나가야 할 외부도 아닌 거라네. 다만 공간 그 자체만이 존재할 뿐이야. 그런 면들을 가만히 살펴보면, '나'와 '세계' 사이의 경계를 싫어한달까? 뭔가, 나란 사람과 본질적으로 잘 들어맞는 아름다움들이야. 마음을 어루만지고 위로해 줘. 평화를 주지. 세상에 대한 통제에 지쳐, 저 동양 회화를 좋아하는 나 말일세. 그런 점들을 지긋이 살펴보며 다니는 게, 여행의 즐거움 아니겠는가? 마음에 맞는 것을 천천히 둘러본다는 것 말일세. 어디 가나 한국 건축은 쳐다보고 있노라면 느긋해지는 게 정신이 편안해져. 그게 참 좋더라구……. 다른 것과 비교하면서 특별히 더 우수하다, 더 어쩐다, 하는 얘기가 아닐세. 나한테, **특별하게 느껴지더라**는 말이지. 무슨 말인지 알겠나?"

“예. 회장님의 취미에 맞는다는 말씀이시지요?”

“그래. 그런 말이지. 어쨌든 그런 면모라는 것이, 내가 아는 한국의 근-현대사와는 잘 안 어울린다는 생각도 들고……. 옛날 한국인은 어떤 사람들이었나 궁금해지더군. 지금 한국인은, 특히 서울 거리를 바삐 걸어가는 사람들을 보면, 경직되고, 긴장하고 있고, 투쟁적으로 보이던데 말이야. 사실 민족성이란 말만큼 애매한 표현인 게 어디 있겠나? 민족성도 따지고 보면, 그 민족이 속한 국가나 사회가 처한 현실의 반영이 일차적이고, 나머지는 규정하기 어려운 역사적 기억들의 잔류물일 뿐일세.”

“그렇지요. 회장님 말씀이 맞습니다.”

헨리 유로서는 스티글리츠 회장의 소감들이 담백하게 나오는 것을 보곤 내심 놀랐다. 원체, 자기 속을 잘 내보이지 않고, 대화를 현학적으로 포장하여 솔직한 기분을 감추는 버릇이 있는 사람인데, 오늘은 의외로 자신의 속마음을 여과 없이 전달하고 있었다. ‘나에게 뭔가 하고 싶은 말이 많은 날인 건 분명한 모양이군. 말들을 들어보면 자신이 경험한 인생에 대한 반추도, 감정이입들도 있고 말이야……. 그건 그렇고, 이 양반도 참, 마음의 평화가 없는 모양이야. 벌써 편안과 평화 타령이 몇 번이 나왔더라…….’

스티글리츠 회장은 헨리 유의 혼자 생각을 들여다보기라도 하는 눈치로, 조용히 그의 눈을 쳐다보더니, 싱긋 웃으면서 말을 이어 나갔다.

“내가 지금까지 한국 정원과 고건축에 대한 소감을 말해 왔네만, 한마디로 표현하면 ‘경계 없음으로의 돌아감’ 즉, ‘무경계로의 환원’이라

간단히 말해 보고 싶네. 자연을 안으로 끌어들이는 차원이 아니고, 조경과 건축이 같이 결합되어 인간이 자연에게 인위적 상징을 부여하면서, 보다 높은 차원으로 같이 나아가고 흔연히 돌려준다는 의미를 내포內包하고 있네. 바로 한국 정원과 고건축을 한 범주 안에 묶어 버리는 거지. 그런 후에 '환원還元'이란 개념을 붙여 보는 거라네. 어떤가, 내 생각이? 이런 생각들을 평소에 하고는 했지. 좋지 않은가?" 스티글리츠 회장은 동의를 구하는 듯한 진지한 표정을 지으며 헨리 유를 쳐다보았다.

"그러다 정말 동북 아시아 예술에 대한 책 하나 쓰실 것 같습니다. 저 그림들을 보며 여러 생각들을 하시는군요."

"그런가? 어차피 내 취미일 뿐이네. 그런 생각을 하는 여유를 가질 수 있다는 것 자체가, 나에게는 행복일세."

스티글리츠 회장은 헨리 유의 반응에 만족한 듯한 표정을 지으며 토카이 잔을 입가에 다시 가져갔다. 그런 회장의 모습을 보며, 헨리 유는 순간 가슴속 어딘가가 시려 오는 듯한 느낌이 들었다. '경계 없음으로의 돌아감이라……. 얼마나 역설적이고 모순에 찬 표현인가! 한국은 무엇보다도 경계선으로 고통받고 있는 나라가 아닌가.' 헨리 유는 모국에 대한 감상으로 잠시 혼자 생각에 빠져 물끄러미 아래만 바라보고 있었다.

그 모습을 유심히 바라보던 스티글리츠 회장은, 헨리 유의 속생각을 아는지 다른 화제로 분위기를 바꾸기 시작했다.

"조각도 말해 볼까? 나는 한국인도 못 들어간다는 석굴암의 내부를 직접 들어가 본 사람일세. 석굴암 전체의 공간 구성도 볼 만하지만, 내가 눈여겨본 것은 화강암을 다루는 조각가의 눈과 손이야. 본존불을 보면 서양의 해부학적 사실주의와는 반대 방향에서 발전한 숭고미라네. 완벽한 프로포션과 밸런스야. 어떠한 조잡성을 볼 수가 없어. 내 생각에는 불교 조각의 마지막 결정판이라네. 같이 있는 벽면의 고부조들도 본존불 못지 않아. 이상화된 아름다움을 보여 주지. 선과 면의 절제와 함축성이, 오히려 풍부한 조형적 변화를 불러일으키네. 아사달의 다보탑도 빼놓으면 섭섭하겠지? 참 디자인되기 어려울 다른 형태들이, 왜 디자이너들이 유사 형태 반복을 즐겨 하지? 매칭이 쉬우니까. 그런데, 그 매치되기가 어려운 다 다른 형태들 가지고 조화를 이루고 있더군. 그 아사달이란 예술가는 어려운 난제를 잘 풀어 냈어. 평면도 아니고 입체는 상이한 형태의 매치가 더 어려운데 말이야. 정말 감각적인 디자인이네. 우리가 생각하는 '동양'이라는 전형적인 느낌도 아니고, 참 현대적이더군. 1천 5백 년 정도 된 거든데 말이야. 살펴보면 살필수록 한국인은 입체를 다루는 감각이 뛰어나. 미학적으로 대단히 세련되어 있어."

스티글리츠 회장은 찬사를 늘어놓았다. 헨리 유는 회장의 진짜 의중을 아직까지는 완전히 파악하기가 힘들었다. 나중에 무슨 말을 하려고 저러나 계속적으로 긴장하고 있었다. 회장은 말을 계속 이어 나갔다.

"사람이 생활하던 공간들을 보면, 너무 편안해선 안 되고 적당히 불편해서, 일상의 하루를 보내려면 집 안에서만 지내는 걸 불가능하게 만들어 놓았네. 바깥마당으로 나갔다가 집 안으로 다시 들어왔다 하면서 사는 사람 운동 좀 하게 설계했더군. 안과 밖 접근에 대한 친숙성, 인간을 위한 복합적인 공간 기능성에 대한 추구, 그런 면들은 인본주의적이라고 할까? 안과 바깥이라는 경계가 사실상 주택에서도 사라지네. 확실히, 건축 기능에 대해서도 옛날 한국인은 경계가 애매한 것을 좋아하더군. 건물 내부냐 외부냐, 인공이냐 자연 자체냐 같은, 공간 자체에 대한 개념만이 아니고 공간이 만드는 기능 말일세. 그럴 수밖에 없겠지. 공간과 기능은 같이 결합되는 것이니까. 허허허. 수원 화성을 보게나. 참 아름다운 성이네. (헨리 유를 쳐다보며 '바로 여기'라는 식의 손짓을 하는 스티글리츠 회장의 마음은, 지금 화성 성벽 위에 앉아 있는 듯했다) 전쟁을 위한 방어 설비라는 게 의심스러울 지경이더군. 성곽 바로 위에 놀기 좋은 멋진 정자를 세우곤, 성벽 바깥 바로 밑으론, 연못 파서 정원 만든 곳은 전 세계에서 유일할걸세. 허허허허. 나 같은 노인들이 걷는 데도 무리가 없어. 성곽 위를 걷노라면, 소란스런 도시의 간판 불빛도 보이고 자동차 소음도 들리고 하다가, 여고생들이 참새 떼처럼 재잘거리며 지나가고, 흐르는 물소리가 운치를 더하는 돌다리도 건너고, 멋진 정자가 있다가, 넓은 활터도 나타나고, 마음의 평화를 주는 그야말로 여행이야. 여행. 물론 산 쪽은 안 올라갔지만 말이네. 허허허."

헨리 유는 스티글리츠 회장의 옆모습을 물끄러미 바라보았다. '이 노인네가 인생이 깊이가 있구나.'라는 생각이 들었다. 사치도 쾌락도 얼마든지 누릴 수 있는 위치면서 자기자신을 끊임없이 들여다보며 살아왔구나 하는 느낌이었다. 아는 만큼 보이는 법이다.

"오늘, 지금까지 내가 말해 온 것 모두가 나, 아이작 스티글리츠의 말장난일지도 몰라. 생각해 보면 이 세상만사가 말장난이네. 말장난으로 가치가 부여되어 돈이 모였다 흩어지고, 땅 위에 뭐가 만들어졌다 사라지기도 하고, 철학이건 과학이건 정설이 되었다가 폐기 처분당하기도 하고, 체제건 이념이건 옳은 일이라 불리다가 틀린 일이 되어 버린다네. 아예 존재하는 그 자체가 말장난으로 있다가도 없어지고, 없다가도 생겨나는 것이 아닌가 하는 생각이 들 정도지. 나도 평생을 말장난 하면서 살아온 것이 아닌가 그런 생각이 들어. 말장난이 말장난으로 끝나지 않고, 완고한 인과관계의 그물망을 벗어나 미래를 태어나게 하려면, 확신을 가지는 수밖에 없다네. 확신도 노력이 필요해. 거저 되는 것이 아니야. 그러니 헨리 자네도, 앞으로 제주에 설 자네의 테마파크를 마음으로 바라볼 때마다 확신하도록 노력하게나. 그리하다 보면, 확신이 자네 안에 주어질 것이네. 따라서 모든 것이 훨씬 편안해질 거야."

말을 마친 스티글리츠 회장은 와인잔에 남은 토카이를 마저 홀짝 들이키면서, 벽에 걸린 동양 회화들을 쳐다보며 한동안 조용히 있었다. 그러다가 회장은 고개를 돌려 헨리 유를 다시금 물끄러미 바라보더니 말을 이어 갔다.

"내 생각이네. 제주테마파크 진입-공유 구역, 한국을 테마로 하게. '한국'이라 하니 애매하게 들릴 수도 있겠지만, 내가 지금까지 한 말들을 종합해서 표현하자니 '한국'으로 간단히 말한 거네. '한국' 자체가 내가 보기엔 모순 덩어리요, 그래서 매력이 있어. 그걸 잘 가공해 볼 필요가 있네. 어차피, 제주에다 세울 건데 말이야. 돈이 되게 말이지. 무슨 뜻인지 알겠는가?"

"예. 회장님이 말씀하시는 것을 저도 이해할 수 있겠습니다. 모순 덩어리라는 표현에서 나름 이해가 되더군요. 알겠습니다."

헨리 유는 회장의 진심을 눈치채며, 이제야 마음을 놓기 시작했다. 회장도 지금 나름대론 가슴을 열어 보이는 것이다. 모순 덩어리라. 한국. 얼마나 어이없는 곳인가. 근대 조선은 계속된 전쟁의 후유증에서 자유롭지 못한 채 억지로 국가 체제를 유지하느라, 명분에 매이고 융통성이 없었다. 그러나 지금은 돈에 매여 상스러워졌다. 그나마 있던 과거의 흔적도 좋은 것이건 없어져야 될 것이건 간에, 일제 강점기 35년과 한국전쟁을 거치며 박살이 나 버렸다. 말기의 조선은 성리학적 원리주의와 권위에 함몰되어 활력을 잃었으나, 지금은 서로 간의 민낯을 들이미는 비린내 나는 비천함이, 싱싱한 활력으로 승화되는 곳. 지금 한국인의 실제 생활엔 그 어디에도, 스티글리츠 회장이 말한 아름다움은 사실 없지 않은가!

'그래. 회장이 말하는 것이 무엇인지 이해될 것 같아. 과거의 유산을 한쪽으로, 현재를 한쪽으로 하는 양쪽 틀이 있다고 하자. 그 틀들을 합쳐 생선 모양을 주물로 찍어 내면, 결국 그 물고기가 형틀에서 빠져나와 점차로, 싱싱하게 살아서, 헤엄칠지도 모를 노릇이지…….'

스티글리츠 회장은 헨리 유에게 처음 보여 주다시피 하는, 모든 방어막을 해체한 듯한 표정으로 그를 바라보더니 말을 이어갔다.

"잘 승화시켜 보게. 숨겨진 보물들을 잘 다듬어서 내놓도록 하게.

이곳이 바로 '한국 땅이다!'라는 것을 선전하라는 말이 아니야. 편안함과 친숙한 여유에 민감한, 화려하지는 않아도 광채에 매혹되기보단 본질을 들여다보려 하는, 그런 인생들이 모이게 해보세. 우린 다르게 접근해 볼 필요가 있어. 간단히 말해서, 단순한 자극에서 정신적인 만족을 추구하는 쪽으로 욕구가 이동하고 있네. 긍정적인 만족이란 긍정적으로 생각되는 것들을 단순 나열한다고 이루어지는 것이 아니네. 위기와 갈등, 모순과 반목도 필요해. 그러나 결국은 극복해 내는 것. 그게 중요해. 한국이란 것 자체가 그래. 한국, 그리고 제주라는 땅에 세우면, 결국 그 대지가 이야기하는 것에 귀 기울이게 되는 거야. 허허허. 이해하겠나? 우린 결과론으로 더 큰 이익을 산출할 수 있을 거야. 세상에서 처음 시도되는 테마파크가 되게 해보세. 뭔가 좀 나올 것 같아. 한국 자체가 아직도 미개척이고 신천지네. 그래서 매력적이고 가능성도 풍부하지. 안 그런가? 원대한 미래를 바라보잔 말이네. 내 말을 이해하겠나?"

"알겠습니다. 회장님."

헨리 유는 정중하게 스티글리츠 회장에게 고개를 숙이며 대답했다. 그 모습을 본 회장은 곧바로 질문을 던졌다.

"헨리. 자넨 말이야. 언제나 그 포멀한 태도를 벗어던지겠나. 다른 미국인 같으면, 면전에서 호칭할 때에 나의 퍼스트 네임을 허락받은 지가 옛날일걸세. 우리가 만난 지도 벌써 26년이야. 안 그런가? 자네는 아무래도 미국인이 못 되는 것 같으이."

헨리 유는 회장의 핀잔 섞인 농담을 들으며 좀 서글픈 얼굴이 되더니 조용한 목소리로 말했다.

"회장님. 그렇다고 한국인도 못 되는 것 같습니다, 저는."

## 18

수혁은 제주에서 첫날을 정신없이 보내야만 했다. 해야 될 일이 너무나 많았다. 드림밸리사의 디자이너들이 묵을 숙소, 일할 사무실과 거기에 따른 시설들을 일주일 동안 마련하자니 새벽, 제주공항에 배종삼 차장과 같이 내리는 순간, 눈앞이 깜깜해지는 기분부터 맛봐야만 했다. 둘이서 헨리 유에 대한 욕을 실컷 하면서 렌트카를 타고 다니며 잠시 제주시 여기저기를 둘러보고 훑어보다가, 섬 반대편 한라산 너머 서귀포시에 곧장 가보기로 마음먹었다.

서귀포 구시가지를 지나 제2청사 건물이 섰고 제주 월드컵 경기장이 있는 서귀포 신시가지에 들르니, 여기가 자신의 꿈을 이루기 위한 첫 계단이 될 장소라는 직감이 수혁의 뇌리를 스쳤다. 서귀포 구시가지는 야자수가 있는 아담한 거리에 약간의 우울감마저 자아 내는, 감미로운 정서가 흐르는 깨끗한 도시인 것이 수혁의 개인적인 기호에도 맞았으나, 실생활의 편리성, 나가면 바로 나오는 널찍한 도로, 현대화된 오피스 빌딩, 대형 마트, 위락 숙박 시설들이 밀집된 신시가지가, 회사 업무를 능률적으로 진행시키기에 더할 나위 없는 안성맞춤으로 느껴졌다. 수혁은 드림밸리사 디자이너들의 모든 생활 공간을 한군데에 모을 결심을 했다. 편안히 발로 걸어 다니면서 30분 이내로! 거기에 테마파크가 입지할 예정지가 차로 3, 40분만 가면 가능할 거리에 펼쳐지니, 수혁의 속마음엔 서귀포 신시가지는 테마파크 설계를 하기 위해 운명 지워진 장소라는 느낌마저 있었다.

헨리 유가 웹하드로 보내 온 자료들 중에는, 수혁이 그렇게도 궁금해 마지않던 테마파크 입지에 대한 것이 포함되어 있었다. 자료를 들여다보니 우선적인 최적 입지 지역에 선정되어 있는 곳으로서, 서귀포시에서 서쪽으로 용머리바위를 지나 해안 도로를 끼고 달리면 나오는 해안가 평야 지대(상모리라 불리는 지역으로, 지도에서 보면 네모지게 제주 서남부 해안에 돌출되어 있다)가 빨간 둥근 원 표시로 제주 전체 지도에 큼지막하게 표시되어 있었다. 특기 사항으로, 과거 태평양 전쟁과 한국전쟁에 연관된, 퇴락해 가는 전쟁 기반 시설들이라는 점을 보여 주는 '알뜨르 비행장'이란 것과 송악산의 '해안 동굴 진지'가 사진으로 첨부되어 있어서, 수혁의 머릿속엔 대상지에 대한 궁금증이 더욱 모락모락 피어올랐다. 그는 한시라도 빨리 그곳에 가보고 싶어졌다. 차선책으론, 서귀포시에서 보면 동북쪽에 있는 한라산 허리쯤의 구릉지인데, 녹산로를 타고 가다 보면 병곳오름과 번널오름을 지나 대록산이라는 새끼 화산에 이르기 전쯤에 나오는, 아마도 푸른 초원이 펼쳐치고 말들이 달리고 있을 것이란 상상을 불러일으키는 곳이었다. 주변에 정석비행장이라고 대한항공에서 운영하는 연습 비행장이 대록산 너머에 표시되어 있어, 비행기 소음이 어떨까 하는 의문을 들게 했다.

뭐, 연습 비행장이니까 실제 상황은 가봐야 알겠지만 말이다. 골프장이 예정 입지와 비슷하게 비행장과 떨어져서 이미 지어져 있는 걸 보면, 상황이 심각한 것은 아닌 모양이었다. 수혁은 서귀포 신시가지에 대한 정보 수집에 테마파크 입지 지역에 대한 상황 파악도 할 겸, 서귀포 시청부터 가보기로 했다.

시청 제2청사에 들러 건설교통과에 문의하니, 과장이 수혁의 이야기를 듣자마자 환경도시건설 국장실로 직접 친절하게 안내해 주었다. 사전에 헨리 유 사장과 많은 말이 오고간 것이 틀림없었다. 과장 이름은 조경식이었다. 수혁은 방송국 시절에도 지방 자치 단체와 일해 본 적이 있어서, 지방 군청이나 시청 특유의 느릿하면서도 여유 있는 분위기에 상당히 익숙해져 있었다. 우선 실무보단 국장과 인사부터 나누라는 의미이다. 국장은 오십대 중반의 나이에 작고 똥똥한 몸집을 가진, 남의 시선에 주의하며 공무원 특유의 튀지 않으려는 복장과 몸짓에 젖어 버린 남자였다. 친절한 얼굴에 점잖은 미소를 지으며 수혁 일행을 맞이하여 주었다. 명함을 주고받은 뒤, 수혁은 정중한 표정으로 국장의 명함을 감상했다. 이름이 양정대라 씌어 있었다.

“펠드스파홀딩스에서 드디어 일을 시작하는 모양입니다. 유 사장님이 보내신 모양이지요?” 양 국장이 먼저 운을 띄웠다.

“예. 그렇습니다. 서귀포시에서 테마파크 디자인 업무를 직접 진행하라는 유 사장님의 명령이 계셔서, 사무실이랑 숙박 관계를 준비하느라 서울에서 내려왔습니다.”

“아! 여기서 디자인을 합니까? 들은 말로는 미국에서 해 가지고 온다고 하더니…….” 양 국장의 얼굴에 약간 의아해하는 표정이 순간 스쳤다.

“이번 주 안에 제주테마파크에 대한 SPC가 설립되면, 그 밑의 하청회사로 한국과 미국의 디자인 합작 회사를 만들어서 서귀포시에 사무실을 내려고 합니다. 사무실엔 미국의 드림밸리사 디자이너들과 한국의 설계 사무소, 시공사 측의 직원들이 같이 상주하게 될 것입니다. 저희 펠드스파홀딩스 측 인원은, 이 합작회사에 대한 SPC의 대표로서 참여하게 됩니다. 저와 이 사람 배종삼 차장, 두 명이지요. 일주일 지나면 사무실 오픈입니다. 좀 시일이 급하지요.”

수혁이 옆에 앉은 배 차장을 손짓하며 소개하자, 양 국장이 안경 너머로 흥미있다는 표정을 짓더니 배 차장을 아래 위로 훑어보았다. 배 차장은 국장의 시선을 의식하자 까치집인 머리를 버릇대로 손으로 헤집으며 목례를 가볍게 하였다. 정신없던 머리 모양이 한 번 더 용솟음치면서 더욱 정신없어져 버렸다. 아무리 봐도 상쾌하고 명쾌해 보이는 모습은 아니었다. 양 국장은 배 차장을 잠시 살피더니, 이내 수혁 쪽으로 고개를 돌리면서 말을 꺼냈다.

“일주일 후 오픈이라. 유 사장님 마음 급하긴 하네. 하지만 일이라는 게 빨리빨리 해치우면 오히려 일할 맛도 있고 좋잖아요? 후딱 할 땐 스피드 내야 해. 천천히 한다고 꼭 좋은 것도 아니야. 그건 그렇고……. 기획 단계부터 한국 측하고 협의를 분명히 하게 할 모양이죠? 그게 합리적이겠네. 맞아. 실시 설계나 시공은 한국 회사에서 담당할 텐데, 미국 애들하고 현장에서 맞닥뜨리면서 입을 맞추는 편이 낫겠지. 그래서 유 사장님이 지시하신 모양입니다?"

꽤 명석하고 예리한 판단과 질문이 나왔다. 모습과는 달리 일을 잘 이해하고 있는 타입의 국장이었다. 허튼소리했다간 국물도 못 건질 거란 생각이 수혁에게 들었다.

"그렇습니다. 시간도 절약하고 일도 효율적으로 진행시키려는 거지요. 비용은 SPC에서 지급하니까 SPC의 부담이 커지긴 하겠지만 결과로는 더 이익이지요."

"그래. 사무실은 서귀포시 어디다 하려고 합니까?"

"예. 신시가지, 그러니까 이 제2청사 근방으로 잡으려고 합니다. 숙소도 근방이 좋겠지요."

제2청사 근방으로 한다는 소리에, 양 국장은 기분 좋아짐이 역력한 웃음을 얼굴 만면에 지으며, 같이 앉아 있던 건설교통과 조 과장에게 즉시 지시했다.

"이분들에게 적극 협력해서 좋은 곳에 자리잡도록 하게. 이것저것 도와드릴 일이 있으면 꼭 도와드리도록. 자네가 아예 이분들과 같이 다녀. 그게 좋겠어. 우리도 도와야지. 알았나?"

"예. 그러지요."

몸집 큰 조 과장은 국장의 한 마디에 절절매면서 알았다고 답변했다. 수혁은 양 국장의 성격이 상당히 명확한 것이 맘에 들기 시작했다. 말을 뱅뱅 돌리면서 이건지 저건지 알 수 없게 만들던, 과거에 본 공무원들과는 확실히 차이가 있었다. '일 좀 하려고 하는 타입이군. 나중에 생길 SPC 정식 법인체나 테마파크 하청 회사들도, 가능한 한 이곳에

쓸어담을 심산이로군.'

양 국장은 수혁을 향해 고개를 내밀며, 자신이 아는 정보를 열띤 음성으로 전달해 나갔다.

"월드컵 경기장 주변을 보셨는지 모르겠지만, 해안도 가깝고 주변에 소나무 숲도 펼쳐져 있고 지내기 좋아요. 거기에 원더리조트라고 아담하고 깨끗한 곳이 있어요. 조 과장. 자네도 알지? 원더리조트."

국장의 질문을 듣자 조 과장도 고개를 치켜세우며 열심히 맞장구를 치면서 원더리조트에 대해 설명해 댔다.

"예. 알지요. 장기 숙박도 가능하고 새로 지어서 룸 시설이 좋습니다. 거기에 단체 식당도 있는데, 각종 운동 경기 선수들 합숙 훈련이 많아 식사 질도 아주 좋아요. 외국인들도 자기 입맛대로 신청하면 적절한 가격에 아침, 저녁이 해결될 겁니다. 해 먹기도 그렇잖아요? 제가 리조트하고 아는 선이 있으니까, 같이 가서 말하면 이것저것 잘해 줄 겁니다."

수혁은 우선 식사가 해결된다는 소리를 들으니 한숨 놓이는 기분이 들었다. '역시 여기부터 찾아오기 잘했어. 이제야 일이 풀리는 느낌이군.'

"그리고, 주변에 놀 곳이 많아요. 열기구 체험이라고 기구 타고 하늘로 올라갈 수도 있고, 카트를 타고 레이싱하는 곳도 있고……. 스트레스 풀 곳이 많아요. 소나무 숲속을 거닐면서 바다를 바라봐도 좋고. 몸이 개운하지 않으면, 월드컵 경기장 안에 있는 워터랜드에 들어가 수영도 하고 사우나도 하고 아주 좋아요. 뭐, 맨날 일만 합니까? 놀기도 해야지?"

양 국장은 약간 농을 섞어 말하면서 흐뭇한 표정으로 웃으며 수혁을 바라보았다. 수혁은 국장이 이것저것 참견하는 게 일단은 고맙단 기분이 들었다. 무관심한 것보다는 좋지 않은가!

"아! 예. 그렇죠. 스트레스도 풀어야지요." 수혁은 기분 좋게 일하는 게 중요하다는 생각을 평소에 늘 한 터라 잘됐다는 생각이 점점 굳어져 갔다.

"사무실도 필요하실 것 아닌가? 청사 주변에 높게 올리진 않았지만 새로 지은 빌딩들이 많아요. 조 과장. 이것도 자네가 알아서 해결해 드리게. 좋은 곳으로 말이야. 인테리어도 하셔야지?"

"예. 그렇습니다. 사무실이 가장 문제죠. 인테리어는 세게 하지 말라는 사장님의 엄명이 계셔서, 그냥 대충 하려고 합니다."

"우리 청사 건물 지을 때에 인테리어 한 업체를 소개시켜 드리지요. 저렴하게 잘해 줄 거야. 시청에서 소개시켜 주니까. 안 그런가, 조 과장?"

"예. 국장님. 제가 연결시켜 드리지요. 뭐, 좀 세게 하셔도 괜찮아요. 사무실 집기부터 일괄로 하면 여유가 있으니까, 이미지 보드 정도는 알아서 서비스로 해줄 겁니다. 그래도 테마파크 디자인 사무실인데 뭔가 있어 보여야 하지 않겠습니까?"

수혁은 양 국장과 조 과장의 말들을 들으면서, 정말 이 사람들 꿍짝이 척척 맞는다는 생각이 들었다. 어쨌든 서귀포 시청에서 적극적인 협조를 받는다는 것이, 얼마나 일처리가 쉬워지는지를 여실히 알 수 있는 순간이었다. '뭐 다 되어 가네. 일일이 따질 필요 없어. 나중을 위해서도 분위기 맞춰 주는 것이 좋아. 헨리 유 사장한테는 적절하게 보고하면 되는 거고……. 그건 그렇고 이미지 보드라……. 하긴 사무실 입구 들어서면서 뭔가 멋진 것이 시선 끌면 좋긴 좋을 텐데. 뭐가 좋을까?'

잠깐 동안 머리를 굴리고 있으려니, 제주의 경치 좋은 곳 사진들을 연달아 기하학적 도형을 이루게 이어 붙여, 멋지게 뒤로 간접 조명이 들어가는 그런 이미지 보드가 어떨까, 순간 생각이 들었다. '제주에 세우니까 제주가 잘 나타나는 것이 좋을 텐데. 그러고 보니 회사 이름도 아직 안 정해졌잖아. 그것도 생각해서 유 사장에게 보고해야겠다……. 자, 이제부터는 입지에 대해서 좀 정탐해 보자.'

"정말 감사합니다. 이렇게 신경 써 주시고……. 정말 감사합니다. 그냥 저와 배 차장은 국장님과 조 과장님께서 좋다고 하시는 쪽으로 가겠습니다. 정말 감사합니다. 아무쪼록 잘 부탁드리겠습니다."

수혁이 자리에서 고개 숙여 감사를 표하자, 따라서 배 차장도 고개를 수그렸고 양 국장과 조 과장의 얼굴엔 기분 좋은 웃음이 더욱 번져갔다. 회견은 점점 더 성공적으로 무르익어 가는 중이다. 그때, 노크 소리가 들리며 국장실 문이 열리더니, 한 뚱뚱한 남자가 고개를 문틈으로 디밀고는, 양 국장에게 '양 선배'라 부르며 제주 방언으로 말을 걸었다.

"양 선배님. 나 지금 배꼇디 ᄒᆞ썰 나갈거난, 나중에 ᄀᆞ티 가기로 협주 마씸. 시방 혀비 중인 거 닮은디."

말을 건 사내의 알아들을 수 없는 제주 방언에 양 국장은 즉시 방언으로 대답했다.

“기여. 알앗저. 병찬아. 차 빌려 주커메 탕 갓당 ᄌᆞ낙이 우리 집데레 ᄀᆞ져당 놔불라. 알아샤?”

“알았수다. 경 헙주 마씸.”

대답한 남자는 국장실 문을 닫고 사라졌다. 좌중에는 잠시 어색한 침묵이 흘렀다. 조 과장의 표정에는 순간 갈등과 걱정과도 같은 야릇한 감정이 스쳐 지나갔다. 그 이상한 표정을 수혁은 놓치지 않고 포착하곤, 이 상황에 대한 분석을 머릿속으로 분주히 하기 시작했다. ‘그러고 보니 조 과장은 여기 토박이 얼굴이 아니야. 양 국장이나 방금 본 사람이나 얼굴이 동글동글하니 이목구비가 아담한데, 조 과장은 딱 보니 강호동같이 생긴 게, 경상도 남자 얼굴이란 말이야. 조 과장은 여기 제주 토박이가 아니라 아마 뭍에서 이주한 경우인가 보다. 그건 그렇고……, 여기 시청에서 두 가지 말이 쓰인다는 것이 참 묘해 보이기는 한다. 알아들을 수 없는 게……, 이건 뭐, 방언을 지나 다른 언어지. 이거 원 제주 사투리 실제로 들으니, 억양도 특이한 게 정말 이질적이긴 하구만. 한국에도 이런 곳이 있구나.’

수혁은 좀 가라앉은 분위기도 띄울 겸 얼른 양 국장에게 말을 붙였다.

“그 왜, 있잖습니까. 테마파크가 들어설 곳 말입니다. 상모리라 불리는 데 말입니다. 그곳은 어떤 곳인가요? 제가 사전에 알아 둬야 될 게 있다면, 뭐라도 좋으니 말씀해 주시지요.”

“아! 상모리요? 거기에 테마파크를 세우려고 한다는 것은 압니다만 그건 힘들 텐데요. 힘들어…….”

수혁은 양 국장의 답변을 듣자 이게 무슨 소린가 싶어, 눈만 껌벅거리며 앞에 앉은 국장과 조 과장의 눈치를 동시에 살폈다. 그러자 이번엔 조 과장이 입을 열었다.

"국장님 말씀은, 시의 입장으론 하면 좋긴 하겠지만 사실상 하기가 어렵다, 그런 뜻으로 하신 것이니까 오해하지 마세요. 그곳은 헨리 유 사장님이 테마파크를 꼭 세우고 싶어하는 지역이라고 저희도 익히 들어 알고는 있습니다만, 현실적으로 불가능하다고 생각합니다."

"무슨 말씀이신지……. 제가 아는 바로는 최우선 입지 대상 지역이라고……."

양 국장이 딱하다는 듯이 수혁을 쳐다보더니 말을 하였다.

"그곳의 주민들을 설득할 수가 없어요. 거기 사는 주민들이 어떤 분들인데요……. 물론 땅 자체는 국방부 소유로 되어 있고, 언뜻 보기에 사유지도 적고 그러니, 땅 문제 협상이 국방부와 조율만 있으면 쉽게 될 것 같겠지만, 하긴, 뭐, 뚜렷한 시설도 없고……, 개발하기 정말 좋지. 외지인이 보면 그런 생각도 들겠지요. 하지만 그 좋은 땅이 지금까지 고스란히 남아 있는 이유가 따로 있을 것이란 생각이 안 들어요? 그곳을 지금까지 노린 개발 회사가 얼마나 많았는데……. 하지만 어느 누구도 주민들을 설득하질 못했습니다." 양 국장은 어림없다는 표정을 지으며 수혁을 말끄러미 쳐다보았다.

"주민 소유 땅도 아닌데 그렇게 설득이 어렵습니까?"

"무슨 설득이 통할 수 있을 것이라고 생각하는 것부터가, 그곳에 사는 분들의 마음을 전혀 이해하지 못하는 외지인이라는 걸 스스로 말하는 겁니다."

**외지인**이라는 표현이 영 껄끄럽게 소화가 되지 못하는 자기자신을 발견하며, 수혁은 커피잔을 들어 얼른 마시면서 표정을 감추고자 애썼다. 국장은 슬며시 수혁을 관찰하더니 억양을 낮추면서 부드럽게 말을 이어갔다.

"한 차장님. 상모리 그곳은 제주의 뼈아픈 역사가 겹겹이 쌓여 있는 곳이에요. 별로 말하고 싶지도 않지만 짧게 합시다. 제2차 세계대전 때는 일본군이 해안 동굴 진지와 비행장 건설한다고, 상모리 주민들 모두는 말할 것도 없고 제주 전역에서 동원된 도민들에게, 강제 노역을 시켜 말할 수 없는 고통이 있었어요. 거기에 한국전쟁 때는, 제주4·3사건과 관련한 남로당 빨치산들을 미리 없애 버린다는 예비 검속 때문에, 많은 분들이 계엄군에 의해 희생된 곳입니다. 그런 희생자들과 자손이 모여 사는 곳이에요. 중앙 정부에서도 그분들에게 장기 임차 형식으로 국방부 땅을 빌려 주고, 편안히 농사짓고 사실 수 있게 배려해 놓은 곳입니다. 그런 땅에다 테마파크 만들겠다고 했을 때, 그분들이 가만히 있을 것 같습니까? 그러지 않아도 정부에 대해 섭섭한 게 많고 의심 많을 수밖에 없는 사연을 가진 주민들인데, 괜한 곳에 불을 지르는 격이지요. 우리 대한민국이 어떤 나라입니까? 주민이 싫다고 하면, 대통령이 와서 무릎 꿇고 빌어도 안 되는 건 안 되는 나라입니다. 안 그래요? 지금까지 거기에 뭐하자고 말들이 무성한 적이 몇 번 있었지만, 주민들이 싫다고 해서 결국 성사된 적이 없습니다. 가보면 알겠지만, 감자밭이랑 초지가 넓게 펼쳐져 있고, 사시는 분들 열심히 농사짓는 평화로운 곳이에요. 괜히 건드릴 필요 없어요. 그래서 우리는 헨리 유 사장님께도 미리 말씀드려서, 다른 적당한 곳을 소개시켜 드린 거지요. 그런데도, 유 사장님은 상모리에 세워야 한다고 입버릇처럼 항상 말하는데, 우리도 답답해서 죽을 맛이오."

양 국장의 말을 듣자, 수혁은 최우선 입지 대상으로 꼽히던 상모리 지역에 대한 집착은 끊어 버리는 편이 낫겠다는 생각이 들었다. 그도 테마파크를 개발하려면 주민 설득이 성공의 열쇠라는 정도는 경험으로 잘 이해하고 있었다. 일반적인 경우도 그런데 이런 특수한 케이스는 불가능에 가까울 것임을 익히 예상할 수 있었다.

'어렵겠군. 불가능이야. 그러니 제주도청이나 여기 서귀포시에서도 다른 곳을 차선책으로 제시한 것 같은데……. 그렇다면 결국 중앙 정부의 입장도 정석비행장 근처의 입지를 생각하는 것이고……. 그런데 왜 헨리 유 사장은 상모리 지역을 그렇게 최우선 입지 지역이라고 혼자서 고집하는 걸까? 이상한 일이로군. 어쨌든 참 사연 많은 곳이긴 한 것 같다. 한 번 보기는 봐야겠다.'

수혁은 그 대지가 가진 역사에 관심이 더 기울어지며, 테마파크 때문이 아니더라도 한번 들러보고 싶은 생각이 들었다. 60년이란 세월이 지나도, 그 고통의 상흔이 아물지 않고 있는 곳이라는 양 국장의 말이 마음에 걸려서였다.

조경식 과장과 같이 다니면서 일을 처리하니 모든 필요한 부분들이 일사천리로 성사되었다. 사무실 임대 문제부터, 인테리어, 숙식까지,

국장과의 회견에서 나온 그대로 수혁은 진행시켰다. 조 과장이나 양 국장에게 수혁은 정말 고맙다는 생각이 들었다. 그들이 아니었으면 일주일 안에 모든 것을 준비해 놓으라는 헨리 유의 명령은 이행이 불가능했을 것이다. 일을 마치고 술 한잔 같이 하자는 조 과장의 제의를 다른 날로 부드럽게 미루고, 두 손을 맞잡고 악수하면서 감사를 표시하곤 돌려보냈다. 꼭 친해지고 싶다는 생각을 들게 하는 사람이었다. 시원시원하고 담백한 남자였다. 하지만 수혁에게는 저녁 늦게라도 가 볼 곳이 있었다.

"이봐. 한 차장. 술 한잔 하지 왜 돌려보냈어? 좀 섭섭해하는 눈친데."

배종삼이가 조 과장을 돌려보낸 수혁에게 의문을 표시하며 입을 쑥 내밀며 투덜거렸다. 그도 한잔 하고 싶었던 모양이다.

"아니, 내일부터는 다른 일로 바빠져서 못 가볼 수 있으니까, 지금이라도 가봐야 돼. 상모리 말야."

"상모리? 거긴 뭐 가볼 필요도 없이 안 되는 곳 아냐? 사장 혼자 고집 피우는 거지. 분위기 봐선 글렀던데?"

"하하하. 아니야. 가볼 필요 있어. 그냥 한번 가보자. 응?"

수혁은 배종삼의 어깨를 살살 톡톡 치며 달래면서, 렌트카에 모시듯이 태우고는, 자신이 차를 몰며 상모리로 향했다.

네비게이션에 찍힌 데로 가다 보니 모슬포항이라 씌어 있는 도로 표지판이 나왔다. 조그만 항구였다. 다방이랑 횟집들을 지나, '방어 축제의 거리'라 홍보 글자들을 붙여 놓은 아치가 입구에 덩그마니 서 있는 한적한 거리를 뒤로 하니, 바다를 낀 항구가 나타났다. 조용하고 깨끗한 항구였다. 다들 출항했는지 생각보다 고깃배가 많아 보이질 않았다. 거기에서 서쪽으로 해안 도로를 타고 가면 상모리 해안이 나올 것임을 네비게이션이 가르쳐 주었다. 수혁은 곧바로 이동하기 시작했다. 해는 점차 기울어져, 푸른 하늘엔 저녁노을에 물든 노르스름한 테두리의 오렌지빛 구름들이 빗살 모양으로 퍼져 가고 있었다.

해안 도로 우측으로, 검은 현무암 바위들에 부딪쳐 하얀 포말이 선명히 떠오르는 푸른 바다가 계속해서 펼쳐졌다. 철썩거리는, 느리면서도 일정한 파도 소리에 화답이라도 하듯이, 차는 천천히 이동했다. 좌측 편으로는 넓은 평지였다. 자동차 차창 너머로 펼쳐지는 광경은, 감자밭은 어딘지 잘 구분이 가지 않고, 무르익은 가을에 점차 노랗게 퇴색해 가는 무성한 초원만 보이고 있었다. 지평선 끝에는, 간혹 제주 오름들의 흔적만 드문드문 보일 따름이었다. 초원에는, 중간중간 말들이 유유자적하며 풀을 뜯다가, 두세 마리씩 무리지어 서로 겨루듯이 잠시 달려 보는 모습으로 눈에 뜨이고는 했다. 조금 더 가니, 낮은 감시탑이 서 있는 소규모의 군부대 막사 건물이 잠시 보이다가, 그나마도 사라지며 광활한 초지만이 계속 되었다. 이윽고, 네비는 목적지 도착을 알리는 부드러운 여자의 목소리로, 수혁이 상모리, 즉 헨리 유가 고집하는 최적 입지 예정지에 도착했음을 알려 주었다. 차에서 수혁이 내리자 배종삼도 따라서 내리더니, 두 발을 땅에 딛고 곧게 서서 주위를 둘러보는 수혁의 표정을 보고는, 미소 지으며 말을 걸었다.

"왜, 마음에 들어?"

"응. 멋진 곳이야……!"

바람은 바다에서 육지로 불며 연이어 수혁의 머리칼을 휘날리게 하였다. 시원한 바람, 어디에도 거칠 것이 없는 바람은, 대지에 펼쳐진 키 높은 풀잎들에 파도와도 같은 무늬를 새기며 사방으로 퍼져 나갔다. '쏴아'하는 소리가, 초원의 풀잎이 줄을 지어 흔들릴 때마다, 수혁의 귓전으로 물결치듯 밀려 들어왔다.

제6부

# 공명음
共鳴音

## 19

“이거 꽤 좋구만.”

헨리 유는 디자인 사무실 출입구 앞에 설치해 놓은 이미지 보드를 쳐다보면서 한 마디 했다. 제주도의 비경들이 연이어 와이드 컬러 사진으로 테두리에 빛을 발하는 중이었고, 이미지 중심에는 제주테마파크의 마스터플랜이 안개같이 아슴푸레하게 처리되면서, 톤 다운 되어 먹어 들어가게 포토샵 처리가 되어 있었다. 그리고 탐모라디자인공작소(Tammora Design Factory)라는 로고가, 한글과 영문으로 위아래 나란히 선명하게, 가운데 입체 글씨로 박혀 있다.

“미스터 한, 자네가 지은 회사명 괜찮아. ‘탐모라’라, 제주의 옛 지명이지. 어감이 좋아. 그런데 공작소, 팩토리Factory는 좀 그렇지 않은가?”

“예. 공장에서 열심히 부품 만들듯이, 우리도 항상 열심히 일하자, 그런 뜻입니다. 영문 약자로는 TDF, 괜찮지 않으세요? 약자로 쓰면 아주 발음이 편하고 뇌리에 쉽게 박히고, ‘공작소’ 하고 한글로 붙이면 인상이 강한 게, 사람들이 절대로 안 잊어버릴 것 같고……. 저는 괜찮은 것 같은데요. ‘공작소’가 영 싫으시면 다른 것으로 바꾸겠습니다.”

"뭐, 공장에서 부품 만들듯이 열심히 일해? 이 친구야. 하하하하."
헨리 유는 껄껄 웃더니 '그냥 가자.'며 혼잣말을 했다.

"그래. 일종의 조크를 하고 싶은 거지? 이해해. 사람은 항상 농담할 수 있는 여유가 있어야 돼. 그건 그렇고, 저 마스터플랜, 이젠 완전히 쓰레기통 속으로 폐기 처분하게 될 거야. 하하하." 헨리 유는 오픈한 사무실 여기저기를 흡족한 듯이 바라보며 둘러보더니, 마스터플랜을 쓰레기통에 처박겠다는 말에 긴장하고 있는 수혁에게 다시 말을 걸었다. "미스터 한, 이거 돈 너무 많이 쓴 거 아니야? 너무 잘해 놨어."

그러자 수혁 옆에 서 있던 배종삼이가 수혁 편을 들며 변호하고 나섰다. "아닙니다. 사장님. 한 차장이 서귀포 시청하고 잘 협조해서, 저렴하게 인테리어 업자에게 일 시킨 겁니다."

말을 들은 헨리 유는 수혁과 옆에 있는 배종삼을 번갈아 쳐다보더니, 씩 웃으면서 말했다. "그래. 일주일 동안 하느라고 고생했어. 수고들 했네. 드림밸리사 친구들, 자네들이 일하는 동안 한국 관광 좀 시켰지. 서울, 전주, 경주, 일주일이긴 하지만 안 보는 것보단 나을 거야. 내일, 여기에 일할 사람들이 다 모일 거야. 우린 걔네들한테 '갑'이야, 알지? 자네들이 잘 다뤄야 해."

"예. 잘 알고 있습니다."

수혁이 대답하자, 헨리 유는 매번 하듯이 수혁의 눈을 노려보며 긴장감을 유발했다. 그리고 배종삼에게 고개를 돌려 한마디 던졌다.

"자넨, 내일부터 그 머리에 뭐 좀 발라. 거, 맨날 까치집을 하고 있으니……. 쯧쯧. 이젠 다른 놈들 까불지 못하게 위엄이 있어야 돼. 젠틀

해 보여야 되고. 알았지?"

'탐모라디자인공작소'가 가동되고 일주일이 휙 하니 지나갔다. 정신 없는 하루하루였다. 한국 측의 실시 설계 담당 회사들과 시공사 측의 인원은, 기본 설계 단계에 맞춰 나중에 투입될 예정이었다. 따라서 일단은 드림밸리사 직원들이 일할 여건을 갖추는 것이 시급했고, 한국 측 인원들의 자리는 파티션과 책상만 배치된 수준이었다. 서울과 달리 임대료가 저렴하여, 사무실 각 공간들이 넉넉함은 큰 장점이었다. 미국의 설계 회사에서 공수해 온 디자인용 물자들은 실제로 얼마 되지 않았다. 자료를 담은 외장 하드 디스크 정도랄까? 대부분, 제주도에서 마련된 설계 도구와 컴퓨터, 프린터, 플로터 등으로 충분했다. 수혁은 제주시에서 마침 문 닫는, 직원 50명 정도가 일했던 상당히 큰 규모의 건축 설계 사무소를 알아내어, 그 사무실 건물 벽체만 빼놓고 안에 있던 모든 기자재(하다못해 서류철, 마카, 펀칭기, 정수기, 커피잔, 필통까지)를 저렴하게 업어 오는 수완을 발휘했다. 그 회사로서는 불행한 일이지만, '탐모라디자인공작소'로서는 일시가 딱 맞아떨어지는 행운이었다. 정보는 인테리어를 맡긴 회사 사장이 찔러 주었다. 그러나, 데이터를 컴퓨터에 깔고, 프로그램을 돌리고, 작업이 가능하도록 시스템 등을 연결하고, 수手작업 시 필요한 환경 등을 챙기고 하는 일들이 번거로웠다. 사실, 작업하는 데 어색하지 않고 모든 면에서 정말 일할 수 있는 상태까지 도달하기가 무척 힘이 든다. 일주일은 준비로 정신 없었고, 그 주 금요일, 헨리 유가 회의 석상에서 발표한 모든 지금

**까지의 테마파크 관계 작업은 쓰레기통으로**의 표어 때문에, 다들 한 대 얻어맞은 표정으로 지친 주말을 맞이해야만 했다.

월요일, 드림밸리사의 디자이너들 30여 명과 수혁, 배종삼은 회의실 테이블에 모여, 축 처진 기분으로 서로의 얼굴만 쳐다보고 있었다. 드림밸리사의 디자인 총책임자인 시니어 디자이너Senior Designer는, 헨리 유의 강력한 요구로 에드워드 그라임스는 쫓겨나고, 마크 페린Mark Perrine이라는 새로운 인물이었다. 그는 40대 중반의 아프리카계 미국인으로, 전형적인 디자이너의 분위기(옹고집과 자기도취는 있는데 일로는 절대 발휘할 수 없으니, 항상 억울한 기분에 억눌려 있는 예민한 어린이)라기보다는, 캡 모자를 쓰고 야구장 덕 아웃에 서 있으면 완전히 야구팀 감독의 분위기가 날 인물이었다. 생긴 것도, 수혁이 보기에 롯데 자이언트 야구팀의 제리 로이스터 감독하고도 비슷하고, 영화배우 덴젤 워싱턴 생각도 나고 해서, 잘된 것 같다고 은근히 혼자서 생각하고 있었다. 대장은 제각각 잘난 맛에 사는 각자도생各自圖生들을 팀으로 묶어 이끌 줄 알아야 하는 법이다. 이 점에서 그는 적임자로 보였다. 마크 페린 밑으로, 테마파크 마스터플랜과 각각의 구역 계획(조닝Zoning)을 지휘할 로컬 디자이너Local Designer가 5명이 있었다. 독특하게도, 매니지먼트 디렉터Management Director로서 관리를 담당하는 존 굿윈John Goodwin이라는 친구가, 시니어 디자이너인 마크 페린 밑으로 들어가 있는 꼴이, 회의 석상이나 평소의 태도에서나 분명하게 보인다는 점에서 이색적이었다. 보통 매니지먼트 디렉터라는 위치가 디자이너 위에 관리자로서 군림하려 드는 경우가 많은데, 이번에는 어쨌든 마크 페린의 조언자 역할 정도로 제한이 되어 있어, 시니어 디자이너의 권한이 막강함을 눈치채게 해주었다. 이번 디자인팀의 실질적인 관리자는 마크 페린이었다. 아마도, 드림밸리사의 조직 구성 자체가, 디자이너 출신들에게 힘을 실어 주는 분위기인 모양이었다.

"미스터 한. 헨리 유 사장이 말한 대로 하자면, 지금 마스터플랜 엎는 정도가 아니고, 사실 테마파크의 개념부터 다시 잡고 들어가야 한다는 것인데, 좀 무리가 아닐까 싶어요. 시간도 6개월이란 것도 걱정스럽고, 나도 답이 안 나와요."

회의실에 흐르던 침묵이 깨졌다. 페린은 부드럽게 말하느라 애쓰면서도, 답이 없다는 식으로 말을 끝내고 있었다. 수혁은 페린의 고민을 충분히 이해할 수 있었다. 그러나 그도 답답한 마음 말고는 다른 묘수가 당장 떠오르지 않아, 페린의 말에 뭐라고 해야 할지 머뭇거릴 수밖에 없었다.

"아. 일단 제 생각엔……. 음, 6개월이란 시간은, 여러분이 여기 제주에서 보내는 시간을 일단 못박은 것이라 생각되고, 그다음은 상황 봐서 전개되겠지요. 우선, 시급하게 필요한, 토목 공사라도 들어갈 도면이 나오려면……, 기획 단계에서 마스터플랜의 확정 정도는 빨리 필요한데……. 그래야지 토목 부분이라도 실시 설계로 넘길 것 아닙니까? 저는 여러분이 6개월 동안 여기까진 분명히 해 놓아야 할 것이라고 생각하고, 당연히 할 수 있다고 여겨지고, 또한 각 존Zone들에 대한 세부 계획도 진행시켜야 하고……. 결과론적으로 생각해 보면…, 디자인 디벨럽먼트Design Development는 완료되어야 하고, 기본 계획서까지는 어떻게

든지 해내야 한다고 생각합니다. 으음, 6개월 후에 벌어질 나머지 진행 사항은, 실시 설계팀과 각 존Zone의 담당자들이 협의해서 결정할 문제라고 생각하고요."

수혁은 말을 하고 나니까, 테마파크가 들어설 입지조차도 사실 정해지지 않았다는 것이 머릿속에 떠오르며, 갑자기 위가 오그라드는 감각을 느껴야만 했다. 그러나 그 사실을 당장 이들에게 말하진 않고 속으로 삭이기로 했다. '아이구. 지금 알면 기절들 할 텐데. 얘기해서 뭐하나. 뭐, 어떻게 될지 모르니 유 사장 오면 분명히 물어봐야겠다.'

수혁의 말이 끝나자마자, 사방에서 "오, 노!", "오, 마이 갓!" 하는 비명 섞인 소리들이 튀어나왔다. 의자 뒤로 상체를 누이면서 두 손을 휘저어 대며, 어이가 없다는 표정으로 어깨들을 으쓱거리는 디자이너들을 보니, 확실히 동작 패턴에는 동서양의 차이가 뚜렷해 보였다. 한국인 디자이너였으면, 조용히 천장을 올려다보거나, "휴우우!" 하고 한숨을 쉬며 아래를 쳐다봤을 것이다. 세게 나가도, 못마땅한 표정을 지으며 고개를 절레절레 흔드는 정도지…….

마크 페린이 답답하다는 듯 고개를 절레절레 흔들며 입을 열었다.

"미스터 한. 모든 것을 언제까지라고 한다고 일이 되는 건 사실 아니에요. 그렇죠? 중요한 점은, 유 사장이 말한 대로 작품이 나와야 한다는 겁니다. 그것도 혁신적으로. 지금까지의 모든 테마파크는 다 잊어버리고, 새로운 것으로. 그러나, 주어진 시간을 보면 우리 드림밸리사에서 기존에 가지고 있던 데이터들을 우려먹으면 가능한 시간이에요. 쉽게 말해 짜깁기하면 돼요. 나는 유 사장이 무엇을 바라는 건지 잘 모르겠어요. 이 말을 지난 금요일, 회의 때도 했는데 돌아온 대답은 **6개월이란 기간 내에, 반드시 혁신적으로**,이니 나는 이해가 잘 안 돼요."

수혁은 잠깐의 시간이긴 했지만 헨리 유의 성격을 어느 정도 눈치챌 수 있었다. 수혁도 6개월이란 기간이 너무 짧은 것이 아닌가 하는 생각이 들어, 평지풍파를 일으키곤 탐모라디자인 사무실에서 재빨리 사라지는 헨리 유를 달려가듯이 쫓아가, 애원하듯 말을 걸었던 그때가 생각났다.

"새로운 어트랙션Attraction 시설 하나에 대한 컨셉을 완전히 다시 구상해서 만들고 정리하는 것도 1년이 걸리는 데, 테마파크 전체에 대한 마스터플랜부터 새로 만들면서 6개월 내에 기본 설계를 끝내라는 것은 어떻게 봐도 무리가 아니겠습니까? 사장님, 좀 무리수인 것 같은데요. 다른 전략을 마련하는 것도……."

헨리 유는 '요놈 봐라!' 하는 얼굴 표정으로 수혁을 잠시 올려다보더니, 빙그레 웃으면서 대답을 했다.

"일은 하기 나름이야. 이번 일은 클라이언트들 설득하려고 잔뜩 만드는 프리젠테이션따윈 이젠 필요 없어. 또한 클라이언트들 쫓아다니느라 수고할 필요도 없네. 내가 모든 걸 다, 실질적인 일만 할 수 있게 해놨어. 나만 알아볼 수 있게, 개념 정도만 보여 주면 돼. 난 그 정도 눈썰미는 있는 사람이야. 약속하네. 쓸데없는 치장하느라 시간 낭비하지 말게나. 그 작업만 안 해도, 시간은 두 배도 더 벌게 될 거야. 실질적으로 따져 봐도, 2년 가까이 할 작업을 6개월 내에 충분히 할 수 있을 거네. 그리고 현지에 불러와 숙박까지 시키면서 일을 하게 해주는데, 집중해서 해야지. 안 그런가? 그래서 내가 일부러 재네들을 고립시켜 놓은 거야. 병행되는 다른 프로젝트가 있는 것도 아니고, 오직 이 제주 건만 하면 되는데, 왜 시간이 부족하다고 생각하지? 나도 일이란 게 어떤 건지 뼛속까지 알고 있는 사람이네. 디자인이나 개발 사업이나 진행에 있어서, 어떤 것들이 업무상 절차만 복잡하게 만드나, 난 잘 알고 있는 사람이야. 나는 합리적인 기간이라 생각하네. 알았나, 미스터 한? 일반적인 업무 흐름만 생각하지 말고, 모든 작업을 융통성 있게 해야 되네. 그게 자네들을 재네들 속에 집어넣은 이유 중 하나야. 사고방식을 바꿔야 하네. 6개월이란 기간에 대한 자네 입장은, 시간이 부족할 것이라고 예상해선 안 되고, 너무 넉넉하게 줘서 쓸데없이 돈만 더 들어가게 된 것이 아닌가, 고민을 해야 되는 상황인 거야."

헨리 유는 말을 마치고 가만히 무언가를 생각하는 눈치더니, 수혁의 어깨를 가볍게 두들기곤 "잘 해!"라고 한마디 던지며 사라져 버렸다. 그 광경을 떠올리며 헨리 유란 인간을 생각하니, 일을 무식하게 밀어붙이는 사람은 아니란 느낌이 들기 시작했다. 뭔가 면밀한 계산 속에서 움직인다고 볼 수 있었다. 상대방을 자세히 관찰한 후, 자신은 필요한 범위까지만 정확하게 움직이고, 나머지는 상대편 스스로가 자동적으로 빙빙 돌아가게 만들고 싶어하는 욕망! 그리고 절대로 다 개봉하지 않고 안개를 뿌려 놓는 버릇! 지금 페린이 말하는 것을 듣고 있자니 모든 부분들이 다시 환기되면서, 헨리 유 자체가, 디자이너들 마음에 준비 없이 터뜨려 주면, 요구에 비해 기간이 너무 짧다는 생각에 공포에 질린 나머지, 비명을 지르고 싶은 입들을 디자이너들 스스로가 틀어막고는, 참느라 넋들이 다 나가게 될 것이란 점을 뻔히 예상했고, 또 그렇게 되기를 바랐다는 생각에까지 이른 수혁이었다. 즉 헨리 유는 일부러 저렇게 충격 요법으로 상황을 험악하게 만든 후, 자신은 내뺀 것이다. 결국 불러다 놓고 일을 벌린 주최 측에서 해결해 줘야지 순리 아닌가!

'내가 나서라는 말이었군. 하긴, 그래야지 내 영역도 생기지. 유 사장, 내 역할을 스스로 선언하게 만드는군. 주위는 어쩔 수 없이 인정하게 하고.'

"내가 정리하지요. 우선 마스터플랜에 대해 생각해 봅시다. 혁신적이라는 것은 우리가 지금까지 해오던 테마파크의 형식을 완전히 바꾸라는 겁니다. 그렇다면 무엇을 바꾸는 것이 형식을 바꾸는 것이겠습니까? 건축물 모양을 특이하게? 소비되는 종류를 바꾸는 것? 아니라고 생각해요. 디즈니 문법을 바꾸는 것입니다. 파크 내로 관객이 이입되는 하나의 입구, 입구와 같은 곳인 하나의 출구. 그래서 관객 동선을 강제하여 소비를 유발시킨다는 목표. 진입-공유 구역에서 방사선식으로 갈라지는 각 이벤트 존, 이런 것들을 모두 바꾸어야 할 것이라고 생각합니다. 약간의 변형 정도를 말하는 것이 아니에요. 그런 것은 이미 많이 시도 됐잖아요? 그리고 진입-공유 구역에 대한 테마를 '한국'으로 하라는 헨리 유 사장님의 요구. 이것도 한국 옛날 건축물이나 잔뜩 지어서, 사극 오픈세트 촌이나 민속촌 만들라는 건 아닐 것이라 생각합니다. 파크의 형식 자체가 한국이란 내용물을 담아 내라는 요구지요. 동선 계획이나 모든 것이 한국이라는 네이밍Naming이 되도록 하라는 것이라고 생각돼요. 자 그렇다면, **이걸 누가, 어떻게 하냐**가 남겠지요?"

질문으로 말을 마친 수혁은 한동안 주위에 앉은 사람들을 둘러보기만 했다. '남들이 보기엔 틀림없이 쓴물을 삼키는 듯한 기묘한 웃음기를 지금 내가 내 얼굴에 짓고 있겠구나!' 하는 느낌에 군침만 꼴깍거리다가 결국 다시 입을 열었다.

"내가 할게요. 내가 마스터플랜의 기본 골격을 생각해 낼게요. 그리고 진입-공유 구역의 디자인을 진행시키겠습니다. 미스터 페린, 내가 나서도 되겠습니까?"

마크 페린은 수혁의 얼굴 표정을 싱글싱글 웃으며 바라보더니, 가볍게 고개를 끄덕거리며 어깨를 으쓱이면서 두 손바닥을 수혁 쪽으로 펼쳤다. 그리고 눈을 내리깔며 입가에 미소를 머금었다. 흔쾌한 승낙의 표시였다.

"얼마든지!"

수혁은 페린의 얼굴을 쳐다보며, 내가 잘한 건가 속으로 되뇌이고 있었다.

'내가 여기서 이럴 필요가 없는데. 나는 관리하러 왔는데…….'

펠드스파홀딩스의 제주테마파크 TF팀(Task Force Team) 6명도 제주로 내려와, 사전 정지 작업을 시작했다. 수혁과 배종삼도 일단은 TF팀

소속이었고, 3주 지나 정식으로 시행사인 제주테마파크 SPC가 설립되면, 그 쪽으로 편입되어 탐모라디자인공작소의 SPC 파견 사원이 될 운명이었다. 정체되어 있던 일의 물꼬가 한 번 트이자, 갑자기 탄력을 받는 모양새가 되었다. TF팀 6명이 탐모라디자인의 한 켠에서 셋방살이식의 둥지를 틀고는, 하루 종일 사방으로 인상을 쓰며 쏘다니는 것을 보면 — 거의 자살하고 싶은 얼굴들이었다. 수혁은 그 표정들을 보며 자신의 신세를 긍정적으로 평가하려 애를 쓰게 되었다 — 제주도청과 서귀포시청 공무원들과 협의하는 일뿐만이 아니라, 입지 확정 문제도 같이 끼어 있음이 분명했다. 즉, 상모리 주민들과 계속된 접촉, 주민 공청회 같은 것이 시작된 모양이다. 수혁은 입지 문제가 그러지 않아도 걱정스러워, 서울에서 내려온 헨리 유를 만나자마자 입지가 어떻게 되겠냐고 물어보니, 그의 대답은 간단히 "상모리야!"였다. 그리고는, 수혁이 스스로 떠맡은 디자인 업무를 알고 있는지, "뭐, 필요한 것 없어? 지원할 테니까 뭐든지 TF팀에 말해."라며 흘깃 쳐다볼 뿐이다. 결국, 디자인팀의 일원이 되다시피한 수혁은, 자신 때문에 배종삼의 업무가 늘어나자 그 밑으로 심부름꾼 1명을 현지 조달했다.

3주 지나자 TF팀도 사무실을 옮겨 갔고 정식으로 '주식회사 제주테마파크' SPC가 발족했다. '주식회사'는 일단 미래의 희망을 명칭 속에 적어 넣은 것이고, 상장 요건이 아직 갖추어지지 못했으니 출발은 비상장 회사였다. 상가 개발같이 분양을 통한 수익을 목적으로 하는 것이 아니라서, 명칭 속에서도 보이는 설립 의지랄까, 일시적인 페이퍼 컴퍼니Paper Company가 아닌 영구적인 조직이 될 모양이었다. 향후 완공이 끝나면 작동하기 시작할 제주테마파크의 운영과 관리, 전반적인 프로그램의 버전 업Version Up 등, 총체적인 모든 통제와 수익 창출, 분배를 염두에 둔 회사였다. 흔히 말하듯이 '시행사'라고 일단 부르긴 하지만, 일시적 사업자 성격보다 지속적인 개발 사업을 영위하는 '디벨로퍼Developer'인 셈이다. 발족식은 중문 단지에 있는 제주 신라호텔, 한라 홀에서 각계 인사가 참석한 가운데 성대히 개최되었다.

마침내, 개봉이 된 사업 개요를 수혁이 훑어보니, 총 사업비가 3조 2천억 원, 29억 달러 규모로, 파크 주변에 들어설 별도의 호텔과 리조트 시설은 뺀 테마파크만을 위한 사업비였다. 도쿄 디즈니랜드의 경우, 지금 환율과 물가 상승률을 고려할 때 1983년 당시의 사업비를 2조 4천억 원 정도로 볼 수 있고, 파리의 유로 디즈니랜드의 경우도 1992년 개장 당시의 사업비가 10억 달러, 지금으로 치면 어림잡아 21억 달러, 2조 3천억 원 정도로 계산해 볼 수 있으니, 수혁은 자신에게 주어진 이 프로젝트의 규모를 따져 보며, 혼자서 흐뭇하게 미소 지을 수 있었다. 호텔과 리조트의 투자는 1차적으로 외국계 기업들이 맡고 있고, 차후 예정은 한국계 기업도 참여하는 조건이었으며, 테마파크에 관한 한 한국 측 공공 기관이 19.5퍼센트, 한국 기업이 39.5퍼센트, 외국계 투자가 41퍼센트로 출자되어 있어 나름대로 균형감은 보이나, 나중에 벌어질 수도 있는 주도권 다툼이 어떨까 하는 생각이 들었다. 외국계 투자가 테마파크 총 자본금의 41퍼센트, 파크 외 호텔, 리조트 1차 시설 투자까지 포함해서 생각하면 대략 53퍼센트에 이르는 덕분에 — 이건 순전히 헨리 유의 공적이다 — (주)제주테마파크는 외국인투자촉진법에 따른 해외투자법인으로, 입지는 외국인 투자직접지역으로 인정받아, 법인세와 소득세의 7년 간 감면(5년간 100퍼센트, 2년간 50퍼센트), 취등록세 면제, 재산세 15년 면제 등의 인센티브가 적용되었다. 게다가 테마파크 내에 특별 면세점을 둘 수 있는 특혜 조항이 들어가 있어 — 그것도 고가 품목으로 판매 대상이 정해져 있었다. 이걸 이끌어 낸 헨리 유의 실력에 수혁은 놀랍기만 했다 — 이 사업이 국내외 투자자들에게 군침이 흐르는 '먹이'로 보여지게 할 상황들이 아주 잘 만들어져 있었다. '섬'이라 하는 입지 조건의 불리함만 어떻게 하든 극복해서 테마파크만 잘 돌아갈 수 있다면, 그야말로 '대박'이라 할 수 있다. 이걸 보고 나니, 수혁은 헨리 유가 왜 저렇게 '혁신'을 부르짖으며, 테마파크 디자인에 목매다는지 이해할 수 있었다.

출자 기관들의 면모도 찬란했다. 공공 기관으로 제주개발공사에서 정부 출자 부문을 댔고, 건설 투자자로 현세건설, 현세조선, 현세중공업, 로테건설, 삼정엔지니어링이 참여했다. 전략적 투자자로 삼정전자, 현세자동차, 로테CM, L&G전자, 코스코KOSCO가, 재무적 투자자로 삼정증권, 한국투자은행 등 한국 굴지의 대기업 로고가 사업 개요서에 선명히 찍혀 있었다. 외국 투자자는 헨리 유의 인맥을 따라 미국계 기업 일색이었는데, 피젼블러드홀딩스, 실버먼글로우브Silverman Globe, 뱅크오브스테이츠Bank of States, 다니엘래플즈프로퍼티즈Daniel Raffles Properties, P.T.I. 건설 등 이름만 들어도 알 수 있는 유수의 투자 은행과 회사들, 건설사 등이었다. 색다른 회사명은, 아랍에미레이트(UAE)의 주메이라 그룹Jumeirah Group 정도였다. 독특한 것은, 펠드스파홀딩스가 대규모 출자했다는 점이다. 모기업인 피젼블러드홀딩스가 참여했는데, 동시에 형식적이지 않은, 모기업과 맞먹는 규모의 출자(헨리 유의 개인 소유 지분도 포함)가 자회사에서도 이뤄진 것을 보면, 장차 투자자들의 지분 참여율이 서로 미묘한 균형을 이루는 가운데, 정치적으로 전체 판도를 좌지우지하는 캐스팅 보트Casting Vote의 역할을 하고자 하는, 바로 그 내밀한 헨리 유의 야심을 읽을 수 있었다. 물론, 어느 쪽으로도 토사구팽兎死狗烹 당하지 않는다는 전제가 필요하겠지만……. 사업 개요서의 첫머리에는 제주개발공사 출신 사장의 형식적 인사말 밑으로, (주)제주테마파크의 부사장 헨리 유의 감격 어린 웅변조의 인사말이, 교묘한 사전 편집이라도 있었던 것인지, 왠지 인물 사진이 더 선명하고 글자체도 더욱 강해 보인다는 느낌으로 실려 있었다. 한편, 투자 기관의 목록 끝머리에는, 한 미국계 기업의 이름이 회사 로고도 없이 수줍게 인쇄되어 있었는데, '더 스테이지 게이트The Stage Gate'란 뭔가 철학적이기도 하고, 신지학神智學 냄새도 나고, 알쏭달쏭한 느낌의 이름이었다. '과정의 문'이라 번역해야 하나 그냥 직설적으로 '무대의 문'이라 불러야 하나 애매모호한 회사명이었는데, 수혁은 일종의 놀이기구 제작 회사이겠거니 하고 별 생각 없이 넘어갔다.

사실상, (주)제주테마파크는, SPC의 가장 주요 업무라 할 수 있는, 사업 전개 상황에 따라 '계속해야 하는 투자자의 모집'을 할 필요 없이 —한도 끝도 없는 세월과의 '싸움'과 투자자들끼리의 '분쟁'과 '지분 다툼', 그리고 종종 일어나는 '배신'을 야기한다 —PF[55]에 대해서는 진행 과정을 거의 다 완료한 후 정식으로 발족되는 것이다. 이 점은, 수혁의 감각으론 약간 순서상 본말이 전도된 느낌이었지만, 헨리 유의 기획 능력과 인맥의 대단함을 엿볼 수도 있는 경우라, 한편으로는 굉장히 흥미로웠다. PF에 관한 한, 헨리 유는, 절대로 실패하지 않겠다는 결심 아래 오랜 시간 동안 집요하게 공을 들여왔음을 TF팀 중 한 명에게 주워들은 수혁은, 그간의 경과에 대해서도 슬쩍슬쩍 캐보기로 했다. 그 결과, 헨리 유 본인과 펠드스파홀딩스 내 심복 몇 명이 직접 PF를 맡아 보안을 유지하며 때를 기다렸고, 이런 사전 준비 작업 덕분에 제주테마파크는 중간에 흐지부지 무산되어 버리는 다른 케이스들과 달리, 시작부터 탄탄대로를 달리고 있다 해도 과언이 아니라는 것을 알게 되었다. 그 골치 아픈 입지 선정 문제만 잘 해결되면 말이다. 물론, 표면적으로는 땅 문제가 해결되어 있었다. 국방부는 땅을 제주개발공사에 넘기고, 공사는 국방부에 대토代土를 사 주고, 농사짓고 있는 임차인들에 대한 '민원 처리'를 '조건'으로, 상모리 땅을 '디벨로퍼'인 (주)제주테마파크에 현물 출자(출자하기로 '약정'한 상태라고 표현하는 쪽이 더 정확하다)한 것이다.

보통 일반적이라 생각되는 '일처리 과정'보다, 효율성을 바탕으로 때가 올 때까지 참고 기다리다가, 드디어 먹이를 낚아챌 시기가 왔다 생각되면 융통성 있고 신속하게 처리해야 한다는 헨리 유의 신념이 빚은 결과로서, 이런 전반적인 진행 사항을 옆에서 보는 것만으로도 큰 공

55 PF(Project Financing) 신용이나 물적 담보가 아닌, 프로젝트 자체의 사업성이 평가되어 자금이 조달되는 방식. 법률 · 경제적으로 독립된 프로젝트 회사(SPC)를 설립 활용하며, 향후 사업에서 창출될 현금 흐름이 수익성의 기준이 된다.

부가 되었다. 자자분한 장애물(테마파크 입지 문제조차도 헨리 유에게는 작은 장애물일 뿐이다)들에 신경 쓰지 않고, 전격전을 펼치며, 신속하게 주요 거점들을 장악해 버린 헨리 유란 인물은, 수혁에겐 의식적으로가 아니라 그냥, 자연스럽게, 그 인생사에 대해 깊은 흥미를 가지고 연구하고 싶은 대상이 되어 가고 있었다. 여기에 굳이 하나 더 말해 본다면, 아직까지는 헨리 유를 대할 때 존경과 신뢰보단 경계와 자기 방어가 더 크긴 했지만…….

수혁은 한편으로 깊은 고민에 빠져 있었다. 말로는 테마파크의 문법을 바꾸겠느니 했지만 그게 어디 쉬운 일이야지……, 드림밸리사 디자이너들 눈치는, 한마디로 '그래, 어디 뭐가 나오는지 내가 두고보겠다.'였다. 아침에 만날 때마다 친절한 미소로, "하이! 하이!" 하며 수혁의 얼굴 표정을 재미있게 쳐다보며 훑고 지나가지만, 마음속으로는 '짜식, 웃기는 놈일세.'라고 키득키득 웃고 있을 것을 생각하니, 그는 같은 디자인실에 앉아 있는 자신의 모습이 더 이상 우습게 여겨지지 않도록 하루라도 빨리 해답을 내놓아야 한다는 마음이 들었다. 따라서 점점 더 초조해가기만 했다. 또한, 실제적으로 더욱 무거운 마음의 짐들이 있었으니, 자신이 책임졌으니 어쨌든 해내야 한다는 압박감과—이점이 사실 수혁을 제일 괴롭혔다. 책임 못질 소리는 안 하고 살던 사람이니까!—뭔가 도전하는 기분이 들면, 새로운 발상의 전환, 창조적 상상력, 이런 것들이 자신 내부에서 일순간에 튀어나오지 않을까 하는 기대감과 의구심에 시달리는 덕분에, 시간이 지나면서 수혁은 입맛을 잃을 정도로 진이 빠져나가고야 말았다.

이러고 3, 4일이 지나니, 사무실 책상 앞에 앉아 있는 것도 끔찍한 일이 되었다. 이런 기분은 전 디자이너들한테도 퍼져 있어, 가만히 보면 뚜렷이 하는 일도 없이 다들 책상 앞에 앉아 뭉기적거리고 있었다. 그 모습들이 눈에 들어올 때마다, '정말 우리가 뭘 하고 있는 건가.' 하는 회의감이 물씬물씬 수혁의 가슴속에서 치밀어 올랐다. 이도 이럴 것이, 가장 기초가 되는 제주테마파크의 '새로운 형식'이 나오질 않고 '창조적 개념'도 잡히지 않는데, 그들도 무얼 할 수 있단 말인가! 답답하기는 그들도 마찬가지지만, '갑'인 '주식회사 제주테마파크'의 '을'로서 고용되어 있으니, 서로 눈치보면서 자리만 지키고 있는 것이 확실했다. 서로 간의 선입관과 배타성으로, '나 또는 우리와 다른 자'에 대한 차별과 무시(인종 차별, 계급 차별, 민족 차별, 성별 차별, 빈부 차별 등등)를 즐겨하는 속성은 인간 본성을 이루는 주골격 중 하나는 틀림없을 것이고, 그 이유로 사회 집단들의 다양성, 무수한 변주곡들이 갈등 속에 빚어지지만, 이 사무실에서는 모든 변주곡은 사라지고 제거되면서, 마침내 보편성과 동일성이 실현되었다. 세상 어디에서나 동일하게 나타나는 인간 군상의 공통적 사회화 모습, 바로 '돈 주는 자'와 '돈 받는 자', 지금 드림밸리사 디자이너들의 모습은 전형적인 만국 공통의 '돈 받는 자'의 모습일 뿐이었다. 어디에도 창조적 에너지는 보이지 않았다.

살펴보면, 외국 기업이라고 해서 특별히 한국 디자인 사무실보다 자유로울 것도 없었고, 오히려 '업무 시간 지키기'는 더욱 철저히 지켜지는 것이 아닌가 하는 면도 보였다. 책상에 다리를 올려놓고는 천장에 대고 명상을 하고 있건, 헤드폰을 쓰고 음악을 듣건, 자신이 찍어 온 한국 풍경을 들여다보건, 뭘 끊임없이 그리고 있건 간에, 실체는 모두 동일한 모습인 것이다. 시간 보내기와 뭘 하는 척하기! 주위의 눈이 두려워 자신의 속마음을 감추는 행동 양식이, 세상의 나라와 민족마다 교육과 학습으로 주입된 허용치 이내로 다르게 나타날 뿐이지, 어디에도 창조를 향한 첫걸음 떼기는 존재치 않았고, 행동 패턴의 정도 차이만 있을 뿐이지, 결국은 눈치보기만 사무실에 횡횡했다. 살면서 익숙하게 체질화한 삶의 작업 패턴들이 무시되고, 새로운 혁신이나 개혁을 요구당하는 진짜 위기와 변화에 맞닥뜨리면, 그동안 본인들을 치장하던 아름다운 의상인, 남들이 보기에 **엣지**Edge **있고 자유로운 모습, 쿨하고 창의적인 행동**들은 다 사라지고, 본질인 억압된 인간이 나타난다. 이래 가지고는 될 일도 안 되겠다는 생각이 들어, 수혁은 마크 페린에게 솔직히 자신의 심정을 털어놓기로 마음먹었다.

"우선 내가 죽겠어서 하는 말이니 이해해 줘요. 이렇게 자리만 지키고 있다가는 아무것도 안 되겠습니다. 내가 이런 말을 한다는 게 참 이상한 경운데……."

그러면서 수혁은 멋쩍게 웃을 수밖에 없었다. 자신은 이들이 풀어지는 것을 감시하러 온 사람 아닌가. 일 하도록 압력을 넣고 결과물이 시간 내에 나오도록 경과를 체크해야 하는 입장이 이런 말을 하고 있으니, 원…….

"그냥, 일주일에 두 번 서로 회의를 하며 일을 맞추어 보고, 경과를 서로 확인하고, 나머지는 알아서 근무 시간 따로 없이, 영 생각이 안 떠오르면 밖에 나가서 걷든지, 놀든지 하다가 들어와서 또 그리고, 밤에 일할 것 같으면 알아서 일하고, 그런 근무 시스템으로 갔으면 좋겠습니다. 어떻게 생각하시는지……?"

페린은 수혁의 눈치를 넌지시 보더니, 좀 못마땅한 얼굴로 본인의 생각을 말했다. "글쎄요, 내 입장에선 그리 편한 제의는 아닌데. 디자이너들 너무 풀어 줬다가 감당이 안 되는 수도 있어요. 저 친구들, 모두 늑대들이거든. 조심해야 된다고."

"나는 차라리 일에 대해선 늑대들이 돼 줬으면 좋겠어요. 지금 우리한테는 매번 달려 보던 마라톤 코스가 기다리는 것이 아니고, 뭐가 갑자기 튀어나오더라도 뛰어넘어야 하는 장애물 달리기를 해야 하는 겁니다. 완주를 할는지 중간에 자빠질는지는 나도 모르겠지만, 우선 넘어 보기라도 해야 할 것 아니에요? 나 자신도 이렇게 사무실에 죽치고 있다간, 아무것도 머릿속에 떠오르지 않고 그냥 자포자기 할 것 같습니다. 나도 디자이너 출신이에요. 누구보다도 이 일이 어떤 건지 잘 알고 있습니다. 타성 속에 진행되어도 상관없는 프로젝트가 거의 다지요. 디자인이라고 이름 붙은 것들 중, 사실 속을 들여다보면, 해오던 관성으로 흘러가는 일이 대부분인 걸 나도 압니다. 하지만 정말 드물게, 진짜 창의적인 머리가, 진정한 의미의 창조적인 집단이 필요한 순간이 오는데, 이게 바로 그 경우예요. 나도, 다른 디자이너도, 어느 누구도 이런 상황을 맞닥뜨리게 되면 당황스러운 겁니다. 살면서 이런 경우를 겪지 않고도 대부분 디자이너로 불리다 사라져 가요. 아아, 참 뭐라고 해야 하나……."

수혁은 머리를 절레절레 흔들며 한숨을 푹 쉬었다. 그 모습을 물끄러미 바라보던 페린은 하고 싶은 말을 계속해 보라고 한 손을 들어 손짓을 가볍게 했다.

"자발적으로, 무엇인가 다른 것을 만들어 보고자 하는 동기 부여가 중요한데, 나는 근무 패턴을 바꾸는 것이 급선무라고 생각합니다. 매번 해오던 것을 효율적으로, 많이, 단시간에 만들어 내는 것에는 지금 근무 지침이 맞아요. 하지만 정말 머릿속에서 영감이 번쩍 하려면 이래 가지고는 안 돼요. 자신의 행동과 태도에 남 눈치 보지 않고, 시간에 구애받지 않고, 떠오를 때 그려 낼 수 있는 환경을 만들어 줘야 합니다. 팀 작업이라 하지만, 막상 따지고 보면 존Zone 별로 소규모의 그룹이 해 나가는 일이니까, 그룹 내의 상호 약속만 있으면 돼요. 각 그룹들의 대장인 로컬 디자이너들은 철저하게 자유로워야 합니다. 그들이 생각해 낼 테니까. 전체를 총괄하는 일은 회의 시간에 맞춰 보는 것만으로도 충분합니다. 그 일은 미스터 페린이 해주시면 됩니다."

"그 일에 대해선, 앞으로 미스터 한의 입김이 나보다도 더 거세질 것 같은데?" 페린은 싱글싱글 웃었다. 그러면서 자신의 생각을 말하기 시작했다. "좋은 생각이고, 나도 이해해요. 하지만, 지금 상태에서 근무 환경 바꾼다고 당장 해결될 문제도 아니야. 저들이 작업을 하고 생각을 쥐어 짤 뭐도 없잖아. 미스터 한이 당장 해결해야 될 문제가 다음 스텝을 밟을 수 있는 디자인 작업의 기초가 될 텐데, 지금 아무것도 없잖아요. 테마파크의 새로운 형식, 문법이 필요하잖아, 미스터 한 말대로! 비꼬는 것이 아니고, 회의 시간에 내가 해야 될 말이었는데, 고맙게도 미스터 한이 먼저 해 버렸지." 이 말을 하며 페린은 계속 싱글싱글 얼굴에 미소를 띄웠다.

페린의 지적을 듣는 순간, 잔뜩 부풀어 올랐던 풍선에서 갑자기 바람이 빠져 버리는 듯한, 허탈감과 막막함을 동시에 느낀 수혁이었다.

"예. 그렇지요……."

"그러니까 내 생각엔 미스터 한이야말로, 이렇게 사무실에 맹꽁이 마냥 가만히 있지 말고, 알아서 어디 가서 거꾸로 물구나무서기를 하든, 바다에 빨가벗고 뛰어들든, 구상을 해내란 말이야! 우리 눈치 볼 필요 없잖아요! 내가 보기엔 제일 자유로운 위치면서, 왜 그렇게 답답하게 자리만 지키고 경직돼 있는지 모르겠구만!" 페린은 여전히 얼굴에 미소를 띤 채, 격려를 하는 건지, 덤터기를 확실히 씌우는 건지, 애매모호한 격려사로 말을 마쳤다.

그러나 페린이 하는 소리를 계속 듣고 있으려니, 수혁은 자신이야말로 문제가 있었다는 생각이 서서히 들기 시작했다. 먼저 직장 생활(NBS 아트코어)에 심리적으로 젖어 있어, 여기 와서도 비슷한 부류의 드림밸리사 디자이너들과 섞여 있다 보니, 먼저 직장에 계속 있는 것 같은 착각이 일어났고—파블로프의 강아지 신세였다—심리적으로, 왕따 당하던 과거에서 탈피하지 못하고 동일한 행동 양식을 은연 중에 펼치고 있었다. 자신도 모르게, 옛날과 똑같이 움츠려 들고, 남 눈치를 보며, 고슴도치 모양 가시를 곤추세웠다. '정말 그러네. 페린 말이 맞아.'

"미스터 한. 여기서 뭐라 할 사람 없으니, 알아서 자신의 문제를 해결해요. 그리고 가령 미스터 한이 멋진 해답을 내게 가지고 온다면, 그 땐 내가 알아서 저들을 리드할 거야. 미스터 한이 제의한 대로 되기가 쉽지. 나도 때가 되면 그러는 것이 좋다고 생각합니다. 그 전엔 방식을 바꿀 순 없어요. 그리고 동기 부여 얘기가 나왔는데, 무슨 조직 심리니 환경 공학이니 갖다 붙여 봤자 다 소용 없는 짓이오. 그러기에는 여기가 프로젝트 때문에 단기간 모여 있는 곳이라, 데이터 추출해서 수정해 가며 적용해 볼 상황이 아니거든. 따라서 동기 부여 하는 방법은 딱 하나밖에 없지."

이 말을 하고는, 페린은 양 눈썹을 이마 위로 끌어 올리며 다시 싱글싱글 웃더니 수혁의 눈을 응시했다. 그리곤 자신의 코를 만지작거리며 수혁에게 어떤 반응이 나오나 기대하는 표정으로 말을 이어갔다.

"인센티브가 내가 보기엔 필요해, 계약한 것 외에. 저 친구들이야 어차피 연봉 받을 뿐이니까, 거기에 뭐라도 더 얹어 주면 알아서 잘 돌아갈 것 같은데. 그러지 않아도 쉽지 않은 일이 될 것이란 점을 유 사장도 이해하고 있을 것이고……. 안 그래요?"

배종삼에게 알아서 커버해 달라고 부탁하고선 수혁은 그 즉시 사무실을 뛰쳐나왔다. 마크 페린의 말이 맞았다. 사무실에서 누구의 눈치도 볼 필요가 없다는 후련함이 가슴을 꽉 채웠다. **제일 자유로울 수 있는 위치**라는 마크 페린의 표현이 피부에 와 닿기 시작했다. 탐모라 디자인에서 자신은 디자이너들에 대해 '갑'인, 홀로 한 계급 위의 존재였고, (주)제주테마파크에서 보기엔 외따로 떨어져 사는 파견 사원이었다. 배종삼은 어찌했든 자신과 같이 갈 수밖에 없는 동반자 위치였다. 둘만 되어도 서로 간에 왕따 신세는 아니니까. 수혁의 인생에서, 이렇게 어디에도 제대로 속해 있지 않은 애매한 '경계선-교집합'이, 지극히 유리하게 작용하기 시작한 경험은 처음이었다. 저주가 아닌 축복이라니! 나 홀로 경계선에 설 때에, 눈에 보이지 않는 심리적 경계선만 존재하는 것은 지극히 불리하기만 하지만, 아예 이렇게 물리적으로 구체화된 노골적인 경계선에 서는 경우는, 도움이 될 때도 있다는 점을 수혁은 깨닫고 있었다. 페린이 자신을 영리하게 다루고 있는 것을 수혁도 알았지만 상관이 없었다. 어차피 자신이 해야 할 일이고 필요한 것은 마음의 자유니까!

'남들이 뭐라 생각하든 뭔 상관이야! 날 실제로 건드릴 수 있는 놈이 없어!'

월드컵 경기장을 지나 좁은 동백나무 오솔길을 걷다가, 수혁은 바다가 보이는 소나무 숲에 이르러 숨을 크게 들이쉬며 심호흡을 했다. 찝찔한 바다 냄새가 섞인 솔잎향이 그의 가슴속을 가득 채웠다. 수혁은 바닥에 두텁게 깔려 있는 부드러운 솔잎들을 밟으며 해변으로 나아갔다. 파도 소리가 점점 크게 들려오는 중에 같이 실려 오는, 귓전을 잡아끌면서 음이 늘어지다가 올라가며 투박한 잡음을 끌어 내기도 하는, 규범이란 것을 거부하는 듯한 소리가 수혁을 갑자기 궁금하게 했다. 앰프를 통해 울려 퍼지는 일렉트릭 기타의 소리였다. 깊이가 있는 연주 솜씨였다. 귀에 익숙한 가락이라 생각해 보니 레드 제플린의 〈노 쿼터No Quarter〉였다. 지미 페이지[56]의 거친 표면을 둔탁하게, 그리고 결코 찢어지는 소음이 나지 않고 영롱하게, 긁어 대는 듯한 디스토션Distortion[57]에, 와우와우[58]가 섞인 멋진 기타 리프Riff를 그대로 따라하고 있었다. 일렉트릭 기타도 '깁슨 레스폴Gibson Les Paul'의 아직 덜 익은 듯한 전자음의 매력이 고스란히 표현되었다. '깁슨 레스폴'은 맨 처음 만들어진 일렉트릭 기타라 생긴 것도 그렇고, 어딘가 통기타의 냄새가 난다고 평소에 생각하던 수혁이었다. 그는 '레이저백Razorback'이니 '모킹버드Mocking Bird'니 하면서 모양도 무섭게 생긴 일렉트릭 기타 소리는, 생긴 것처럼 무섭게 들린다는 느낌을 가진 사람이었다. 수혁은 '펜더 스트라토캐스터Fender Stratocaster'를 에릭 크랩톤이, 지미 핸드릭스가, 리치 블랙모어가 콘서트 무대에 들고 나오는 시대를 좋아했다. 나이에 어울리지 않게 오래된 고전을 좋아한다고나 할까? 자신이 느끼기에, 이제는 스테레오 타입이 돼 가는 게 아닌가 하고 있는, 오늘날 메탈 록Metal Rock의 기타 음색과 세팅을 그다지 좋아하지 않았다. 그는 경계가 뚜렷하게 그어지는 것을 싫어하고 어딘가 애매모호한 것을 사랑하는 버릇이 있었다. 자신이 맨날 경계선에서 시달려 그런지도 모를 일이지만……. 어쨌든 수혁은 레드 제플린의 곡이라 왠지 마음에

56 **지미 페이지(Jimmy Page)** 그룹 레드 제플린Led Zeppelin의 리드 기타리스트. 에릭 클랩튼Eric Crapton, 제프 백Jeff Beck과 같이 그룹 야드버즈Yard Birds 출신이다. 동시에 3인은 세계 3대 기타리스트란 영예를 가진다.

57 **디스토션(Distortion)** 일렉트릭 기타의 효과음을 내는 여러 이펙터Effector 중 음향 왜곡을 주는 것으로, 잡음을 많이 넣어서 지저분한 소리를 내는 것이다.

58 **와우와우(Wah-Wah)** 일렉트릭 기타의 이펙터 중 와우 페달을 밟아서 내는 것으로, 음향도 왜곡시키지만 음 자체가 흘러가는 시간의 길이들을 왜곡시켜 마치 와우~와우~ 하는 듯한 소리로 바꾼다.

반갑다는 생각이 들었다. 소리가 나오는 쪽으로 발길이 빨라졌다.

해변으로 나가니 기타를 치고 있는 사람이 보였다. 파도는 거세게 밀려오고 바람도 센 편인데, 사람 없는 해변에서 지 혼자 멋에 겨워 몸을 조용히 흔들면서 연주하는 맛에 흠뻑 빠져 있었다. 가까이 가보니 인상이 어딘가 눈에 익은 친구였다. 잘 기억은 나지 않고, 그래서 쳐다만 보고 있으려니, 그쪽에서 먼저 고개를 가볍게 끄덕거리며 아는 척을 하고는 이내 연주에 몰입했다. 분위기가 건드리지 말아 달라는 것 같아, 수혁도 해변의 바위에 앉아 파도를 쳐다보며 그의 연주를 듣기만 했다. 레드 제플린의 라이브 앨범 《더 송 리메인즈 더 쎄임The Song remains the Same》에 나오는 〈노 쿼터No Quarter〉였다. 정규 앨범에 있는 것은, 존 폴 존스의 건반 연주 부분이 많아 신비롭고 불가사의한 분위기는 감도나 힘이 떨어지는 면이 있는데, 말하자면 지금 이 위인爲人은, 원곡의 건반 부분도 모두 리드 기타로 편곡하여 힘차게 앞으로 나아갔고, 밀려오는 파도 소리는 베이스 기타 음으로 환원되고 결합되어 소용돌이치며 수혁 주위를 맴돌았다. 인간과 바다란 두 개성이 멋진 앙상블을 이루었다.

연주가 끝났다. 수혁은 이제야 자신에게 고개를 돌리는 기타맨에게 가볍게 한마디 던졌다.

"No Quarter?"

곡 제목을 말하자 그가 환하게 웃으며 대답했다.

"Yah, No Quarter."

말하는 모양새가 격의가 전혀 없는 친구였다. 수혁도 거침없이 말하기 시작했다. 바닷가에 나온 것도 그렇고, 이 순간에는 예의를 벗어던지고 싶었다.

"멋진 연주였다. 지미 페이지보다 니가 낫다."

"고마워."

"너, 〈라이더스 온 더 스톰Riders on the Storm〉 아나? 알면 좀 연주해줘. '도어스' 원곡 말고 '카를로스 산타나' 스타일[59]로. 요구가 너무 많아서 미안하다. 아니면 니 스타일로 해주거나. 그래, 그게 더 좋겠다. 그냥 듣고 싶다. 말 많아서 미안해. 알아서 해주렴."

"좋아. 멋진 선곡이다."

기타맨은 연주를 시작했다. 산타나 스타일이었다. 인트로Intro가 가볍게 몽환적으로 떨리며 어딘가 음울하게 반복되었다. 바다를 멀거니 보며 연주를 듣고 있자니, '폭풍 속의 나그네여, 우리가 태어난 이 집으로, 우리가 던져진 이 세상으로, 뼈다귀 없는 개처럼, 홀로 선 배우처럼, 폭풍 속의 나그네여.'[60]라고 뇌까리는 짐 모리슨의 낮은 목소리가 생각났다. 그러자 연주는 산타나를 벗어나 자신만의 애드립Ad-lib이 터져 나왔다. 이번에는 파도 소리를 이기려 버티면서 안간힘을 써 댔다. 휴대용 앰프라 출력이 떨어지는 점이 애석했다. 다시 연주가 조용해지

59 원곡은 도어스The Doors의 마지막 앨범 《L.A.Woman》에 수록된 것인데, 수혁이 말하는 곡은 기타리스트 카를로스 산타나Carlos Santana가 리바이블 앨범 《Guitar Heaven》에서 연주한 것을 말한다.

60 원 영어 가사 부분은 다음과 같다. 'Riders on the storm, Into this house we're born, Into this world we're thrown, Like a dog without a bone, An actor out alone, Riders on the storm.'

면서 정적인 분위기를 만들었다. 기타맨의 꼿꼿이 서서 눈 감고 연주에 몰입한 폼이, 무아의 경지에 이르른 선승처럼 보였다. 조용하고 맑은 얼굴이었다. 기타맨이라 그런지, 짧은 염소 수염을 기른 모습이 비슷해서 그런지, 수혁에게는 U2의 기타리스트 디 엣지The Edge가 생각났다. 이 기타를 손에 든 전사는 잠시의 휴식을 마치고는 다시 바다를 향해 전진했다. 이번에는 파도를 헤치기 시작하며 마지막 정점에 올라탔다. 마침내, 파도 소리를 타고 '폭풍 속의 나그네'는 사라져 갔다. 수혁은 바닷가를 걷고 싶어 자리에서 일어났다.

"가냐?" 기타맨이 떠나가려는 수혁을 흘낏 보곤 외마디 말로 잠시 붙잡았다.

"응. 이제 좀 걸어야겠다." 수혁은 간결히 대답했다.

"그래. 잘 가라." 기타맨은 수혁을 보며 한마디 던지더니, 고개를 끄덕거리며 이내 다시 기타 연주를 하기 시작했다. 이번에는 수혁도 모르는 곡이었다.

수혁은 계속해서 해변을 걸었다. 머릿속은 터져 버릴 것같이, 여러 생각들이 번잡스럽게 소용돌이치고 있었다. 테마파크의 새로운 구조, 문법, 형식. 뭔가 머릿속에서 떠오를 것도 같이 아슴푸레한데 아직 갈피를 잡을 수 없는 상태였다. 생각에 빠져 정신없이 걷다 보니 저녁을 지나 밤에 이르고 말았다.

탐모라디자인에 돌아와 보니 아무도 없었다. 수혁은 자리에 앉아 생각에 계속 잠긴 채 시간 가는 줄을 모르고 있었다. 남이 보면 넋 나간 사람처럼 보였으리라. 밤 10시가 넘어갈 무렵 쥐 죽은 듯이 조용한 가운데, 사무실 문이 열렸다 닫히며 누가 들어와 뭘 찾는지, 부수는지, 쿵 소리도 나고 부시럭거리는 소리가 들렸다. 도둑이라도 들었나 싶어 조심스럽게 다가서 보니, 회사 출입구 쪽에 별도로 만들어진 방(디자인실하고 가장 멀리 떨어져 있다)의 출입문은 활짝 열려 있고 밝은 불빛이 새어 나왔다. 그 방은, 인테리어 주문 사항이 방음재를 전부 붙이고 밖이 보일 수 있는 어떠한 창도 내지 말아 달라, 그리고 혹시라도 모르니 디자인실과 멀리 해달라는 신신당부가 있어 그대로 인테리어를 진행시켰는데, 사무실 오픈한 뒤에도, 비행기 공수한 물자만이 포장도 뜯지 않은 채로 방 출입문 앞에 덩그마니 쌓여 있다가, 이번 주초에 슬그머니 내부로 사라진 곳이었다. 비행기 공수 비용의 80퍼센트가 저 방의 물자들 때문에 낭비됐음에도 미안한 기색 하나 없고, 자기소개도 없이, 안에 진을 치고 있을 그 도깨비에 대해, 수혁으로서는 좀 이상하고 뻔뻔한 놈인 것 같아 관심을 끄기로 마음먹고 있었다. 그러나 지금 이 한밤중에 수혁의 귀를 괴이한 소음으로 괴롭히고 있는 저 유령의 동태에는 모른 척할 수도 없는 법. 열린 출입문 앞으로 살그머니 다가가 방안을 들여다보니, 커다란 모니터, 모니터 헤드폰, 컴퓨터, 마스터 키보드, 신디사이저, 콘솔 박스, 스피커 등의 장비가 넓은 테이블 위에 놓여져 있고, 그 테이블 밑을 한 녀석이 기어들어가 케이블 연결을 하느라 낑낑 소리를 내며 안간힘을 쓰는 중이었다. 수혁이 열린 출입문에 가볍게 노크 소리를 내니, 녀석은 쭈그리고 작업하다 깜짝 놀라 상체를 들썩이는 바람에, 그 서슬 퍼런 등짝에 테이블도 출렁거렸고, 따라서 위에 놓인 기기들도 삐거덕거리는 소음을 요란하게 내며 테이블 밑으로 떨어질 뻔했다. 이를 본 수혁은 뛰어가다시피 급히 다가가 테이블의 자세를 잡아 주지 않으면 안 되었다. 이윽고, 그 밑에서 인상을 쓰며 기어 나오는 녀석의 얼굴을 보니, 낮에 해변에서 기타를 치던 바로 그 '디 엣지'였다. '디 엣지'도 수혁을 보곤 놀랐는지, 아니면 반가운지, 눈을 동그랗게 뜨고 쳐다보며 일어나선, 수혁의 어깨를 툭 치며 그다음엔 활짝 웃는데, 뭐 좋게 말해서 격의 없는 소탈한 분위기 그 자체였다.

"야. 너구나?" 대뜸 '디 엣지'의 입에서 한마디가 튀어나왔다.

"어. 그래. 나다. 야아, 너, 바닷가에서 기타 치던 친구로구나. 니가 이 방 주인이냐?"

"응. 나 사운드 디자이너야. 여기 테마파크 전속 작곡가. 이 방에서 이제 작곡해야지."

"아하! 사운드 디자이너? 알겠다. 너 이름이 뭐냐? 난 한수혁이라고 한다."

"한수혁? 그럼 퍼스트 네임이 한? 아니, 수혁?"

"수혁."

"오, 수혁. 반갑다. 난 이안 파커Ian Parker야."

녀석은 자기 이름을 말하며 악수를 청하곤 씩 웃는데, 눈가에 주름살이 친근감을 더해 주는 것이 좋은 놈 같다는 느낌이 들었다. 잘 모르는 상대에게 흔히 가지게 되는 경계심 같은 것들을 쉽사리 누그러뜨릴 만한 멋진 웃음이라는 느낌이다. 방에 혼자 틀어박히는 버릇으로 봐선, 이런 웃음을 얼마나 자주 얼굴에 만드는지는 알 수 없는 노릇이지만……. 낮에 해변에서 마주친 것도 그렇고 수혁에게는 묘한 친근감이 들었다. '얘도 원래 남하고 그리 쉽게 친해지는 타입은 절대 아닐 텐데, 낮에 만난 일 때문에 나한테 친근감을 느끼는 모양이구나.'

"그래. 반갑다. 좀 도와주랴? 혼자서 힘들어 보이는데."

"아니야. 혼자서 천천히 해 나가면 돼. 그럴 필요 없다. 잘 됐다. 얘기나 하자. 내가 좀 물어보고 싶은 것도 있고."

이안 파커는 청바지 주머니에 두 손을 찔러 넣고는 회의실로 천천히 걸어갔다. 수혁은 파커의 뒤를 따라가다가 머리도 맑게 할 겸, 커피 생각이 나 두 잔을 타 가지고 회의실로 들어섰다. 파커는 커피를 보더니 고맙다며 좋아라 하고는 홀짝거리며 마시는데, 어딘가 마음 편해 보이는 얼굴은 아니었다.

"그래. 제주엔 언제 왔냐? 다른 디자이너들하고 같이 온 것 같지는 않던데." 수혁의 질문이다.

"월요일 날 왔지. 다른 친구들보단 2주 정도 나중에 온 셈이지."

눈을 내리깔며 커피잔만 들여다보고 대답하는 파커의 모습을 보며, 수혁은 이 친구의 그간 소행을 생각하니 왠지 웃음이 비죽비죽 새어 나왔다. 혼자서 밤에 낑낑거리는 것도 그렇고, 자신을 나타내지 않고 며칠간 숨어 지낸 거랑, 낮에 해변에서 혼자 기타 치는 행동하며 조직생활 부적응자의 모든 면모를 화려하게 갖추고 있었다. 수혁은 파커에게 상황을 자세히 묻지 않기로 했다.

"사운드 디자이너라. 멋진 일 하는구나. 난 음악하는 친구들이 참부러웠는데. 난 여기 오기 전에는 방송국 무대 디자이너였거든. 그리느라 항상 손에 뭘 묻히고 살았지. 음악하는 친구들은 뭘 그리는 직업을 가진 사람들보다 하는 일이 고상하지 않나, 가끔 음악 들으면서 생각했다. 손이 깨끗하니까."

"하하. 그래? 하긴, 손은 깨끗해. 대신 귀에서 불 나지. 신경 쓰다 보면 관자놀이건 귓속이건 막 쑤시는 느낌이 들 때가 있지. 귓속에서 벌레가 기어 다니지. 모든 음들이 불협화음으로 느껴지기 시작하면, 이제 내 신경이 나달나달해졌다는 신호거든. 그럴 땐 밖으로 뛰쳐나가야지."

수혁은 파커의 '밖으로 뛰쳐나간다.'는 소리를 듣는 순간 왠지 속시원해졌다.

"그래. 뛰쳐나가야지. 나갈 땐 나가야 돼. 맞아." 수혁이 천장을 쳐다보며 혼잣말하듯이 맞장구치며 웃자, 파커도 수혁의 얼굴을 쳐다보며 웃기 시작했다.

"하하하하."

"핫하하하하."

둘은 회의실 의자들에 다리를 올려놓곤 고개를 좌우로 흔들며 한참 키득거리며 즐겁게 웃었다. 그러자 커피를 한 모금씩 마시며 대화를 시작했다.

"생각해 보니, 테마파크에 음악이 한두 가지 필요한 게 아니겠다. 그렇지?"

"제대로 하려면, 이 파크 규모가 나오는 대로 봐야겠지만, 얘기 듣기론 기초적인 테마 뮤직만 해도 60곡 이상 새로 해야 될 것 같더라고.

거기에 BGM(Back Ground Music, 배경 음악), 효과 음향, 어트랙션별 각 테마송, 이것저것 만들다 보면 2천 곡 넘어 가는 건 일도 아니야. 3년 후 이 테마파크가 개장될 거라 생각해 보면, 그동안 계속 작업해야 되는 거야. 계약상으론 메인 테마송까진 나 혼자 하고, 그다음은 시스템을 만들어 준다고 되어 있는데……. 어쨌든, 내가 여기서 혼자서 해내는 이 일만큼 비용 절감 하는 것도 없을 거다. 남의 거 가져다 쓰면 그 저작권 비용만 해도 얼마냐? 그걸 다 혼자서 하는데, 나한테 잘해 줘야지."

"그래. 맞다."

수혁은 파커의 말을 들으니 정말 그렇다는 생각이 들었다. '가져다 쓰면 천문학적인 비용이겠구만. 이 친구가 정말 중요한 일을 하네.'

수혁의 맞장구를 듣던 파커는 순간 서글픈 표정이 되면서 말을 이어갔다.

"뭐. 말을 하고 나니 대단한 일인 것처럼 나 홀로 선전이 됐는데, 집착은 없다. 언제든지 때려치울 생각이야."

때려치운다는 그의 말에 놀란 수혁은, 순간 고개를 돌려 파커의 얼굴을 정면으로 쳐다보았다. "왜?"

"난 원래 록을 하던 **뮤지션**이야. **뮤지션**." 파커는 뮤지션이란 말에 상당히 힘이 들어가는 어투가 되며 동어 반복을 했다. "LA에서 인디밴드 활동을 좀 오래했지. 그런데 고생은 해도 되는 일이 없었어. 운이 없었다고 생각해. 그래서 돈벌이로 영화 음악에 손댔는데, 그게 벌이가 되더군. 공포 영화, 독립 영화들을 많이 했어. 그러다 테마파크 일도 알게 되어 프리랜서로 같이 작업하곤 했지. 공포 영화를 많이 해서 그런지, 내가 만든 배경 음악을 들으며 롤러코스터를 타면, 기분이 다들 진짜 짜릿짜릿해진다고 그러더군. 하지만, 이렇게 테마파크 개발이 시작될 때부터 옆에 붙어서 일해 보는 건 처음이야. 경력을 속인 것은 없어. 사실이야. 좀 과장되게 평가됐을 뿐이지. 그래서 좀 걱정스럽기도 하고, 일을 잘 모른다는 생각도 들고, 누구에게 폐 끼치긴 싫다는 생각도 들고, 그래서, 일하다 더 이상 안 되겠다 생각이 들면 주저 말고 때려치자는 게 지금 내 생각이야."

'짜아식, 솔직하네.' 수혁도 자신의 신세를 솔직하게 표현하기 시작했다.

"내 얘기 해줄까? 난 말이야. 지금 여기 탐모라디자인공작소에서 테마파크의 혁신을 이끌어 내야 할 책임을 지고 있단다. 혁신이라 하니, 어느 정도 얘긴지 잘 상상이 안 되겠지만, 지금까지 해온 것 다 집어치우고 새로운 테마파크를 만들어 내라는, 주식회사 제주테마파크 헨리유 사장님의 엄명을 받들어 모셔야 할 막중한 임무를 지고 있지. 그래서 드림밸리사 디자이너들을 막 못살게 굴어야 하는데……."

수혁은 잠시 침을 꼴깍 삼키고는 다시 말을 이어 나갔다. 파커는 수혁의 말을 들으며 점점 더 흥미진진한 표정이 되어 갔다.

"이게 못살게 군다고 되는 일도 아니야. 머릿속에 뭐가 떠올라야 할 것 아니야. 그리고 새로운 것이라고 요구된 것들 중에 '한국적인 것'이라고 꼬리표가 붙은 부분도 있고……. 어떡해? 복잡한 상황이 있었지만 말하자면 너무 길고, 가만 생각해 보니 내가 할 수밖에 없는 일이라, 회의 시간에 새로운 것을 생각해 내겠다고 큰소리를 쳤지. 큰소리치고 나니까 정확히 한 시간 동안 기분이 업 되다가, 그다음 완전히 밑바닥으로 다운되더군. 나도 사실 자신이 없다. 방송국에서 한 테마파크 일도 내가 끝까지 해보질 못하고 중간에 흐지부지 되었고……. 대학원에서도 이론으로만 생각해 봤지, 테마파크의 전반적인 실무 경험은 사실 없다시피 한 상태고……. 이해하지 못하고 있는 것은 아니지만 왠지 자신 없고! 그런데 월트 디즈니를 넘어선 새로운 테마파크를 생각해 내야 하니 내가 기분이 어떻겠냐? 나도 죽을 맛이다. 그래서 아까 바닷가를 헤맨 거야. 하하하하."

파커는 손에 든 커피잔을 앞으로 내밀며 건배를 제안했다. 얼굴을 보니 '니가 내 신세구나!' 하는 표정이었다. 수혁도 커피잔을 들어 건배하면서 둘은 서로의 얼굴을 쳐다보며 킬킬거리고 웃어 댔다.

파커도 웃다가 무슨 생각이 드는지 골똘한 얼굴이 되면서 수혁에게 말을 걸었다. "그 월트 디즈니도 전에 다른 테마파크를 세워 보고 디즈니랜드를 만들었냐?"

"아니야. 놀이공원, 어뮤즈먼트 파크Amusement Park라 불리는 것은 있었지만 테마파크라 불릴 수 있는 것은 디즈니랜드가 처음이야."

"그럼 월트 디즈니도 지 혼자 경험도 없이 생각해 낸 거네. 혹시 월트 디즈니가 했다는 얘긴 전해지는 전설이고 사실은 다른 누가 생각한 거냐?"

"하퍼 거프Happer Goff나 마빈 데이비스Marvine Davis 같은, 밑에 일하는 디자이너는 있었지만, 기본적인 영감은 월트 디즈니 입에서 나온 것이 맞아. 디즈니는 디즈니랜드 '메인 스트리트 USA'의 구상을 설명하는

데, 마치 영화 스크립트 짜듯이 말했다고 해. 예를 들어서, '이것은 씬 원Scene One, 영화 첫 장면이야. 여기에 들어서면 머셀린Marceline의 미드웨스턴 메인 스트리트Midwestern Main Street를 연상하게 해야 해. 이발소, 포목점, 우체국들이 눈앞에 있는데, 어린 시절 우리들이 보아 오던, 아주 친숙하고 정감 있는 진짜 미국 중서부의 전통적인 모습이어야 돼. 그리고 씬 투…….' 이런 식으로 장면 설명을 해 나간 거지. 전체적인 구역(Area, Zone)[61]들에 대한 플랜도 자신의 머릿속에서 나왔고."

"그래? 그럼 그 디즈니 역할을 수혁 니가 하면 되겠네. 잘되지 않았냐? 다른 훌륭한 본보기를 따라 하지 않아도 되니, 경험 부족이 흠이 될 것도 없고 얼마나 좋으냐? 오히려 새로운 것을 해내야 한다는 사정이 수혁, 너 같은 경우에는 유리하면 유리하지 흠이 되진 않겠다. 맘대로 한 번 해봐, 까짓 것. 어차피 모두가 다 처음이잖아. 누가 뭐라 그럴 건데."

"그래도 누가 뭐라 평가할 결과가 기다리고 있기는 하지. 이익이 나야 된다는 것. 절대로 변하지 않을 법칙. 이익 말야."

"그렇지. 나도 젤 싫은 그놈의 손익 평가. 거기서 잘했니 못했니 말들이 많아지지. 그러나 그건 상당히 먼 미래의 일이 아닌가? 어떻게 될지 누가 알겠어? 그렇잖아?"

---

61 테마파크의 구역 계획(Zoning)에서 사용되는 단어 중, 'Area'와 'Zone' 두 단어가 우리말로는 합당하니 모두 '구역'이라고 번역된다. 예를 들어 'Event Area'라는 큰 단위 안에는 'Event Zone' 수 개가 들어가게 되는데, 이를 번역하면, '놀이 구역' 안에 '놀이 구역' 몇 개가 있다는 식이 된다. 따라서 'Area'는 주로 '구역'으로 번역 표기하고, 'Zone'은 '존'으로 외래어 음차 표기하여, 본문 속 의도적인 단어 구분으로 독자 이해를 도왔다.

수혁은 이안 파커의 말을 듣고 있자니 위안이 되는 부분이 있었다. 경험 부족이 흠이 될 것도 없겠다는 말! 내가 그냥 월트 디즈니가 되어 처음 시도하는 기분으로 남들에게 제시해도, 어차피 다들 처음 대하는 것이니 그럴 듯이 포장이 되어—뭐, 사실 다른 테마파크들과 비교할 수도 없잖아? 안 그래?—자신감 부족이 들키지 않고 편히 살 수도 있다는 점! 두려움이 가슴속에 꽉 들어차 있었는데, 점차 조금씩 안개가 걷히듯이 사라져 가는 기분이 들었다. '하긴, 경험 부족을 부끄러워할 필요도, 두려워할 필요도 없지. 새로운 생각이 중요한 거니까. 월트 디즈니가 언제 경험 부족 가지고 고민했겠어?'

"그렇게 생각하니 이안 니 말이 맞네. 그러고 보니……, 너도 그렇게 생각하고 때려치워야지 하는 마음은 버려라. 나도 처음이고 너도 처음이잖아. 생각해 보니 누구나 다 이 일은 처음이야. 경력 부족이 흠이 될 것도 없어. 자신이 부족하다고 생각하는 데서 오는 두려움이나 공포심이 더 문젠 거 같다. 다른 사람은 생각해 내지 못한 것을 처음으로 상상해 내고 만들어야 할 일이니까, 그래서 오히려 더 자유롭다고 느낄 수도 있다는 걸, 니 말 듣고 지금 깨달았다."

"그래?" 이안은 가만히 수혁을 보면서 되묻더니 고개를 끄덕거리며 또 생각에 잠겼다. 잠깐 침묵이 흘렀다. 이안이 다시 수혁에게 말을 걸었다.

"나. 테마파크 잘 몰라. 기본적인 개념부터 잘 모르겠어. 워낙 하던 일이 다르니까……. 쓰던 언어도 너무 다르고. 책도 들춰보고 했는데, 의외로 쉽고 체계적인 설명들이 부족하더라고. 아직, 역사가 짧아서 그런지, 학문화되지는 못했다 생각이 들더군. 내가 이해를 못해서 그런 건가 생각도 들고……. 디자이너들에게 물어볼까 했는데 친한 놈도 없고, 자존심 상하는 것 같기도 하고, 그래서 못 물어봤는데……, 좀 묻자. 수혁 니가 말하는 걸 들어보니 잘 아는 게 확실해. 가르쳐 줘."

녀석의 표정은 진지하고 심각했다. 수혁은 물끄러미 그 모습을 바라보다가 자리에서 일어나 회의실 전면의 백색 칠판으로 다가섰다. 매직펜을 집어들고 아예 강의를 시작했다.

"테마파크라……. 테마파크가 뭘까? '파크'라고 말하니까 말 그대로 '공원'을 연상하게 되는데, 테마파크는 한 마디로 **공원이 아니야**. 테마파크는 조형적인 면모를 생각해 보는 미학적 고찰과 상업 건축물로서 접근하는 분석, 이런 두 가지 면모로 크게 생각해 볼 수 있지. 그럼 조형론으로 생각해 보자고. '테마파크란 3차원으로 펼쳐진 영화'라고 월트 디즈니는 간단히 정의했지. 그럼 영화를 생각해 보자고. 영화는 현실의 재현인가?"

수혁이 질문을 던지자 이안은 자신이 잘 안다고 생각하는 영화 얘기가 나오자 어깨를 으쓱하며 답변했다. "단순히 현실의 재현이라 말하긴 어렵지. 영화는 편집의 예술이라 하잖아. 과거에서 미래로 일정하게 흐르는 시간 안에서 우리는 언제나 자유롭지 못하다는 것을 현실의 공간은 보여 주지만, 영화는 다르지. 편집으로 시간을 마음대로 조절할 수 있잖아. 순식간에 공간이 바뀌면서 시간이 현재에서 과거로, 다시 미래로 마음대로 편집할 수 있지. 게다가 현실에는 없는 음향과 음악이 들어가잖아. 현실이 아니지. 화면에 펼쳐지는 것은 현실인 것 같아도 속성은 단순한 현실의 재현이 아니지."

이안이 자신 있게 말하는 모습을 보니 수혁은 꽤 쓸 만한 학생이란 생각이 들었다. 알고자 하는 열의가 있는, 생각이 많은 친구임에는 틀림없었다. '짜아식. 느낌이 좋은데. 강의해 볼만 하군그래.'

"그래. 맞아. 지금 니가 말하는 것을 마르셀 마르땡Marcel Martin[62]은 네러티브적 편집과 표현적 편집이니 하는 개념으로 규정하기도 했고, 어윈 파노프스키Erwin Panofsky[63]는 한 마디로 '시간적으로 조직화된 공간'이라 축약해서 말하기도 했지.[64] 좋아. 이 정도로 하자고. 영화로 빠져들면 또 한도 끝도 없으니까. 우린 테마파크 얘기를 해야 하잖아? 내가 영화 얘기를 꺼낸 건, 영화는 현실이 아니라는 점을 환기시키기 위한 것이니까. 흐흐흐. 자, 그럼 연극하고 영화하고 비교해 보면 어떨까? 어느 쪽이 더 현실에 가깝다고 일반화해서 생각해 볼 수 있을까?"

"단순 비교가 어렵긴 하겠지만 아무래도 영화가 더 표현이 현실처럼 와 닿는 거 아닐까? 왜 연극에는 방백이란 혼잣말도 있고……. 그런 걸 볼 때마다 이건 정말 연극이구나 하는 생각이 들지. 연극에선 관객의 시각은 일정 거리 떨어져서 무대 전체를 보고 있지만, 영화는 롱샷

---

62 **마르셀 마르땡(Marcel Martin)** 프랑스 미학자이다. 그는 저서 『영화 언어』에서, 편집(몽타주)에 대하여, 이야기 전개를 단순히 강조하는 서술 편집Narrative montage과, 예술적 표현을 중시하는 표현 편집Expressive montage, 두 가지로 구분하여 대조하였다.

63 **어윈 파노프스키(Erwin Panofsky)** 독일 출신의 미국인 미술사학자이다. 주로 중세, 르네상스 회화 작품을 가지고서, 작품 내에 나타나는 도상(Icon)들의 해석으로 미술 작품의 의미를 해석하는, 도상해석학圖像解釋學을 제창하고 그 방법론을 확립했다. 저서로 『조형 미술에 있어서의 양식의 문제』 『시각 예술의 의미』 『이데아』 등이 있다.

64 파노프스키가 『Style and Medium in the Motion Picture』라는 비평서에서 한 말이다.

외에도 클로즈업으로 배우의 얼굴을 크게 잡든가 하잖아. 관객에게 아무래도 정서적인 영향력이 더 크지."

"그렇지!!! ('얘가 하는 짓은 그래도 똑똑한 애네!', 수혁은 감탄했다) 영화 쪽이 전달하려는 감정들을 관객에게 강제하는 면이 크지. 20세기로 들어와선 연극은 숫제 '낯설게 하기'가 유행하잖아. 의도적으로 생뚱맞은 것, 갑자기 해설가가 나타난다든가, 대사 때리다 말고 갑자기 노래를 한다든가, 세트 전환이 아닌 피켓 들고 장면을 설명한다든가, 관객에게 감정적 이입이 일어날 만한 요소들을 일부러 차단하는 실험을 하니, 점점 더 현실과는 유리된 느낌을 주는 쪽으로 변화하지. 그러나 반대로 영화는, 강력한 감정이입을 목표로 더욱더 진보해 나가는 것이 틀림없어. 다른 외계 혹성에서 벌어질 일이라 여겨지는 상상들, 예를 들자면, 이젠 뭐 날개 달린 형광 색깔 찬란한 익조룡 같은 놈이 눈알을 데구르르 굴리며 그럴 듯하게 숨쉬잖아. 진짜처럼 목 근육을 불룩거리며 헐떡거리더군. 이런 강력한 컴퓨터 그래픽으로 그럴 듯하게 만든 입체 영상 영화가 나오는 상황이니, 최소한 영화 보는 시간만큼은 — 관객에게 뭘 표현해도 — 현실이라는 정서적인 공감을 불러일으킬 정도의 세상이지. 따라서 연극보다 영화가 관객에게 심리적 거리(Psychical Distance)가 적다고 말할 수 있지."

"심리적 거리가 뭐냐?"

"말 그대로 심리적 거리감이다. 원래는 인지심리학 분야에 쓰이는 개념인데, 영화나 연극 같은, 실재가 아닌 환영(Illusion)이란 대상을 만들어 내는 종합 예술들에 대한 평가 방법으로도 사용하게 됐지. 장르마다 다른 형식으로 나타난 환영들을, 관객이 눈과 귀라는 감각 기관으로 인식하면, 지각된 환영과 실제 현실과의 감정적인 상호 교환 정도가 어느 정도일까, 장르 간 차이점을 분석해 보는 이론이야. 심리적 거리가 멀면 멀수록, 관객은 자신의 입장을 객관화시키는 면이 많아지는 것이고, 심리적 거리가 가까우면 가까울수록, 몰입이 되어 나중에는 감정의 과잉 노출이 일어난다는 말이야. 쉽게 생각하면 돼. 이런 작용의 심리적 과정을 세밀히 관찰해 보면 이렇게 요약할 수가 있지. 영화의 영상으로 나타나는 환영(Illusion)은 실재(Reality), 즉 삶의 다양한 측면을 관객에게 인식하게 하는 수단이야. 관객은, 영화의 영상 안에서 이루어지는, 자신을 둘러싼 세계에 대한 환영적(Illusion) 인식을 통해, 평소에 느끼지 못하는 삶의 변화무쌍한 면들을 스스로의 고유하고 다양한 경험들로 재배치하여, 자신 안에 그 경험들을 소유하고자 하는 욕망을 해소하지."

"말 참 어렵다. 좀 쉽게 안 되냐?"

"괜히 어렵게 말하려 하는 것이 아니고, 이게 이렇게 밖에 표현하지 못하는 면이 있어. 어떤 미묘한 생각들의 차이점과 흐름을 짚어 나가야 하는데, 일반적인 어투 가지고는 표현이 되질 않아, 장황해만지고. 그래서 그래. 그러니 참고 들으렴. 알았지? 계속한다."

"알았다."

"그래. 이때 관객이 영상 내의 정보를 이해하고 받아들이는 일에는, 바로 '심리적 거리'가 필요하게 되는 거야. '심리적 거리'가 소멸되어서도 안 되고 너무 멀어도 안 돼. 즉, 관객은 영상 내의 기호(Sign)들을 '심리적 거리'를 가지고 필터링Filtering함으로써, '혼동'이 아닌, 즉 현실로 오해하는 과잉된 감정적인 이입도 일어나질 않고, 반대로 지나친 자아 보호의 객관화도 일어나지 않고, 적절한 거리를 가지고 영상이 표현하는 것들, 즉 상황, 의미, 감정들에 대해 즐거운 '인식'을 하게 되는 거야. 여기 — 바로 이곳, 양 극단으로부터 어느 정도의 거리감을 가지고 떨어져 있는, 이 중간적인 어떠한 상황이라고 할 수 있지. 이해되니? — 이 상태에서, 바로 '엔터테인먼트'가 발생하지. '심리적 거리'가 너무 멀면, 감정의 아무런 이입도 이루어지질 않고, '저건 현실이 아닌 가짜 환영일 뿐이야.' 하고 내용 이해의 의욕도 없이, 냉소적으로 영화의 화면을 바라볼 뿐이야. 반대로 심리적 거리가 완전히 소멸된다면, 환영(Illusion)은 사라지고, '현실'이 돼 버려. '현실'이란 것에는 '엔터테인먼트'라는 즐거움이 끼어들 여지라곤 없게 돼. 관객 자신이 삶을 통해 겪어 나가야 하는 '현실'은, 사실 괴롭고 비참한 것일 수도 있는 거야. 그렇지? '엔터테인먼트'는 고통스런 삶의 현실과는 분리된, 마음의 여유 안에서 존재하는 것이거든. 영화를 볼 때, 관객은 현실이 아닌 가공의 환영이란 것을 마음속에 전제함으로써, 카타르시스를 느끼게 돼. 영화를 보면서도, 내가 저 주인공의 딱한 처지와는 따로 노는 존재란 것을 확신해야지만, 안심하는 거지. 그리고 즐겁고 말이야. 강 건너 불구경이 재밌고, 남의 불행은 나의 행복인 거지. 인간이란, '환경-세계'에 대한 자신의 불가항력적 한계지어짐 때문에, 타인에 대한 순수한 자기투사보다는 남과 끊임없이 비교해야 안심하며, 치사한 존재 증명에 벗어나지 못하는, 비굴하게 진화된 동물이거든. 내가 아닌, 다른 누군가의 불행뿐만이 아니라 행복조차도, 전능자의 입장에서 내려다보기를 갈구하는 존재이지, 결코 자신이 그 속에서 허우적거리기를 바라지는 않아. 인간 속에는, 자기자신 자체가 이 순간만큼은 안전하게 보호되고 있고, 다른 누군가가 자신의 불행을 대신 겪어 주길 바라는 내밀함이 존재하지. 그게 인간의 이기적인 본질이야. '카타르시스'란 다름 아닌 자신이 신의 능력을 가지고, 세계를 물끄러미 바라보면서, 안전하게 보호받고 싶은 욕망의 해소 방법일 뿐이야. 난 그렇게 생각해."

수혁이 말을 마치자 이안은 고개를 외로 꼬면서 수혁을 골똘히 쳐다보더니 말을 건넸다.

"뭐어……, 니가 말하는 거 이해는 된다. 카타르시스 가지고 그렇게 꼬아서 말하는 것, 내 인생에서 처음 본다. 수혁, 너 아무래도 머릿속이 별나게 만들어져 있는 것 같애."

"꼬아서 말하는 게 아니고 인간을 비난하는 것도 아니고 사실, 인간이란 존재의 서글픔을 말하는 거다."

"그래? 뭐……. 그건 그렇고……. 니가 쭉 말해 온 것이 테마파크하고 무슨 상관이야? 무슨 이유가 있을 텐데?"

수혁은 이안의 말을 들으며 입가에 미소를 만들 수밖에 없었다. 어쨌든 이 이안이란 녀석은 지금만큼은 수혁에게 우수한 학생 노릇을 하고 있는 중이다. 졸지 않고 설명을 연이어 요구하는 학생만큼 가르치는 선생에게 신통한 느낌을 주는 존재는 없으니까. 수혁은 강의를 계속해 나갔다.

"현대의 영상 매체들, 특히 영화가 발전하는 방향을 생각해 보자고.

현실과의 완전한 혼동이 관객에게 주어질 것을 목표로, 기술적인 진보가 급속도로 이루어지고 있잖니? 요즘 SF 영화에서 유달리 인기 있는 소재가 있지. 버츄얼 리얼리티가 끝간 데 없이 발전하여, 게임을 하건 유사 체험을 하건, 아니면 기억을 이식하건 간에, 현실과 가상현실 사이에서 인간이 혼동을 겪는 기묘한 에피소드들, 그런 걸 열심히 만들잖아? 그러나 내 생각에는, 현실과 완전한 혼동을 일으킬 정도의 가상현실 체험기술이 개발되는 순간 — 섹스와도 같은 직선적인 육체적 쾌락은 논외論外로 하자고! — 그 가상현실 체험은 순식간에 사람들에게 외면당하며 인기가 바닥으로 떨어지고 말 것이라 예상해. 인간이란 그런 '현실'을 좋아하지 않아. 그런 체험은 희극이 되건 비극이 되건, 인간의 가장 밑바닥에 있는 욕망, 즉 나는 전지전능한 존재로서 저것들을 내려다보고 깔아뭉개 주고 싶다는 욕구를 배반하거든. 몰입은 하되, 관객 자신의 자아상(Self-Image)을 관객 스스로가 놓치지 않을 수 있는 숨구멍이 필요한 쪽으로 기술이 개발되어야 할 거야. 최근에 재미있는 연구들, 심리학의 해석 수준 이론(Construal Level Theory)들을 보면, 인간의 창의성을 증대시키는 경우는, 공간 내에 주어진 시지각적 대상이 심리적 거리를 가지고 멀찌감치 떨어져 있을 때야. 이때, 추상적으로 사고하며, 대상에 대한 여러 상징적 해석을 하면서, 인간은 자신의 상상력을 발휘한다고 하니, 심리적 거리가 사라지며, 해석에 대한 융통성 없이 주어진 대상에 함몰되어 버리는, 그런 가상현실이란 것이 결국 인간의 창조성을 압제하는 도구도 될 수 있지 않을까, 그런 생각이 들지. 해석의 다양성을 보전한, 심리적 거리가 확보된 예술 장르들, 연극이나 무용 같은 것, 문학과 음악은 더욱 포괄적인 차원이긴 하지만 난 같이 끼워 넣고 싶어, 이런 장르들이 보다 인간의 가능성을 풍부하게 하는 '열린 무대'라고 생각해. 어쨌든, 테마파크도 영화와 마찬가지야. 테마파크의 환경이나 건축도, 영화와 동일한 심리적 거리를 현실에 대해 가져야 해. 그래야지 인기가 있어."

"그래?"

"응. 난 그렇게 확신해. 그런 점에서 월트 디즈니가 테마파크를 **3차원으로 펼쳐진 영화**라고 말했을 때, 그의 천재성이 있는 거야. 그는 의식적이건 무의식적이건 간에 본질을 꿰뚫어 본 것이지."

"재밌다. 무슨 말을 하려는지 대충 감이 온다."

"이해가 되냐? 내가 말하려는 것의 요점이 지금부터 나온다. 테마파크의 인공적인 환경, 건축은, 결코 실재와 동일한 복제여선 안 된다는 거야. 현실하고 똑같으면 안 돼. 삶을 살아간다는 식의 현실이 아닌 어딘가 영화적인 세계를 구축함으로써, 바라보는 관객에게 '심리적 거리'의 적절한 유지를 가능토록 하고, 관객 자신조차도 스스로 다 깨닫지 못할, 마음 깊은 곳으로부터의 풍부한 흥미와 만족을 끌어내 줘야 한다는 거지. 이것이 끊임없는 재방문을 가능하게 하는 열쇠야. 디즈니랜드를 들어가 보면, 우선 사람이 걷는 거리의 축이 불필요할 정도로 심하게 굴절되어 있음을 알 수 있고, 축선 방향이 바뀔 때마다 새로운 건축적 조망(Vista)이 펼쳐지는 것도 또한 감상할 수가 있어. 오래된 미국 중서부 정겨운 타운의 이야기를 들려주다가, 갑자기 만화에서 튀어나온 듯한 세계가 펼쳐지고 그래. 디즈니식으로 말하자면, 한 씬Scene

이 끝나고 새로운 씬이 시작되는 거야. 디즈니랜드의 각 구역(Area)내 모든 존(Zone)들은 하나로 엮어지면서도, 많은 씬들을 다채롭게 연속적으로 보여 주며, 사람들에게 각각의 이야기를 들려주지. 보는 사람들의 상상력이 극대화되는 순간이야. 파크의 주 출입은 한곳에만 만들어져, 관객은 디즈니랜드의 여러 곳을 걸어다니며 옴니버스식 구성의 장편 영화를 보는 여행을 한 후, 주어진 곳, 즉 들어왔던 출입문으로 다시 얌전히 나와야 해. 여기엔 고도로 계산된 상업적 목적도 있지만 그 문제는 나중에 말할게. 또한 건축군建築群들은 일반적인 사람의 눈으로 보는 스케일이 아닌, 영화 카메라에 보이는 세계의 축척을 보여주지. 표준 렌즈의 세계가 아닌 광각 계열 렌즈의 세계야. 예를 들어, 진입-공유 구역 '메인 스트리트 USA'의 상점들은, 외부의 실제 건축물을 1로 보았을 때 1층은 8분의 7, 2층은 8분의 5 정도로 스케일이 축소된 대상들이야. 2층은 1층보다도 실제 스케일 1에 비해 더욱 작아져. 왜 그랬을까?"

"하하하. 그러냐? 난 몰랐다." 이안은 재미있다는 듯이 킥킥거리고 웃었다. 그도 수혁의 입심에 적잖게 매료되어 보였다.

"일부러, 현실과는 유리된 새로운 세계를 만든 거야. 그것도 관객이 잘 알아채지 못하면서 무의식 중에 느껴지게 말이지. 현실이라고 곧이곧대로 받아들이지 않게끔, '심리적 거리'를 조정한 미묘한 작업들이지. 동시에, 사람이 바라보면 광각 렌즈로 세계를 보는 것처럼 공간감이 확대되어 보여. 신데렐라 성을 보면 1층은 8분의 7, 2층은 8분의 5, 3층은 8분의 4로 층이 올라갈수록 점점 작게 디자인 되어 있지. 도로 폭도 입구 부분은 넓고 성 가까이 갈수록 폭이 좁게 되어 있어서 원근감이 인위적으로 극대화 돼. 이런 점들이 아주 묘한 효과를 주지. 이 세상 것 같지 않은 느낌 말이야. 여기가 현실이 아니라는 무언의 암시들이야. 이런 건축물의 인위적 스케일 축소는 사실 영화나 드라마 세트, 연극 무대에서 많이 쓰이던 거야. 인위적인 단축법短縮法들이지. 공간감이 크게 보이게 하려는 착시 현상을 이용한 거야. 내가 일하던 방송국의 드라마 세트 축소비가 생각해 보니, 대충 0.85 대 1이 나오더군. 디즈니랜드 경우는 건축물의 1층만 놓고 봤을 때, 0.875 대 1 정도야. 거의 비슷한 스케일 축소비지. 아마 월트 디즈니가 애니메이션과 영화 제작 일을 하던 사람이라, 이런 무대 장치 쪽의 스케일 축소에 대해 상당히 깊은 이해가 있었던 것 같아. 영화나 드라마 세트에서의 스케일 축소는, 3차원의 실제 공간을 영상이라는 2차원으로 환원시켜 나타낼 때, 공간을 확장시켜 보이게 하려는 시각적 눈속임이지만, 디즈니랜드에서는, 건축물의 스케일을 일부러 축소시킴으로써, 입장한 관객의 심리가 파크 밖의 현실과는 분리되게 하기 위한, 의도된 수단으로 사용돼. 방법은 비슷하지만 세트와는 다른 목적을 가지고 있지. 어딘가 보면 이상하고 재미있는 느낌을 일부러 관객에게 보여 주지. 관객은 '진짜'가 아닌 '가짜'라는 전제를 이미 알고 있지만, 그 점을 마음속으로 받아들임으로써 오히려 재미를 느끼는, '믿어지는 환영'인 거야. '믿어지는 환영' 즉 인위적 스케일 축소를 행한 대상들로 이루어진 테마파크의 세계는, 심리적 거리를 관객으로 하여금 적절히 유지케 함으로써, 관객의 엔터테인먼트를 증가시키게 돼. **척박한 현실로부터**

**의 확실한 탈출**이라는 명제를 이루어 내지. 그러면서도 동시에, 관객 자신은 심리적인 독립을 능동적으로 유지할 **세계에 대한 객관화**를 잃지 않게 되거든. 마음의 여유를 보전하게 되며, 끊임없이 둘러보며 자기 나름대로 공상하고 있는 거야. 순수한 카타르시스야. 여기에서, 디즈니랜드를 한번 본 사람의 마음속엔, 시간이 될 때마다 다시 오게 되는 재방문의 욕구가 일어나게 되지. 마음이 무언가, 어딘지 모르게, 뭐 아주 엄청나고 대단한 것 같지도 않은데 억눌려 있던 것들이 해소되며, 본인 마음 한 귀퉁이에 어린 시절부터 항상 숨겨져 있던 것들을 실제로 보는 듯이 친근하고 좋으니까. 기쁘고 즐겁거든. 인간은 원래 풍부한 가능성을 좋아하는 동물이니까. 분명한 모서리를 세우며 억압 중에 강요받는 해석은 거부감이 생길 수 있지 않겠어?"

이안은 수혁의 눈을 쳐다보며 싱긋 웃었다. 이젠 아예 $A_4$ 용지까지 펼치고는 열심히 강의를 기록하고 있었다. 착실한 학생의 모습이었다. 오늘 수혁의 강의를 듣는 것이 큰 행운이라고 생각하는 듯했다. 수혁도 지금 이렇게 회의실이라는 강단에 서서 강의하는 기분이 즐거웠다. 약간 으쓱한 기분이랄까. 축 처져 있었는데 자신이 다시 살아남을 느꼈다.

"계속해 봐." 이안은 강의를 계속하라고 재촉했다.

"그래. 그래서, 디즈니랜드는 그 자체의 건축물과 환경 조성만으로도 승부할 수 있는 테마파크가 된 거야. 놀이 기구는 있으되 '논다'는 개념보다—놀이 기구 있어야 돼! 하지만, 놀이 기구도 테마와 스토리를 가져야 돼!—그 환경에 관객은 젖어 들어가는, **놀이 기구에 목숨**

**걸지 않아도 되는** 테마파크지. 그러면 테마파크 환경 조성 자체에 대해서도 생각해 보자고. 가령, 산토리니Santorini 섬 이아Oia 마을을 그대로 복제해서 다른 곳에 똑같이 세워 놓고는, 세운 마을 건물들 내부에 식음료와 쇼핑 시설을 만들어 놓았다고 하여, 테마파크라고 할 순 없어. 당일 관광이 가능한 이용객들 중에, 최근거리最近距離 지역에 위치한 사람들은 그래도 꾸준하게 올 수 있지만—당일 관광조차도 종일토록 왔다 갔다 해야 하는 원거리가 되면 얘기가 또 달라진다고!—숙박 관광이 필요한 원거리 이용객들 경우엔, 처음엔 호기심으로 한번쯤 와 보겠지만, 그 사람들한테서 다시 오고 싶다는 강렬한 욕망까지는 기대하기 어려워. 그 사람들한테, '산토리니에 가보고 싶다!', '사람이 줄곧 살아온 현장을 내가 직접 가봐야겠다!', 그런 생각만 오히려 부채질할 뿐이지, 재방문을 기대할 순 없을 거야. 테마파크는 세상의 실제 관광지와 경쟁해야 하거든. 테마파크는 무엇을 모방한 것 같아 보여도 현실과는 다른 세계를 만들어 내야 돼. 끊임없는 호기심과 해석의 풍부함을 관객에게 보여 줘야 하지. 그게 열쇠야."

"그래. 알았다. 나도 해석이 풍부한 음악을 만들게."

이안의 짐짓 다소곳한 말과 얼굴 표정을 보니 수혁은 웃음이 터져 나왔다. 오랜만에 느껴 보는 마음 가벼운 시간이다. 다시 강의가 시작되었다. 수혁은 우선, 칠판에 몇 개의 동그라미를 그리면서 테마파크의 개념도를 만들기 시작했다.

"자, 이제 테마파크의 동선과 구역 계획에 대한 개념들을 살펴보자고. 이렇게 그림으로 보니 한눈에 들어오지 않나?"

수혁이 자기가 그린 개념도를 손짓으로 가리키며 이안에게 물어보니, 그는 눈썹을 치켜 올리며 고개를 갸웃거렸다.

"뭐, 대충 뭔 얘기인지는 알 것 같은데 그래도 설명해 줘."

"그래? 음. 내가 처음에 이런 말을 했었지. '테마파크는 한 마디로 말해서 공원이 아니다', 그리고 미학적인 면을 먼저 설명하고, 상업 건축물로서 접근해 보는 면을 나중에 설명하겠다고 말이지."

"그랬지."

"이건 테마파크의 동선과 구역 계획, 즉 조닝Zoning이지. 이 개념도는 전형적인 디즈니풍의 테마파크를 도식화하여 그려 놓은 거야. 이런 스타일을 파빌리온Pavillion 형이니 뭐니 하면서 세부 분류한 것들도 있는데, 내가 보기엔 분류를 위한 분류일 뿐이고, 간단히 말해서 디즈니랜드로 대표되는 테마파크들의 전형적인 조닝 방법이야. 이렇게 그림으로 요약될 수 있어."

수혁은 자신의 개념도를 손으로 툭툭 치며 이안을 쳐다보았다.

"디즈니월드 매직 킹덤은 말할 것도 없고, 유니버설 스튜디오, 한국의 포에버랜드, 프랑스의 빠끄 아스떼릭스Parc Asterix, 독일의 유로파파크Europa Park 등, 모두가 테마파크 고유의 개념들은 독특하지만, 구역 계획, 즉 조닝 자체를 해석하면 모두 디즈니랜드 문법을 훌륭히 따랐거나, 아니면 이벤트 존들의 배치에서 약간의 변형을 가미한 정도가 되지."

"디즈니랜드가 대단하긴 대단하구나." 그러면서 이안은 씩 웃었다.

"그렇지, 뭐. 말해 뭐해. 디즈니랜드는 '팍스 아메리카나Pax

Americana'의 아름답게 만개한 꽃봉오리지. 우리는 조닝에서 자본주의의 강력한 상업성을 엿볼 수가 있어. 그래서 내가 테마파크의 구역 계획론과 상업 건축물로서의 면모를 묶어서 정리하려고 한다."

이안은 뭔가 수혁의 말 속에서 싫은 표현이 있는지 고개를 외로 꼬다 한 마디 던졌다.

"미국은 로마 제국이 아니야. 미국은 어쩌다 보니 이렇게 됐어. 그리고 요샌 힘들어 죽을 지경이야."

이안의 괴상하게 찡그린 표정을 보고는 수혁은 웃음이 터졌다.

"하하하하. 그래. 니 말도 일리는 있다. 미국은 '제국'이란 말을 들으면 겉으로는 두드러기 반응을 일으킬 줄 아는, 유연하고 기묘한 '제국'이지. 제국으로서, 차등된 상징을 남에게 요구하진 않아. 하지만 그런 미덕에서 나온달까? 정말 강력한 것은 소프트 파워야. 인류사에 어떤 제국도 가진 적이 없는 그런 힘을 가지고 있지."

수혁은 이안의 표정을 보곤 테마파크 얘기로 넘어가기로 했다. '정치적인 면이 있는 언사는 평화에 지장이 있겠군.'

"자, 그럼 이 개념도를 얘기해 보자고. 관객은 주차장에 파킹Parking 하고는 게이트Gate에서 티켓팅Ticketing을 하고, 디즈니랜드라면 '메인 스트리트 USA'에 해당하는 시티 워크City Walk 거리에 들어가지. 이 시티 워크에 주요 식음료 공간들, 게임 센터들, 캐릭터 판매점 등의 상업 공간들을 모두 밀집시켜 놓지. 그래서 이 부분을 바자 스트리트Bazaar Street, 즉 시장 거리라고도 하는데, 여기가 아주 중요해. 이 공유 구역(Public Area)은 관객의 소비 행위가 편리하고 능동적으로 이루어지게

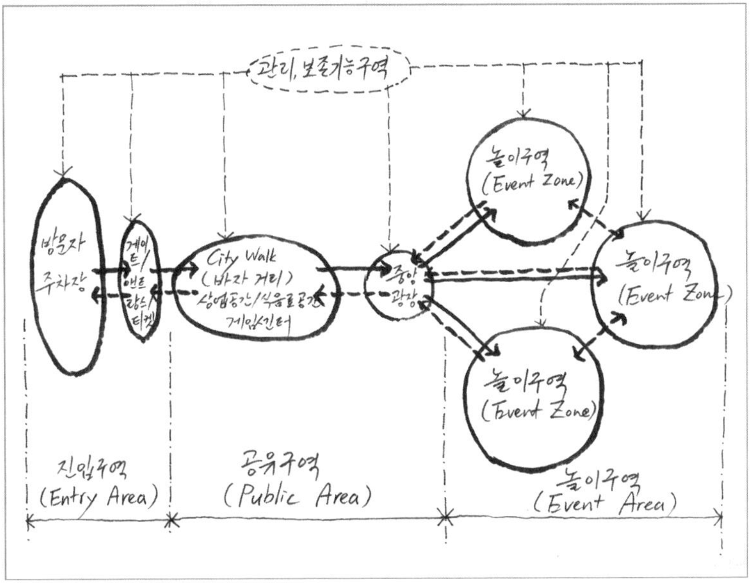


끔, 말할 수 없이 매력적으로, 그 테마파크를 나타내는 대표적인 개념, 즉 컨셉Concept을 살려 건축물이나 환경 디자인이 아주 잘 조성되어야 하지. 정말 정말 근사하게 말이야. 그리고, 각각의 이벤트 존(Event Zone)들로 나뉘어지는 방사상放射狀의 중심, 중앙 광장(Central Plaza)에는 테마파크의 랜드마크가 놓여서, 디즈니랜드하면 신데렐라 성이 떠오르는 것처럼, 관객의 뇌리에 이 테마파크하면 '아, 그게 있지!' 정도의 멋진 조형물을 멀리서도 알아볼 수 있게 만드는 것이 좋아. 중앙 광장에서 각 이벤트 존으로의 이동은, 이처럼 방사상 형태가 뚜렷한 것도 있고, 중앙 광장이 생략되면서 이벤트 존들을 고리 형태로 엮은 변형도 있어. 내가 설명하는 것은 디즈니랜드로 대표되는 전형이라고 생

각하면 돼. 어쨌든, '주차장-게이트-시티 워크-중앙 광장'까지가, 관객 모두가 각각 자기 기호대로 갈 곳을 찾지 못하고, 함께 강제된 동선을 공유해야 하는 구역들이기에, 진입-공유 구역(Entry-Public Area)이라고 묶어서 표현하는 거야. 여길 내가 이렇게 이름 붙였어! 알겠니?"

"아! 그렇구나. 알겠다! 진입-공유 구역. 이 명칭은 니가 만든 거고?"

"어. 마땅한 게 없어서 내가 했다. **건축적**으로. (이 한 마디 말을 내뱉으면서 수혁은 왠지 입맛 씁쓸한 감정을 느꼈다) 석사 논문 쓸 때 개념을 만들어야 했거든."

이안은 고개를 끄덕거리면서 상황을 이해하고 있었다. 자기 말로도 제대로 된 책을 아직 못 봤다고 했으니, 개념 용어부터 만들어야 했던 수혁의 고충을 충분히 이해할 만했다.

"그러면……, 저 중앙 광장에서 이제 각자 찢어지는 거네." 똘똘한 질문이 또 나왔다.

"그렇지! 이제 각각의 이벤트 존(Event Zone)으로, 관객들은 제각각 취향을 쫓아 찾아가는 거야. 여기를 묶어서 놀이 구역(Event Area)이라 할 수 있는데, 놀이 구역(Area) 내 존(Zone)들은, 각자의 독립성을 가지고 각각 맞는 컨셉으로 조성되지. 말 그대로 관객이 노는 곳이야. 그럼 관객은 하루 종일, 여기 갔다, 저기 갔다 하면서 이벤트 존 사이를 왕복하다가, 슬슬 집에 갈까 생각도 나고, 배도 고프고 할 거 아니야? 그런데 이벤트 존에서 파크 바깥으로, 곧바로 도망갈 수 있도록 또 다른 출구들을 만들어 놓으면 안 되지. 관객이 다시 이 진입-공유 구역을 거치게 해 놓아야, 많은 소비가 일어날 것을 예측할 수 있겠지? 그래서 관객의 퇴장 동선을, 동일한 진입-공유 구역을 다시 지나가게 하고, 들어온 게이트로 다시 얌전히 빠져 나가도록 만들어 놓는 거지."

"아주 영리하구나."

"호호호. 그렇지. 놀러 온 사람들, 손님들은 말이야. 기본적으로 약고 게으른 존재들이야. 테마파크에 들어올 때 기념품을 사서는, 이벤트 존들을 누빌 때 손에 쇼핑백이나 들고 다녀야 하는 귀찮은 성가심을 절대로 견디려고 하지 않아. 실컷 놀고 나중에 나갈 때, 가뿐하게 사길 바라지. 근사한 식사도 그래. 놀 때는 정신없이 놀아서 배가 출출해져야 하거든. 퇴장할 때 식음료에 대해서 지갑을 크게 열게 되는 것이 관객의 심리야. 따라서, 소비에 대해선 퇴장 동선이 더 중요해지지. 왔던 진입-공유 구역을, 퇴장할 때 반드시 다시 거치게 하는 것은 당연한 논리지? 생각해 봐라. 그러니, 이 진입- 공유 구역이 얼마나 중요하겠니! 우리 제주테마파크 중에서, 내가 이번에 직접 디자인 하겠다고 선언한 곳이 어딘지 아냐? 바로 이 구역이지 뭐냐! 거기에, 디즈니식을 극복한 새로운 문법으로 테마파크의 전체적 구역 계획 개념을 내가 직접 만들어 내겠다고 선언했으니, 나의 괴로움과 고통을 짐작하겠지?"

"하하하. 그러냐. 너 아주 힘들겠구나! 호호호호."

수혁과 이안은 서로 쳐다보며 낄낄거리고 웃었다.

"이 진입-공유 구역의 거리 도로 중앙에는, 사람이 지나가지 못하게 장애물이 조성된 것이 좋아. 뭐 화단 같은 것 말이지. 그래야지, 관객들이 휑하니 가운데로 걷지 못하고, 길 가의 상점 쇼윈도 쪽으로 붙어서 걷게 되겠지? 잘 보여야지, 욕심이 일 것 아니야? 쳐다보니 보암

직하고 먹음직한 거지. 가까운 데서 유혹해야 사람은 소비욕이 증가되거든. 테마파크를 계획할 때, 1년 중 최고로 사람이 많은 날 최고로 붐비는 시간의 관객수와, 서비스율을 감안한 설계 기준일(Design Day)의 최고로 사람이 붐비는 시간대의 관객수를, 기본 계획 단계 이전에, 수요 예측 모형을 통해 우리는 예측할 수 있지. 이미 제주테마파크에 대한 것은 나와 있어. 그러면 곧바로, 이 테마파크에 대한 공간 프로그램(Space Program)들을 만들 수 있는데, 뭐 주차장은 면적이 얼마고, 상품 판매 시설은 면적이 얼마가 필요하고, 식음료 공간은 면적이 얼마가 필요하고, 어느 정도 가격대의 건축 인테리어에, 어떤 분위기로, 위치는 어디로, 이런 표를 만드는 일이지. 정말, 필요한 경우 어느 정도의 분석까지 가능하냐 하면, 예를 들어 어떤 시간대에, 어떤 종류의 사람들 몇 명을, 어느 정도의 밀집도를 보이는 군중 속에, 어느 정도의 속도로 걷게 하다가, 어떤 색채 계획과 어떤 공간 구조가 어떤 분위기를 만드는 레스토랑에 들어가, 어떤 메뉴를 고르게 할 것인가를 강제하는, 인간 행동 전반에 대한 예측 모델링도 가능해. 물론 결과는 테마파크 개장 후 뚜껑을 열어 봐야 하겠지만 말이야. 이런 공간 프로그램은 사실상, 기본 계획 단계에 대한 고압적인 설계 지침이 되는 거야. 위에서 이래라저래라 하는 거지, 뭐. 테마파크의 주제(테마)도 여기서 정해지는 것이 일반적이야. 이것은 대부분 경영학의 상업 공간 마케팅 분석에 의해 만들어지는데, 여기에는 인지심리, 사회심리, 신경과학, 환경공학 등 서브해 주는 학문들이 많이 포진하고 있지. 그리고, 공간 프로그램(Space Program)을 토대로 마스터플랜(Master Plan)과 기본 설계가 이뤄지지. 이제, 테마파크 계획 디자이너가 주축이 되어 테마에 맞는 이미지-컨셉을 상상해 내고, 건축 · 조경 · 환경[65] 담당 디자이너 등과 같이 구체적으로 만들어 내는 일인 거야. 마스터플랜이란, 거시적인 테마파크의 전체 평면도라고 생각하면 돼. 이때, 테마파크 내의 각 시설 분야들에 대한 확인 작업과 개요 구성이 이루어지지만, 완전히 표현되지는 않은, 기본적인 뼈대가 드러난다고 할 수 있어. 이게 기본 계획(Schematic Design)단계라고 하는 초기 단계야. 그다음이 기본 설계(Design Development, Preliminary Design) 단계야. 이때 만들어지는 것이, 각 구역들에 대한 비교적 세부적인 설계도들인데, 각 건축물의 평면과 입면 · 조경 · 환경 디자인 계획 정도까지가 나오지. 여기까지 도면화 되면, 이걸 당장 공사에 들어갈 수 있도록 하는 상세한 설계도를 그다음으로 만들 수 있는데, 이게 실시 설계(Final Design) 단계요, 실시 설계도(Working Drawings)야. 이 도면들이 공사계약도서(Contract Document)로서 들어가게 되지. 이 실시 설계 작업은 여러 설계 관련 사무소들이 협업해야 하는데, 건축 · 구조 · 조경 · 환경 · 기계 · 전기 · 토목 · 어트랙션Attraction[66] · 설비 · 조명 · 특수효과장치, 다양해. 자!

65 테마파크 계획 시의 환경 디자인이라 함은, 정해진 컨셉(테마)에 맞추어져 건축물의 특징, 양식, 조경, 색채 계획 등의 큰 덩어리들이 전체 분위기를 결정하면, 그 안에 들어가는 섬세한 것들, 즉 예를 들어 의자의 모양, 우체통, 화분, 의상 등의 필요한 소도구 전체를 테마에 맞추어 디자인하는 일이다. 테마파크 디자인의 우열을 가늠한다고 생각될 정도로 매우 예민하고 중요한 작업이 된다.

66 **어트랙션(Attraction)** 테마파크의 매력물. 놀이기구 전반을 업계에서 통칭할 때 주로 쓰이는 표현이다. 본문에선 결국, 라이드 시설들, 실연 쇼 장의 특수 설비, 3D 영상 체험관의 특수 설비 등을 실시 설계 하는 업체를 한수혁이 말하고 있는 셈이다.

요약하면, **입지 선정→수요 예측을 통한 공간 프로그램 작성→마스터플랜을 포함한 기본 계획→기본 설계→실시 설계→시공**의 단계로 볼 수 있지. 물론 일하다 보면 순서가 뒤죽박죽 엉키는 일은 다반사고, 순리적인 흐름 속에서도, 수도 없는 피드백Feed Back이 필요하지만 말이야. 알겠냐?"

"어, 그래! 정말 시원하게 설명해 줘서 고맙다. 야아, 수혁 너 정말 말 잘한다. 명강의다. 고맙다."

"아직 끝나지 않았어. 중요한 점을 한번 더 짚고 넘어가야 돼." 수혁은 잠시 말을 끊고 생각에 잠기다가 마무리를 시작했다.

"이안. 니가 보기에도 테마파크는 공원이 아니지? 그렇지?"

"그래. 니 말이 뭔 말인지 이젠 나도 알겠다."

"그래. 산책하라고 만든 공원은, 관객 동선을 이렇게 강제하지 않아. 테마파크의 동선과 구역 계획은 엄밀히 말해서 거대한 쇼핑몰 계획이라 할 수 있어. 계획 대지 25만 평방미터에 건축 면적 15만 평방미터짜리 테마파크가 있다 하자. 사실, 이건 말이야. 연면적 15만 평방미터짜리 백화점 빌딩이 올라간 것이라 보면 가장 이해가 쉽게 될 거야. 출입구 하나짜리로, 놀이 기구 잔뜩 있는 백화점 말이지. 한 마디로 요약해서, 하늘을 향해 열려 있고 다른 데는 폐쇄된, 출입문은 커다랗게 하나만 만들어 놓은 거대한 '쇼핑몰'이란 골격과 살집 위에, 옴니버스식 구성의 '장편 영화'란 멋진 의상들을 입혀 놓은 것이지. 자. 이제 내가 설명해 줄 수 있는 것은 간략하나마 다 했다고 생각한다. 괜찮았어?"

수혁이 손에 들고 있던 매직펜을 칠판에 놓으며 미소 지으니, 이안은 가볍게 박수 치며 감사를 표시하곤 한마디 덧붙였다.

"쇼핑몰과 장편 영화. 이젠 알겠어."

"그래. **쇼핑몰과 장편 영화**야."

"수혁 니 말을 들으니까 앞으로 내가 어떻게 음악들을 만들지 대충 그려질 것 같다. 연구 좀 하면 되겠어."

"흐흐흐. 그렇지? 아, 정보 하나 알려 줄게. 저 진입-공유 구역, 주 테마가 '한국'이야. 우리 유 사장님 지시가 그래. '한국'이라 하니 한국인인 내가 떠맡게 된 기분도 있는데, 사실 나도 감이 안 온다. 한국 옛날 모습을 만들어 놓으란 얘긴 아니라고 중언부언 하시더군. '한국' 하면 딱 떠오르는 스테레오적인 것은 뛰어넘으라는 요구인데……. 뭐, '한국'으로 상징되는 멋진 그 무엇을 어떻게든지 만들 것, 휴먼 스케일이 어떻고, 인본주의니 갈등, 정신적인 만족이니 사장부터가 횡설수설하고 있으니. 참, 나 이거 원. '한국' 하면서 깃발 들고 나가라는 말이 아니다. 국수주의로 보여선 안 된다. 전 인류적 가치관의 보편적 구현이라 생각해라. 사장부터가 영 이상만 쳐다보는 사람이야. 맨날 하늘만 바라보고 살았나? 인간성은 영 안 그렇던데 말이지. 갑자기 뚱딴지 같은 소리만 하더라구. 어쨌든 너도 미리 알고 생각해 놔. 뭐, 한국 고전 음악도 들어보고 그러지 뭐. 그렇지?"

"아, 그래? 저기가 테마가 '한국'이야? 나 한국 잘 몰라. 디자이너들은 여행도 시켜 줬다 하더라고. 경주? 난 거기도 못 가봤어. 어떻게 하지?"

"그건 이안, 니가 나중에 와서 그렇게 된 거 아니냐?"

"하하하. 그런가? 하지만 나도 가봐야지. 난 중요 인물인데."

둘은 이런저런 대화를 나누면서, 탐모라디자인 사무실을 나와 원더리조트, 그들의 숙소로 돌아갔다.

숙소에 들어가니 룸메이트인 배종삼은 자기 방에서 코를 골며 자고 있었다. 숙소는 원더리조트의 전용 면적 18평형 객실을 장기 임대하여 쓰고 있었는데, 방 2개, 거실, 조그만 부엌으로 이루어진 쾌적하고 깨끗한 곳이었다. 2명이 1조로 객실 하나를 쓰고 있으니, 각자 방 하나씩을 차지하고 지낼 수 있어서 서로 간의 프라이버시도 지켜지고, 지내기 편하게 잘 고려해 준 경우다. 아무래도 디자이너들이란 예민하니까.

수혁은 지쳐 있지는 않았다. 밤 12시가 넘어 1시에 가까워지는 시각에도 그는 약간 흥분 상태에 있었다. 이안한테 강의해 주느라 그런지, 말을 너무 많이 해서 신경이 달아올라 잠이 올 것 같지 않았다. 거실 소파에 앉아 머리도 식힐 겸 TV를 켜니, 다큐 채널에서 개미에 관한 자연 다큐멘터리를 방송하고 있었다. 수혁은 옛날에 개미 키우던 기억이 나서, 멀거니 화면을 바라보았다. 그는 군집 생활을 하는 곤충들, 벌, 개미, 흰개미 이런 것들만 나오면 열심히 TV를 보는 버릇이 있었다. 화면을 보니, 사람들이 웅크린 채 땅 파고 있는 모습을 카메라 앵글이 연신 클로즈 업으로 끌어당겼다, 풀었다 하고 있었다. 보아하니, 개미굴의 구조를 밝히려는 독일 과학자들의 노력을 강조 묘사한 인간 승리 다큐멘터리였다. 3일간 10톤의 시멘트를 개미굴 입구에 들이붓는 장면이 우선 나왔고, 시멘트가 굳기를 기다려 1주 후 땅을 파헤치니, 개미굴의 구조가 드러나는 과정이 곧이어 이어졌다. 해설자는 개미들이 40톤의 흙을 퍼 날라 이 지하 도시를 만들었고, 도시는 연방 체제로 건설되어 거대한 유기적 구조를 이루고 있다고 말하면서, 개미들에 대한 경외감을 한껏 드높이고 있었다. 개미 도시의 파이프 구조 도로들 자체의 표면 면적만 모아서 평면에 펼쳐 생각하면 538평방피트, 도시 자체의 깊이를 26피트로 설명하는데, 미터로 대충 환산하니 50평방미터, 8미터에 달하는, 개미 입장에서 생각하면 해설자 말대로 정말 만리장성을 만들어 놓은 꼴이다. 화면에 비치는 개미 도시의 형태는 주요 도로로서 불규칙한 곡선과 직선이 혼합된 외곽 순환 도로가 선명하게 만들어지고, 폐곡선 형태의 외곽 순환 도로를 방사선으로 통과하는 주요 관통 도로, 이것은 땅위로 통하는 출입구들과 연결되어 있었다. 또한 그 사이를 불규칙하게 그물처럼 매우는 간선 도로망이 보여지는데, 전체적으로 2차원에만 머무르는 것이 아니라 3차원으로 연결되어 있었다. 현대의 도로 설계 공학을 가지고도 인간이 저렇게 유기적인 도로망을 만들어 낼 수 있을까 하는 생각이 들 지경이었다. 이 도로들에는 각각의 배당된 구역과 그에 딸린 소규모 방들이 포도송이처럼 매달려 있었다. 해설자는 매우 효율적이라고 찬탄을 마지 않았다. 인간이 생각해 내는 규칙성이란 범주를 벗어난 개미들의 작품이다. 인간적이지 않은 도로망의 그물형 입체 구조. 단순한 그물망이 아니라 뚜렷함과 부수적인 얽힘이라는 리듬을 보여 주는 혼돈 속의 질서. 수혁은 개미들이 해 놓은 짓에 어이가 없어서, 자신도 모르게 입을 벌리고 웃고 있었다.

수혁은 잠을 청하려 침대에 누웠다. 머리는 뜨겁고 몸엔 피곤이 이제야 들어왔다. 너무 많은 생각들과 영상들이 머릿속에서 끊임없이 번쩍거리고 있었다. 팔다리엔 무언가 전류가 통하는 듯한 이질적인 느낌이 계속적으로 통과했다. 수혁은 심호흡을 하며 몸을 가만히 놔두려 온 힘을 빼기 시작했다. 눈앞에 어둠이 밀려오자, 암흑은 수혁을 둘러싼 이 세계에서 그의 정신을 다른 곳으로 가져가려 천천히 에워싸 나갔다.

수혁은 눈이 보이지 않았다. 정적과 암흑 외엔 아무것도 없는 세계였다. 미칠 듯한 답답함 때문에 가슴이 먹먹할 지경이었다. 어디론가 밖으로 나섰다. 나타난 희미한 빛. 수혁이 생활하는 공간이었다. 여기는 모든 벽들이 투명하게 되어 있어, 외부의 찬란한 빛이 내부로 들어오면 반사되면서 수정처럼 빛날 터인데, 그 앞에 합판으로 얼기설기 엮은 가벽들이 세워져—벽 자체는 전부 투명 통창인데, 그 통창들을 합판이 꽉 들어차 막고 있다고 이해되었다—밖에 무엇이 있을지조차 전혀 알 수 없을 정도로 깜깜하게 막아 놓고 있었다. 빛은 합판들의 틈새로 거미줄처럼 스며 나오고 있을 뿐이다. 수혁이 자세히 보니 가벽들엔 선반들이 또한 줄줄이 매어져 있고, 진흙들이 엉겨붙어 선반을 지탱하는 것이 보기에도 스산한 광경이었다. 선반 위에는 이상야릇하고 어딘가 징그러워 보이는 화초들이 빽빽이 화분째로 올려져 있는데, 그 이파리와, 꽃잎의 색채나 반점 모양들, 형태가, 수혁에게는 언짢고 섬뜩하게 느껴졌다. 한 사람이 있는 것이 보였다. 어머니란 생각이 들었다. 어머니는 수혁이 있는 공간의 밑에서 살아가고 있고, 그곳은 지하, 깊은 어두움이었다. 지금, 수혁이 서 있는 공간에 잠시 나타나게 되었다. 가벽들은 단순히 수혁이 있는 공간에만 세워져 있는 것이 아니고, 지하의 어머니가 사는 곳에서 뻗어 올라와 그가 있는 곳 바닥을 뚫고 세워져, 보기에, '없애 버리는 것이 굉장히 힘들겠구나.'라는 생각이 들었다. 가벽의 밑바닥 끝이, 지하로 뻗어 내려가 끝간 데가 어딘지 모를 지경이었다. 그러나, 수혁은 '저 뿌리가 어디가 끝일까? 중간을 잘라 버리면 되려나?' 하면서 없애야 한다고 마음속으로 계속 중얼거렸다. '저걸 밑바닥까지 완전히 들어낼 수 없을까?' 하는 밀려오는 생각들……. 어머니는 수혁 옆을 인기척 없이 계속 왔다 갔다 하는 것이, 천장의 희미한 백열전구들을 형광등으로 바꾸려 함을 알 수 있었다. 수혁은 어머니에게 말을 걸었다.

"어머니. 그만하세요."

"왜 그만두니? 어둡잖아. 형광등이 더 밝아."

수혁은 백열전구나 형광등이나 거기서 거기지 하는 생각이 들었다. 저렇게 햇볕을 다 막고 있는데 무슨 소용이 있나 하는 마음이었다. 어머니가 수혁 쪽으로 고개를 돌렸다. 얼굴을 보니, 어머니인데 어머니가 아니었다. '누군데…….' 하는 생각이 순간 머릿속에서 스쳐 지나갔다.

파도가 철석거리는 소리가 들렸다. 수혁은 바닷가의 하얀 모래사장을 걸었다. 계속 앞으로 걸어갔다. 발이 아파 오기 시작했다. 발바닥이 따끔따끔 어떤 것에 연속으로 찔려 걷기가 괴로웠다. 아래를 보니 맨발인데 모래 속에 유리 조각들이 들어 있어 계속 발바닥을 찌르는 것을 알 수 있었다. 그러나, 수혁은 걸어야 한다는 생각이 들었다. 아픔을 참으면서 계속 걸었다. 뭘 어떻게 하자는 생각도 못할 정도로 아픔이 밀려왔다. 그래도 수혁은 걸어가야만 했다. 걷다 보니 주위 경치가 바뀌어 있었다. 낮은 돌담이 양쪽으로 쌓여 있는 좁은 길이었다. 제주도의 밭두렁인가 하는 생각이 들었다. 땅을 보니 모래도 아니고 진흙도 아닌 모서리가 살아 있는 굵은 돌들이 보였다. '정말 아프겠구나.' 하는 생각이 스쳤다. 그러나 수혁은 걸어야만 했다. 발에 느껴지는 날카로운 통증을 참으며 한참을 계속 걸었다. 걷다 보니, 바다 위에 자갈들이 드러나 있는 기다랗고 얕은 둔치를 걷고 있음을 깨달았다. 둔치 양쪽으로 파도가 넘실거렸다. 파도가 발밑까지 차오를 때마다, 수혁은 바다에 빠질까 봐 공포감이 들었다. 수혁은 그래도 참으며 걸어야만 했다. 순간 발의 통증이 사라졌다. 내려다보니 하얀 운동화가 발에 신겨져 있는 것이 보였다. 앞을 보니, 수평선 너머 아득한 둔치길 마지막엔 제주 오름같이 불끈 솟아오른 언덕이 있는 것으로 느껴졌다. 수혁은 계속 걸어갔다. 걸어가는 중에 '웬 쓰레기통?'이란 생각이 드는 커다란 통이 옆에 있어 안을 들여다보았다. '쓰레기인 줄 알았는데 쓰레기가 아니네.' 하는 말소리가 머릿속을 스치며, 하얀 주머니로 된 선물 보따리란 마음이 드는 무엇인가가 통 안에 보였다. 수혁은 그것을 끄집어 내어 오른손에 들고는 다시 걸었다. 걷다 보니 언덕이 나타났고, 올라가니 마치 성벽 위인 것처럼 느껴졌다. 둥글게 원형을 이룬 듯한 성벽은 낙안 읍성같이 느껴지기도 하고, 수원 화성같이 느껴지기도 했지만, 어디에도 성문은 존재하지 않는 것이, 원형으로 테만 두르고 있어 '어떻게 사람들이 드나들지?' 하는 혼자 생각을 해야만 했다. 원을 이룬 성벽 내부엔 발 아래 바닷물들이 시커멓게 넘실거리고, 성벽 바깥에는 아무것도 아직 생겨나지 못했다는 느낌이 들었다.

갑자기 '주머니를 풀어 봐요!' 하는 소리가 머릿속에 울렸다. 누군지는 알 수 없는, 부드럽고 맑은 여자 목소리가, 두 손을 모으고 속삭여 주듯이 수혁의 오른편 귓가 쪽에 들리다가 순간 사라졌다. 수혁은 그 때까지도 오른손에 들고 있던 것이 무엇인지 까맣게 잊어버리고 있었다. 여자 목소리에 정신을 차리고 오른손에 든 주머니를 푸니, 안에서 꿀벌 같기도 하고 개미 같기도 한 곤충들이 무리를 지어 나왔다. 한도 끝도 없이 계속 나온다는 느낌이었다. 어느 쪽으로 보면 빨간 빛이 돌고, 한편으론 황금빛으로 반짝이는 것들이다. 유심히 관찰하다 보니 '어, 유 사장 물고기 색깔이네!' 하는 글귀가 떠오르며 머릿속을 스치고 지나갔다. 이것들이 날기도 하고 기어가기도 하면서 열을 지어 성벽 안쪽으로 여기저기 돌아다녔다. 바닷물 위를 기어가도, 전혀 지장을 받지 않고 씩씩하게 열을 짓던 곤충들은, 성벽 안쪽 전체로 퍼져 도로망 같기도 하고 개미집 같기도 한 무엇을 열심히 만들어 나갔다. 수혁이 보기에 창대하기도 하면서, 어딘가 엄숙함이 감도는 황홀한 광경이었다. 셀 수 없이 많은 곤충들이 열을 지어 다니는 모습은, 멀리서 보면 빛줄기들이 파도를 이루며, 바다 위에서 환히 밝아지는 부분이 있으면 연이어 조금 어두워지기도 하는 것이, 심장 맥박에 맞추어 강약이 조절되는 것처럼 보였다. 마치, 아주 미세한 LED 소자들이 끊임없이 움직이면서, 단순히 일렬로 줄이 세워진 것이 아니고, 어딘가는 뭉치를 이루어 힘이 주어졌다가 다시 굵기가 가늘어지며 힘이 빠지기도 하고, 박자에 맞추어 점멸을 반복하는 듯했다. 전체적으로 보면 이런 빛무리진 띠들은, 시커먼 바다의 물결치는 파도 위에 아름다운 부정형의 도형들을 어지럽게 아로새긴, 거대한 미스테리 서클들인 것처럼 느껴졌다. 여러 종류의 만델브로트 집합[67] 같은 이 복잡한 미스테리 서클들은, 원형 성벽 너머 아무것도 존재하지 않는 곳을 향해 점점 더 확장되어 갔다. 빛무리들이 물결치는 바다 표면을 환히 비추며 성벽에 닿게 되자, 성벽은 완고함을 포기하고 유연한 조직체 모양 흔들리기 시작했다. 빛무리의 맥박에 맞추어 부풀어 오르기도 하고 수축하기도 하면서 호흡을 가다듬더니 여기저기 개구부들이 생겨났다. 곤충 무리의 빛줄기들이 통과할 게이트들이 성벽에 만들어진 셈이다. 순간 수혁의 머릿속에 '됐다!' 하는 생각이 스치고 지나갔다. '이제 뻗어갈 거야.'라고 중얼거리며 편안한 마음으로 바라볼 수 있었다. 빛무리 도형들이 성벽 너머도 뒤덮기 시작하자, 뒤따라서 바닷물도 게이트를 통과해 성벽 바깥으로 넘쳐흐르며 영역을 확장해 나갔다. '흘러넘치는구나.' 수혁은 흐뭇한 생각이 들었다. '제한 없이……, 자유롭게.' 수혁은 자신의 마음이 차갑게 시원해짐을 느꼈다.

67 만델브로트 집합(Mandelbrot Set) 이 집합에 대한 이론적 배경은 광범위한 부분에 걸쳐 있다. 대략 '프랙탈 차원', '카오스 이론', '축척의 무한 재반복인 자체 유사성' 등등인데, 여기서 주목하는 것은 '만델브로트 집합'으로 불리는 여러 도형들의 감탄할 만한 아름다움이다. 모두 컴퓨터 반복 연산으로 그려진다.

원형 성벽 바깥으로는, 흘러넘쳐 새로 생긴 바다의 수평선이 암흑의 하늘 아래 점차로 펼쳐지며 자신의 길이를 늘이고 있었다. 그러자마자, 새로 만들어져 물결치는 바다 한 귀퉁이에서, 한 점의 소용돌이가 생겨나며 바닷물들이 계속 그곳으로 빨려 들어가는 것이 보였다. 사방으로 흘러넘치며 영역을 확장하던 빛무리 미스테리 서클들이, 이 소용돌이 영역의 거센 흐름에 도달하게 되자, 휩쓸리지 않으려 필사적으로 저항한다는 기분이 들었다. 자연스레 발광하던 빛들이 점차 약해지며, 만델브로트 집합들의 형태가 경직되면서, 소용돌이 쪽을 마주 바라보는 방향에서만, 견고한 제방같이 딱딱한 느낌의 기다란 굵은 직선의 입체가, 둥근 성벽 안에서 바깥으로 화살처럼 삐져나오기 시작했다. 그것을 본 수혁은 걱정이 들었다. 저 견고함이, 저 혼자서 뻗쳐 나간 딱딱한 직선이, 빛의 미스테리 서클이 이룬 전체의 거대한 조화를 깨고 있다고 확연히 느껴졌다. 저 소용돌이가 바로 빛의 확장을 막고 있다는 생각이 들었다. 이제 모든 것은 팽창하지 않고 제자리에서 약하게 숨쉬기만을 되풀이하고 있었다. 수혁은 성벽 위를 황급히 지나, 그 소용돌이 쪽으로 길게 뻗은 제방 위를 뛰어갔다. 발밑을 유심히 살피니, 곤충들은 서로를 단단히 다리로 붙들면서 제방을 만드느라 힘들게 버티는 중이었다. 수혁은 그 곤충 무리를 밟으며 일직선으로 뻗은 제방 위를 끝까지 달려가 보았다. 바닷물을 빨아들이는 소용돌이가 한없이 커서, 바다 자체를 삼키겠다는 생각이 문득 들었다. 수혁은 소용돌이 속으로 들어가 자신이 해야 될 일이 있다는 것을 깨달았다. 그는 바다에 몸을 던졌다. 소용돌이는 그를 삼키며 어두운, 빛이라곤 한 점도 눈에 뜨이지 않는 바다 밑바닥으로, 수혁을 데려갔다.

답답한 어둠만이 있었다. 숨이 막힐 것 같았다. 그러자 전체로 검은 바닷물 밑바닥에서 수혁은 희미하게 빛나는 달을 보았다. 갑갑한, 미칠 것 같은 안절부절이 조금 사라졌다. 달에게 가까이 가니 커다란 사블레[68] 과자라는 느낌이 들며, 그 달을 만지고 싶어졌다. 한편, 이 둥근 과자가 있는 저편으로, 바닷물이 계속 빨려 들어가고 있는 네모난, 밑을 알 수 없는 구멍이 깊은 바닷속에 있다는 것을, 수혁은 잘 보이지도 않지만, 머릿속에 그런 모양으로, 다른 누군가의 시각을 통해 알게 되었다. 그 구멍 때문에 소용돌이가 생겨났다는 것에 뭐라 꼭 집어서 말하기 어려운 처량한 안타까움이 수혁의 마음에 들어왔다. 안타까움이 자신을 어지럽히고 있다는 걸 연이어 느끼고 있었다. 이 사블레 과자, 아니 둥근 달로 저 사각 구멍을 막아야만 한다는 의무감이 가슴을 가득 채웠다. 둥근 원의 바깥 부분을 두 손으로 잘라 사각형을 만들어 갔다. 달이 너무 커서 수혁은 힘이 들었다. 자른 조각들을 수혁은 삼키기 시작했다. 자신이 먹어치워 잘라 낸 부분을 없애야 했다. 입안에 들어가자마자 조각은 순식간에 혓바닥에 녹아 들어가며 달작지근한 뒷맛만 남았다. 관자놀이가 조금씩 쑤셔 왔다. 수혁은 참아야만 했다. 형태가 대충 완성되자, 바닷물이 끊임없이 밀려 들어가고 있는 저 밑바닥 사각 구멍을 향해, 물살에 휩쓸리지 않으려 애쓰면서, 수혁은 사각

68 사블레(Sablé) 프랑스어 형용사로 '모래가 뿌려진, 모래가 깔린, (메달 따위가) 모래 주형鑄型으로 주조된'의 뜻을 가지며, 모래가 뭉친 것 같이 바삭바삭한 과자를 말하기도 한다. '샤브레'라 부르는 과자를 생각하면, 연상이 쉽다.

형 사블레를 두 손에 들고 물속을 비틀비틀 나아갔다. 머리가 몹시 아파 왔다. 마치 맥박에 맞추어 부풀어 올랐다 수축했다 하는 고무풍선이 된 것 같은 불쾌한 기분이었다. 소용돌이 중심으로 다가설수록, 서 있기가 힘들 정도로 몸이 흔들렸다. 커다란, 수혁도 빨려 들어갈 만한 사각 구멍에 간신히 가까이 가서, 사각 사블레를 조심스럽게 눈대중으로 맞추어 보며, '맞을까?' 하는 생각을 하고는, 구멍을 두렵게 쳐다보았다. 수혁은 몸을 내던졌다. 빨려 들어가는 바닷물에 저항하지 않고 맡겨 버렸다. 그리고 사각 구멍을 사각형의 잘려진 달로 막아 버렸다.

수혁은 잠에서 깨어나, 한동안 침대에 멍청히 앉아 있었다. 마지막에 느껴졌던 관자놀이의 통증이, 아직도 머릿속을 헤집고 있었다. 울림이 있는 꿈이었다. 두려움을 느끼는 상황으로 끝난 점이 마음에 걸렸다.

자리에서 일어나 방을 나온 뒤, 우두커니 거실 소파에 앉아 꿈 내용을 생각했다. 머릿속에서 무언가가 회전하며 섬광을 번뜩여 댔다. 수혁은 소파 옆 탁자에 내팽개쳐져 있던 스케치북을 펼치고는, 탁자 위에 손에 잡히는 필기 도구 그대로, 드로잉에 어울리는 도구이건 안 어울리건 상관하지 않고, 즉 검정 모나미153 볼펜으로 북북 그리기 시작했다. 떠오르는 이미지를 잊어버리지 않게, 감각이 살아 있을 때에 옮기는 일이 중요했다.

"아침, 안 먹어?"

고개를 돌리니, 배종삼이 객실 출입구에서 수혁을 쳐다보며 눈살을 조금 찌푸리고 말을 거는 것이 느껴졌다. 수혁은 지금 하고 있는 이 일을 차질 없이 진행하려면, 어떠한 상황도 훼방이 되리란 점을 깨달았다. 그는 혼자만의 고독이 필요했다.

"내가 알아서 할 테니까……. 알아서 먹을게. 나 오늘 여기서 일한다. 출근 없다. 마크 페린에게는 며칠 후 보자고 말해 줘."

배종삼은 수혁의 꼬락서니를 가만히 지켜보더니, 알았다고 하면서 옷 챙겨 입고는 혼자 출근했다. 배종삼이 나가니 수혁은 살 것 같았다. 아무도 신경 안 쓰면서 마음대로 그릴 수 있다는 후련함이 가슴을 채웠다.

"뭐 좀 나왔어요?"

마크 페린이 회의실 테이블 너머에서 싱글싱글 웃으며 말을 거는 것이 보였다. 수혁은 아무 말도 하지 않고 페린에게 스케치북을 내밀었다.

페린은 스케치북을 들추며 여러 장에 그려진 컨셉 스케치들을 유심히 보았다. 고개를 약간 갸웃거리면서 입가에 미소를 짓더니 허공 한 편을 곁눈질로 바라보았다. 다음엔, "아!" 하는 짧은 감탄사와 함께 양미간을 좁히며 스케치들을 쳐다보느라, 고개가 다시 아래로 처졌다. 그리고는 곧바로 수혁의 눈을 응시하는데 약간 의아스러운 눈길이었다. 꼭 표정이 '니가 어떻게 이런 생각을 해냈지?'라고 말하는 듯했다.

"이거 얘기가 되네. 되겠어."

"그렇죠? 이게 해답인 것 같아요."

수혁은 페린을 쳐다보며 미소를 지었다. 페린의 반응을 보니 어느 정도 확신은 하고 있었지만 재차 안심이 되었다. 그도 완전히 자신이 있는 상황은 아니었다. 이럴 경우, 다른 사람의 호응이 꼭 필요하다. 혼자서 처음 시작해 보는 일은 항상 두려운 법이니까.

"하하하하하. 됐어. 미스터 한, 대단하네. 어떻게 이런 생각을 해낼 수 있죠?" 페린이 크게 웃으며 수혁을 뚫어지게 쳐다보았다. 처음으로 보여 주는, 심리적 거리가 아주 가까워진 솔직한 반응이었다.

"그냥……. 꿈 꿨습니다."

꿈 꿨다는 말에 페린은 눈을 가늘게 뜨더니, 수혁이란 인간의 정체를 알고 싶어하는 듯한 표정이랄까, 순간적인 반응을 보였다. 길게 상황을 묻진 않았다.

"그래요? 하하하하. 됐어. 이젠 우리 디자이너들 후들기면 되겠어."

페린은 지금 할까 말까 궁리하는 듯한 얼굴이 잠깐 되더니 계속 말을 이어갔다. "아! 그리고, 미스터 한. 이건 미스터 한이 말한 근무 지침에 대한 말이니까. 나도 생각을 해봤고……. 우선 전번에 내가 말한 인센티브 건은 어떻게 될는지?"

수혁은 콧잔등을 오른손으로 문지르며 싱글싱글 웃고 있는 마크 페린을 쳐다보며, 자신도 가볍게 "하하!" 웃고는 대답을 했다. 좀 밉살스럽다는 느낌이 들었다. "인센티브 건도 내가 유 사장님하고 대화를 해 보겠습니다. 좀 기다려 보세요. 자, 이제부터 내 컨셉 스케치들을 설명할 테니 디자이너들을 모아 주기 바랍니다. 괜찮겠죠? 아니면 미스터 페린이 직접 설명하시는 것도 좋고……."

"오우, 노. 천만에. 미스터 한이 직접 해요. 직접 해야지. 설명은, 디자이너 모두를 모아 놓고 할 게 아니라, 로컬 디자이너Local Designer 다섯 명하고, 굿윈만 데리고 먼저 합시다. 그게 효율적이야."

마크 페린은 두 손을 휘저으며 겸양을 표시하더니, 수혁을 흡족한 얼굴로 흐뭇하게 쳐다보았다.

수혁은 자신이 그린 컨셉 스케치들을 복사해서, 새로 모인 여섯 명에게 한 장씩 나누어 주었다. 그는 구역 계획 개념도부터 먼저 펼쳐 놓고, 여섯 명에게 설명하기 시작했다.

"자아! 한눈에도 아시겠죠? 정문, 그러니까 주차장에서 테마파크로 입장료를 내고 들어오는 단 하나의 '진입 게이트'라는 개념을 없애 버린 겁니다. '게이트' 없어요."

수혁은 우선 강렬한 한마디를 던져 놓고 좌중의 느낌을 살폈다. 매니지먼트 디렉터라는 자리를 꿰차고 있는 존 굿윈John Goodwin은 곁눈질로 개념도를 쓱 한번 훑고는, 오히려 수혁보다 마크 페린의 눈치를 살피고 있었지만, 나머지 다섯 명의 로컬 디자이너들은 반응이 달랐다. 아주 진지하게 개념도를 들여다보다가, 제각기 자신이 들고 온 스케치북에 개념도를 새로 그려 가며 가능성을 하나하나 타진하거나, 메모를 하며 생각을 정리하는 모습을 보여 주었다. 개념도를 보면 다 알 수 있는데 굳이 수혁이 말로 시시콜콜하니 떠들 필요가 없었다. 그는 가차없는 질의 문답 시간이 다가오는 것을 각오하고 있었다.

질문이 시작되었다.

"주차장 다섯 곳에서, 다섯 군데의 출입구를 통해, 프리패스Free Pass

로 '진입-공유 구역'에 들어왔다가 프리패스로 나가게 되면, 너무 산만하지 않겠어요?"

"난 이렇게 만들어 놓으면 '진입-공유 구역'에 있는 상품 판매 시설과 식음료 시설의 매출이 오히려 증대될 거라 생각해요. 어쨌든, 각각의 '이벤트 존'과 '진입-공유 구역'은 최단거리 접근이 이루어지는 겁니다. 한 '이벤트 존'에서 나오는 순간, '진입-공유 구역'을 반드시 거쳐서 다른 '이벤트 존'으로 진입하게 되니, '진입-공유 구역'의 기능을 최대한으로 활성화시키는 거지요. 따라서, '정문'이 없어져서 잃는 입장료 수익을 만회하게 될 것이라 생각합니다. 게다가, 일단 거창한 '정문'이 없으니, 지나가다 한번, 별 생각 없이 들러 본 손님들도 많아질 겁니다. 그 사람들은 파크에 입장한다는 의식 없이 들어왔다가, 결국 '진입-공유 구역'에서 소비 행위를 하게 되지요. 난 오히려 '진입-공유 구역'이 굉장히 활성화될 것으로 확신합니다. 따라서 그 주위를 쭉 돌아가며 붙어 있는 '이벤트 존'들도, 덩달아 관객들이 몰리게 될 것입니다." 수혁의 답변이다.

"너무 상업적으로 보이지 않을까? 이거 입장만 프리패스일 뿐이지, 사실 굉장히 소비를 유도하는 구조라고. 정서가 없을 정도예요. 게다가 주차장을 저렇게 찢어 놓으면, 입장객들이 산만함을 느끼고 짜증나지 않을까?" 비판적인 동시에 냉소적인 질문 하나가 또 튀어나왔다. 주차장이 나뉘어 있는 점이, 디자이너가 보기엔 매우 짐스러운 느낌일 것은 수혁도 각오한 바였다.

"마스터플랜에서, 외곽 순환 도로와 주차장 사이의 유기적 연결에

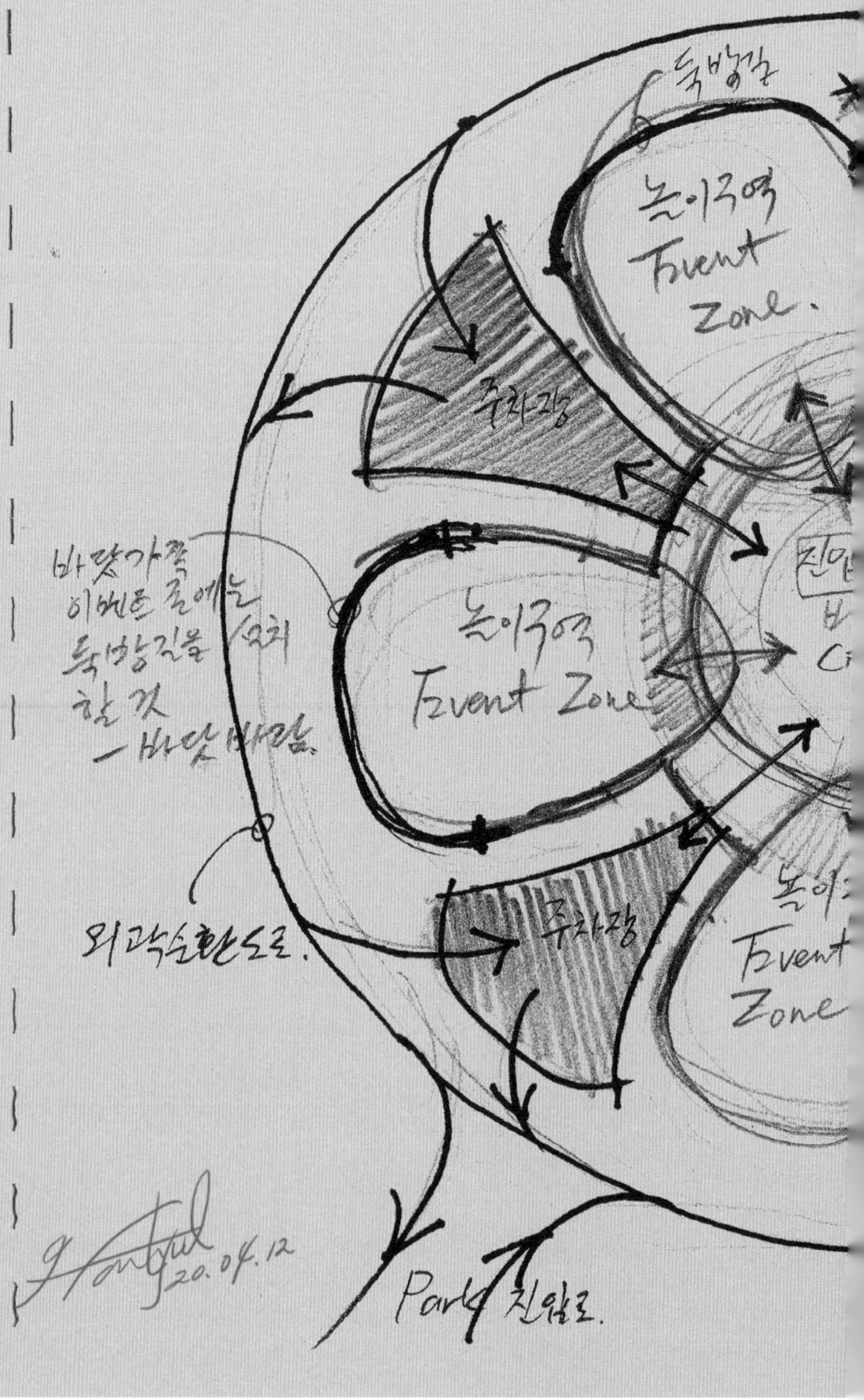

둑방길
놀이구역 Event Zone.
주차장
놀이구역 Event Zone
바닷가쪽 이벤트 존에는 둑방길을
할 것
— 바닷바람.
외곽순환도로.
주차장
Event Zone
Park 진입로.
20.04.12

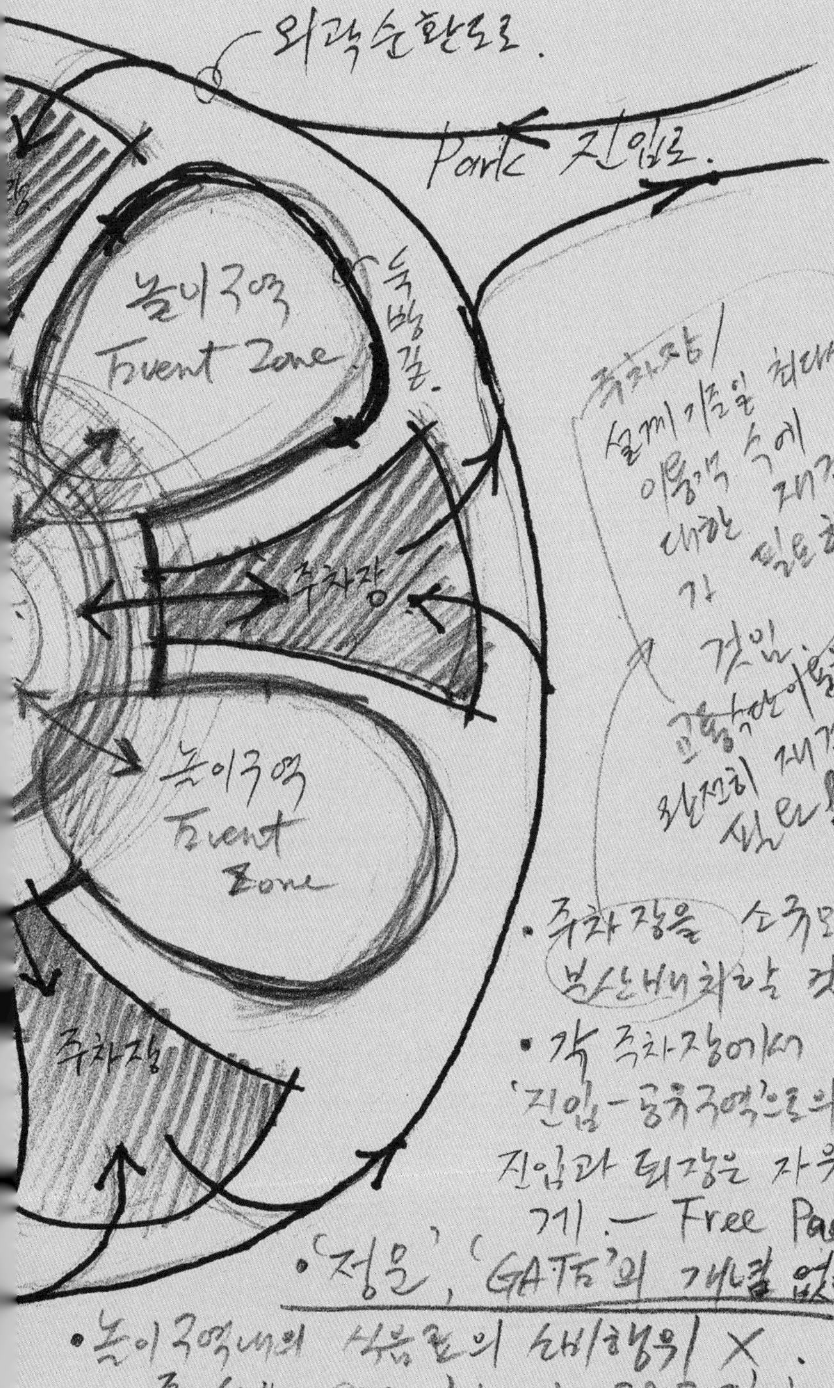


주차장/
설계기준일 최대시
이용객 수에
대한 재검토
가 필요할
것임.
교통수단이용률도
완전히 재검토
필요!

• 주차장을 소규모로 분산배치할 것.

• 각 주차장에서 '진입-공유구역'으로의 진입과 퇴장은 자유롭게. — Free Pass.

• '정문', 'GATE'의 개념 없다!

• 놀이구역내의 상품으로의 소비행위 X.
— 즉 소비는 완전히 '진입-공유구역에서

대한 설계 요소들을 면밀히 검토하고, 또한 운영 계획을 세심히 세우면 사람들 반응이 좋을 것이라고 난 확신합니다. 일단 '진입-공유 구역'으로의 입장이 프리패스라는 점이 큰 장점이에요. 입장객들의 짜증을 상쇄할 만한 장점이 될 수 있어요." 설득조에 가까운 — 결코 애원조는 아니었다 — 수혁의 대답이다.

"일반적인 테마파크 문법을 따르되, 정문만 프리패스로 만들어 보는 게 어떻겠어요? 어쨌든 주차장에서의 주 진입을 한군데로 통일하는 게 운영에 편리하단 말이죠. 지금 이 개념은 너무 모험적인 것 같아." 왜 이 지적이 나오지 않는가 의아해하고 있는데, 마침내 튀어나오고야 말았다.

"그러면, 테마파크로서의 기능은 사라질 수가 있어요. 정문을 프리패스로 들어온 다음에, 고가 면세품 상가 같은 곳에서 쇼핑만 하고 사라질 사람들이 부지기수일 겁니다. '진입-공유 구역'에서조차도 단순한 쇼핑몰 기능만 남게 되기가 쉬워요. 게다가 '이벤트 존'으로의 동선 유도는 반드시 실패하게 됩니다." 수혁의 답변은 계속되고 있었다. 마음속으로 논리를 잃지 않으려고 애쓰는 중이었다.

"그러면 각 '이벤트 존'들마다, 아니면 각 놀이 시설마다 입장료를 따로 받게 되나요?"

"그렇게 해도 되고, '진입-공유 구역'에서 각 '이벤트 존'들을 자유롭게 돌아다닐 수 있는 자유 이용권을 판매하는 방안, 아니면 각각의 '이벤트 존' 놀이 시설 모두를 대상으로 하여, 이용객 자신이 즐기고 싶은 놀이 기구 몇 종류를 한꺼번에 선택하게 한 뒤, 입장료를 지불하게 하는 방안, 여러 가지 프로그램을 운영할 수 있다고 생각합니다. 입장료 받는 일이 그렇게 복잡하지 않을 수 있습니다. 프로그램은 만들기 나름이에요."

"다듬어 보자고. 개념은 가능할 것 같아. 재미있는 개념이야! 그렇잖아?" 마크 페린이 옆에서 훈수를 두어 주었다. "오히려 내가 우려스러운 것은 디자인 작업이야. 우리가 새로 다 만들어 나가야 된다고. 당장 랜드마크는 어떻게 할 것인가. 랜드마크 주변에 광장이라고 불러볼 만한 여유 공간을 만들 수 있을까. 피크타임Peak Time 때에 사람이 지나치게 몰리면, '진입-공유 구역'에서의 혼란은 어떻게 막을 수 있을까. 그렇다면 '진입-공유 구역'의 면적은 어느 정도를 잡아야 과연 적당할까. 이 새로운 개념도에선 아직 기준이라곤 없다. 스트리트의 모습은 어떤 식으로 만들어야 할까. 또한, 이벤트 존의 대대적 확장이 필요할 경우 외곽 순환 도로, 아니면 주차장과의 구역 경계 재설정은 어떻게 할 것인가. 최초 마스터플랜에서, 향후 파크 발전에 대한 대처 방안까지가 새로이 나와야 한다. 그런 점들이 난 오히려 걱정이야." 훈수를 두어 주는 척하면서, 끝에 가선 결국 매섭게 한 방 정도가 아니라 연타를 먹이는 마크 페린이었다.

"랜드마크는 '진입-공유 구역'에 놓아야지요." 수혁의 황급한 답변이 재빨리 이어졌다.

"둘러싼 '이벤트 존'들이 심하게 가릴 텐데?" 마크 페린의 느긋한 말투의 지적이 계속되었다.

"디자인 작업으로 조정할 수 있습니다. 가령 다섯 군데의 '이벤트 존'들 중, 두 군데 정도는 전체 지반 높이를 낮출 수도 있어요. 그 경우조차 대단히 땅 안 파도 가능합니다. 보통의 테마파크라고 해도, 랜드마크 전체가 훤히 보이는 것은 아니잖아요?" 안간힘을 쓰면서 답변을 만드느라 정신없는 수혁이었다.

마크 페린은 수혁의 꼴을 보면서 싱글싱글 웃었다.

"하하하. 땅을 조금만 파면 된다고?" 한마디 툭 던지더니, 자리 옆으로 앉아 있는 수혁의 어깨를 왼손바닥으로 탁탁 치면서 다른 로컬 디자이너들에게 말했다.

"이걸로 가는 거야! 이만큼 새로 만들기도 쉽지 않아! 모든 건 만들기 나름이야! 이제부턴, 다른 컨셉 스케치들을 보면서 품평해 보자고. 이 친구, 진땀 좀 나게 말이지. 핫하하하."

마크 페린의 말에 다섯 명의 로컬 디자이너들은 가볍게 고개를 끄덕이더니, 각자 다른 데를 쳐다보며 딴전을 피워 댔다. 수혁의 제주테마파크 개념도가 일단 수용된 것은 확실한 것 같았다.

수혁은 자신이 그린 컨셉 스케치들을 가지고 다음 순서를 밟아 나갔다. 로컬 디자이너들은 이제, 그의 설명을 꽤 열심히 듣는 눈치를 보이고 있었다.

## 20

성 중사는 비밀 창고의 내부를 야간 투시경을 통해 살피기 시작했다. 모든 것이 똑같았다. 특수전과학화전투훈련장(USSOSTC)에서 보았던 미군의 모의 훈련 시설하고 완벽하게 일치했다.

성 중사는 북 와지리스탄 현지에 잠입한 이후, 탈레반의 동굴 진지까지 행군로의 주위 배경들 변화를 유심히 살피면서 특전대원들과 작전을 진행했다. 미국 네바다주, 쇼숀산맥(Shoshone Mts.)과 토이야베산맥(Toiyabe Range)에 걸쳐 설정된 훈련용 행군로들의 배경보다, 와지리스탄의 실제 작전 지역은 더 깎아지른 듯 험준하고, 더욱 황량하고, 계곡은 떨어지면 지옥의 입구라도 기다리고 있을 듯, 끝간 데 없어 보이기만 했다. 하지만 막상 침투로 자체의 방향과 경사도는 비슷하여, 미군 측의 작전 시뮬레이션이 얼마나 정교하게 사전 프로그램되었는지를 새삼 깨닫게 해주었다. 즉 행군 자체의 느낌은 거의 똑같았다. 임무지원지점으로 확보해야 할 탈레반의 전초기지는 완전히 동일했다. 토담집 두 채의 내-외부 형태나 그 앞에 펼쳐진 완경사지, 배후의 절벽 형태 모두가 훈련 때와 동일하여 손쉽게, 작전은 마치 몇 번 가봤던 서바이벌 게임장에서 익숙한 전쟁놀이를 즐기듯이 진행되었다. 물론, 대원들의 긴장감이야 이루 말할 수 없을 지경이긴 했지만 말이다. 전초기지 도달 직전에 암매설된 IED와 대인 지뢰의 지표면 위치들도 동일했다. 야간 투시경에 나타나는 증강현실 정보에 의존하여, 성 중사와 특전대원들은 발길을 내딛기만 하면 되는 상황이었다. 탈레반 동굴 진지에 오기까지 대원들에게 요구되는 능력은, 사실상 작전 자체의 해결 능력이라기보다, 군장을 매고 40킬로미터가 넘는 산악 급경사지를 쉬지 않고 급속 행군할 수 있는 지칠 줄 모르는 체력과 인내심, 그리고 산악 지형에 익숙한 신체 근육의 운동 능력이었다.

천장이 대형 트러스들로 이루어진, 엄청나게 넓은 영화 스튜디오 같던 대공간에, 모의 훈련 시설로 만들어졌던 표적지점, 바로 그 동굴 진지에 도착한 이후의 상황들은 더욱더 기적 같았다. 침투 장소 두 곳, 유개호와 위장 벙커 시설은 말할 것도 없고, 동굴 진지 내부의 모든 상태, 섬세한 느낌과 미세한 형태까지도 모의 훈련 시설과 완전히 일치했다. 야간 투시경에 투사되는 3D 증강현실 정보와, 이글 스캐너의 현재 적 위치 투시 정보를 조합하여 상황을 탐지하니, 적 탈레반들에 대한 기습 작전은 작전명 '오퍼레이션 나이트 고스트' 그대로, **밤의 유령**들이 움직이듯 은밀하고 조용하게 진행되었다. 모의 훈련에서보다, 진짜 탈레반들의 군기는 더욱 심하게 풀어져 있었다. 10여 차례에 걸쳐 반복된 모의 훈련 때마다 매번 죽음에서 새로이 부활하며, 특전대원들과 성 중사를 괴롭히던 가짜 탈레반 친구들보다, 훨씬 더 얌전하게 잠자면서, 거의 쥐 죽은 듯이 조용히 진짜 탈레반들은 죽어 갔다.

훈련장의 미 특수부대 위장 대항군들은, 성질머리들 고약하여 죽어야 될 상황에서도 덤벼들기 일쑤였다. 그중에서도 첫 번째 모의고사 때 악명을 떨쳤던 '촬스'란 친구는, 10회의 훈련 중 광산 갱도뿐만이 아니라 어떤 출입구를 통하든지 6회나 혼자서 탈출을 해내어, 작전 실패의 오명을 연속으로 대한민국 특전대원들에게 뒤집어씌웠다. 그것도 6회 모두 다 판단이 애매모호한 상황을 연출해 내니—아주 말이 안 되는 건 사실 아니었다—대원들에게는 정말 눈에 가시 같은 '웬수'였다. 사실은 죽은 건데 아직 산 거라고 나중에 변명할 수 있는 건수가 하나씩은 반드시 있었다. 그 기분이야 이해는 되지만, 어쨌든 스티븐슨 대령은 촬스의 변명을 받아 주면서, 콧수염을 씰룩거리며 이빨을 드러내고 웃기만 하니, 그때마다 성 중사 옆에 선 정 하사는 이를 빡빡 갈아붙이며, 촬스를 향한 다음 번 복수전의 결의를 다져야 했다. 성 중사는 촬스와 정 하사 둘이서 벌이는 치열한 신경전을 바라보며 속으로 언제나 웃음을 참고 있었다.

지금 이 순간, 동굴 진지에서의 사살 방식은 사실상 석공 공격으로만 행해지는 중이다. 훈련 중 5회는 K-7 기관단총으로, 5회는 석궁 공격으로 이루어졌는데, 석궁 공격의 은밀성과 그에 따른 안전성이 작전 개념에 더 근접한다는 작전 운용 분석 결과가 나왔다. 대신 동굴 진지 내에서의 작전 시간은 2시간에서 3시간 30분으로 연장되었다. 서두르지 않고 완전히 적을 섬멸하여 어떠한 흔적과 징후도 남기지 않은 다음, 죽은 탈레반들의 옷을 벗겨 입고는 동굴 진지에서 천천히 걸어나와, 근처 주민들이나 탈레반 병사들인 것처럼 위장한 채, 05시 경부터,

즉 새벽에 최대한 자연스럽게 삼삼오오 떼를 지어, 임무지원지점까지 이동하는 것으로 계획 변경되었다. 그 결과, 눈에 어색하게 띄지 않을 정도로, 완급 조절된 행군 속도를 모의 훈련하기도 한 특전대원들이었다. 군사 위성에서 탐지한 결과, 05시00에서 06시00 사이, 다른 지역에 숨어 있는 탈레반 병사들이 주둔지 경계 너머 탈레반 타지역(밤의 유령 작전 지역)까지 넘어 들어가는 경우는 없었고, 따라서, 임무지원지점인 전초기지의 적 제거가 이미 이루어진 상황에서 지나치게 서두르며 이동할 필요는 더욱이 없었다. 06시경에 후송 헬기에 몸을 실으면 그만이었다.

동굴 진지 내에선, 적의 저항을 의식하여 일찌감치 퇴로를 차단하느라, 서둘러 무리하게 기관단총의 사격 예정선을 형성할 필요가 없어졌다. 따라서 광산 갱도로 통하는 비밀 창고의 우선적 점령도 아울러 그 필요성이 사라져 버렸다. 차근차근 석궁으로 적을 섬멸하다가, 탈레반 핵심 인물들의 은거지 구역을 공략하기 바로 직전, 우회로로만 순차적으로 비밀 창고를 점령하면 그만이었다. 그만큼 석궁 공격의 이점이 많았다. 바로 이 순간에도 석궁 공격으로, 깊은 잠에 빠진 탈레반 병사들은 저항다운 저항 하나도 없이, 조용히 사살되었다. 석궁의 화살은 적의 죽음을 확인한 후 곧바로 제거되기에, 특전대원들의 어떠한 흔적도 남을 길이 없었다. 나중에, 아군 시체만이 즐비하게 널부러져 있는 동굴 진지로 무심코 들어와, 그 광경을 마음의 준비 없이 맞닥뜨릴 탈레반들에겐, 소름끼치는 공포밖에는 느낄 수 있는 다른 감정이란 존재치 않을 일이었다. 그야말로 '죽음의 유령'이 지나간 것 같은 두려움이다. 따라서 석궁은, 차후에 이루어질 수도 있는 적의 저항 의지와 복수심의 예봉銳鋒을 꺾어 버리는 예방 효과에, '오퍼레이션 나이트 고스트'로 불리는 이 특수전에서, 승리라는 최우선적인 목표를 달성하기에도 가장 어울리는 효율성을 가진 타격 무기로서 인정되었고, 작전 결과에 따라 가장 특별한 성과로 기억되기에 이르렀다.

스티븐슨 대령은 김인식 대령과 작전에 대한 전술적 토의를 하는 시간에도 한 손에는 석궁을 들고 만지작거리는 버릇이 생겨 버렸다. 자기가 석궁 공격을 먼저 제안했다는, 으쓱함과도 같은 일종의 자랑을 마음에 가지게 된 모양이었다. 대원들에게 석궁 쏘는 법을 배운 후엔, 식사 시간 직후 쉬는 시간에 혼자서 쏴 보는 일이 취미가 돼 버릴 정도로 대령은 석궁에 열심이었다. 아무래도, 한국에서 개발된 이 석궁, 자그마해서 휴대가 간편하지만 위력은 3백 파운드짜리하고 맞먹는 이 강력한 석궁을, 미 특수 부대용으로 수입할 심산인 것이 분명해 보였다.

성 중사의 귀에 소음기에서 나오는 가벼운 "퍽, 퍼억." 하는 소리가 들렸다. 옆방의 남은 탈레반들이 총기로 사살되는 소리였다. 어떤 상황인지는 모르겠지만, 계속 석궁으로만 공격하다가 마무리는 K-7 기관단총으로 재빨리 이루어지고 있었다. 적의 총기 소음이 전혀 들리지 않는 걸 보면, 적의 대항 없이 그대로 사살되는 성공적인 작전 마무리 같았다. 야간 투시경의 정보와 과학화전투훈련장의 모의 훈련이 없었다면, 제아무리 무적을 자랑하는 특전대원들이라지만, 그래도 꿈꾸기 어려운 완벽한 승리였다. 무슨 일이 일어났는지 제대로 파악조차 하지 못하고 탈레반들이 저세상으로 갔으니 망정이지, 본격적인 전투가 벌어졌다면 특전대원들도 심각한 피해를 입을 수밖에 없는, 그들은 굴복하지 않을 적군이었다. 전쟁터에선, 적을 먼저 죽이느냐, 아니면 내가 죽느냐의 두 갈래 갈림길만 존재했다. 지금까지 경상자 두 명만이 발생한 기적 같은 승리였다.

성 중사의 임무로서, 광산 갱도와 비밀 창고에 대한 폭파 파괴가 훈련 중 잠깐 논의되기도 했었지만, 그냥 모든 것을 내버려 두고, 창고의 자루 속 물건만 하나 가져 나오기로 작전은 정리되었다. 모두가 죽어 있는 동굴 진지를 무심코 맞닥뜨렸을 때, 스멀스멀 목격자의 심장을 적셔 줄 정적 속에서의 공포감이 그 이유였다. 탈레반 병사들에게, 그들의 적이 얼마나 그들보다 우월한 힘과 능력을 가지고 있는지를, 그들의 눈을 통해 직접 확인하게 해주자는 의도였다. 또 다른 이유로, 완전한 파괴를 위한 폭약 설치는 너무 시간이 오래 걸리고, 그러지 못한 적당한 선에서의 절충은, 다시금 광산 갱도의 재건이라는 결과를 가져다줄 것이 분명하기에, 파괴에 연연하지 않았다. 또한 가장 중요한 비파괴 이유가 있었으니, 바로 작전을 마친 한국군 특전대원들의 안전이었다. 폭발음은 동굴 진지를 뚫고 나와 틀림없이 다른 탈레반 주둔 지역까지 순식간에 퍼져 흐를 터였다. 이런 불리한 조건을 감수하면서, 적군이 몰려오기 전 특전대원들의 빠른 무사 귀환을 가능케 하려면, 동굴 진지와 매우 가까운 최전선最前線까지로 후송 헬기의 착륙 지점을 밀어붙여야 하는 전술적 무리수를 강행해야 한다. 그렇다면 '오퍼레이션 나이트 고스트'의 전략적 의미는 퇴색하게 되는 것이 분명하다. 어차피 자루 속 물건이 무엇인지만 확인하면, 탈레반의 군자금 조달 커넥션은 완전히 끊을 수 있기 때문에 무리할 필요가 없었다. 시장에 참가하지 못하는 상품은 아무 쓸모없는 것이 아닌가!

성 중사는, 지금까지 열 번은 연습해 온, 비밀 창고 벽에 걸린 선반으로 다가가 포대 자루를 끄른 후에 속에 있는 물건 끄집어 내기를 다시 반복하기 시작했다. 본 작전 상황이 조금이라도 불완전한 면을 보이는 경우 — 실패라고 말하긴 뭐하다 — 그의 임무는 근접항공지원의 새로운 표적지점들, 후송 헬기의 새로운 LZ(Landing Zone), 필요시 각종 지원 화물들의 DZ(Drop Zone) 등을 스스로 개척해야 했지만, 이렇게 작전이 성공적으로 끝나 가니, 할 일이 확 줄어 버린 성 중사는 전우들이 고맙기만 했다. 선반 위의 포대 자루들은, 과학화전투훈련장의 가짜 모사품 포대 자루들보다, 숫자도 적고 자루의 크기는 더욱 빈약했다. 그저 한 여덟 자루 정도가 선반들 위에 띄엄띄엄 놓여 있었다. 그러나 실제 포대 자루 하나를 들어보니, 모의 연습 때의 자루들보다 엄청나게 무거웠다. 성 중사는 자루를 끄르고 힘들게 들어 올려 속에 있는 것을 바닥에 쏟아부었다. 야간 투시경의 푸른색 영상 속엔 별 특징 없는 넙적한 돌덩어리들만 잔뜩 나타났다.

"성 중사님. 사살 작전 완료입니다. 깨끗하게 처리되었습니다."

성 중사의 귀에 방음 헤드셋을 통해 울려 나오는 특전사 정 하사의 목소리가 들렸다. 뒤를 돌아보니, 하얀 이빨을 드러내며 시원하게 웃고 있을 얼굴이 장비들로 가려진 채로 비밀 창고에 들어오고 있는 정 하사와, 특전대원 두 명의 모습이 투시경을 통해 눈으로 들어왔다.

"완료되었나? 그럼 나가자고." 바닥에 떨어져 있는 돌덩어리 중 하나를 방탄복 조끼 속 군복 앞주머니에 넣으며, 성 중사는 곧바로 나갈 것을 말했다.

정 하사가 고개를 갸웃하더니 다시 입을 열었다.

"그게 뭡니까?"

"글쎄. 그냥 돌덩어리 같은데……. 어쨌든 하나 가지고 오라 했으니 가지고 가야지." 성 중사는 간단히 대답했다.

"하나만 말입니까? 그러지 말고 우리도 하나씩 가지게, 몇 개 더 가지고 가는 게 어떻겠습니까? 작전 기념으로 말입니다."

"그래? 그러지 뭐. 열 개 정도씩 무겁지 않게 작은 것으로만 추리자고."

성 중사와 정 하사, 그리고 다른 대원 두 명은 각자 자루를 풀어, 여남은 개 정도씩만 추려서 재빨리 배낭 속에다 넣었다. 이들은 중대에 합류하기 위해 서둘러 발길을 옮길 필요가 있었다.

"성 중사. 나와 스티븐슨 대령 것도 잊지 말게."

고고도高高度 무인 정찰기와 군사 위성으로 실시간 연락되고 있는, 아프가니스탄 바그람 미 공군 기지에 임시로 마련된 특전지휘소(SFOB) 지휘통제실로부터 출발한 느닷없는 한 마디가, 성 중사의 귀 안으로 날아들었다.

"예. 충성. 알겠습니다. 40개 정도 될 테니, 대원들과 대령님 두 분들에게 하나씩 돌아가도 충분합니다."

"알았네. 수고했네. 남은 철수 잘 해내길 바라네."

"예. 알겠습니다. 충성."

성 중사와 정 하사는 옆방(탈레반 핵심 인물들의 은거지)의 특전대원들과 합류했다. 쓰러져 있는 탈레반 병사들의 옷들을 벗겨 걸쳐 입고, 동굴 진지 밖으로 가볍게 뛰어가기 시작했다. 배낭의 무게가 전보다 조금 무겁게 느껴졌다.

04시 48분. 아직 새벽은 찾아오지 않았고 밤이 어두운 상태였다. 11월 초, 북 와지리스탄의 험준한 산맥은 바람이 매섭기만 했다. 아직 눈이 오진 않고 있어서 행군에 지장 없었고, 군복 위에 탈레반 복장을 뒤집어쓰고 뛰어가고 있는 대원들에게는, 추위조차도 조금 덥게 느껴질 정도의 온도에 불과했다. 성 중사는 긴장을 놓고 있지는 않았지만 마음은 가벼웠다. 대원들 중 전사자는 없었고 행군이 힘든 정도의 부상자도 없다는 점이, 주위의 전우들 얼굴을 밝게 해주고 있었다. 덕분에, 철수하는 행군의 모든 발걸음들이 가볍게만 움직여 나간다는 것을 성 중사는 느끼고 있었다. 훈련한 성과가 그대로 나타난 작전이었다.

05시 52분. 임무지원지점인 전초기지가 성 중사의 시야에 마침내 들어왔다. 그와 동시에, 헬기 4대의 검은 그림자가 깊고 깊은 검푸른색으로 아련히 어슴푸레해지는 하늘을 배경으로 그들의 자취를 드러내며, 전초기지의 너른 완경사지로 점차 다가오고 있었다. 이 시커먼 네 마리의 거대한 독수리들은 성 중사에겐 구원하러 온 천사의 날개로 여겨졌다.

헬기들은 협곡에 붙어 근접 비행하며, 파키스탄 공군의 레이다망을 피하는 초저공 야간 비행을 아프간-파키스탄 국경부터 줄곧 지속해 와야 했다. 지상에서 15미터와 20미터 사이를 유지하는 포복 비행[69]을 야간에, 그것도 협곡 사이사이를 누비며 실행했으니, 대담한 항공 철수 작전이다. 기체機體는 미 육군 제160특수항공연대[70]의 MH-60K 블랙호크Black Hawk였다. 성 중사와 다른 한 명의 CCT 대원은 헬기들에게 열적외선 그린 라이트로 섬광 신호를 보내 자신들이 아군임을 알렸다.

"ㅌㅌㅌㅌㅌㅌㅇ ㅌㅌㅌㅌㅌㅌ……."

로터 날개의 낮은 회전 소리와 함께 자욱한 흙먼지를 일으키며, 블랙호크들이 차례로 착륙했다. 대원들은 일제히 헬기를 향해 결사적으로 뛰어갔다. 블랙호크의 기관총 사수 옆에 있던 미군 구조 대원들이 병사 칸으로 나와, 한 명은 헬기에서 뛰어내려 엄호를 하고, 다른 한 명은 열린 문에 엎드리고 서서 손짓을 하며 대원들에게 빨리 타라고 독촉했다. 성 중사가 그중의 한 블랙호크로 뛰어 다가서자, 구조 대원은 성 중사의 손목을 잡아끌어 올리며 헬기에 타는 것을 도와주었다.

"퍽킹 오퍼레이션Fucking Operation! 굿잡Good Job!"

긴장한 얼굴이면서도 성 중사에게 격려를 잃지 않던 미군 구조 대원은, 헬기에 타는 다른 특전대원들에게도 같은 말을 반복하고 있었다.

---

69 포복비행(Nap of Earth : NOE) 지면에 붙어 비행하는 것이 마치 병사가 낮은 포복으로 기어가는 느낌이라는 점에 착안하여 붙인 비행술 명칭이다.

70 제160특수항공연대 160th Special Operations Aviation Regiment(Night Stalker) 특수전 전문 헬기 부대로 특수 부대의 날개로 활약한다.

블랙호크는 아직 어두움에 휩싸여 있는 협곡 밑바닥을 훑듯이 낮게 비행하며, 시속 130킬로미터 저속으로 아프간-파키스탄 국경을 향해 나아갔다. 국경까진 65킬로미터, 약 30분의 비행 시간이 필요했다. 무사히 미군의 바그람 공군 기지로 귀대하려면 약간의 운이 필요한 시점이다. 성 중사는 두 눈을 감고 무사 귀환을 기원하며, 헬기의 로터 소음과 진동을 온몸으로 느끼고 있었다.

비밀 창고 옆 핵심 인물의 방에서 탈레반 병사의 윗옷을 걸쳐 입던 중—급히 입느라 자세히 살피진 못했지만—과학화전투훈련장의 모의 훈련 시설로 지어진 핵심 인물 은거지, 바로 그 방에서 보았던 벽에 남은 흔적들(바로 대못을 때려 박은 듯한 구멍들, 선반이 달렸던 흔적들)이, 동일한 위치, 동일한 형태로, 이곳 북 와지리스탄 동굴 진지의 방에도 보이는 것을 성 중사는 생각하지 않을 수가 없었다. 동굴 진지 형태 자체야, 군사 위성이나 무인 항공기로 투시와 3D 스캔 작업을 통째로 할 수 있는 기술을 개발하여 어떻게 만들었다 치자, 흙벽 표면에 남은 미세한 흔적들이 어떻게 그렇게 동일할 수 있단 말인가? 비밀 창고 전자 자물쇠의 제작 업체와 기종은, 와 보지도 않고 어떻게 알아낸다는 말인가? 과학화전투훈련장의 동굴 진지도 여기 북 와지리스탄의 동굴 진지만큼이나 현실일 수 있다는 생각이, 성 중사의 머릿속에서 끊임없는 의문으로 뭉게뭉게 피어오르고 있었다.

"아니 이게 뭐야! 이거 굉장히 좋은 거 아냐? 야, 씨! 이럴 줄 알았으면 왕창 가져 나오는 건데. 이거 돈 될 것 같은데. 아이, 씨이……."

옆에 앉아 있는 정 하사의 입에서 비명 같은 넋두리가 튀어나와, 성 중사는 급하게 눈을 뜨고 정 하사 쪽으로 고개를 돌려야만 했다.

"왜 그래, 정 하사? 무슨 일이야?"

성 중사의 말에 정 하사는 얼른 대답을 하지 못했다. 손아귀에 쥔 무언가를 보는 데에 정신 팔려 있었다. 주변의 특전대원들도 정 하사의 큰소리에 다들 놀란 눈치였다. 그들도 눈을 동그랗게 뜨고 정 하사만을 쳐다보았다.

"성 중사님. 이거 한 번 보십쇼. 왜, 비밀 창고 자루에서 가져나온 거 말입니다. 이거 정말 범상치 않은 거 같습니다."

정 하사가 손에 쥐어 주는 것을 받아 들고, 성 중사는 무슨 소린가 싶어 들여다보았다. 순간, 험준한 산맥 사이를 뚫고 나와 여명의 시작을 알리는, 호박 색깔 같은 부드러운 여린 햇살 한 조각이, 헬기의 창문 너머로 대원들의 윤곽을 도드라지게 하기 시작했다. 성 중사는 자세히 보고 싶어, 정 하사가 건네 준 그 조그만 돌덩어리를 햇살에 비추어 보았다. 선홍색鮮紅色 표면을 가진 별도의 조각들이 두 군데 정도 돌덩어리 속에 박혀 있었다. 돌덩어리 자체는 평범해 보이는 갈색과 연한 회색빛의 불투명한 재질이었다. 돌덩어리에 햇살이 비추어지니, 선홍색 부분들에서 붉은 광채가 번지듯 흘러나왔고 전체를 불사르듯 찬란히 물들여 갔다. 블랙호크의 강한 진동으로, 핏빛 광채는 떨리는 잔상을 남기며 성 중사의 눈으로 들어왔다.

제7부

# 재조합
# 再造合

## 21

테마파크 디자인 작업은 차질 없이 진행되는 편이었다. 수혁은 헨리 유하고 의논하여 드림밸리사 디자이너들의 인센티브 문제도 확정지었다. 인센티브 말을 듣더니 헨리 유는 사태를 이해하면서도—이미 인센티브 타령이 나올 줄 예상하고 있었다는 표정이었다—"거저 준다고 하면 안 돼."라는 짤막한 한 마디에 덧붙여, 시간 외 근무 수당을 계약보다 두 배로 올려 주겠다고 전하라며 간단하게 지시했다. 즉 밤이건 낮이건 물불을 가리지 말고 일하라는 뜻이다. 드림밸리사 디자이너들은 근무 시간에 대한 집착이 확실히 한국인 디자이너들보다 심한 편이어서, 가능하면 시간 내 일하기로 한정지으려는 경향이 강했다. 이를 누구보다도 잘 알고 있는 헨리 유이다. 두 배가 된 시간 외 근무 수당 이야기를 들은 디자이너들은 갑자기 힘이 나면서, 밤에도 남아서 일하기를 바라마지 않았다. 사실, 수혁의 테마파크 컨셉은 그들에게도 신선한 흥밋거리였다. 다들 테마파크에 관한 한은 전문가라 자처하는 작자들인지라, 정말 새로운 방법론이 도입된 테마파크가 건설될지도 모른다는 생각에 의욕적으로 일에 매달리는 점도 있었다. 새로움은 언제나 의욕을 불러일으키는 법이니까.

제주테마파크의 새로운, 바로 수혁의 컨셉에 맞추어진 마스터플랜이 발표되던 날, 탐모라디자인 회의실에 옹기종기 모여 앉은 (주)제주테마파크 관계자들과 헨리 유의 얼굴에선, 기대감에 가득 차 있는 표정이 한가득 만들어지고 있었다. 그 표정들을 보며 프리젠테이션을 하던 수혁은 얼마나 가슴을 졸였는지……. 마스터플랜 도면은, 일체의 치장이 필요 없다는 헨리 유의 약속대로, 캐드CAD로 선만 있고 일체의 색채나 표현은 빠진, 그야말로 알몸뚱이 생짜 평면이었다. 여기에 더하여, 관객 이동 동선에 따라 변화하는 '진입-공유 구역'의 각 씬Scene들을 수혁 자신이 직접 검정 모나미153 볼펜으로 그려 본 예상 스케치들과, 각 구역(Area)-존(Zone) 담당자들이 색연필로 일단 상상해 본 컨셉 스케치들이 합하여 이루어진, 커다란 스토리 보드Story Board들이 연이어 테이블 위에 죽 늘어놓여 있었다. 컴퓨터 그래픽 프로그램들을 이용한 효과 작업은 어디에도 존재하지 않았다.

막상 이런 식으로 준비를 해보니, 과정에서 느끼는 장점이 굉장히 많았다. 시간 절약은 물론이고, 헨리 유가 말하는 방식 그대로 뇌까려 본다면, 치장에 신경 쓰느라고 시간은 다 소비되고—구상보다 치장에 더 시간이 걸린다—결국 귀찮다는 생각과 쫓기는 기분이 들면, 기존에 만들어 놓은 자료들인 도표, 도면, 동선 개념도, 디자인 컨셉 설명문, 유사 사례 분석 등의 각종 소스들을 우려먹느라, 실질적으로 필요한 창조성까지도 디자이너 스스로가 일정 부분 포기하는 경우가 생기는데, 이번 PT(프리젠테이션)는 그럴 필요가 없었다. 완전히 새로운 것을 설득하려면, 완전히 새로운 설명들로 가득 채워, 기존 형식의 수준과 양 정도까지는 어쨌든 만들어 보여 줘야 할 텐데, 그게 디자이너에겐 얼마나 부담스러운 일인지……. 결국은 배보다 배꼽이 더 큰 경우가 될까 봐, 아예 스스로 애저녁에 접는 경우가 많이 발생한다. 뭐 어차피 돈벌인데 하면서! 어떠한 치장도 하지 말라는 헨리 유의 말은, 내가 너희들이 하는 일을 이해하고 있으니 그러지들 말고, 즉 프리젠테이션용 첨부물들을 잔뜩 만들어야 하니 미리 만들어 놓은 부품들을 이용해서 어떻게 하든지 공장 제품이라도 찍어야 한다는, 그런 두려움에서 벗어나, 디자이너는 자신이 생각하는 상상력을 나름대로, 하고 싶은 대로, 부담 가지지 말고, 나에게 개념으로만 알려 주면 된다고 하는 약속이었다. 바로, '정말 새롭게 해다오'의 간절한 바람이다. 그런 약속을 하는 클라이언트는 '나는 옥석을 가려 낼 줄 아는 정확한 판단력과 전문가적인 감식안을 가지고 있다.'는 식의 자신감이 필요한데, 누가 이 멍에를 함부로 지려 하겠는가! 그는 돈 주는 사람인데. 자신은 멍청하게 바라만 보고 있어도, 디자이너가 머릿속에 총천연색 그림책을 알아서 집어넣어 주기를 바라는 존재가, 클라이언트란 작자들이다. 사실 그들은, 뭘 열심히 그리고 만들어서 가지고 오는 '쟁이'들을 볼 때마다, '최대한으로 부려먹을 수 있을 때까지 부려먹어서, 나의 머리를 열나지 않게 덜 돌리고 편안하게 만들자.'는 삶의 원칙을 언제나 되새김질하고 있는 중이다. 컴퓨터를 통한 자동화 시스템이란 것도 알고 보면, 수작업 방식의 번거로움을 덜어 준 대신, 다른 방면으로 더욱더 많은 설명(이제는 화려한 장편 영화도 같이 증정해야 하는 시대가 되었다)을 요구받게 되는 자가당착적인 결과를 가져왔다. 결국 일의 양은 더 늘어난 꼴이다. 그런 점에서 수혁에게 드는 마음은, "치장을 빼." 라는 숭고한 선언을 용감하게도 먼저 스스로 한 헨리 유를, 체 게바라 같은 혁명가라기보단 보기 드물게 자기 희생적인 면이 있는 종교계 개혁가, 거의 테마파크계의 성 프란체스코나 원효대사라고 불러 주고 싶다는 느낌이었다.

마스터플랜에 대한 캐드 도면 작업은 어차피 각 구역별로 계속 상세히 발전될 것이기에 미리 진행할 필요가 있었다. 입지의 대지 형태를 보여 주는 대축척의 콘타[71] 모형은 이미 만들어져 있었고, 구역(Area)-존(Zone)들에 대한 기획이 조금 더 발전해서 지금보다 구체적인 캐드 도면들이 나오면, 그 콘타 모형 위로, 테마파크 각 구역들의 매스 모형[72]들부터 앉혀 볼 궁리를 하는 디자인 팀이었다. 콘타 모형은 제주대 건축학과 다니는 아르바이트 대학생들을 불러서 만들었고, 앞으로도 필요할 때마다 계속 만들게 할 심산이었다.

입지에 대해선, 예정이 상모리로 디자이너들은 알고 있었고 수혁은 아무 말도 할 수 없었다. 헨리 유가 상모리라고 자신 있게 말했으니까……. (주)제주테마파크에서 가끔 들려오는 소식을 슬쩍 들어보면 과히 즐거운 상황은 아님이 분명했다.

마스터플랜에 대한 설명은, 파워 포인트에 영상 띄워 발표한 것도

---

71 **콘타(Contour, 콘투어)** 여기서는 등고선에 따라 만든, 지형에 대한 입체 모형을 말한다.
72 **매스 모형** 구체적인 디테일이 나오기 이전, 전체적인 체적들만 맞추어 크게, 크게, 만들어 나가는 모형을 말한다.

아니고, 회의실 테이블에 캐드 도면 출력한 것을 펼쳐 놓고 그냥 PT(프리젠테이션) 해 버렸다. 다들 도면 주위에 고개를 길게 빼곤, 수혁과 각 구역(Area)-존(Zone) 담당자들의 설명하는 말과 지적하는 손에 집중해야만 했다. 수혁에겐 헨리 유가 자신의 말을 얼마나 책임지는 사람인가 시험해 보고자 하는 의도도 있었고, 따라서, 프리젠테이션 상황은 듣는 입장에선 가혹한 느낌마저 있을 것이란 생각에, 준비한 걸 제대로 이해받지 못할까 봐 내심 가슴을 졸이는 판이었다. 디자이너들은 이런 PT에 대해 우려하는 얼굴들이었고, 마크 페린은 "그를 믿지 못하겠다."는 말까지 했지만 수혁은 밀어붙였다. 헨리 유에 대한 강한 신뢰감 형성이, 이 프로젝트를 6개월 안에 해낼 수 있는 가장 기본 되는 조건이란 생각에서였다.

PT가 끝나자, 헨리 유는 자리에서 일어나 수혁에게 다가오더니, 그의 어깨를 다독이며 흔들어 댔다. 자연스레 내려다보게 되었고, 이 조그만 남자가 눈이 활활 불타오르는 것이, 수혁의 눈을 직선적으로 응시하며, 자기 마음에 든다는 의사를 말이 아닌 눈빛으로 전달하고자 함이 느껴졌다. 헨리 유만의 독특한 방식이다.

"이거야, 내가 바라던 게. 내가 자네를 믿었어. 알겠나? 내 마음 알지?"

헨리 유의 말투는 '아이구, 내 새끼. 잘했다. 앞으로 더 잘하고. 딴 데 가서 배신 때리면 알지?'라고 말하는 것처럼 들렸다. 이렇게 솔직하게 자신의 감정을 내보이며 토 달지 않고 칭찬해 줌이 수혁에겐 고맙게 느껴졌다. 그 점에서 헨리 유는 담백한 남자였다.

헨리 유는 수혁을 대할 때, 정의로운 군주이자 자비로운 아버지이며 현명한 스승이고 싶어 하는 욕구를 종종 내비치곤 했다. 즉, 군사부일체君師父一體를 향한 의식적인 언사와 행동이다. 그런 면모를 주변에게 항상 내보이는 건 아니었지만, 애착이 느껴지고 자기 사람이라 인정되는 부하에게는 가혹한 충성을 요구하는 대신, 스스로도 비겁하지 않고 의리 있는 상사가 되어야 한다는 강박에 가까운 명예심을 중요시하는 인물이었다. 겉으로 나타나는 그런 면들에 비추어 보면, 헨리 유의 수혁을 대하는 말씨나 태도는, 수혁을 몇 안 되는 자기 사람이라 속으로 점 찍고 있다는 방증傍證이기도 했다. 이는 수혁에겐 직장 생활에 안심이 되는 면이기도 했지만, 한편으론 부담스러운 희생을 요구당하는 일이 벌어지지 않을까 염려를 불러일으키는 점이기도 했다. 헨리 유는 재미교포 1.5세로서도 대단히 훌륭한 한국어를 구사했으며 — 물론 펠드스파홀딩스 사장으로 한국 근무한 지가 6년이 되어 가긴 하지만 — 한국인들과 대화할 때 종종 영어 단어라도 튀어나오려고 하면, 의식적으로 얼른 한국어로 전환하는 버릇을 가지고 있었다. 수혁이 보기엔 어딘가, '이상적인 한국인이 되어 보자!', 혼자서 가슴속에 그리면서 만족을 추구하는 자기도취적 욕망 같은 것이 깊이 박혀 있는 인물이었다. 그런데, 헨리 유의 그 '이상적인 한국인'이라는 것을 옆에서 들여다보니, 실제 한국에서 줄곧 살아온 한국인이 헨리 유 정도의 자리에 올라 한 조직체를 이끌어 나갈 때, 역할 모델로서 머릿속에 한 번쯤은 그려 보는 이상화된 '조직 운영자'의 모습하고는 좀 거리가 있었다.

그 거리감은, 서양인이 만든 드라마나 영화에 나오는 오리엔탈리즘적으로 묘사된 동양의 군주들이나 무술 마스터들의 모습과, 한국인 각자의 마음속마다 '뿌리 깊은 나무'들로서 세찬 바람에 흔들리지 않고 열매를 풍성하게 맺고 있는 '대왕 세종'과 '태조 왕건', 그리고 '불멸의 이순신' 제독 사이에서 발생한다고 볼 수 있다. 헨리 유 안에는, 이 양쪽의 두 이미지들 사이에서 이쪽으로 왔다, 저쪽으로 갔다 하면서 갈피를 못 잡고는 있지만, 어떻게 해서라도 자기자신을 세워 보고자 하는, 약간은 애처로워 보이는 태도와 노력들이 채워져 있었다. 어쨌든, '이상적인 한국인'이 되고자 하는 그런 헨리 유의 내면엔, 열두 살 이후 미국으로 이민 가서, 청소년기에 이방인으로 감수해야 했던 문화적 충격에 대한 보상 심리라고만 보기에는, 결코 해석되지 않는 뿌리 깊은 그 무언가가 있는 것으로 수혁에게 느껴졌다. 헨리 유 정도의 이민 경험은, 대부분 의식 자체가 막상 살고 있는 사회에 어느 정도 동화되어 버리지 않는가, 라는 생각을 하며 수혁은 항상 흥미롭게 관찰하고 있었다.

드림밸리사 디자이너들과의 회사 생활은, 수혁에게, 인간이란 나라와 인종과 사회의 차이를 떠나 서로 간의 벽 만들기로 스스로를 보호하는 데에 모두 똑같이 골몰한다는, 자신의 확신을 더욱더 굳히는 계기만 될 뿐이었다. 얼핏 표면만 관찰하면, NBS 아트코어의 디자이너 사회는, 옆으로 도는 수평 벽들보다도 위로 올라가는 서열 간의 수직적 큰 벽( 벽 하나 자체는 수평으로 뉘어 있으나, 이런 수평 벽들 전체를 놓고 보면 '수직선'을 이룬다)이 강한 사회였다고 회상할 수 있었고, 이 드림밸리사 디자이너들 사회는, 수직 벽들보다는 확실히 옆으

로 돌고 있는 서로의 수평적 큰 벽(||||||||||||||||||  벽 하나 자체는 수직으로 세워져 있으나, 이런 수직 벽들 전체를 놓고 보면 '수평선'을 이룬다)이 강한 구조를 이루고 있다고 말할 수 있었다. 물론, 겉으로 보기에 그렇다는 말이지 벽은 벽일 뿐이고, 생각해 보면 뭐가 수직적이고 수평적인지 애매모호하다는 생각을 수혁은 종종 하고는 했지만…….

NBS아트코어에서는, 선후배 관계에 따라 서로 간의 지켜져야 할 일들, 예를 들어, 선배를 대할 때의 기본적으로 적용되는 후배로서의 예의바른 태도, 디자인 교육과 업무에 있어서 선배의 도제를 대하는 듯한 기분 나쁜 명령조의 말투와 그것을 참아 내는 후배의 적절한 대응 능력이 중요시되었다. 그리고 비슷한 연령의 디자이너들 사이에서는 비교적 인간적인 친밀감이 있는 척 꾸며지며—수혁에겐 이것도 주어지지 않았지만 전반적인 느낌이다—풍파 없는 시기의 직장 생활이 그렁저렁 지속되어 갔다. 물론, 그러다가도 결정적인 순간이 오면 서로가 서로를 엿 먹이는 일은 흔했지만.

드림밸리사 같은 경우, 조직 내 서열 관계에 따른 표면적인 수직적 예의범절은, 사무실에서 훨씬 친구같이 간략하게 생략되어 있고, 어떤 때 보면 서열이 아예 없는 모양새인 것 같아도, 실상을 알고 보면 수평적 관계로 모두 서로가 서로의 왕따였다. 그런 상황이니, 한 친밀한 집단이 생겨나고, 그 집단이 보기에 자기들보다 훨씬 잘나서 보기에 밥맛이 없거나, 아니면 훨씬 못나서 인간적으로 멸시감이 드는 타깃 한 명을 정해 놓고, 집단 따돌림을 하며 가학적인 즐거움을 충족하는 경우는 발생 가능성이 아트코어보단 낮은 편이었다. 수혁이 사회 초년병 시절부터 드림밸리사 디자이너였다면 왕따 신세로까진 발전하지 않았을 것이다. 아마도 자신이 직장을 그만둔다고 말하기 이전에, 회사에서 먼저 목을 잘라 주는 케이스가 되지 않았을까 생각하며 그는 혼자서 웃곤 했다.

해고란 것에 대해서는 NBS 아트코어가 훨씬 인내심이 있는 회사였다. 왕따는 있어도 직접적인 해고까지 가진 않았다. 그래서 왕따가 필요했는지도 모른다. 맘에 안 드는 놈, 스스로 포기하고 나가게 만들어야 하니까. 자세히 관찰할 필요도 없이 그냥 드러나는 차이가, 드림밸리사 디자이너들의 경우, 점심시간에 삼삼오오는커녕 둘이서 밥 먹으러 같이 나가는 모습조차 보기 힘들다는 점이었다. 제주 생활 초기에는 지리도 익숙하지 않고 뭘 먹어야 할는지도 잘 모르니까 같이 행동하는 척하더니, 일주일쯤 지나선 각자 생활은 개인 플레이가 돼 버리는 것을 볼 수 있었다. NBS 아트코어 디자인실에선, 세력을 잡아 정치적인 목적을 달성하는 방법 중 하나로, 점심 같이 먹는 멤버 구성을 교묘하게 하여, 자신들이 가지는 사무실에서의 세력 크기를 같은 사무실 타 집단이나 개인에게 은근히 과시하는 기술이 있었다. 이 기술은, 그 자체로 내포하는 여러 목적 중 하나로, 맘에 안 드는 한 개인에 대한 단순한 왕따나 경고 정도가 아니라, 보다 많은 기득권을 가진 나이 많은 상층부와 무언 중에 이루어지는 정치적 협상을 가능케 했다. 바로, 수직적인 관계에서 끊임없이 반란을 꿈꾸는 아랫것들이, 윗분들의 방호벽에 균열을 일으키는 권력 암투의 한 방법이다. 드림밸리사에서는, 사무실에서 불만을 드러내는 정치적인 세력(마크 페린 및 그에게 좀 더 충성스런 집단이 있었고, 이에 대립하는 세력은 분명히 존재했다)이, 항상 준비된 모습으로 사무실 안이건 바깥이건 권력 형성으로까지 승화시키지를 못하고, 모래알같이 흩어지는 면이 있었다. 회사는 회사일 뿐이고, 자신의 생활은 회사 일과는 분명히 분리되어야지만 나란 자아가 흔들리지 않고 유지될 거라는, 수혁이 보기엔 일종의 편집광적인 공포심들이 있었다. 그게 그럴 수밖에 없는 것이, 회사의 인간관계에서 표면적인 친절 외에 어떠한 인간미(아름다운 이성이 제공하는 섹스 어필은 좀 어떤지 모르겠다. 현 드림밸리사 디자이너들 구성 안에서, 그런 면의 상황 파악 기회는 아직까진 주어지지 않았다)로 비벼 볼 구석도 없고, 해고는 마지노선이며 회사가 직원에게 노골적으로 요구할 수는 없다는 암묵적 묵계(NBS 아트코어도 세월이 흐를수록 이 묵계가 점점 옅어져 간다고 볼 수 있었다)도 없으니, 나 혼자 애쓰건 모여서 애쓰건, 결국은 반란이 실패로 돌아갈 것이라는 서글픈 전망들을, 알게 모르게 속으로 되뇌이면서 혼자만의 자유에 몰입하게 된 꼴이다. 그러니 드림밸리사 디자이너들에겐 지금 제주에서의 상황이 얼마나 목에 가시가 걸려 있는 것 같은 느낌이겠는가! 잠자는 숙소도 가족이 아닌 회사 사람하고 6개월을 같이 써야 하니. 특히 마크 페린하고 같은 숙소를 쓰는 데이빗 블레인David Blaine이란 친구는, 오뉴월에 독감 걸린 사람 모양 언제나 얼굴이 허옇게 떠 있었다. 하지만 어떻게 하겠는가! 숙소를 정함은 남녀 구별만 하고 추첨으로 결정되었으니, 이 또한 자신의 운명일 뿐이다!

한편으론, 오히려 그 모양들인지라 관리자가 수월했다. 정치적인 저항 집단으로 본격 발전할 수 있는 친목 기회를 스스로들 열심히 차단하고 있었다. 이 점을, 외부인인 수혁은 완전히 이해할 순 없었다. '저항이나 반란이 꼭 좋은 것은 아니지만, 그래도 가끔은 적절한 선에서 해볼 필요도 있지 않을까? 태풍이 온 뒤 바다가 더 맑아지는 것처럼 말이다. 어떻게 하든지 해고까진 가지 않는 선에서…….' 한수혁이야 조직이 주는 쓴맛에 어떠한 일이 있어도 절대로 굴복하지 않겠다고 맹세하다시피 살아온 고집통이 신세이니, 사무실에 같이 앉아 있는 디자이너들을 쳐다볼 때, 종종 씁쓸하고 안쓰런 느낌이 드는 것도 당연한 일이다. '어차피 인간이 모인 조직이니까 반드시 어딘가에 약점이 있을 만한데, 선두에 서서 총대 메는 친구가 없어서 그런가? 왜 저렇게 벽들을 치고 길잘들은 순한 양처럼 앉아만 있는지.' 가끔은 한번쯤 총대 메보고 싶다는 욕망이 불쑥 일어나는 수혁인지라, "나는 얘네들한테 갑일 뿐이야."라고 중얼거리며 자신의 정체성을 재확립하곤 했다. 그도 마크 페린이 부담스러운 순간이 몇 번 있었으니까. 마크 페린은 '미스터 페린'이나 '마크' 대신 뒤에선 다른 명칭으로 종종 불리곤 했는데, 디자이너들에게 인심 살 때는 '빅 브로Big Bro', 인심 잃을 때는 '타이런트Tyrant'였다.

가만히 보면 일 못하는 디자이너에게 마크 페린이 욕(화난 '욕설'이 아닌, 부드럽고 냉정한 '지적'의 말씀이라지만 따지고 보면 욕이다)하는 일이 아트코어보다 훨씬 직설적으로, 단숨에, 관리자 입장에선 속시원하게 이뤄지고는 했다. NBS 아트코어에서는, '서로간의 예의 차림'이란 행동 지침에 따른 깍듯한 고개 숙임의 인사법, 예의 바른 말씨 등등의 표면적인 상징들을 디자인 부장이 밑의 사람들에게서 얻어 내는 대신에, 실제적인 면에서는 체면 때문에 아랫것들의 눈치를 보는 경향이 있었다. 이를 '관리자로서의 밑에 대한 배려'라고도 하고, '참아준다.'라고 표현하기도 한다. 또한 이런 경향은 '그래도 같이 가야지.'까지로 가끔 승화되기도 한다. 이때, 눈여겨봐야 할 중요한 점을 지적해 보면, NBS 아트코어 디자이너 출신 부장들의 공통 특징으로, 마키아벨리식 권력 경영의 예술을 펼칠 만한 주변머리가 없는 인물들이라는 것이다. 바로, 상징에 매여 있으면 체면 때문에, 실제적인 실속을 속시원히 구사하지 못하는 법이다. 하지만, 권위란 상징이 주는 쾌감이, 때론 다른 모든 불만족들을 상쇄시키기도 한다.

반면에, 서로 나이, 직책 덜 따지고, 수혁이 보기에 가끔은 친구 비스무래하게 겉으로는 사무실에서 행동하니 안 그럴 것 같은 데도, 드림밸리사의 시니어 디자이너Senior Designer란 위치는, 일 못하는 것에 대한 경고, 업무 집중도가 산만한 것에 대한 지적, 일처리 자체가 아예 맘에 안 들면 "너! 나오지 마!"라고까지 '나는 할 수 있다.'는 든든한 배짱 등등의 실제적인 권력을, 밑의 디자이너에게 관리자로서 더욱 지체 없이, 손자병법 없이도 휘두를 수 있는 면모를 가지고 있었다. 매니지먼트 디렉터Management Director가 시니어 디자이너보다 더 위에 있거나, 둘이서 권력을 나누는 경우도 많지만 — 동서고금을 막론하고, 이 둘 사이의 권력 다툼도 영원히 해결되지 않을 숙제일 것이다 — 마크 페린 경우는 자기 밑에다 묶어 놓은 매니지먼트 디렉터를 직접 손에 피를 묻혀야 하는 앞잡이로 사용하고 있었다. 매니지먼트 디렉터가 스스로 결정해서 단호하게 '당신! 해고야!(You! Fired!)'를 외쳤거나, 시니어 디자이너가 하라고 압력을 넣으니 마지못해 조금 작은 소리로 '해고야!(Fired!)'를 말했거나, 일반 디자이너 입장에선 인정사정 없게 느껴지는 점은 매한가지이고, 드림밸리사 디자이너 누구나, 자신을 점수 매기고 있는 실질적인 권한(실제로 두 명이 중간에 교체되었다)은 마크 페린한테 있다는 것 정도는 알고 있었다. 이러나저러나, 평소에 항상 점수 매겨 놨다가, 모래알 같은 아랫것들 눈치볼 필요 없이, 때가 될 때 못생긴 싹 잘라 버리면 그만이었다. 즉, 섭섭하지만 관리자로서의 권위를 나타내는 상징은 어느 정도 포기한 대신에, 체면 차릴 필요 없이 실속을 챙긴 경우이다.

어쨌든, NBS 아트코어나 드림밸리나 나름대로의 방법으로 질서는 유지되고 있으며, 관리자 입장에서 어느 쪽이 더 매력적으로 보일지는 수혁에겐 판단 불가능해 보였다. NBS 아트코어의 수평 벽들이 모여 이루는 수직적 큰 벽은 다양한 단계가 첩첩이 위로 상승되어 차곡차곡 쌓이며, 하나하나가 모여 전체적으로는 근사하게 매우 두꺼운 대신, 구조적 강도는 솔직히 떨어진다고 볼 수 있었고, 반면에 드림밸리사의 수직 벽 하나는, 관리자와 일반 직원 사이라는 크게 보면 한 단계로 수렴되니 절약형으로 볼 수 있고, 벽체 두께 자체도 겉으로는 얄팍해 보이지만, 사실은 강철 벽이란 생각을 들게 했다. 수평적 관계도 굳이 비교해 보자면, NBS 아트코어의 수평 벽 하나는 평소에는 끼리끼리 얇아 보여도 언제 그랬냐는 듯이 사정없이 두꺼워질 수 있는 신축성이 풍부한 벽이었고, 드림밸리사의 수평적 큰 벽은 누구에게나 비교적 일정한 두께를 가진다고 볼 수 있는 매우 단단한 벽체(수직 벽)들의 '수평선' 모임이라 할 수 있었다. 전반적인 느낌은 NBS 아트코어 쪽이 좀 다양하고, 드림밸리는 비교적 심플하였다. 수혁이 보기엔 각각의 장단점을 분석한 후 손익 분기점을 따지고 보면, 아트코어가 좀 나은가, 드림밸리 쪽이 나을까, 어느 쪽으로도 기울지 않는 동일한 무게감을 가진, 결국 벽은 다 벽일 뿐이었다.

수혁이 배종삼, 이안 파커(점심시간에 그는 이안을 찾아가서 밥을 같이 먹자고 꼭 얘기하곤 했다. 물론 처음에 이안은 무척 거북살스러워하긴 했지만)를 데리고 사무실 주변 식당에서 점심을 먹고 들어오는 경우에 보면, 디자이너들 각자 따로따로 헤매고 있는 꼴들을 자주 목격하게 되었다. 아니면 사무실에 남아서 혼자 샌드위치나 햄버거를 먹고 있는 모습이거나……. 심지어 아침 저녁을 먹는 원더리조트 식당에서조차도, 처음 제주 도착 때와는 달리 점점, 하나의 집단이라곤 할 수 없어도 두세 명이라도 함께 밥 먹는 모습을 거의 보지 못하게 되었다. 혼자서, 밥들을 죄진 사람 모양 구석에서 먹고 있는 모습을 보곤 하니, '인간은 고독한 존재일 뿐이야.'라고 수혁은 혼자서 혀를 차곤 했다. 그는 이해할 수 있었다. 다들, 식사 시간 만큼은 회사 사람 신경 안 쓰고 자유롭게 맘 편히 밥 먹고 싶은 것이다. 자신도 그랬으니까. 다만 한국 사회에선 점심시간에 혼자서 밥 먹고 있으면 좀 이상한 사람, 또는 직장 내 왕따일 거라는 통념이 있어서, 수혁의 과거는 괴로움이 동반하긴 했다. 한국이건 미국이건 회사란 회사는 모두 업종과 규모를 막론하고 다 이러이러할 것이라는 식의 선무당이 사람 잡는 일반화된 어림짐작은 함부로 할 순 없는 노릇이고—한국이나 미국이나 산업과 고용 구조가 얼마나 빨리 변화하고 있는가! 가령 직원이라고 열 명 남짓 앉아 있는 소규모의 컴퓨터 게임이나 프로그램 개발회사라면, 두 나라 모두, 외부인이 보기에는 믿어지지가 않을 정도의 가족-가축적인 분위기 속에서, 남 건드릴 필요 없이 모니터만 바라보며 자기 일에 몰두한다 — 디자이너 특유의 소심하고 내성적이면서도 아무도 못 건드리는 견고한 아집들이, 한국이나 미국이나, 이런 벽들이 심한 회사 내 사회 구조를 낳지 않나 분석해 볼 뿐이었다. '이러나저러나 따지고 보면 그게 그거다. NBS 아트코어나 드림밸리사 디자이너나, 다 나름대론 자신들에게 조금이라도 편할까, 살아남을까, 몸부림들을 하고 있구나!' 수혁의 시각으론, '디자이너란 동서고금을 막론하고 참으로 힘든 인간들이다.'라는 느낌 밖에 들지 않는, 그런 광경이었다. 따라서 수혁에게는 그런 모습들이, '탐모라디자인공작소란 테두리 안에 같이 있는 이 디자이너 동료들의 마음에, 어떻게 하면 열정의 불길을 피워 올릴 수 있을까? 그러면 제주테마파크라는 공동의 목표를 가지고 다 같이 행복해질 수 있지 않을까?'라는 생각이 시작된 실마리가 되었다. 기본적으로 지금까지의 수혁의 사회적 삶은, 자신에게나 동료들 모두에게나, 동정심을 가질 수밖에 없는 경험들을 축적해 온 과정이었다. 한때는 가는 곳마다 왕따 신세였고, 지금도 경계선에 서서 저들을 쳐다보노라니, '나나 저들이나 어차피 그렇고 그런 신세들이니까.'라는 조그만 한탄이 절로 입안에 맴돌았지만, 이 제주에 있을 동안만큼은, 이 제주테마파크란 명제가, 숨겨져 있던 창조성들을 마음껏 발휘할 수 있는, 나중에 각자의 인생을 뒤돌아볼 때, 그곳이 내 삶의 전환점이었다고 회상할 수 있는 인생의 기회로, 저들에게 주어지면 좋겠다는 개인적인 바람이 생겼다. 사람이란 자신의 창조성을 마음껏 발휘할 때에, 일하기 싫고 귀찮은 현실을 뛰어넘어 가장 행복해지는 법이니까. 덧붙여, 그렇다고 그들의 생활 방식과 작업 패턴을 바꾸라고 노골적으로 요구하는 일은 말도 안 되는 짓임을 깨닫게 된 수혁이었다. 자연스럽게, 이 제주테마파크 자체가, 수혁이 처음 컨셉을 잡았을 때의 그 순수했던 열망처럼 새롭고 획기적으로 발전해 나가며, 디자이너들 각자의 마음을 외압 없이 부드럽게 열어 나가는 것 외에는 사실 방법이 없었다. 그래야지, 아집 강한 디자이너란 인간들이 조금은 행복해질 수 있을 테니까.

복장이 수혁에게는 고민거리였다. 생각 같아서는 청바지나 입고 출근하고 싶은 마음이 굴뚝 같았지만, 마크 페린이 하얀 와이셔츠에 넥타이를 매고 출근하는 확률이 80퍼센트 정도(일반 디자이너는 자유복장이었다)인 것을 감안하면, 자신이 함부로 아무 평상복이나 입고 회사에 덜레덜레 나타날 수는 없는 노릇이었다. 배종삼도 정장을 착용하니 수혁도 정장을 계속 유지하기로 마음먹었다. 그러다가 실제적인 면들이 많이 걸리적거리자 마음이 심히 불편해졌다. 즉 그리기가 불편했다. 아무래도 와이셔츠 손목에 각종 드로잉 제도 도구의 잔재들이 시커멓게 묻어 나기 시작했고, 그게 싫어서 팔 토시를 착용하자니 짜증이 났다. 하루는 용기를 내어 자유 복장으로 나타나니, 주위 디자이너들과 친밀감이 드는 것 같기도 하고 작업이 편해 좋았으나, 페린의 눈치가 왠지 '너는 결국 내 밑의 디자이너가 된 거야.'라고 말하고 있는 것 같아, 찜찜한 마음이 계속 되었다. 이런 상태로 며칠을 그럭저럭 보내고 있으려니, 사무실에 갑자기 나타난 헨리 유(그는 일주일의 반은 펠드스파홀딩스의 사장으로, 반은 (주)제주테마파크의 부사장으로 살아가고 있었다)가 수혁의 모든 갈등을 한방에 날려 주었다.

"자네 복장이 왜 그래?"

"예. 사장님도 아시다시피, 제가 직접 디자이너로 참여하니까 아무래도 작업하는데 불편해서……, 그냥 편하게 입기로 한 겁니다만……."

말꼬리를 흐리는 수혁의 태도를 가만히 지켜보던 헨리 유는, 즉각 시원한 대답으로 수혁의 갈피 못 잡는 정체성 혼란을 견고하게 재확립시켜 주었다.

"자네 위치가 뭐야? '갑'이야. 자넨, 같이 일하는 디자이너로 내가 여기에 출근시키는 게 아니야. 일차적으론 얘네들 감시하고 상황을 관리하라고, 파견시켜 놓은 거야. 난 자네한테 슈퍼맨을 원해. 만능이 되라고. 세상은 만능을 요구하지 않을지라도, 난 자네에게 만능을 요구하네. 알았어?

"예. 알겠습니다."

"미스터 한. 자넨, 항상 디자이너로서만 살아가고 싶은가?"

"예?"

'만능'을 노골적으로 요구하는 사장님 앞에서 점점 길들여지는 자신을 발견하며, 수혁은 기묘한 희열을 느꼈다.

'아, 우리 사장은 나의 모든 갈등을 해결하시고 나를 단순하게 하시는구나. 슈퍼맨과 만능으로……'

다시 수혁은 아침마다 넥타이를 매기 시작했다.

## 22

두 달 반이 지나가면서 제주테마파크의 윤곽이 잡혀 나갔다. 수도 없이 회의실에서 토론하고 마스터플랜을 뒤집은 결과였다. 별도의 프리젠테이션 과정 없이, 헨리 유는 상황을 판단하러 2주에 한 번 정도 탐모라디자인공작소에 들렀고, 작업 과정 그대로인 상태에서 설명을 들은 뒤 확정(Confirm)하곤 사라졌다. 모든 것은 효율성이란 원칙으로 진행되었다. 쓸데없는 설명용 치장 없이 현장에서 서로 얼굴을 맞대고 대화하니, 진행의 스피드는 3배 이상 빠른 느낌이라고 마크 페린은 좋아했다. 탐모라디자인공작소가 가동하고 3개월 가까이 흘러가자, 토목 부분은 드디어 실시 설계 작업에 들어가기 시작했다. 한국 측 실시 설계 담당 엔지니어(현세건설, 정우正友건축, 선진先進엔지니어링)들이 탐모라디자인 사무실에 서서히 나타나, 디자인 팀과 기본 설계의 문제점들을 대화하면서 작업을 해 나갔다. 수혁은 그 광경을 보면서 이제 일이 되겠다는 안도감 같은 기분이 들었다. 다만, 입지 예정지 상모리에 사는 주민들 설득 작업이 아직도 해결 안 되고 있다는 점이 좀 찜찜하긴 했지만…….

숙소인 원더리조트에서 야외 파티를 열어 주겠다는 제의를 총지배인이 직접 수혁의 룸으로 찾아와 웃으며 말하기에, '마침 잘됐네.'라고 속으로 좋아하며 얼른 승낙했다. 파티 비용도 음식 재료비만 내면 자기네들이 모든 준비와 진행을 해주겠다고, 서비스 정신을 맘껏 발휘하면서 수혁에게 친근감을 표시했다. 그도 그럴 수밖에 없는 것이, 비교적 비수기라 할 수 있는 겨울에—제주는 사시사철이 성수기이긴 하지만, 겨울에 관광객이 제일 적고, 추운 육지에서 전지 훈련하러 온 운동 선수들이 장기 투숙을 하는 경우가 많다—이렇게 장기 숙박들을 하고 있으니, 리조트 입장에선 잘 대접해야 할 손님인 셈이다. 1월 말이라 해도, 제주도는 대낮에 섭씨 20도 이상도 온도가 올라가므로, 야외 파티 열기에 아무 문제가 없었다. 기온으로만 따지면, 제주는 한국 땅에서 테마파크 입지로서 최고의 지역이라고 할 수 있었다. 총지배인이 "이제 분위기 변화도 필요한 시점인 것 같고, 더 나은 결과를 얻게 해 드리기 위해 저희들이 도와 드리는 겁니다."라며 의미심장한 미소를 짓는데, 눈치를 보아 하니 탐모라디자인에서 벌어지는 인간 군상의 모습을 이미 훤하게 예상하고 있거나, 탐모라 내부에 스파이라도 심어 놓은 것 아닌가 하는 의심이 들 정도였다. 그동안 계속적으로 수혁과 디자이너들에 대한 각종 정보들을 모든 경로를 통해 상세히 수집, 분석한 것 같았다. 그러지 않아도 수혁이 '한 번 좀…….' 하며 망설이고 있을 때 정확하게 시기 맞춰 선심 쓰는 것을 보면—선심 공세도 상대편이 간절히 원할 때 해야 빛이 나는 법이다—워낙 많은 사람들을 상대하는 직업이라 따로 학교에서 학위 따지 않았어도 사회심리학 박사가 되어 있었다. "헨리 유 사장님이 같이 참석하셔도 격에 어울릴 파티가 될 것입니다."라는 끝말을 남기며 한껏 부드러운 미소를 짓는 걸 보니, 총지배인은 테마파크가 오픈되는 이후라든지, 아니면 헨리 유라는 유력자하고 잘 사귀어 놓든지, 어쨌든 무슨 턱에도 걸리긴 걸릴 것이라는 나름대로의 계산을 하고 있음이 확실했다. 같이 듣던 배종삼은 "좀 쌀쌀한 바람 맞고, 고기 구워 가며 술도 좀 하면 되지. 뭐."라며 굉장히 좋아했다.

디자이너들에게 파티하자고 말을 꺼내니, 평소에 밥 먹는 꼬라지로 봐선 안 그럴 것 같았는데 의외로 상당히들 좋아하는 눈치였다. 한 해를 넘기면서 크리스마스와 연말의 들뜨고 흥청되는 분위기란 전혀 맛보지 못한 그들이었다. 그럴 마음의 여유를 가질 수가 없는 상황이었으니까……. 제주도에 와서 사실 일요일도 맘 편히 못 쉰 그들 아닌가. 실제로 일요일에도 출근해서 생각하고 그리고 하던 디자이너들이다. 회사라고 하지만 원더리조트에서 천천히 걸어서 30분이었다. 아침에 밥 먹고 산책하는 기분으로 회사에 나가고들 했다. 즉, 가까이 붙여 놓으니 출근이라는 압박감보단, 일터와 쉼터가 점점 뒤범벅이 되어 가는 상황이었다. 좋게 말해, 각자 자신들 인생의 좋은 인연이건 괴롭히는 인연이건 간에 떨어져 나와, 절간의 선승들처럼 자나깨나 **테마파크**라는 화두만 생각할 수 있는 환경이었다.

또한, 일 열심히 하는 것은 한국인 디자이너 이상이었다. 업무 집중도들이 상당했다. 초기 컨셉 디자인이 나온 이후, 눈에 보이는 목표가 분명히 주어졌다는 생각들이 드는지 다들 열심히 일했다. 디즈니랜드

이후 테마파크의 새로운 문법이라 할 수 있는 것을 수혁이 만들어 낸 건지도 모른다는 상황이—결과는 테마파크를 개장해 봐야 알 수 있다—그들에게 자존심과 관계된 강한 분발을 불러일으킨 것일 수도 있었다. 수혁이 헤아려 보니, 자신이 새로운 컨셉을 제시한 것이 이래저래 제주테마파크를 위해선 좋은 일이 되었다는 느낌이었다. 저 친구들의 숨은 자존심을 건드려 놨으니까. 어쨌든, 조상이 이민자들이라 그런지, 이 새로운 단기 이민 형태에 나름대로의 재빠른 적응력들을 보여주었다. 겉으로는 밝고 명랑한 척, 되로록 착한 표정을 지으며 웃고 있는 그들이지만, 남에게 함부로 보이고 싶어하지 않고 스스로 깊이 숨기고 있는 강한 승부욕들이 있었다. 애초부터 헨리 유가 의도한 목표들 중에 하나였을 수도 있겠고—그가 어디까지 계산하고 있는지는 수혁도 확인할 길 없지만, 복기해 보면 정말 노련한 사람이기는 하다—그런 연유로 이렇게 한곳에 격리 수용되어 밤낮으로 일만 하다 보니, 겉으로 표현들은 안 하고 있지만, 은근히 서로에게 내면적인 의사 소통도 원하게 된 것 아닌가 하는 생각이 들었다. 역시 인간은 환경에 적응하기 나름이다. 언제 그들이 가족과 떨어져 이렇게 한곳에 옹기종기 모여 앉아, 밤이나 낮이나 죽어라고 일만 해보았겠나. '그동안 너무 외로웠겠지. 뭐 별 수 있어. 이게 다 제주가 준 선물이라 생각해라.' 하며 혼자서 웃는 수혁이었다.

수혁은 미란에게 전화로 이번 주 토요일 날 벌어지는 파티에 "참석해 주십사."라고 부탁을 하였다. 그동안 얼굴 못 본 게 석 달이었다. 얼굴 좀 보고 싶었다. 제주에 와 처음에는 매일매일 핸드폰 연락을 했었는데, 눈에서 멀어지면 마음에서도 멀어진다고, 언제부터인가 2, 3일에 한 번, 요사이는 한동안 연락 없었던 것이 기억나는 수혁이었다. 더 이상 그냥 놔두면 안 되겠다는 의무감도 있었다. 이게 참 이상한 마음인데, 보고 싶다는 간절한 욕망이라기보단 일종의 의무감에 더 가까웠다. 한참 만에 전화를 걸어 파티에 와 달라고 얘기하니, 펠드스파홀딩스로 회사를 옮기게 되었다고 전화를 하던 그 초창기 시절의 말투와 목소리가 미란 입에서 흘러나오는 게 아닌가! 수혁은 등골에 식은땀을 흘리며 설득 작업을 해야만 했다. 결과는 제주도에 내려가겠다는 것이었고, 회사 친구 동반하겠다는, 좀 요상한 허락을 받을 수가 있었다.

맑게 쾌청한 날, 하늘은 파랗다 못해 심오한 쪽빛으로 구름 하나 없이 청명한 토요일 오전 9시, 야자수들이 높게 솟아 있는 원더리조트 테니스 코트 옆 푸른 잔디밭에, 점심 식사 겸 파티장이 펼쳐지고 있었다. 평소에도 소나무 방풍림 덕분에 바람이 잔잔한 곳이기는 했지만, 혹시라도 바람이 심하게 불어 파티를 괴롭힐까 봐, 주위는 은색 한국식 담장 고전 문양이 새겨진 상아색 천들이 보기 좋게, 거의 웅장하다는 분위기를 풍기며 둘러쳐져 있었고, 파티장 중간중간에 놓여 있는 나즈막한 하얀 코린트식 기둥 위엔, 화려한 꽃다발 장식들이 놓여 시선을 끌었다. 한식과 서양식이 다 같이 놓일 뷔페식 음식 진열대가 가운데에, 그리고 주변에는 즉석 조리해서 요리를 서빙하는 코스들까지 마련되어, 리조트 식당에 있는 요리사들이 나와 상태를 점검했다. 앉아서 먹을 수 있게 마련된 아이보리색 파라솔과 하얀 테이블들이 놓였고, 조그만 무대에는 리조트 1층 카페의 필리핀인 5인조 밴드가 음악까지 연주할 태세로, 악기를 조율하며 연주할 곡목을 의논하는 중이었다. 수혁은 파티장의 모습을 보고 생각하던 것 이상이라 부담되기 시작했다. 배종삼 말대로 그냥 야외에서 고기 굽고 소시지도 굽고 하는 간단한 바베큐 파티를 상상했는데, 이건 완전히 돈 처들인 본격 파티가 아닌가! 물론 리조트 측에서 생색 안 내고 심플한 입장만 표명한다면야 별 상관없겠지만 말이다. 그냥 있는 것 내주었을 뿐이라고 서두를 꺼내긴 하겠지만…….

우선 총지배인의 말이 생각나 헨리 유에게 전화부터 하였다. "가고 있으니 걱정 마."란 목소리와 함께, (주)제주테마파크의 관계자도 세 명 같이 가고 있다는 대답이 돌아왔다. 그다음 지배인에게 감사를 표시해야겠다는 마음이 들어, 로비 뒤에 있는 총지배인실에 찾아갔다. 지배인은 생각보다 생색을 내지 않았다. 세련된 매너로 노련하게, 헨리 유 사장님이 오시면 인사 나눌 기회라도 달라는 의미심장한 부탁만 가볍게 던졌을 뿐이다. 수혁은 '저 자리도 아무나 앉을 수 있는 자리가 아니구나', 속으로 생각하며 총지배인실을 나온 뒤, 마크 페린이 있는 룸으로 찾아가, "좀 같이 가보자!"고 하면서 끌고 내려와 파티장을 보여 주었다. 그에게 소감을 물으니, "옷을 뭘 입지?"라는 첫마디와 함께 눈을 휘둥그레 뜨며 이리저리 두리번거렸다. 결론은 각자 알아서 가진 옷 중 가장 포멀하게 입고 나와, 오전 11시에 참석하는 것이었다. 오후 4시가 되어 파티가 끝나면, 모두 리조트 버스를 타고 중문 단지 쪽으로 이동하여 대포 주상절리 해변에서 술 좀 깬 뒤, 이어서 중문 단지 내부로 들어가 저녁을 넘기든지, 먹고 싶으면 먹든지, 알아서 해결한 후, 정해진 나이트 클럽에 모두 모여 그동안 쌓인 스트레스를 푸는 일정이었다. 며칠 전 수혁이 하루의 일정을 디자이너들에게 말해 줄 때, 마크 페린은 파티 후에도 계속 모이냐고 물어본 적이 있었다. 수혁이 짓궂은 얼굴로 한국식은 2차, 3차, 장소를 바꾸며 끝까지 계속 같이 다니는 것이라고 대답하니, 페린 이하 디자이너 일동은 가만히들 웃기만 하면서 아무 말도 하지 않았었다. 로마에 오면 로마법을 따라야지 하는 체념 섞인 얼굴들이라고나 할까. 다음 날인 일요일은 모두 쉬기로 약속했다. 솔직히 말해서, 오늘만큼은 수혁도 세상만사 잊어버리고 놀고 싶었다. 그도 얼마나 힘들었는가!

'아리랑'이 울려 퍼진 후 곧바로 필리핀 밴드가 《써머 타임Summer Time》을 연주하면서, 여가수가 된소리가 많이 나는 필리핀식 악센트로 노래를 부르는 가운데, 가벼운 칵테일과 샴페인으로 흥이 돋워지고 있었다. 따뜻하긴 하지만 한겨울인데 《써머 타임》이 울려 퍼지니, 어딘가 좀 웃음이 나오는 분위기의 파티였다. 어찌해도, 술 한 잔씩 들어가기 시작하니까 다들 얼굴들이 기분 좋아지면서, 삼삼오오 무리를 져 떠들고 웃는 모습들이 사무실하곤 딴판으로 보였다. 햇빛 화창하고, 바람은 조금 차갑지만 살랑거리고, 여자 디자이너들은 화장까지 하고 — 얘네들, 평소에는 거의 화장 안 하고 살았다. 여자로 보이길 원하지도 않고 일 하난 열심히 하는데, 그 성실함에 감탄이 나올 지경이었다 — 드레스까지는 아니더라도 꽤 갖추어 입고 나오니, '어어! 참 매력들 있네!'라는 생각이 절로 드는 수혁이었다. 12시가 넘어가고 다들 배들이 고파졌는지 음식들을 찾기 시작하자, 헨리 유는 철판구이를 하고 있는 요리사에게 가서 조리 방법을 배운 후, 앞치마를 빼어 두르고 디자이너들에게 자신이 직접 철판구이를 증정하기 시작했다. 철판구이 요리 칼을 다루는 솜씨가 범상치 않은 것이, 젊었을 때 철판구이집에서 알바라도 했었는지 상당히 숙달된 조교의 솜씨였다. 헨리 유는 정말 파티에 익숙한 사람이었다. 이 파티의 주인으로서의 역할을 — 사실 뚜렷하게 주최자가 정해질 파티는 아니었는데도, 하다 보니 헨리 유가 호스트가 되어 있었다 — 훌륭하게 치러 내고 있는 중이다. 끊임없이 주위를 이끌면서 농담을 던지니, 평소에 반감을 가졌던 디자이너들이 다 녹아나고 있었다. 거의 이번 파티는 헨리 유를 위한 파티 같은 분위기였다. 자기 몸뚱아리의 반도 넘어 보이는 하얀 앞치마를 두른 이 조그만 남자가, 짧은 팔을 휘두르며 구이들을 뒤집는 모습이 얼마나 나름 귀엽고, 친근하게 보이는지……. 여자 디자이너들은 삼삼오오 모여들어, 헨리 유가 새우와 고기들을 열심히 뒤집는 나름대로의 묘기를 보여줄 때마다 키득키득 웃곤 하였다. 현세건설과 정우건축, 선진엔지니어링의 엔지니어들도 같이 열심히 마시고, 먹고, 떠들고 있었다.

"한, 누가 찾아 왔는데……."

마크 페린이 웃으면서 수혁의 어깨를 손바닥으로 툭 건드리며 말을 걸었다. 디자이너들은 언제부턴가 수혁을 '한'이라 호칭했지만, 페린은 아직까지도 호칭에 '미스터'를 꼭 붙였는데, 오늘 갑자기 '한'이라 부른 것이다. '한'이 아무래도 저 친구들이 부르기 편한 모양이다 하면서,

수혁은 굳이 이름인 '수혁'을 고집하진 않았다. 그를 '수혁'이라고, 꼬박꼬박 정확하게 이름으로 불러 주는 '친구'는, 이안 파커밖에 없었다. 마크 페린도 오늘 많이 풀어져 있었다. 자기 동생이 LA다저스 트리플에이에서 뛴다고 자랑하면서, 여자들에게 한번 소개시켜 주겠다고 갖은 넉살을 늘어놓고 있었다. 자신도 맘만 먹으면 메이저리그 선수가 될 수 있었다는, 진짜지 가짜지 아무도 모르는 과거 역사와 함께. 지금, 윙크하면서 의미심장한 미소를 짓는 페린의 얼굴을 보니, 수혁은 미란 일행이 왔구나, 하는 생각이 들었다. 긴장하면서 마중하러 나가 봤더니, 얼굴이 좀 굳어 있는 미란과 그 옆에 이제 학교를 갓 졸업했나 싶은 눈부시게 아름다운 아가씨가 서 있었다.

"오랜만이에요."

미란이 한 마디 던지자 수혁은 좀 우물쭈물하며 대답했다. 굉장히 분위기가 어색하고 딱딱했다. '3개월 전엔, 이 지경은 아니었는데…….'

"예. 그렇게 되었군요. 3개월만입니다."

"얜, 갓 입사한 하윤정 아나운서예요. 아직 수습도 못 뗐어요. 프로그램 하나 없는 햇병아리지만, 내가 기획한 사업국 어린이 야외 행사를 같이 하게 돼서, 서로 친하게 되었어요. 마침 제주에서 하거든요. 제주 NBS하고 다음주에 미팅도 있고 행사 준비도 되어야 하는데, 잘됐다 싶어 미리 내려 왔죠. 이쁘죠? (잠깐 말을 끊고 눈썹을 치켜올리며 수혁의 반응을 살피는 미란이었다) 윤정 씨. 이분이 내가 말한 한수혁 씨야. 서로 인사하지."

"안녕하세요. 하윤정입니다."

“아, 예. 한수혁이라고 합니다.”

그림같이 생긴 예쁜 아가씨가 공손하게 인사하자, 수혁은 어안이 벙벙하여 엉겁결에 따라서 목례를 했다. 도대체 미란이가 무슨 심사로 걜 데려왔는지 모르겠다는 생각을 하면서. 방송국의 아나운서실이란, 정식 입사한 사원들 중 가장 예쁜 여자들이 한꺼번에 모여 있는 곳이다. 탤런트는 자유직이지만 이들은 정사원이다. 항상 정장 차림으로, 학처럼 고고하게 방송국을 누비는 여자 사원들이었다. 수혁이 보기에 하윤정은, 이들 중에서도 최고의 미모와 몸매, 맑고 낭랑한 목소리, 그리고 무엇보다도 지적이고 좋은 분위기를 가지고 있었다. 장래가 촉망되는 아가씨였다. 장차 저녁 9시 뉴스 앵커까지도 가능할지 모르는……. 아마도, 같은 아나운서 여자 선배나 동료들로부터 많은 견제를 받을, 괴로운 직장 생활을 감수해야 할 운명이었다. 그래서 벌써부터 다른 부서 직장 선배인 미란이하고 친해지며, 마음의 평화를 찾는지도 모를 일이지만.

“쳐다보니 황홀한 모양이죠? 수혁 씨 그런 줄 몰랐는데, 되게 당황하고 어색해하네요! 난 첨 봤어요, 그런 모습! 호호호.”

“아이. 언니. 무슨 그런 말을…….”

하윤정이 미란을 ‘윤 차장님’도 아니고, ‘선배님’도 아니고, ‘언니’라고 하는 걸 보니 꽤나 친숙한 모양이다. 어쨌든 수혁이 듣기에 미란의 말에는 잔뜩 가시가 돋쳐, ‘내가 연락이 뜸했지.’란 수혁의 죄의식을 마구 찔러 대고 있었다. 즉, ‘내가 이렇게 어리고 이뻤으면 니가 지금처럼 나한테 소홀했겠냐?’라는 일종의 항의 시위란 생각이 들었다. 거기에 자존심은 철벽 같은 여자라서, 여성의 보편적 행동 양태인 지보다 못난 동성 친구를 자기 남자친구에게 보여 주질 않고—하긴, 그런 패턴은 남자들도 마찬가지이긴 하다—극단적으로 반대로 행동하며, '너, 얘 좋으면 한번 꼬셔 보시지. 그럴 능력이나 있는지……. 난 상관 없으니까. 너, 나한테 잘난 척하지 마라. 그 꼴 보느니 내가 관두지.'라는 거센 분노를 같이 표현하고 있는 것이 틀림없었다.

두 여자를 데리고 파티장에 들어서자, 모든 사람, 특히 남자들의 시선이 수혁 일행 쪽으로 쏠렸다. 헨리 유가 눈살을 찌푸리는 것도 순간 수혁의 눈에 들어왔다. 그는 괜히 시샘이라도 사지 않을까 조심스러워졌다. 생각이 부족했다. 이 파티는 뭘 과시하기 위한 것이 아니고 서로 화합하자고 연 것인데, 미란이 끌고 온 하윤정이가 골칫거리였다. 누가 좀 하윤정을 데려가 줬으면 좋겠다는 생각이 들자, 다행히도 구원 투수 둘이 수혁 앞에 나타났다. 배종삼과 이안 파커였다. 둘 다 잔뜩 흥분해 있었다. 인간이란 종족의 번식을 위한 성 호르몬이 전신에 넘쳐 흐른다는 느낌이었다. 특히 이안은 수혁에게 어떤 사이들인지 물어본 후, 미란이 수혁의 친구이고 하윤정과는 오늘 처음 본 사이란 것을 확인하자, 온 얼굴에 안심한 표정이 되더니, 미란에게 자신이 수혁의 '베스트 프렌드'라고 소개까지 하는 너스레를 떨었다. 그리고는 미란과 하윤정의 손등에 입까지 맞추면서 서양식 궁정 예의를 보이는 등, 갖은 재롱 잔치를 펼치기 시작했다. 분위기가 다행히 유쾌하게 흘러갔다. 수혁은 이안과 배종삼이 하윤정을 어디로 납치해 줬으면 하는 생각까지 들었다. 사실 두 인간이 다, 미인 앞에서 어린애같이 자기 표현이 단순하고, 한편으로 주눅 드는 자기 가림도 없고, 다른 사람 누구에게도 위협적인 면은 안 보이는 친구들이니, 하윤정하고 뭉쳐도 시샘 살 일도 없는 자유로운 영혼들이었다. 이윽고, 이안과 배종삼이 하윤정을 끌고 가면서 수혁을 자유롭게 해주었다. 얼마나 고마운지……. 얼마 후, 하윤정의 주위에는 젊은 남자들이 우글거리고 있는데, 이안과 배종삼은 각자 갖은 방어전을 치르느라 진땀을 빼고 있었다. 그러자 갑자기 무대 위로 날아오른 이안이, 필리핀 밴드의 일렉트릭 기타를 빼앗아 들고는 자신의 록 센세이션 넘버들을 연주하면서, 꼬리 펼친 공작새 수컷 모양 스스로를 화려하게 드러내고야 말았다. 다들 박수가 쏟아졌다. 이래저래 파티 분위기는 무르익어 가는 중이었다.

수혁은 하윤정과 그녀를 데려가는 두 친구들의 뒷모습을 보면서, 30퍼센트 정도의 미묘한 애석함이 섞인 70퍼센트의 후련한 기분을 맛보았다. 그는 손에 들고 있던 샴페인잔을 쭉 들이켜 한 방울도 남김없이 비워 버렸다. 그러고 있는 수혁의 표정을 유심히 관찰하던 미란은 얼굴이 좀 부드러워지며 말을 걸었다.

"굉장히 바빴나 보죠? 연락도 없게……."

"몹시 바빴습니다. 뭐 바빴다는 것은 사실이지만 변명이고, 난 어딘가 하나에 골몰하면 나머지를 잘 못하는 성격이라……."

"……."

계속 반응이 있을 줄 알았는데, 또 아무 대꾸가 없는 미란이었다. 수혁은 뭐라도 계속 말을 해야 할 것 같은 압박감에 시달리게 되었다.

"여기 테마파크에 대한 마스터플랜을 새로 마련해야 했는데, 이게 쉽지가 않았어요. 굉장히 고민스런 상황이었습니다. 결국 새로운 것을 떠올리긴 했는데, 생각해 보니 그때부터 미란 씨한테 연락한다는 감각을 잊어버리고 말았습니다. 그때부터 그렇게 됐어요." 수혁은 말을 끝내고 나서야 표현을 매끄럽게 하지 못했음을 깨달았다. '아차! 하아……! 에이, 왜 이렇게 불편하지? 앞에 앉아선……, 스트레스 팍팍 주고 있네!'

미란의 얼굴은 수혁의 말이 끝나자마자 완전히 돌처럼 딱딱하게 굳어져 버렸다. 미란의 마음이 분노로 활활 타오르는지, 그녀의 두 눈매에선 불꽃이 튕길 것 같은 분위기마저 감돌았다. 미란은 말없이 앉아, '뭐? 연락한다는 감각을 잊어버려? 내가 너한테 그 정도밖에 안 되니? 뭐 이런 남자가 다 있어.'라고, 눈빛으로 수혁에게 외치고 있었다.

수혁은 미란의 표정을 보니 자신이 말실수를 연거푸하며, 점점 나락으로 떨어지고 있다는 사실을 확실히 깨달았다.

"아니, 둘이서 뭐가 이렇게 심각해. 같이 어울려서 대화도 하고 그래야지."

말소리가 갑자기 들려, 앉아 있던 수혁이 고개를 들어 보니 헨리 유가 서서 웃고 있었다. 수혁은 얼른 자리에서 일어나, 미란에게 헨리 유 사장임을 눈치로 알려 주었다. 눈치껏 알아들은 미란이 재빨리 일어나 고개를 숙이며 인사를 했다. 헨리 유가 집중해서 미란의 모습을 관찰하고 있다는 것을 수혁은 느낄 수 있었다.

"윤미란 씨입니다. 오늘 서울에서 왔습니다. 회사 일 때문에요."

좀 딱딱한 분위기로 수혁이 소개하자 헨리 유가 빙그레 웃었다. 그러더니 미란에게 손을 내밀며 악수를 청하였다.

"나, 헨리라고 부르면 돼요. 내가 이 친구를 마구 괴롭히는 장본인이지. 어째 분위기가 심각한 것 같은데 내가 한 번 알아맞혀 볼까? 이 친구가 연락도 잘 안 하고 소홀하게 굴었지? 하여튼 혼나야 돼요. 그렇죠?"

"예. 저어……, (수혁을 쳐다보며 눈을 흘기면서) 뭐, 그래요……."

헨리 유는 미란의 태도를 보곤 살피는 눈빛이 더욱 날카로워지더니 미간에 주름살이 살짝 생겼다. 그러다가 얼른 입가에 미소를 지으며 부드럽게 말을 이어 나갔다.

"미란 씨. 내가 생각하기엔 수혁이란 이 친구는 이런 것 같아요. 이 친구, 남하곤 다른, 탁월한 데가 있어. 특히 이번 테마파크 계획에서 보여 준 능력은 천재가 있다는 걸 나에게 알게 해줬어요."

수혁은, 헨리 유가 미란에게 자신을 천재적이라고 표현하는 것을 듣고, 깜짝 놀라고 있었다. 왜 이러나 싶었다. 불안하게.

"그런데, 나 이런 친구들 몇 번 상대해 본 적이 있는데, 다 좀 비슷해. 물론 이 친구처럼 내 사람으로 같이 있던 것은 아니지만. 그냥 프로젝트로 만난 사이였으니까. 그래도 관찰해 보면, 평범한 범인들처럼, 어느 정도 한결같이 친절하고, 한결같이 기분이 일정하고, 그래서 자신들의 여자에게 일관된 만족감을 계속 제공하고, 그런 것 잘 못하더라고. 이 친구가 무심한 한국 남자라서 그런 것도 아니에요. 세상 어디에 태어나더라도, 어느 여자 앞이더라도, 똑같이 굴었을 친구라고……. 무슨 말이냐 하면, 이런 타입들은 그냥 내버려 둬야 해요. 그러려니 하면서. 자아, 내 말은 옛날 한국 여자들처럼 남편 잘 모시라는 말도 아니에요. 그냥 어느 한 부분은 저 모양이니까 그냥 맘에 안 들더라도 신경 끄고, '이 사람은 원래 그런가 보다.' 하고 내버려 두는 것이 필요하단 말이에요. 왜 그런가 분석하고 이해하려고 할 필요도 없고, 그러면 그럴수록 미란 씨만 힘들어질 거야. '날 우습게 봐?' 하면서 자존심은 강하니, 남자에게 어느 부분 마음을 딱 접질 못하고, 그러니 자신은 버림받았고 불행하다는 생각만 들고……. 아마 알면 알수록 점점 더 모를 구석이 많아질 테니까……. 이런 친구들은 지 혼자, 자기가 만드는 세계에 푹 빠져 있는 구석이 있거든, 그게 현실로 돌아올려면 좀 시간이 걸려요, 다른 사람보다. 오해하면 이기적으로 보일 수도 있고, 어디에 속박당하는 것이 못 견디게 싫은 성격일 수도 있고, 고립되어 있는 면일 수도 있고, 한편으론 뭘 해내야 한다는 압박감과 의무감이 굉장히 심하고, 하여튼 복잡하다고 이런 친구들은. 나도 파악이 안 돼. 그래서 지 혼자 흥에 겨워 춤을 출 수 있게 내버려 둬야 해요. 결코 그게 미란 씨에게 소홀해서 그런 것 아니에요. 좀 엉망진창이라 그렇지, 한편으론 진심도 있거든. 그건 이 친구와 같이 있는 이 헨리 유가 장담하지. 하하하. 나도 이 친구는 어느 부분 그냥 내버려 두거든. 그러면 알아서 더 잘 돌아가더라고. 하하하하. 내가 좀 주제 넘었나?"

"아니에요, 사장님. 아니에요."

미란은 어쩔 줄을 몰라 하면서 가만히 서 있고, 헨리 유는 혼자서 웃음을 머금고 뒤돌아 조용히 사라지는데, 수혁은 헨리 유의 말을 곱씹으며 멍하니 그의 뒷모습을 바라보고 있었다.

이른 저녁 햇살이 옥색 바다를 조금씩 발그스름하게 물들이기 시작했다. 다들 중문 단지 쪽으로 리조트 버스 편에 이동하고 수혁과 미란만 남겨진 상황이다.

두 사람만 남기까지의 과정은 다음과 같았다. 헨리 유는 파티가 끝나자 같이 가자는 사람들의 요청을 웃으면서 모양 좋게 반납했다. 그는 '젊은 사람들끼리 즐겁게 놀아야지.'라고 말하며, 원더리조트 총지배인과 인사를 나누기 위한 사라짐으로 자연스레 몸을 빼는 현명함을 보여 주었다. 그리고 모두들 리조트 버스를 타고 이동했다.

대포 주상절리柱狀節理, 용암이 갈라져 생긴 육각형 모양의 돌기둥들이 첩첩이 늘어서 절벽과 바위를 이루고 있었다. 그 해안의 목책 산책로를 걸으며 휴식들을 가진 뒤, 소라 껍데기가 콘크리트로 커다랗게 만들어져 홀로 중심에 서 있는 주차장 입구에 모여선, 다들 중문단지로 떠나려 하자, 미란은 '우리 둘은 좀 더 걸어요.'라고 한 마디 꺼냈고, 수혁은 '그럴 수는 없다.'고 했고, 결국 미란은 혼자서 딴데 가 버리겠다는 태세가 되었고, 난처하게 된 수혁이 절절매고 있자, 마크 페린은 뭔가 눈치를 챘는지 그에게 상황을 물어보았고, 결국 수혁이 실토하자 '너는 남으라.'고 하면서 일행에게 상황을 부드럽게 설명해 주었고, 수혁 자신도 미안하다고 하면서 계면쩍게 양해를 구해야만 했다. 자신이 디자이너들에게 한국식은 2차, 3차, 끝까지 같이 가는 거라고 큰소리

쳤으면서, 중간에 몸을 빼기가 정말 민망스러운 지경이었다. 다들 재밌다는 듯이 웃으면서 수혁의 상황을 십분 이해해 주었다. 그동안 일로써 별로 약점이 보이지 않아 왠지 밉살스러웠는데, 오늘 수혁의 꼬라지를 보니 즐거운 모양이었다.

마크 페린은 헤어질 때 싱글싱글 웃으면서 수혁의 어깨를 툭 치더니 버스에 올랐다. 배종삼은 수혁에게 "걱정하지 마. 하윤정은 내가 대한민국 남자로서 보호할 테니까."라고 씩씩하게 말을 건넸고, 이안은 "나는 오늘 나의 여신이 누구인지를 알고 말았어."라고 표현하며 넋이 나가 있었다. 저 둘이 있는 이상 하윤정은 안전할 터였고, 주변을 끊임없이 배회하는 젊은이들 덕분에 외로울 리는 절대로 없었다. 이 아름다운 '동양 인형'은 말 한 마디라도 나눠 보고 싶어하는 구름 떼를 항상 몰고 다녔다. 맨날 보던 여자 동료가 아니고 외부에서 느닷없이 찾아온 신선한 느낌의 이성이라 그런지, 반응들이 약간의 과열 양상을 보이고 있었다. 여자 디자이너들 눈길이 좀 좋지 않았지만 — 수혁은 그녀들에게 사실 미안했다. 자기 때문에 뚱딴지 같은 애가 갑자기 껴든 꼴이니 — 뭐 어떻게 하겠는가! 어차피 그건 하윤정이가 어디 가나 감내해야 할 인생의 축복이자, 가시이다. 다만 저 경국지색傾國之色이 몰고 온 파문이 오늘 하루로 한정되기만을 바랐다. 하윤정도 미란에게 무슨 말을 들었는지 아무 소리 없이 버스에 올라탔다. 이 두 여자는 중문단지에 있는 호텔에 여장을 풀어 놓고 있었다. 이래저래 미란이를 부른 덕분에, 수혁은 썩 유쾌하게 오늘을 자신의 의지대로 요리하지는 못한 꼴이 되고 말았다. 퍽 신경 쓰고 준비했던 것인데……. 다들 자신의 사생활은 희생하고 있지 않은가! 마음이 찜찜했다.

옥색 빛깔이 물결치는 바탕색으로, 또 군데군데 연두색과 군청색이, 그리고 수평선으로 주황색과 노랑색이 강조되는 바닷물과, 짙은 갈색과 검은색 현무암들 표면에, 햇빛이 물에 젖어 군데군데 은색으로 하이라이트를 만드는 암벽 사이사이로, 하얀 포말이 선명하게 떠오르는 바다. 바람에 머리칼을 휘날리며 처량한 표정으로 바다만 보고 있는 미란의 옆모습을 보니, 그녀랑 처음 걸었던 경포대 바다에서의 추억이 생각났다. '우린 그네에 앉아 이런저런 얘길 하다가 난 울음이 터질 뻔했고, 미란은 이제 그만 울어도 된다고, "그만 울어요." 하면서 날 위로해줬지.' 수혁은 그때 생각이 나면서 미란이가 불쌍한 생각이 들었다. '내가 사실 뭐 잘해 준 게 있어야지. 만나고 싶을 때 만나자 그러면, 미란이는 성실하게 열심히 나왔고, 그래서 뭐가 좀 되려나 싶으면, 그다음에는 난 꿩 궈 먹은 소식이고……. 화날 만도 하지, 뭐.' 이런 생각을 하며 미란 옆에 입 다물고 서 있는 수혁이었다.

미란은 아무 말도 없이 해변 산책로를 다시 걷기 시작했다. 해변 올레길 중 하나로, 관광객들이 많이 걸어다니는 중문 해수욕장과는 반대로, 대포항 쪽으로 조성된 한적한 산책로였다. 해변 쪽으로는 소나무 숲이 연이어 있고, 걷기 좋게 EPDM[73] 탄성재로 포장된 산책로에는, 높게 솟아 있는 야자수들이 바닷바람에 커다란 잎들을 느긋하게 흔들어

73 EPDM(Ethylene Propylene Diene Monomer rubber) 열가소성 합성 고무.

대는 중이었다. 해변의 방풍림으로 조성된 소나무 숲 사이로 바다가 언뜻언뜻 보이다가, 연이어 탁 트인 경관이 펼쳐지며 주상절리 현무암들이 해변을 이룬, 주로 시커멓게 무게감을 보이면서 회색빛과 갈색빛이 조금은 돌기도 하는 것 같은, 마치 거대한 말벌집들이 군데군데 갈라지고 쪼개어져서 줄줄이 바다에 잠긴 듯한, 바위들의 기괴한 군집 형태들이 걷던 두 사람의 시선을 고정시키곤 했다. 해는 뉘엿뉘엿 수평선 아래로 자취를 감추자, 파도 소리만 요란하게 울리며, 옥색 빛깔은 점차 감추어지고 거무스레 물들어 가는 제주 바다.

'어느 바다나 날 저무니 색깔은 똑같아지는구나.' 수혁은 코발트블루빛 바닷물에 하얀 포말이 일어, 하얀 모래사장과는 바다와 해변이란 경계선상이 애매모호해지던 경포대 바닷가를 떠올리며, 어느 틈에 제주 바다와의 색채 차이에 관심을 쏟고 있었다. '하얀 모래사장에 코발트블루빛 바다와, 검은색 현무암 해변에 옥색 바다라, 참 색깔 매치가 오묘하기도 하다. 검은색 바위 해변에 코발트블루 바다면 좀 우울해 보일 거야. 자연이란 스스로가 어울리게 발전하는구나. 어쨌든, 하얀 포말이 돋보이면서 바다와 해변 경계가 뚜렷하게 보이는 쪽은 여기 바다지.' 수혁은 이런 분석을 하며 자신의 직업 의식을 어느 틈에 되살리는 중이었다. 그는 영화나 TV 화면을 봐도 맘 편히 내용에 집중한 적이 없었다. 연기하는 배우는 안 보이고 뒷부분에 서 있는 세트나 야외 배경, 컴퓨터 그래픽으로 표현된 특수 효과 등에만 관심이 가서, 끊임없이 눈알을 굴리며 배우 뒤만 보고 있다고 할까? 방송국 일을 하기 시작한 이후 생겨난, 불행하다면 불행이라고 할 수 있는 버릇이다. 끊임없이 집중력을 가지며 관찰하기가 이젠 버릇이 아닌 타고난 천성으로 되어 가는 느낌! 이러면서 미란 뒤를 계속 쫓아가는 중이다. 미란의 뒷모습이 '쓸데없이 말 시키지 마.'라고 하는 것 같아 수혁은 가만히 있었다. 그냥 그녀랑 같이 있어 주는 것이 사람의 도리로 느껴져서 계속 뒤를 따라가기만 했다.

한참 그러고 걷다 보니, '전복 종묘 방류 양식장으로 무단 채취 금지', '스쿠버 다이빙 금지' 등의 녹색 바탕에 하얀 글씨체로 경고문 푯말이 나무에 매여 있는 곳이 나오더니, 조금 더 걸어가선 우측 한쪽 편으로, '야간 해안선 및 초소 부근의 무단 출입을 금합니다.'라고 지역 전투경찰대장의 강력 경고문이 당당하게 땅에 말뚝 두 개를 박고 서 있는, Y자 두 갈래 길이 나타났다.

미란은, 발그레한 색으로 걷기 전용의 고무칩 포장된 좌측 올레길 방향은, 무슨 심보인지 일부러 고개를 돌리고 눈길을 외면하였다. 전투경찰대장이 무단출입을 금한 쪽인, 우측의 울퉁불퉁한 콘크리트 길로 미란은 뒤도 돌아보지 않고 걸어가기 시작했다. 수혁은 잠자코 쫓아가기만 했다. 길 끝에는 초소가 서 있고, 막사 건물 같은 것이 안쪽에 서 있는 해안가 공터가 나오는데, 초소 창문엔 '출입 통제 구역', '올레길이 아니니 돌아가시오', 'CCTV 녹화 중임' 등 협박조의 빨간 글씨들이 잔뜩 붙어 있었다. 수혁은 그것들을 보고 돌아서려 했지만, 미란은 아무 말도 없이 초소 입구 길 바닥에 칠해진 노란색 금지선을 넘고는, 안쪽으로 쏙 들어가 버렸다. '걸리면 걸려라! 나는 총알을 맞든 어떻게 되든 상관없다!'는 기분인 것 같았다. 수혁도 따라서 들어가야 했다. 아무도 없는지 인기척이 느껴지진 않았다. 막사 건물 공터에는 소나무 방풍림 없이 곧바로 바위들로 된 해안이 연결되어 있었다. 철썩이며 파도치는 바다가 한층 더 가깝게 느껴졌다.

바다를 물끄러미 바라보던 미란은 갑자기 뒤돌아보았다. 어둑어둑한 해변에서도 선명하게 보일 만큼, 그녀의 눈빛이 내면의 갈등을 담고 흔들린다는 느낌으로 수혁에게 화살촉처럼 날아들었다. 가까이 다가서 보니, 눈매에 눈물이 그렁그렁 맺혀 있었다. '에이 참 나, 이거 원. 내가 그렇게 상처를 줬나?' 수혁은 미란의 눈물 맺힌 눈매를 보니 그냥 넘어갈 수는 없어서, 고개를 떨어뜨리며 다가가 그녀의 어깨를 끌어당기며 가슴에 안아 주었다. 안고 보니 숨소리가 가냘프게 할딱거리는 것이 '참새 한 마리 같구나.' 하는 생각이 들었다. 뭉클한 젖가슴이 느껴졌다.

"오늘밤, 나랑 같이 있어요."

미란의 말이 수혁의 귓전을 조용하게 때렸다. 수혁은 그 말을 하는 미란의 눈과 입술을 내려다보며 고개를 끄떡거렸다.

서툴렀다. 굉장히 서툰 여자였다. 소녀였다. 수혁 자신도 능수능란하게 해내는 익숙한 선수하고는 거리가 먼 타입이긴 했지만, 사춘기가 지나 성년盛年의 한계와 고통을 느끼기 시작한 젊은 남자들이 여러 경로를 통해 여자를 알아가는 과정은, 충분히 남들만큼 겪었다고 할 수 있었다. 한 마디로 쑥맥은 아니었지만, 미란은 달랐다. 서른두 살이란 나이가 믿어지질 않을 정도로 수혁의 품안에서 경직되고 떨고 있었다.

어제, 이곳 호텔방, 이 침대에 들어올 때까지, 이 여자가 안간힘을 썼다는 생각이 들었다.

수혁은 자기 옆에서 고개를 조금 옆으로 돌리고 잠이 들어 있는 미란을 물끄러미 바라보았다. 문득 안쓰러운 마음이 들어 그녀의 뺨을 한 손으로 어루만지며 그녀 얼굴을 자세히 살폈다. 검고 긴 생머리가 상아색 면 베개에 흩어져 있었고, 연한 푸른색과 밝은 분홍색 실핏줄이 살짝 보일 정도로 창백한 살갗에 윤곽이 또렷한 얼굴에는, 긴 속눈썹이 뺨에 그림자를 드리우는 쌍꺼풀진 두 눈이 살며시 감겨 있었다. 어딘가 가슴 아프게 하는 구석이 있는, 잠든 조그만 얼굴이다. 긴 목에, 턱선과는 상당히 먼 거리를 보이며 그어지는 좌우 쇄골선들, 그 사이를 섬세한 근육들이 작은 곡선들을 연이어 만들고 있었다. 앞으로 전혀 말려 있지 않고 완전히 펴진 어깨. 지금 하얀 시트 속에 숨어 있는, 손에 쥐면 손가락 사이로 부드럽게 튕겨 나오는 젖가슴. 목에서 어깨로 흐르는 선이 아름다웠다. 초생달의 안쪽 포물선이 단숨에 그어진다는 느낌이랄까? 수혁도 꽤 오랜 세월 합기도 수련을 하면서, 몸을 쓴다는 것이 어떤 감각인지를 이해하고 있었다. 미란 몸의 선들을 보면, 단련을 해서 정제가 되었던 흔적이 남아 있었다. 그러나 수혁의 몸을 여린 진동과 함께 기를 펴진 못하면서 조심스레 휘감던 미란의 모든 관절은, 흔적에 비해 그리 유연하지는 못했다. 골반의 고관절은 생각보다 경직되어 있다는 느낌이었다. 나긋나긋하질 않았다. 심리적인 건지……. 일반인과 비교해서 유연성을 생각해 보는 것이 아니고, 체조나 무용, 무도武道와 같은 고도의 유연성과 순발력을 필요로 하는, 몸을 사용한다는 감각을 익혀 가는 단련과 연마를 거친 여자의 몸과 비교하는 수혁이었다. 미란의 몸에는, 자신의 육체를 사용해서 하나의 선을 완성할 줄 알았던 여자의 기억들이 보였다.

섬미한 목덜미 위쪽에서 타고 내려오며 시원한 직선을 이루다 조금씩 휘어지는, S자라고 말해 버리면 신성한 장소에 침을 뱉는 것과 같은 불경죄가 주어지는, 아주 미묘하고 거의 직선에 가까운 완만한 복합 곡선이 포함된 등줄기, 어깨와 등을 만드는 좌우 승모근과 척추 기립근의 치밀한 결들의 섬세함과, 그 결들이 가운데 척추로 모여들어 동작에 따라 살짝 옴폭 패이곤 하는, 바로 미란의 몸이 순결한 좌우대칭임을 말해 주며 그림자 선 만들기에 골몰한 얕고 가냘픈 골짜기 도랑, 이들이 보여 주는 훈련된 몸의 흔적들, 연하고 가느다란 목의 옆줄기를 타고 내려오다 쇄골과 결합되는, 보조개가 파인 듯한 작은 어깨 근육들의 곡면과 곡선들, 부조화라 할 정도로 유달리 전체적으로 가냘픈 팔, 모인 듯한 기분이 드는 봉긋한 젖가슴 밑으로 수줍게 드러나는 좌우 갈비뼈의 연속된 굴곡들은, 몸의 중심선 쪽으로 오므라들어 있어 허리의 잘록함을 끊임없이 도우며, 따뜻하고 부드러운 곡선이 과도한 풍만을 억제하며 올라붙은 엉덩이는, 섬세하게 발달된 근육들이 수축과 팽창을 반복하며 만드는 율동적인 결합과 풀림, 그리고 순간적으로 나타나는 긴장을 이루는 패임들과 조그맣고 귀여운 둔덕의 다양함을 선사하고, 양 허벅다리가 모여 이루는 내밀한 안쪽 면, 바로 허벅지와, 넓적다리 전면부, 앞에서 볼 때 다리 바깥선과 외측으로 조금 치우친 선이라 해야 하나, 모두 골반에서 가장 강한 결합선들을 특징있게 보이며 시작되는, 이 여러 매끈하고 길쭉한 다리 근육들은, 빛의 각도에 따라 변화가 풍부한 가녀린 음영들을 보여 주며, 무릎까지 아주 완만한 S 커브들을 그리고 사이좋게 마주 보며 연결되고, 가느다란 발목으로 내려가며 완성되는 종아리의 가장 윗부분에 위치한, 연하면서도 도톰한 복숭아 망울은, 표면장력을 스스로 급격히 포기하며 아래로 스며들어 뒤꿈치의 세밀한 힘줄로 변화한다. 몸 전체가 동작에 따라서 수없는 선들이 생겨나고, 끊임없이 타고 흐른다는 시각적인 인상들. 전반적으로 미란의 몸은 요점과 도가 넘지 않는 섬세한 부각, 또한 결속과 풀려남, 그리고 유려함이 돋보이는 여자의 몸이었다. 다만 경직이 문제였다. 정제와 연마의 흔적들에 비해선 상당히 유연성이 부족했다. 어찌하든, 한번 단련되었던 몸은, 그 후에 손놓아도 미란 정도의 나이면 그 자취가 완전히 사라지지는 않을 것이다. 미란의 몸을 바라보고 지난밤을 회상하니, 불가사의한 몸에 알다가도 모를 여자란 느낌이었다. 잠자는 미란을 쳐다보면서 자신도 이해하기 힘든 불쌍함과 부담감 같은 무거움이, 수혁의 가슴을 짓눌렀다.

수혁은 침대에서 빠져나와 가운을 걸치고는 베란다로 나섰다. 서서히 밝아 오지만 아직 해가 뜨지 않은 해변 쪽을 그는 바라보았다. 느낌이 시원하지 못하고, 내가 어디로 튀어나가야지만 해결될 것 같은 답답함이 가슴속에 남아 있었다. 미란을 생각하니, 서른두 살 먹도록, 아무도 건드릴 수 없는 혼사만의 꿈을 먹고 산 소녀란 느낌이었다. 수혁 자신이 그 꿈의 어느 한 부분을 처음으로 건드려 준 것이 아닌가 싶었다. 펠드스파홀딩스에 제출할 수혁에 대한 관찰 보고서를 혼자서 쓰면서, 경포대 바닷가에서 수혁의 여행 회고담을 들으면서, 어쩌면 오늘 파티에서 들은, 의도된 장난기로 무게감을 희석한 헨리 유의 평가까지도 일조하면서, 이 소녀가 뭔가 자신만의 꿈을 키워 왔음을 그는 깨닫고 있었다. 더 나이 들기 전에 쓸 만한 남자 잡아 결혼하려고 수혁에게 덤빈 여자가 아니었다. 뭔가 그녀 자신의 자존감과 만족을 위해, 모든 상황을 그녀 자신이 연출하고, 안간힘을 쓰면서 참아 내고, 또한 만들어 낸 여자였다. 부담스러웠다. '난 뭐, 그렇게 멋진 남자가 못된다.' 저 꿈 많은 소녀를 위해선 자신이 정말 대단한 인물이 돼야 할 것이라는, 아직 미란이 말을 꺼낸 적도 없는데 혼자서 빠져드는 압박감과 의무감 때문에, 수혁은 갑자기 이 호텔방을 뛰쳐나가 버리고 싶은 욕망이 내부에서 치밀어 오름을 느꼈다. 다시 심호흡과 함께 맑은 공기를 마셨다. 머리가 좀 차가워지길 바라면서.

수혁의 고향은, 산자수려山紫水麗란 말이 다른 형용사 필요 없이 그냥, 사람들 가슴속에 와 닿아 버리는 충청북도 단양丹陽이었다. 그는 고등학교 1학년 때까지는 전교 수석이란 지위를 놓친 적이 없을 정도로 수재였다. 단양에서 중학교까지 다니다가 제천시로 와, '제고'(제천 사람들은 '제천고등학교'를 줄여서 '제고'라고 고유명사화하여 자랑 섞어 부른다)를 다녔는데, 여기는 충청북도 내에서 수재들만이 모인 고등학교였다. 다들 서울대를 목표로 살아간달까. 피곤한 종자들은 다 모인 곳이었다. 지방은 서울과 달리 평준화의 목표에서 벗어나 있는 곳이 아직 남아 있다. 이는 아직 열악한 '지방'이란 악조건을 딛고 수재들을 '중앙'으로 진출시켜, 고향이란 이름의 태어난 지역에 대해 어떠한 형식의 도움이라도 보태라는, 겉으로는 말하지 않는 '지방 사람'들의 될성부른 떡잎에 대한 소박한 마음이자 치열한 경쟁을 통한 인재 육성법이다. 수혁은 여기 제고에서도 1학년 내내, 2학년 초반까지 수석을 달렸다. 고향 단양에서는 군민 모두가 '한수혁'의 이름 석 자를 알 정도로 기대감들이 있었다. 단양군 출신으로 '제고'를 수석으로 들어가, 줄곧 수석을 달리는 녀석은 수혁이 유일했다.

남편을 일찍 여읜 수혁의 홀어머니는 머리는 비상하게 좋으나, 어린 시절부터 줄곧 겪어 내야 했던 인생의 여러 좌절들 덕분에, 희망이란 것을 품고 살아 보지 못한 사람이었고, 그 때문인지, '수혁'이란 자신의 아들 이름만을 가슴에 새기고 사는 여자였다. 그러나 그 가슴 새김을 사랑이라 할 만한 표현으로 수혁에게 전달하기에는, 그녀 자신도 경험은커녕 제대로 구경해 본 적도 없어, 어떻게 해야 할지를 전혀 모르는 인생이었다. 사실상, 사랑이란 것을 그래도 가장 진실에 가깝게 체험해 본다 할 수 있는, 부모에게 받는 일관된 애정조차도, 머릿속으로만 혼자서 그려 보며 성장해야 했던 과거를 지닌 어머니였다. 수혁의 어머니가 부모에게서 느낀 애정이란, 언제든지 자신을 배신하고 사라져 버릴 수 있는, 안개보다도 더 미덥지 못한 것이었다. 수혁의 외할아버지, 즉 어머니의 아버지는 키가 훤칠하고 인물은 영화배우 뺨치게 잘생겼던 한량이셨는데, 그 덕분으로 끊임없이 바람을 피우시며 삶을 즐기시느라, 사업은 하는 족족 말아먹더니 선조로부터 물려받은 꽤 되는 재산마저 다 날리고는, 마지막 남은 진액을 빨대 꽂아서 쪽쪽 빨아먹고 있던 화류계 여자와 집을 나가 가족은 패대기치고 종적을 감춰 버렸다. 한편으론, 자주 있던 일은 아니긴 하지만 어쩌다 가끔씩이라도 남편(수혁의 외할아버지)이 집에 들어오면, 식객食客으로 우글거리는 외척外戚들과, 끊임없이 입에서 새어 나오는 한숨과 우울한 청승, 그리고 진저리나는 신세한탄으로, 모처럼 개과천선해 볼까 하는 남정네의 마음을 항상 발걸음 돌리게 만들던 수혁의 외할머니는, 이젠 아예 집을 나가버린 가장家長에 대한 홧병으로, 스스로 식음을 전폐하다 무책임하게도 일찍 돌아가 버렸다. 따라서, 이제야 십대에 접어들던 수혁의 어머니가 난데없이 천애고아가 되어, 친척집을 전전하며 지워지지 않는 쓰라린 상처들을 지니게 된 것은 당연한 결과였다. 스무 살이 넘자마자, 얹혀 살던 친척집에서 빨리 나오고 싶어, 해치우듯이 결혼한 수혁의 어머니다. 나이 차가 심하게 나는 수혁의 아버지, 즉 남편과의 짧은 결혼 생활도 서로 말이 통하지 않아 그리 행복하다고는 할 수 없었고, 그조차도 수혁을 낳자마자 남편의 급작스런 병사로 끝장나고 말았으니, 사랑과 행복이란 단어의 실체는 한 번도 제대로 경험해 보지 못하고 머릿속에서만 뱅뱅 도는 여자의 인생이었다. 재가하지 않는 젊은 과부의 마음엔, 지금까지 부모도 남편도 모든 이가 자기를 버리고 떠났는데, 다시금 버림당할 예정된 미래를 더 이상 이겨 낼 것 같지 않다는 공포가 가득 들어차 있었다. 공포는, 어떠한 종류의 탄력도 모두 사라지게 만든다. 마음을 푹 놓고 편안하게 자신을 맡겨 본다는 정신적 여유를 한 번도 경험해 보질 못한 인생이니, 남은 것은 자기를 지키려 과다하게 부풀어 올라 딱딱하게 표면층이 형성된, 알맹이는 보이지도 않고 껍데기만 만들어져 있는 한 여자였다. 수혁을 대하는 그녀의 일상이란, 사랑이란 알맹이는 존재하지 않고, 자신의 못 다 이룬 인생의 꿈들을 하나밖에 없는 내 아들이 반드시 이루어 주기를 바라는, 집착이란 거칠고 가시 돋친 껍데기로 끊임없이 아이의 표면을 문질러 대는 과정 과정들이었다. 이런 상황 속에서, 매일매일 흘러가는 어린 수혁의 마음이란, 더 이상 새로운 상처가 생겨날 자리가 보이지 않을 정도로 헌데 투성이가 되어가는, 비틀려 버린 역사라 할 수 있었다.

예를 들어, 초등학교 1학년 때부터 만점을 받은 시험지를 보여 줘도 그 옆의 90점 받은 시험지에 집중하면서, 특히 알고 있는 것을 실수해서 틀리는 경우, 용납이란 것을 모르는 수혁의 어머니였다. 어머니 눈에 뜨이는 수혁의 실수란 도처에 있는 것이고 수혁이 움직일 때마다 생겨나는 것이었다. '말'로 표현되는 채찍질이 가혹했다. 귀가 째지는 신경질이 섞인 큰 소리와 일관성이 결여된 변덕 섞인 비난으로, 어린 애가 느끼기에 무섭게 표현되고 용서란 어디에도 존재하지 않는 야단침이, 매일 반복되다시피 했다. 한 번은, 더 실수하면 그 실수한 손을 자르겠다고 협박하면서 부엌 식칼을 어린 수혁에게 휘둘렀으니 참으로 딱한 상황이긴 하다. 어머니는 실수를 막을 요량으로 겁만 줄 작정인 게 분명했으나, 상황이 일단락되자 진짜 손발이 잘릴지도 모른다는 느낌을 가진 채 수혁은 벽장 속에 스스로 들어가 마음을 쉬어야 했다. 그 어둡고 좁은 벽장 속이 가장 안전하다 여겨지는 초등학교 이전부터의 쉼터였기 때문이다.

덧붙여, 삶의 상처들이 또다시 험하게 덧날까 두려워 스스로를 누구하고도 심리적으로 완전히 단절(방안에서만 지냈다는 말은 아니다)한 덕분에, 삶의 근심 걱정들을 비슷한 또래하고 대화로 나눌 길이 없으니, 수혁의 어머니는 유일한 말상대라 할 수 있는 아들에게 끊임없이 뇌까려 댔다. 나이가 어린 듣는 쪽에게는 근심 걱정이 마음속 깊이 주입되어 버림이 자연스러운 진행 과정일 것이다. 아직 어려서 나약하고 힘이 없는 수혁은, 어머니의 그런 말들을 피한다는 생각은 전혀 하지 못했고, 오히려 어머니의 근심 걱정들에 수혁의 마음은 인질이 돼 버려, 살아간다는 것이 걱정스럽게만 느껴지고 자신이란 존재 자체가 고통이란 생각을 혼자 하는, 겉만 어린애지 내면은 진액이 바짝바짝 마르는 지쳐 버린 애늙은이였다. 간략하게 말하자면, 걱정 근심으로 질질 끌려 다니는 생활이다. 다만, 살아가야 한다는, '난 어떻게든 살아야 한다!'는 생존에 대한 본능만은 누구보다 강한 천성을 타고 났으니, 마르는 진액을 어찌어찌 보충해 가면서 파괴당하지 않도록, 스스로 버티며 성장해 나갈 숨구멍을 열어 둔, 신의 조그만 은총이라 할 수 있겠다. 동시에 어린 수혁은 웃는 어머니가 보고 싶었고, 불쌍하다 느껴지는 자신의 어머니를 웃게 해주고 싶었다. 나이 어린 어린애가, 자기 어머니가 처한 딱한 처지와 감정 기복이 심한 불안정한 심리 상황을 꿰뚫어 보는 눈은 갖고 있어서, 어머니에 대한 동정심 또한 품고 있다는 점이, 사실상 그녀가 자신의 아들을 마음대로 휘둘러 댈 수 있는 주요 조건 중 하나가 된 것이다. 수혁의 어머니는, 성격적으로 남의 내면을 들여다볼 수 있는 이해심은 결여되어 있는, 좋게 말해 어떤 면에서는 단순하기 그지없어서 — 그 단순함이 장점으로 작용하여, 그녀 자체가 주위에 휘둘려서 머릿속이 휑하게 되지 않고, 자기 방식대로 어느 정도 정리된 상태로 버티고 살 수 있었던 면도 있다—자신 때문에 타인은 괴로운 상태에 빠져 있어도 아무것도 이해하고 싶지도 않고, 기껏 눈치 챈다고 해보았자 나름의 입장에만 매달려 남을 바라보아야지만 또한 안심도 되고, 자신을 지킬 수 있을 것이라는 강박감으로 인간관계의 본질은 들여다보려 하지 않고 회피하는 짓에 익숙해 버린, 자기 자신을 지키는 방식으로선 매우 안쓰러운 일이긴 하지만, 완전히 마음을 딱딱한 돌처럼 만들어 버린 어른아이였다. 반면에, 아직 많은 수용성과 가능성을 가지고 탄력과 변화에 대한 포용력이 풍부한 어린 아들은, 타인의 상태를 잘 헤아리며 놀라울 정도로 관찰력을 발휘하여 살길을 모색하는 것에 익숙한, 눈치꾸러기 애어른이었다.

어쨌든, 아들에 대한 이런 어머니의 가혹한 요구들 면면은, 그녀 자신이 머릿속으로 혼자서 그려 보던 이상적이고 완벽한 아버지, 남편, 남자로 수혁을 만들고자 하는 편집광적인 의지의 표현이라고 볼 수 있었다. 버리고 사라진 부모와 과거 자신의 인생에 관계한 모든 남자들에 대한 복수심일지도 모른다. "내 아들이야, 내 아들. 너희 같은 거하고는 비교도 안 되게 잘 컸어. 내가 키웠어!"라고 외치고 싶은 복수심 말이다.

수혁은 공부뿐만 아니라 모든 것을 완벽하게 해내야 하는 어린이였다. 하다못해, 글씨 교본에 있는 한글 궁체와 완벽하게 똑같이 연필로 복사하듯이 써서 노트 정리를 해야 하는 초등학교 1학년 어린이였다. 보통 아이라면 못 해냈을 텐데 그걸 기를 쓰고 해내는, 또한 해내야 하는 어린 수혁이었다. 결국은 그림 그리기도, 체육도, 음악도 비범하게 잘 해내는 완벽한 이상형의 어린이로 가장假裝될 수 있었다. 그 허위에 찬 가장을 못 해냈다면 훨씬 쉬웠을 텐데, 그걸 해내는 우수함이 수혁의 발목을 붙들어 끈덕지게 물고 늘어지며, 끊임없이 어린 마음을 괴롭히고 있었다. 문제는, 이런 완벽이 계속적으로 제출되어야지만 달성되는 목표, 바로 기뻐하는 어머니의 모습을 항상 원하는 아들로서의 갸륵함과, 또한 그렇게 되어야지만 모든 것들이 제자리에 무사히 자리잡게 될 것이란 안도감이, 어린 수혁의 내면 깊숙한 곳에 자리잡아 스스로를 옴쭉달싹 못하게 만드는 올무로써 작동한다는 점이었다.

그러나 수혁은 어머니 머릿속에 있는 이상형의 어린이를 계속적으로 유지하지는 못하고, 동시에 엄청난 고열과 기침을 동반한 지독한 독감에 종종 시달리며 학교에 가지 못하는 병약한 어린애이기도 했다. 그런 독감 걸린 기간에 일주일씩 학교를 빠지며 어머니의 간호(이때만은 어머니의 비난이 잦아들고, 수혁 자체에 대한 염려가 앞섰던 기간이다)를 받는 것이, 어린 수혁의 유일한 삶의 탈출구라 할 수 있었다. 독감과 몸살 후에는 그래도 훨씬 가벼워진 기분이 다가오곤 했으니까. 사실상, 그 고열과 계속된 기침이 예민한 어린 수혁의 섬세한 신경줄을 지켜준 것이라 할 수 있겠다. 그래서 그런지, 수혁은 시험 기간만 되면, 또한 배탈과 설사를 달고 살았다. 시험 치는 것은 가능하도록—묘하게도 학교에 가 있을 때는 설사가 나오지를 않고 집에 와서야 쏟아졌다—고열과 기침 없이 몸이 무의식적으로 반응한 것이다. 어린 수혁에겐, 몸이 그 상태가 되어야 시험을 잘 볼 수 있을 것이란 느낌이 드는, 일종의 자학적인 감정까지 생겨 버렸다. 시험이란 반드시 만점을 맞아야 하는, 힘들고 고통스러운 높은 산 넘기였다. 그것도 한 번에 끝나지 않고 연속해서 찾아오는……. 어머니가 수혁에게 기대하는 장래는 판검사였다. TV 뉴스 시간, 서울대 정문이 어쩌다 화면에 보일 때마다, '장차, 네가 다닐 곳이다!'라고 말하며 웃는 것이 그녀의 버릇이었다. 그런 상태에서 초등학교를 마치고, 중학교를 마치고, 제천고등학교에 수석으로 들어간 수혁이었다.

제고 2학년 가을 중간고사 때, 수혁은 용단을 내렸다. 사춘기도 조금씩 벗어나 청년의 느낌들이 처음으로 도는 무렵, 중간고사 전날 밤 하숙집 천장을 바라보면서―고등학교 때부터 집을 나와 하숙을 하며 학교를 다니게 됐다는 것이, 그에겐 천만다행한 일이라 할 수 있었다― '내가 더 이상 이렇게 살 순 없다.'고 혼자서 자신에게 되뇌이며 잠이 들었다. 하숙집 가족들의 일상을 옆에서 지켜보며, '부모와 자식', '어머니와 아들'이란 관계에 대해 완전히 다른 세계가 있을 수 있다는 느낌을 태어나 처음으로 가져보기 시작함이, 결국은 모든 일의 발단이 된 셈이다.

다음날, 하루 종일 치러지는 중간고사 내내, 수혁은 아무 답안도 쓰지 않고 백지들을 연거푸 내 버렸다. 선생들은 난리가 났고, 내신 등급은 곤두박질을 칠 수밖에 없었다. 서울대는 물 건너간 것이다. 그다음, 학교에서 평소에 **단양 촌것**이라 놀리며 심하게 괴롭히던 떡대 좋은 두 녀석을 차례로 학교 뒷산에 불러내, 스스로도 놀랄 정도의 폭력성을 느끼면서 무참하게 두들겨팼다. 맞은 녀석들의 학부모들은 학교에 진정을 내었고, 경찰서건 어디건 여기저기 불려 다니다, '정학'으로 끝내려는 학교의 선처에도 불구하고, 말리는 선생도 간혹 있었지만 수혁은 스스로 '자퇴'란 형식을 밟아 버렸다. 내신 때문이라도, '가고 싶은 대학'에 가려면 다른 길을 모색해야 한다는, 자기만 아는 내밀한 계산도 있었다. 단양에 돌아간 수혁은, 아무 말도 하지 않고 딴 데만 멍하니 바라보는 어머니를 발견해야만 했다. 그때 어머니의 전체적 모습을 묘사하자면, 벗어날 수 없는 주문처럼 언제나 반복되는 삶의 고통, 바로 버림당하는 '피해자 되기'의 역할을 자신이 지금 또 담당하도록, 아들마저도 상황을 만들었다고 원망하는 표정이었다고 할까? 수혁 입장에선, 쳐다보면 5초 이상을 참아 내기가 힘든 어머니의 모습이었다. 그는 뭐라고 표현할 수 없는 복잡한 감정들을 누르며 곧바로 집을 나섰고 서울에 올라와 버렸다. 모든 것을 스스로 부수고 나니 마음속은 시원했다.

서울 신설동에 있는 검정고시 학원에 다니기 시작했다. 당시 신설동 로터리는 고가 도로들이 하늘을 막고는 음침하게 그림자를 드리운 삭막한 곳이었다. 지금이야 완전히 돌변했지만, 그 신설동 로터리부터 경험해 버린 바람에, 단양과 제천의 여유 있고 느긋한 분위기에 익숙해 있던 수혁에겐, 서울은 끔찍한 콘크리트 장벽에 사람들은 다들 화난 얼굴로 살아가는 곳으로 뇌리에 박히고 말았다. 낮에는 학원에 나가서 검정고시의 시험 형식을 살펴보고, 밤에는 24시간 편의점에서 알바를 하면서 고려대 앞 고시원 쪽방에 기거할 돈을 벌었다. 피곤은 해도 마음은 편했다. 고시원 주변에서 1,200원에 싸게 파는 백반이나 700원짜리 컵밥을 먹거나, 고려대 학생 식당을 가기 싫은 걸 꾹 참고는 일부러 찾아가 밥을 먹으며, 이젠 소화가 안 될 일도, 설사할 일도 없다고 혼자서 웃곤 했다. 동시에 삼삼오오 지나가는 고대 학생들을 바라보며, '난, 내가 가고 싶은 대학에 가고 만다.'고 투지를 불태웠다. 가고 싶은 대학이란 다름 아닌 미술 대학이었다.

검정고시 학원이란 곳은 수혁이 다니던 '제고'하고는 확실히 다른 곳이었다. 다들 스스로 '깜장 고시'라고 부르며 자조 섞인 푸념들을 늘어놓는, 각양각색의 학원생들이 모여 있었다. 수혁에게 먼저 떠오르는 기억들로, 고등학교에서 있는 대로 사고쳐서 쫓겨난 뒤, 좀 시간이 지난 다음 학원에 들어온 경우인데, 가방에 칼자루인지, 군대 야전 삽자루인지 알 수 없는 '자루'를 가끔, 짓궂게 슬그머니 보여 주면서 주위에 공포감을 안겨 주는 무리가 있었다. 구두 쪽으로 내려오면 폭이 좁아지고, 엉덩이는 풍성한 통바지에, 나이에 어울리지 않는 요란한 아저씨 셔츠를 걸친 건달 패션으로, 희죽희죽 웃고 있는 한덩치들이었는데, 이들은 학원 교실 내부에서 서로가 서로를 알아보는 눈빛을 교환하며, '우리 조용히 살자!'라는 말 없는 상호 견제만 하고 있었지, 어떠한 사태를 일으키거나 불쌍한 학원생들을 건드리진 않았다. 이들은 일반 '양아치'들이 아니라, 건달 중에서도 나중에 철들어서 공부 좀 하겠다고 온 경우였으니, '선량한 건달'이라 불러 볼 수 있을까? 수혁으로선 그 내막을 완전히 알 수는 없었지만, 현재 삶의 방식에 회의감을 가지고 있음이 분명한, 회색분자 '건달'들인 것은 틀림없었다. '양아치'들하고 구분되고 싶은 욕망에서 비롯된 자존심이라고 해야 하나, 일종의 자존감이 필요해서 그런 건지는 몰라도, '건달은 민간인을 건드리지 않는다.'는 나름대로의 철칙도 있는 것 같았다. 그리고, 밤에 야간 근무를 하고 와 피곤에 절어 있는 불쌍한 아가씨들이 있었고……. 반면에 높은 내신 등급을 받으러 온, 좋은 대학에 목매단 불쌍한 샌님도 가끔 보였다. 나이 들어 공부하고 싶어 오신 어르신들도 있었고. 다들 다양한 인생 전력이 있어서 그런지, 한반의 분위기는 서로가 서로를 괴롭히는 일도 없고, 떠들다가도 학원 선생이 한마디 하면 의외로 잠잠해지곤 하는, 밖에서 보면 안 그럴 거라고 상상이 되겠지만 사실은 서로를 감싸고 있는 불문율이 존재했다. 가끔 감정적으로 자기 설움에 복받쳐 격렬한 울음을 터뜨릴 때가 있는 아가씨들이, 소란스럽게 만드는 순간이 있긴 해도 말이다. 처음에는 잔뜩 긴장했던 수혁도 차차 익숙해지며 지내기 편해졌다. 수혁은 여기서 '내 주먹은 살이 꼈는지 꼭 일을 낸단 말이야!'라며 호탕하게 웃는 친구들도 생겼고—성격적으로 잔인하거나 질이 나쁜 비열한들이 아니었고, 그래서인지 일찌감치 그 세계에서 현명하게 몸을 뺄 수 있었던 몇몇하곤 지금도 연락하는 수혁이다—수혁을 졸졸 쫓아다니며 '난 널 좋아해!'라는 말을 스스럼없이 하는 여자애도 만나게 되었다. 나중에 돌이켜 보면, 좀 아슬아슬한 인생의 갈림길이 아니었나 하는 생각도 들지만…….

민수지라는 이름의 여자애였다. 키가 크고 몸에 살집도 좋은 여자애였는데, 뭐가 그렇게 좋은지 맨날 수혁을 쫓아다녔다. 얼굴엔 항상 사과빰을 하고선……. 수혁이 알바하는 곳까지 쫓아와 귀찮게 굴면서, 저녁 사 주겠다고 하며 롯데리아에서 햄버거를 사 주곤 했다. 금전적으로는 궁기가 한참 들어 있을 때라 굳이 거절할 필요도 없고 하여 같이 먹곤 했는데, 자꾸 만나다 보니 어느새 나름 정이 들기 시작했다. 뭘 하는지, 집안이 어떤지, 왜 검정고시 학원에 다니는지는 말하지도 않고, 수혁도 물어보지를 않아서 알 수가 없었다. 서로가 서로의 신상은 전혀 말하지 않는 관계였다. 수혁도 자신의 얘기를 하기가 싫었으니, 수지한테 일체 묻지를 않았다. 그러던 어느 날, 알바가 끝나고 밤 11시에, 롯데리아에서 수지가 고개를 옆으로 살짝 돌리고, 흘깃 눈치를 보며, 약간 긴장한 얼굴로 느닷없는 말을 꺼냈다.

"나 몸 예뻐. 가지고 싶음 가져. 나 괜찮아. 줄께!"

수혁은 '얘가 미쳤나.' 하는 기분이 들어 수지를 쳐다보았다.

"왜 나 싫어? 왜 그런 표정으로 날 봐?"

수지는 얼굴이 빨개지며 수혁을 노려보았다. 그 순간, 수지의 약간 처진 눈꼬리와 복실한 사과뺨이 맞물리면서, 어딘가 미련스런 데가 있어 보였다.

"야. 그러지 말자. 난 복잡하게 되는 게 싫다."

"아니야. 난 그저 좋아서 그래. 왜 그렇게 바보같이 굴어?"

왜 그렇게 바보같이 구냐는 말에 오기도 나고, 성욕도 한참 왕성할 때라 충동도 일고 해서, 수혁은 근처 여관방으로 수지랑 직행해 버렸다. '에라, 모르겠다!'는 기분이었다. 수지는 먼저 씻겠다며 욕실에 고개를 푹 수그리고 들어가 문을 꼭 닫았다. 욕실의 샤워 꼭지에서 뿜어 나오는 물줄기 소리가 요란하게 들리는데, 수혁은 침대에 앉아 멍청하게 생각에 잠겨 있었다. 여관방이 답답한 게 사방 벽이 감옥 같은 기분이었다. 내일이 되면, 한 발자국 더 내딛으면, 다시는 돌아오지 못할 곳으로 흘러들어갈 것만 같은 기분이었다. 이러려고 서울 온 건 아닌데, 이러려고 내가 학교까지 때려치운 게 아닌데 하면서……. 탈출하고 싶었다! 이 순간을. 수혁은 두 눈을 꾹 감고 결심한 후, 자리에서 일어났다. 출입문 쪽으로 가만히 걸어갔다. 조용히 사라지고 싶었다. 욕실 문 옆으로 바로 달린 출입문 손잡이를 소리 없이 열기로 작정한 순간, 욕실 문이 갑자기 열렸다. 수지가 수건도 안 두르고 발가벗고 그냥 나오고 있었다. 수혁은 하마터면 혈기 왕성한 남자를 이기질 못할 뻔했다. 머리에 피가 다 몰리는 느낌이랄까? 출입문에 서 있는 그를 분노에 차서 노려보는 수지의 두 눈과 얼굴, 벗은 몸을 멀거니 쳐다보다가, 수혁은 고개를 확 돌리곤, 출입문을 열고 뛰쳐나가 버렸다. 놀라고 일그러진 수지의 얼굴을 뒤로 하고…….

수혁은 베란다에 서서, 왜 지금 수지랑 얽힌 16년 전 일이 생각나는지 자신도 알다가도 모를 지경이었다. 그 후 다시는 얼굴을 못 본 여자애였다. 다만 기억이 생생한 것은 분노에 차서 일그러진 수지의 얼굴이었다. 수혁이 자신을 들여다보니, 지금 기분이 딱, 그 여관방 침대에 앉아 있는 느낌이란 생각이 들었다. 지금 상황을 다 부수어 버리고 탈출하고 싶었다. 다만, 그때의 수지처럼 일그러질 미란의 얼굴은, 자기가 평생 자신을 용서하지 못할 부분이 될 것이란 생각에 수혁은 가볍게 한숨을 쉬었다. 미란이를 가슴 아프게 하기가 싫었다. 그렇게 할 수는 없는 여자! 그게 사랑이라면 사랑 아니겠는가!

베란다에서 다시 방으로 들어가 보니, 미란이 잠에서 깨어 젖가슴에 하얀 시트를 두르고는, 앉아서 수혁을 쳐다보고 있었다. 좀 푸석푸석한 것이 맘 편히 잔 얼굴은 아니었다.

"잘 잤어요? 난 지금 일어났는데……."

수혁은 침대로 다가가 다시 몸을 길게 뻗으며 누운 후, 앉아 있는 미란의 얼굴을 올려다보며 미소 지었다.

"응. 난 잘 잤어요. 괜찮아?"

수혁은 자리에서 일어나 미란의 몸을 안고 침대에 눕힌 후, 시트를 들추며 빙그레 웃고는 미란의 벗은 몸을 감상하기 시작했다. 젖가슴을 손으로 가린 후, 눈을 감고 고개를 돌리며 외면하는 미란이의 어쩔 줄 몰라 하는 모습이 애처롭게 느껴졌다. 수혁은 미란의 귀에 "무서워하지 마. 내가 다시 보고 싶어서 그래."라며 속삭이듯 말을 한 뒤, 그녀가 누워 있는 상태에서 조심스럽게, 여러 동작을 부드럽게 유도하며 미란의 몸 곳곳을 살펴보았다. 미란의 몸이 가졌을 꿈과 희망, 중력이라는 이 세상의 규칙에서 자유로워지고 싶었던 욕망, 언제나 순간에 그치긴 하지만 자유를 느낀 후에 오는 희열과 환희를 확인하고 싶었다. 또한 반대로 이 몸을 괴롭혔을, 수혁으로선 아직 다는 알 수 없는 한계와 좌절도 함께. 그는 미란의 몸이 가지는 가치를 누구보다도 이해하고 기뻐할 수 있는 남자였다. 수혁은 미란의 몸을 통해 비로소 그녀를 알고 받아들일 수 있었다. 모든 장소를 보고 느낀 후, 눈을 감고 부드럽게 입술로, 손으로, 욕망이 흐르는 대로 애무하며, 그녀의 감촉과 굴곡들을 머릿속으로 떠올리니 다시 선명히 형태와 질감이 그려졌다. 스스로 만든 어둠 속에서, 미란의 몸을 여기저기 누릴 때마다, 그녀의 곳곳에서 달라지는 몸내음들이 팽창된 긴장만 있던 그를 느긋한 이완으로 끌고 가기 시작했다. 바닐라 향 비슷한, 한입 깨물어 먹고 싶은 듯한 욕구가 이는 냄새가 가슴을 꽉 채운다 싶더니, 역하지 않고 고소한 느낌이 도는, 아직 발효가 완전히 일어나지는 않아 약간 시큼한 듯하기도 하고 고리고리한 듯한 풍미가, 수혁의 코를 스치며 욕망을 치솟게 하기도 했다. 미란의 몸에서 흘러나오는 여러 살내음과 맛들은, 수혁의 머릿속으로 들어와 수많은 조합을 이룬 뒤, 그의 가슴 안에 정착하는 그녀에 대한 감각과 인상들의 표면에, 산들바람에 날리던 홀씨들처럼 자자분하게 달라붙어 파고들며, 사라지고, 하나가 되었다. 그 결속은 강렬하게 느낌을 더하고 있었다, 미란의 몸이란 끊임없이 미묘하게 진동하고, 움직이고, 변화하는 생명체라는 바로 그 감각적 인상들에 대하여.

끊임없이 나아가야 하는 팽창을 지나 서서히 긴장이 풀어졌다. 편안해졌다. 얼굴이 발갛게 달아오른 미란에게 깊은 입맞춤을 하였다. 그녀의 혀가 전달하는 복잡한 질감들, 미란에게서 새어 나오는 침의 맛, 즐거웠다. 좋았다. 간헐적인 경련이 이는 오랜 입맞춤이 끝나자, 미란은 수혁의 목을 안고 있던 두 팔로 그가 가로눕기를 바라더니, 자신은 상체를 기울여 수혁의 얼굴을 두 손으로 감싸안고 여기저기를 어루만지며, 손가락으로 눈썹이랑 콧잔등이랑, 그의 입술을 그려 보기 시작했다. 그리고 약간 물기가 어린 까만 두 눈망울로 수혁의 눈을 들여다보며 천천히 조용한 목소리로 질문을 했다.

"날 사랑해요?"

수혁의 입에서 대답이 순식간에, 곧바로 나오지 못하자, 미란은 그의 입술을 오른손가락들로 막고는 다시 말하였다.

"오빠, 이제부턴 오빠라고 할래요. 난 오빨 사랑해요. 내 마음 알아요?"

미란은 수혁의 눈을 계속 쳐다보았다. 그의 마음속까지 헤집으려는 의지가 보이는 턱선이, 턱밑에 몰래 숨어 있다 튀어나오면서 다시 질문이 계속되었다.

"오빠. 다시 물어요. 날 사랑해?"

수혁은 기다렸다 얼른 대답했다.

"사랑해. 진심이야. 내가 행복하게 해줄게. 약속할게."

미란은 수혁의 눈을 계속 들여다보면서 입술을 조금 오무리며 가만히 웃고 있었다. 어딘가 미심쩍어 하는 마음이 수혁에게 느껴졌다. 배개에 머리를 괴고 길게 누워 있던 수혁은, 바로 위에서 내려다보고 있는 미란을 두 팔로 끌어당기며 활짝 웃어 주었다.

"약속할게. 사랑해. 약속해."

수혁의 얼굴 표정을 집요하게 살피던 미란은, 몸을 조금 일으키며 속눈썹을 약간 내리깔더니 어딘가 먼 곳을 보는 듯한 고요한 얼굴이 되면서, 미소가 새어 나올락 말락한 입술로 자신만의 생각에 잠긴 듯한 목소리를 만들었다.

"오빤 좋은 사람이니까……."

미란이 수혁에게서 살며시 고개를 딴 데로 돌리며 한 마디 던졌는데, 그 소리를 듣자 그는 그녀가 안쓰러워져서 더욱 깊게 끌어안아 주었다.

# 23

"신고합니다. 중사. 성. 준. 모. 하사. 정. 창. 길. 이 명은 금일 명을 받고,"

"아니. 그럴 필요 없어요. 다들 자리에 편히 앉도록."

단정하게 머리를 빗어 넘긴 검정 양복의 사십대 후반 남자가, 신고를 하려는 성 중사를 손을 흔들며 부드럽게 제지하더니 자리에 앉을 것을 권유했다. 흡음재인지 올록볼록 무늬가 있는 회색 압축 스펀지들이 벽체에 규칙적으로 붙어 있는 커다란 방이었다. 가운데 놓여 있는 회의 테이블 맞은편으로, 검은색 양복쟁이 두 명과 북 와지리스탄 작전을 지휘했던 김인식 대령의 앉아 있는 모습이 성 중사의 눈에 들어왔다. 성 중사는 4개월 만에 얼굴을 본 김 대령이 반갑다는 마음도 있었지만, 오늘 서울 내곡동 국정원 본원으로 정 하사와 자신을 부른 이유가 뭔지, 약간의 불안감이 들기도 했다. 대기실에서 정하사를 몇 개월 만에 처음 보았는데 성 중사도 얼마나 반갑던지, 작전 같이 하면서 정이 많이 든 친구였다.

김 대령은 성 중사와 정 하사에게 웃음을 지으며 아는 척을 하더니 입을 열었다. 목소리엔 만나서 반가워하는 진심어린 깊은 감회가 있었다. 다들 목숨 걸고 '오퍼레이션 나이트 고스트', 바로 '밤의 유령 작전'을 같이 한 전우들 아닌가!

"반갑네. 오랜만이야. 다들 잘들 지냈나?"

"중사. 성준모. 예. 그렇습니다. 작전 이후로 자대로 돌아가 좀 쉬었다가, 혹한기 훈련 뛰고 나왔습니다."

"하사. 정창길. 저도 자대로 돌아가, 생활 잘하고 있습니다!"

"하하. 말 편히들 하게나. 여긴 '회사'야. 우리하고 좀 달라. 훨씬 부드럽지. 안 그렇습니까? 안 실장님? 하하하하."

김 대령이 껄껄 웃으며 안 실장이라고 부른, 아까 신고식을 만류한 사십대 후반 남자가 성 중사와 정 하사를 보면서 미소를 지으며 한 마디 농담으로 응수했다.

"대령님. 부드럽다니요. 어휴, 무슨 말씀을……. 우리도 무섭습니다. 하하하."

"그래요? 하하하하."

다들 농담을 주고받으며 웃는 것이 분위기를 부드럽게 하려는 의도가 엿보였다. 성 중사와 정 하사도 자세를 풀며 분위기에 동화되어 갔다. 정 하사가 먼저 입을 열었다.

"대령님. 잘 지내셨습니까?"

"그래. 잘 지냈어. 자네들 덕분에 내가 칭찬 좀 들었지. 다들 훈장도 받고 포상금도 받고 했지? 하하하."

"예. 감사했습니다. 대령님." 성 중사의 답변이다.

"뭘, 내가 자네들한테 감사해야지. 안 그런가? 안 실장님. 이 친구들이 얼마나 멋지게 해냈는지, 미군 애들이 혀를 내두릅디다." 김 대령의 말투엔 부하들에 대한 자랑이 가득했다.

"그랬겠지요. 정말 힘든 작전이었으니까. 어쨌든 그 작전 성공으로, 미군의 아프간 철수 시점도 가시화될 것 같고……. 미국이 상황을 정리해 나갈 수 있는 탄력을 받았다고 하더라구요. 외교부에서 흘러나오는 얘기입니다. 정부 입장으로서도 미국애들 한 번 크게 도와줬으니, 이래저래 좋지요. 하여튼 잘됐습니다. 수고들 했어요."

안 실장도 성 중사와 정 하사를 쳐다보며 수고했다 한 마디 하는데, 입은 웃고 있어도 언제나 따로 놀며 상대방을 날카롭게 쳐다볼 실장의 두 눈엔, 만나서 처음으로 따뜻한 빛이 돌고 있었다. 그만큼 '밤의 유령 작전'의 성공이 가져온 파장이 크긴 큰 모양이었다.

안 실장이 김 인식 대령에게 부탁조의 어투로 말했다. "대령님께서 직접 말씀하시지요. 그게 편할 것 같은데……."

김 대령은 가볍게 고개를 끄덕거리더니, 성 중사들을 쳐다보았다.

"으음. 자아, 내가 편히 말하는 것이니 자네들 너무 긴장 말게. 우리 임무보다 어떻게 생각하면 쉽고 재밌는 일이 될 수도 있어. 목숨 걸 필요는 없을 것 같아. 그리고, 무엇보다 내가 자네들을 여기서 직접 보고, 직접 말하고 싶었네. 우리가 수행했던 그 작전에 관계된 것이니만큼 내가 직접 자네들에게 알려 주고 싶었어."

"알겠습니다. 대령님."

성 중사와 정 하사가 고개를 숙이며 알겠다고 하자, 김 대령은 싱긋 웃으며 말을 계속했다.

"자네들 말이야. 그 왜 있잖아. 우리가 훈련하던 미군의 과학화전투훈련장(USSOSTC) 말이야. 뭐, 좀 이상한 거 못 느꼈나? 이상했지? 작전 끝나고, 대원들이 써 낸 소감문 모두를 봤는데, 과학화전투훈련장 시설에 대한 의문점을 지적한 두 사람의 소감문이 눈에 띄더군. 바로 성 중사 자네와 정 하사 자네 말이야. 자네들 둘이서만 훈련장 시설에 대해서 퍽 매서운 지적들을 해놨더군."

성 중사는 김 대령의 말을 들으니 이해가 갔다. 자신이 써 놓은 동굴 진지 모의 훈련 시설에 대한 의문점들이 대령의 눈에 들었던 모양이다.

'예상 모의 시설이라 하기엔, 동굴 진지 시설은 북 와지리스탄 작전 지역을 그냥 옮겨 왔다고 해도 좋을 정도로 실지 생활의 냄새가 난다. 그래서 미군이 동굴 진지 내의 모든 상황을 미리 예측할 수 있었던 것이다. 수행한 작전의 성공은 그 현장감에서 비롯되었다. 무슨 방법으로 그런 현장감 있는 모의 훈련 시설이 가능한지는 모르겠다. 다만, 야간 투시경의 모든 정보들은, 와지리스탄의 동굴 진지와 작전 지역들에 대해, 이런 식으로 완벽에 가깝게 사전 파악한 후 입력된 것이다.'

이런 내용을 정리해서 소감문에 적었었는데, 옆에 앉아서는 종이를 펼쳐 놓고 머리만 긁적이던 정 하사가, '성 중사님, 좀 보여 주십쇼.' 하고 부탁하길래, 별 생각 없이 베껴 쓰라고 넘겨 주었다. 작문 실력 없어서 고민하던 정 하사는, 성 중사의 소감문을 순서 바꾸고 토씨 바꿔서, 베낀 것 들통나지 않게 적당히 엮어 제출했었다. 실패라면 상황 분석거리로 쓰이느라 골치 아프지만, 성공한 작전 소감문이라는 것은 절차일 뿐이라고 알고 있어 별 신경 안 쓰고 까맣게 잊어버리고 있었는데, 이게 무슨 일인지 이렇게 덤터기로 돌아와서는……. 지금 옆에 앉아 있는 정 하사를 보니까, '아이 씨. 이게 뭐야. 잘못 걸렸네. 난 베낀 것 뿐인데!'라는 똥 밟았다는 얼굴 표정이 순간적으로 스치고 지나가더니, 다시 정중한 표정으로 돌아와 정색을 하는 걸 알 수 있었다. 성 중사는 그 꼴을 보니, 웃음이 터지려는 것을 참느라고 애를 쓰다 얼굴이 다 화끈거리게 되고 말았다. 어쨌든 김 대령은 저렇게 진지하게 말하는데 앞에서 웃는다면 실례 아닌가.

"우리 군에서는, 미군의 특수전과학화전투훈련장에 대해 아주 관심이 많다네. 대한민국은, 특수전 능력에 대해선, 항상 최고 수준으로 유지해야 한다는 압박감을 가질 수밖에 없는 나라 아닌가. 안 그런가? 그런데, 마침 이번 작전 때문에, 그동안 극비리에 부쳐졌던 미군의 특수전 능력에 대한 실제적인 정보를, 실제 눈으로 확인한 첫 번째 국가가 바로 우리 한국이 되어 버렸다네. 미군이 얼마나 일이 안 풀리고 급했으면 우리에게 부탁했겠나. 그렇지? 그런데, 요는 우리도 눈으로만 보고 구경으로 끝낼 수는 없다는 거야. 미군이 먼저 가르쳐 줄 리는 만무하고. 하지만 우리 군도 알고 가능한 한 가져야지."

"예, 알겠습니다. 그러면…… 저희가……."

성 중사의 예의바른 응대가 나오자, 김 대령은 미소 짓더니 한 손을 들어, 더 말할 필요 없다는 시늉을 하면서 설명을 계속했다.

"내 말을 더 들어보게나. 그런데, 이게 무슨 조화인지 일이 재밌게 됐다네. 우리 안 실장님이 넘겨 준 정보에 의하면, 제주도에 미군의 그

훈련장하고 동일한 시설이 들어선다고 하네. 뭐, 테마파크라고 했지요? 안 실장님?”

“예. 제주도에 한미 합작 형태의 테마파크가 들어서는데, 일부 시설로 미군의 특수전과학화전투훈련장과 유사한 시설이 놀이 기구처럼 들어온다는 정보입니다. 유사 시설이라고 하지, 동일 시설이라는 표현은 첩보 보고서 어디에도 없습니다만……. 정보에 의하면, 같은 원리라고 하더군요, 시설 자체는.”

성 중사는 테마파크란 말을 들으니 포에버랜드, 로테월드 생각나면서 이게 무슨 귀신 씨나락 까먹는 소린가 싶었다. 그가 생각하는 테마파크는 애들이 꺄, 꺄 소리 지르면서 청룡열차 타고 좋아하는 곳이었다. 우리 보고 미국 네바다주에 있는 훈련장을 잠입이라도 해서 뭘 알아 오라고 할 줄 알았는데, 그건 아니었다. 테마파크 말이 나오기 전에는, 미군의 특수전훈련장을 생각하며 그곳 침투는 거의 불가능하다는 생각을 하고 있던 성 중사다. 왜 김인식 대령이 웃으면서 자신들에게 말을 하는지 이해되기 시작했다. 죽으러 가는 길 보내는 것이 아니란 생각에, 대령 자신도 마음이 편했던 모양이다. 정 하사도 성 중사와 같은 생각을 하는지, 눈알을 뒤룩뒤룩 굴리면서 말을 주고 받는 김 대령과 안 실장을 바라보고 있었다.

“바다에다 섬을 만든다면서요?” 김 대령이 안 실장에게 질문했다.

“예. 테마파크하고 연계된 별도의 섬을 만든다고 하더군요. 거기다 그 시설을 모아 놓을 모양입니다. 아무리 생각해 봐도, 섬을 만드는 이유는 출입을 확실히 통제하려는 거지요. 보안이 철저할 것이란 생각이 듭니다." 안 실장의 대답이다.

"섬 자체는 한국 건설 회사가 만든다면서요?" 김 대령은 재차 질문했다.

"건설 회사라……, 뭐어, 그렇지요. 현세건설은 명목상 대표자 자격이고, 한국해양연구원(KORDI)과 현세중공업, 현세조선이 섬 만드는 부유체식 구조물에 대한 설계와 시공을 담당할 예정입니다. 문제는 거기까지가 끝이라는 겁니다. 섬만 만들면 그다음에는 미국 애들이 북치고 장구치고 다 할 모양입니다. 그러니 시공을 하는 한국 측 회사에 일단 잠입했다가, 외교적 마찰이 일어나지 않을 선에서……. 어떠한 가벼운 상황을 좀 생각해 볼 필요도 있지요. 안 그렇습니까? 하하하." 말 뜻을 약간 흐리면서 웃음으로 끝내 버리는 안 실장이었다.

"그런데 참 생각해 보면 이상한 게……. 왜 하필이면 제주도에 그 시설을 지으려는 겁니까? 미국 애들 땅도 넓은데 자기네들 땅에다 짓지, 이상하지 않습니까? 그런 특급 기밀 사항에 해당하는 시설을 말이지요."

김 대령이 의문을 표시하며 안 실장에게 질문을 던지니, 안 실장도 고개를 갸웃하며 잘 모르겠다는 표정이 되었다.

"글쎄요. 저도 그건 잘 모르겠습니다. 미 국방부에서 흘러나오는 정보들이 제한적이라 놔서……. 전체적인 윤곽은 아는데 세부적인 것은 희미해요. 이해가 다 안 되는 구석이 있는 것은 틀림없는데……, 제주도에다 한다는 것 말이지요. 분명한 점은 완성된 기술은 아니라는 겁니다. 미군의 특수전과학화전투훈련장 자체가, 다른 연구를 하다 얻은 부수적인 시설이었다고 하더군요. 원래 목적은 그게 아닌데, 이게 잘 안 되니까, 그냥 훈련장이나 만들어서 특수전 훈련에나 써먹자, 그런 심산이었던 모양입니다. 생각해 보면 뭐가 반드시 필요하니까 제주도에다 짓겠지요. 자신들의 기술 전부를 한국이 아닌 제3의 적성국이 빼돌리는 최악의 경우를 상정해 보아도, 그 상황을 각오하고 갈 만한, 다른 그 무언가 간절한 필요성이 있는 겁니다. 군사 시설도 아닌 수익 사업 형태인데, 자기네 미국 땅에 세운다고 타국의 첩보 활동에 대한 완전한 차단을 보장할 수 있는 것도 아니고……. 인공섬만 있으면 어차피 어느 곳에 세우나 마찬가지 확률이라고 속으로 계산하고 있는 겁니다. 걔네들이 어떤 애들입니까? 펜타곤이 직접 나선 걸 보면, 뭐가 있겠지요."

"펜타곤은 우리 한국 측 정보 기관이 움직일 것을 어느 정도 예상하고 있을 텐데, 신경도 안 쓰나 보지요? 걔네들?"

김 대령은 안 실장이 한 말 중, **특수전 훈련에나 써먹자**란 표현에 신경이 거슬렸는지, 좀 언짢은 표정이 되면서 약간 심통 맞은 질문을 하였다. 안 실장은 김 대령의 말에 숨은 뼈를 얼른 깨닫고는, 조심스레 웃으면서 말조심하자는 표정이 되었다. 어쨌든, 그 표정을 성 중사가 살피니, 국정원에서 먼저 군에 부탁한 일이라는 점이 확실해 보였다.

"으음, 뭐 펜타곤 입장에선 일단 숨길 건 숨기려고 애는 쓰되, 나중에 한국 정부가 상당 부분 알게 돼도 자신들은 해볼 만한 일이라고 계산이 있는 것 같습니다. 일종의 사전 고려된 한미 상호 간의 적정선의 연막들이지요. 흘릴 건 흘리고 있으니까요. 자기네들이 제주도에 시설을 지어도, 외교적으로 한국 정부 자존심이 상하지 않을 정도의 정보를, 의식적으로 제공하고 있습니다. 그 시설을 짓고 운영할 회사도 펜타곤 아래 정부 기관 소속이 아니고 사설 업체를 따로 만들어 들어오니, 기본적으로 완전한 민간 회사인 겁니다. 법률적으로 단순한 민간 투자입니다. 정부 간의 서로 낯을 붉힐 일이 사실 없어요. 정부 간에 협약이 안 된 군사 시설이 아니니까요. 군사용으로 개발되었다가 수익 차원의 민간 응용 기술로 변한 것이 뭐 한두 가지입니까? 섬에 다 짓는 것도 그런 개념인 겁니다. 용도도 군사용이 아닌 분명한 놀이 시설이고. 다만 확실한 점은, 이 기술을 단순히 민간에 공개하기엔 파장이 너무 크고, 아직 완성되지 않았으니 좀 더 두고 봐야겠다는 것이겠지요. 지금 특수전 용으로 이미 응용되고 있고, 그 파급 효과가 저번 작전을 통해서도 얼마나 확실하게 나타났습니까? 걔네들 입장에선 군사적으로 선점할 수 있는 영역을 미리 포기할 순 없겠지요. 큰 그림을 그려 보면, 한국이나 미국이나 서로 눈치를 주고 받으며, 서로의 다음 단계를 다 예측하면서 움직이는 중입니다. 한미 양국은 동맹국입니다. 서로 의도적으로 피해 주는 일은 할 수 없지요, 서로 도움은 못 될망정. (말하는 도중에, 약간 고민스런 표정 같은 것이 어렸던 안 실장의 얼굴이다) 우리 정부나 미국 정부나 서로 간의 그런 입장은 확실하니까요. 그리고 이번 '밤의 유령 작전'도 펜타곤 결심에 크게 한몫 한 것이 사실입니다. 그 작전이 계획되던 첫 시점이 1년 전 부터였다고 말을 들었어요. 그렇지요?" 김 대령에게 질문함으로 안 실장은 말을 마쳤다.

"1년 전이 아니고, 정확하게 말하면 1년 반 정도 될 겁니다. 우리 국방부를 통해서 군에 말이 돌기 시작한 게 1년 전 시점이었습니다. 그러니 상황을 유추해 볼 수 있습니다. 제가 당시에 작전 계획서를 보니, 전반적인 상황 분석과 작전 개요가 이미 끝나 있었으니까요." 김 대령의 답변이다.

"그러니 펜타곤 입장에선 제주도에 시설을 짓는다는 결심을 하기가 더 쉬웠을 겁니다. '밤의 유령 작전'을 통해도 일정 부분 한국 쪽에 정보가 드러나는 것인데, '어차피 한국이 눈치채게 되고, 그러니 아예 한국 땅에 그냥 해 버리자.'라고 맘을 먹었겠지요. 이미 우리들이 이렇게 알고 있잖습니까? 핫하하. (안 실장은 말하다 말고 좌중을 훑으며 미소를 지었다. 특히 성 중사들의 반응을 살피는 것 같았다) 우리 정부는 상황을 어느 정도 파악하고 있으면서도, 오히려 테마파크에 일정 부분 지원하고 있으니까요. 우리 입장도 손해날 게 하나도 없거든요. 게다가, 말을 들어보니, 그 테마파크라는 게 장난이 아니랍니다. 투자비도 엄청나고, 대단한 시설들이 테마파크 전체를 꽉 채운다고 합니다. 말로는 동북아 최대의 테마파크가 될 거라 하는데……. 그 섬에 들어갈 펜타곤 시설이 한 회 입장료가 30만 불로 책정되었다고 하더군요. 우리 돈으로 3억 2천만 원을 한 번 입장료로 받아먹겠다는 겁니다. 도둑놈 심보지요. 아예 인공섬 만들겠다는 것부터가 돈 없으면 옆에 얼씬도 하지 말라는 건데……. 그만한 가치가 있어야지 돈 쓸 데 없어서 고민하는 부자들이 몰릴 깃 아닙니까? 얼마나 볼 만하면 그렇게 하는지……. (안 실장은 고개를 갸웃거리며 말을 이어갔다) 내 생각에는 돈 벌겠다는 욕심도 분명히 있는 것 같습니다. 그러니 그냥 해 버리는 겁니다. 펜타곤 애들 말이에요, 따지고 보면 겁날 게 없거든요. 오히려 때가 되면, 그 시설에 대한 타지역 국가들의 첩보 활동 차단을, 우리에게 부탁할지도 모른다는 생각이 들 정도입니다. '한국 땅에 세웠으니 좀 도와줘. 니들도 나눠 먹으니까 돈 벌고 좋잖아!'라고 말이지요."

성 중사는 김 대령과 안 실장의 주거니받거니 하는 대화를 들으면서 상황 파악을 하고 있었다. 전체적인 윤곽을 이해할 것 같았다. 제주도에 테마파크가 세워지는데 그중 시설의 하나로 인공섬이 만들어지고, 미 국방부에서 사주된 민간 기업이 들어와, 자신이 훈련받았던 미군의 과학화전투훈련장과 비슷한 시설을 건설하여 놀이 시설로 만든다. 안 실장의 말을 들으니 입장료가 3억 2천만 원! 성 중사 입장에선 태어나서 처음 들어보는, 자신이 속한 세계와는 완전히 다른 세계라는, 머릿속에 잘 그려지지도 않는, 새롭고 환상이 가득 차 있는 영화 한 편 같은 이야기로 들렸다. 마음속에 야릇한 홍미가 솟구쳤다. 테마파크라……. 인공섬? 작전이라서가 아니라 한번 구경해 보고 싶었다. 왜 김인식 대령이 자신과 정 하사를 따로 불렀는지도 알 수 있었다. 미군의 전투 훈련장 특징을 가장 잘 지적했던 자신들이 그 테마파크에 잠입해야 하고, 김 대령 말대로 **목숨 걸지 않아도 되는 재미있는 일**이 될 수도 있고, 전체적으로 느낌이 나쁘지 않다는 생각들. 김 대령은 안 실장의 말을 경청하더니 성 중사들을 다시 쳐다보았다.

"성 중사. 정 하사. 자네들, 대화 들으니 감이 오지 않나?"

"예. 알 것 같습니다. 그 제주도에 세워지는 테마파크의 한국 측 기술자로 잠입해서, 그 인공섬에 관한 정보 탐색을 하란 명령일 것 같습니다."

성 중사의 답변을 들은 김 대령은, 흐뭇한 얼굴이 되면서 안 실장을 쳐다보았다. '내 부하들. 지금 봤지? 얼마나 똑똑해!' 하는 얼굴 표정. 안 실장은 답변한 성 중사를 주시하며, 김 대령을 거치지 않고 자신이 직접 말하기 시작했다.

"음, 뭐 여러분 실력이야 문제 삼을 일이 없을 것이고. 그렇지만, 지금 내 옆에 앉아 있는 우리 전 차장 밑에서 일단 적응에 대한 훈련이 있을 거요. 여러분한테야 부드럽게 느껴지겠지만 말이야. 하하하."

전 차장이라 불린 양복쟁이가, 성 중사 들한테 눈은 노려보고 입만 웃으면서 가벼운 목례를 하였다. 날씬한 체격에 매서운 인상. 성 중사와 정 하사도 고개를 숙여 민간인식으로 인사를 했다.

"팀은 총 4명으로 편성될 것인데, 한 명은 과학자예요. 그 인공섬 시설에 대한 정보를 캐기 위해선 상당한 과학적 지식이 있는 사람이 반드시 필요한 상황이오. 새로운 과학 기술로 이룩된 것이거든. 이해를 해야, 뭘 빼오든가 말든가 할 것 아니에요? 그렇지요?" 안 실장의 말이다.

"예. 알겠습니다." 성 중사는 고개를 끄덕이며 대답했다.

대화는 안 실장과 성 중사의 단독 면담 형태로 되어 가고 있었다.

"한 명은 우리 국정원 요원인데, 전체적인 작전을 상황 봐서 계획하고 지휘할 임무를 맡을 겁니다. 뭐, 우리로서도 어떤 상황이 전개될는지 감을 잡을 수가 없어요. 이런 경우는 우리도 처음이거든. 테마파크가 뭔지도 잘 모르고, 대상 시설도 워낙 생소하고……. 건설사에 잠입해서, 어떻게 하면 인공섬 측 미국인들과 연계를 맺어 첩보 활동을 할 수 있을는지는, 지금 가진 정보로는 불충분해. 그러니 현장에서 맞닥뜨리면서 계획을 세워 나갈 수밖에 없어요. 뭐어……, 차후에 들어오는 정보들을 계속 분석하겠지만, 기본적인 입장이 변하기는 힘들어요."

"예. 알겠습니다. 우리의 임무는 무엇입니까?"

"우리 군에서 가장 관심 가지고 있는 것. 바로 미군의 특수전과학화전투훈련장에 대한 실제적인 지식들이 첫 번째라 할 수 있지. 여러분은 이미 미군 측 시설에서 훈련을 해봐서, 감들이 있어요. 가장 중요한 체험이지. 우리가 대령님에게 여러분을 추천받은 이유도 바로 그거야. 우린 특수전에 관한 실제적인 체험이 없어서, 그 인공섬의 시설이 어떻게 미군 훈련장과 유사한 시설이 될는지는, 사실 가봐야 잘 모를 거라고. 응용이 그쪽으론 빵점이니까. 여러분은 그 인공섬 시설을 목도하면서, 미군 훈련장에서 체험했던 시설과의 연관성을 끊임없이 상황 분석해야 된다고. 구체적인 데이터들이 필요해. 예를 들어, 각 시설에 대한 동영상이나 사진 촬영이 있어야 하고, 도면 같은 것이 있으면 반드시 입수해야 하고, 파일이건 종이건 간에. 우리는 그 자료들을 역으로 분석해서, 나중에 우리 식의 특수전용 과학화전투훈련장을 세워야 하거든. 지금 있는 과학화전투훈련장은 특수전용이 아니니까. 사실상 그 시설이 세워진다면, 특수전뿐만 아니라, 나는 첩보 활동 분야에서도 획기적인 전환점이 될 것이라 생각해요. 어디든 부드럽게 침투공작할 수 있으니까. 우리 국정원 입장에서도 반드시 필요하다고 생각합니다. 그래서 정보사나 특수전사령부보다도 내가 직접 이렇게 뛰는 거요. 무슨 말인지 알지요? 전체적인 과학적 이론 체계는 같이 잠입하게 되는 과학자 양반이 해석할 테니까, 여러분은 그것까지 신경 쓰지 않아도 돼요. 두 번째로, 같이 잠입한 우리 측 과학자 요원을 경호해 줘야 돼. 과학자라 영, 지 살 도리 못할 거라고. 다만 그런 경호나 보호 같은 활동 시에, 한미 양국 간에 어떠한 마찰로 번질 만한 일은 자재되어야 합니다. 뭐, 사살이라든지, 폭파, 파괴 활동이라든지, 그런 거 없이 모든 일을 부드럽게, 가급적 평화적으로 처리해야 해요. 국가 간 마찰로 발전할 수 있는 행동은 삼가야 돼. 셋째로, 으음……."

안 실장은 말을 많이 해서 목이 칼칼한지, 앞에 있던 물잔을 들어 한 모금 마시곤 다시 입을 열었다.

"난 말예요, 그 입장료가 자꾸 신경 쓰여. 좀 이상해. 뭐길래, 한 번 관람하는 데 3억 2천만 원을 받을 값어치가 있다는 것인가, 그런 생각이 날 괴롭혀. (말을 하면서 눈살을 찌푸리며 집착어린 눈빛이 나오는데, 한번 골몰하기 시작하면 끝장을 볼 위인 같았다) 여러분이 경험한 미군의 훈련장을 생각해 보면, 내가 보기엔, 와지리스탄 현장을 무슨 짓을 했는지는 모르지만 그냥 옮겨온 것 같은 분위기였다는 게 문제의 핵심 아닌가? 그렇죠? 하지만 그것 가지고는, 아무리 생각해 보아도 3억 2천만 원짜리라 볼 수는 없어요. 군에서 특수전 용도에 집중하는 것은 내가 이해하지만, 국정원 입장에서는 그 시설 그 자체만으로도, 첩보 활동 대상이에요. 우리가 알고 있어야 돼. 그냥 넘어갈 수는 없지. 자, 지금 두 명의 산전수전 다 겪은 역전의 용사들이 내 앞에 있지?"

안 실장은 성 중사와 정 하사를 넌지시 지켜보며 쓰윽 웃었다.

"항상 시설을 만들면 시험 가동이란 걸 해봐야 할 것 아닌가. 당연하죠? 그러면 어차피 놀이 기구니까 어떤 놀이라는 것을 테스트할 텐데, 그때 우리가 어떻게 하든지 그 실체를 파악해 볼 필요가 있겠지. 그 놀이 기구? 뭐라고 표현해야 하려나? 뭔가 재미있으니까 그 돈 내고 들어오는 것 아닌가. 여러분 중에 한 명이라도 그 놀이를 참가하는 상황을 만들어서 어떻게 하든지 기회를 잡아 보고, 자신이 체험하고, 실체를 파악하고, 그게 필요할 것 같아. 어떻게 만들었는지도 같이 말이야. 이게 말예요, 굉장히 돈 되는 것 아닌가 그런 생각이 들어. 우리 한국도 알아야지. 산업적으로도 아주 쓸 만할 것 같은데, 단순히 특수전 용도로만 볼 게 아니라 시각을 넓혀서 생각해 볼 필요도 있을 것 같아요. 넉넉히 잡아 향후 2년 정도 시간이 필요하려나? 잘은 모르겠어. 여러분은 상당히 긴 시간을 숨어 지내야 할 거야. 우리는 현세중공업 쪽의 엔지니어링 파트 기사 정도로 여러분의 신분을 만들고, 또한 그 직무를 수행할 수 있게 적응 훈련도 할 계획이에요. 사실상 장기간 시간 걸리는 언더 커버라고 생각하면 될 거요. 완전히 그쪽 사람이 되는 게 필요할 거야."

지금 하는 말은 성 중사의 신경을 건드리는 말이기도 했지만, 잠자코 듣고 있던 정 하사의 반응이 더 빨랐다.

"그렇게 오래 걸리는 작전입니까?"

정 하사의 화가 나서 인상을 쓴 얼굴 표정을 본 안 실장은, 약간 달래는 듯한 신중한 어투로 답변했다.

"군대는 '작전'이지만 우리는 '공작'이라 불러요. 좀 시간을 들여서 같이 만들어 나간다는 의미지. 할 수 없어, 이건. 2년은 잡아야 할 거야."

말을 하고 있는 안 실장을 보면서 성 중사는 여우같이 약은 인간이란 생각이 들었다. 자기들 소속의 우수 요원을 장기간 침투시키기 싫으니, 군에 부탁하여 대원을 차출 침투시킨다? 군에 차출을 부탁할 명분은 안 실장 말대로 그야말로 사방 천지에 널려 있었다. 우선 미군의 훈련장을 몸소 체험한 사람은 우리들이니까. 하지만 2년 이상이 될지도 모르는 언더커버 기간에, 공군 CCT 대원으로서의 작전 수행 능력도, 정 하사의 특전사 707특수임무대대의 경력도, 다 녹이 슬어 버릴 것을 생각하니 성 중사는 암담하기만 했다. 안 실장은 기가 막혀 하는 성 중사 들의 얼굴 표정을 살피면서 말을 이어 나갔다.

“내, 여러분한테 이런 요구를 하면 어떤 결과가 각자에게 닥칠는지 잘 알고 있어요. 지금까지 힘들게 쌓아 올린 훈련과 작전 수행 능력, 경력이 다 물거품 될 수 있어. 잘 알고 있어. 그래서, 공작이 끝나면 여러분 두 명 모두를 국정원 요원으로 받아들일 것을 내가 맹세하지. 어차피 우리들한테도 여러분 같은 경력의 사람들이 필요해. 군도 알고 여러 작전도 참여해 봐서 아주 특화되어 있는 면이 있거든. 국정원에도 반드시 필요한 우수한 인재들이지. 여러분의 장래를 걱정할 필요는 없어요. 국가가 책임지고 국정원이 책임지게 될 것이야.”

성 중사나 정 중사나 얼른 대답이 나오질 못했다. 성 중사 생각엔, 국정원? 별로 매력 없게 느껴졌다. 자신은 얼룩무늬 푸른 군복이 좋고 전우들이 좋다는 생각을 하면서 가만히 앉아 있으려니, 성 중사 들의 얼굴을 안쓰럽게 쳐다보던 김인식 대령이 무겁게 입을 열었다.

“내가 자네들을 추천해서 미안하게 되었네. 소감문을 봐도 자네들이라고 씌어 있더구만…….”

'미안한 일 왜 하셨나.'라는 생각을 하면서 성 중사는 대령의 얼굴을 쳐다보았다.

"성 중사. 정 하사. 국가를 위해……, 해야 하네."

아래를 쳐다보며 눈길을 피하면서 말하는 김 대령의 모습이 앞에 보였다. 어디 죽으라고 작전 보내는 것은 이렇게 미안해하지 않으면서……. 인생의 항로를 바꾸라는 말을 하면서는 몸 둘 바를 몰라 하는 김 대령이었다.

"예. 알겠습니다. 명령 받았으니 하겠습니다."

성 중사의 말을 듣고 김 대령의 얼굴 표정이 조금 밝아졌다.

"그래. 정 하사는?"

"예. 알겠습니다. 하겠습니다."

정 하사도 모든 것을 포기한 표정으로 담담하게 대답을 하였다.

"알았어. 생각들 잘해 주어 고맙다."

김 대령의 고맙다는 말이 끝나자, 성 중사의 질문이 계속되었다.

"대령님. 한 가지 여쭈어 봐도 되겠습니까?"

"그래. 뭔데?"

"2년 후에 제가 마음 바뀌지 않는다면, 자대 복귀가 가능하겠습니까?"

"자네가 자대 복귀하겠다면 나는 당연히 그렇게 해줘야지."

"알겠습니다. 감사합니다, 대령님. 정 하사, 정 하사도 하고 싶은 말 있으면 말씀드려."

"그런 건 걱정하지 마라. 연락해라. 자네들 모두, 2년 뒤 작전 끝내고 복귀하겠다면, 내가 처리해 준다."

김 대령의 말에 정 하사의 표정도 조금 밝아지며 한 마디 거들었다.

"대령님. 저도 살펴 주십시오."

"알았어. 임마."

'밤의 유령 작전'을 같이 한 세 명의 군인들을 쳐다보던 안 실장은, 좀 섭섭한 눈치로 웃으면서 말했다.

"거참. 이상하네. 요즘 국정원 들어오려고 난리도 아닌데, 왜 좋아하질 않지? 여긴 이쁜 여자 요원들도 많은데……. 우선 같이 생활해 보고, 생각해 보라고. 알았지요?"

빨간 베레모와 검은 베레모의 젊고 건장한 두 군인이 어깨를 나란히 하며 길거리를 걸어갔다. 지나가는 사람들이 흘깃흘깃 그들을 쳐다보았다. 공군 CCT 대원인 성 중사는 전선의 피를 상징하는 빨간색 베레모를, 특전사 707특임대대 소속인 정 하사는 특전사의 자존심인 검정 베레모를 머리에 쓰고 있었다. 두 사람 다, 낙하산과 독수리 날개로 표시된 공수 마크를 가슴에 달고, 성 중사는 독사복이라 부르는 커다란 얼룩무늬로 이루어진 위장복, 정 하사는 최신식 디지털 얼룩무늬로 이루어진 특전복을 착용했다. 군복 여기저기에는, 푸른색과 검정색 실로 오버로크 자수된 UDT/SEAL, HALO, HAHO, SCUBA 등의 문자 기호들이, 눈에 심하게 띄지 않게 조용한 배색으로 붙어 있었다. 군복 곳곳의 미묘한 특징들이 극한의 훈련들을 통과한 정예 특수부대원임을 직감적으로 느끼게 하였다. 주위를 지나치는 민간인들, 특히 젊은 아가씨들과 무리지어 다니는 소년들의 눈길이 뒤를 쫓는 것을 의식하며, 두 사나이는 당당하게 가슴을 펴고 걸어갔다.

성 중사는 1박으로 서울에 올라와, 내일 소속 부대인 경남 진해, 제5 전술공수비행단으로 내려가게 되어 있었다. 어차피 모든 처리는 다 되어 있는 터, 부대 전우들과 석별의 인사만 남은 상황이다.

"정 하사. 이제 우린 이 군복 입을 날이 얼마 안 남은 것 같아……. 어떻게 되려는지…."

성 중사의 마음엔 착잡한 기분이 꽉 들어차 있었다.

"그렇습니까? 다시 입을 수 있지 않겠습니까? 성 중사님?"

성 중사의 말에 흘낏 쳐다보며, 그래도 다시 입을 수 있다고 말을 하는 정 하사였다. 두 사람 다, 대한민국 국군의 정예 중의 정예로서, 자랑과 명예를 가슴에 품고 살아온 남자들이다. 성 중사는 마음이 아려왔다. 하지만, 군인은 감정을 내세우면 안 되는 법. 그는 정 하사와 어깨를 나란히 하고 계속 걸어갈 뿐이다.

"정 하사, 우린 말투부터 고쳐야 할 거야. 그렇지? 그 '공작'이란 걸 하려면, 민간인이 되어야 한단 말이야. 사제社製 말투에 익숙해져야 할 텐데, 지금처럼 '습니까', '습니다'로 말하면 이상하지. 그러니까 이제부턴 우리들끼리 형, 동생하고, '해요', '그렇지요'라고 정 하사는 나에게 말하고, 나도 '그런가' 하지 말고, '그래' 이런 식으로 하자고. 하하하."

나이 서른인 성 중사가 형이 되고, 스물일곱인 정 하사가 동생이 되자는 말이었다. 그 말을 듣자 정 하사는 조금 계면쩍어 하며, "그러시죠."라고 기어들어가는 목소리로 대답했다.

"창길아. 완전히 우린 엮였다. 그렇지? 하하하." 성 중사가 편하게 "창길아!" 해 버리니, 분위기가 일순간에 변했다. 친근하고 격의 없게.

"준모형. 아! 쫌……, 이상하네……." 어색해하는 정 하사에게 성 중사는 "계속해!"라며 격려했다.

"그러죠, 뭐……. 준모형. 나 좀 형한테 섭섭한 게 있어요."

"뭐가?"

"아니, 왜 나한테 그 소감문을 보여 줘 가지곤, 아이 씨. 이거 난 원래 아닌데……. 다 형 때문이라니까요."

"야. 그게 니가 보여 달라고 해서 보여 준 거잖아. 누가 베끼래?"

"그게 이렇게 될 줄 알았나요? 에이. 형이 워낙 잘 쓰길래, 난 형 거 보고 적당히 추려서 쓰면 되겠다 싶어 가지구, 별 생각 없이 그런 건데. 나도 마음이 괴롭습니다. 뭐. 푸후우우."

"창길아, 나도 죽겠다. 그걸 왜 그렇게 써 가지구……. 그저 군대는 줄 잘 서고, 중간만 가야 하는 건데. 떨어지는 낙엽도 조심하고 말야. 하하하하."

두 군인은 서로 쳐다보며 키득키득 웃었다. 좀, 서글픈 표정이 뒤섞여 가지고는.

"좋게 생각해야지 뭐. 안 그러냐?" 체념 섞인 성 중사의 말투다.

"그렇죠. 그래도 안 실장 말로는 이쁜 여자 요원도 있다던데……, 쳐다보는 맛에 견뎌 봐야죠, 뭐." 말하다 보니 희망이 솟는 듯한 기분을 느끼는지, 생기가 다시 돌기 시작한 정 하사였다.

"그걸 믿냐? 그거 다 꼬시는 얘기야. 원래 스파이는 눈에 띄면 안 된다고 하더라고. 너무 이쁘면 눈에 띄잖아. 그래서 미녀 스파이는 거의 없다고 하던데 뭐. 영화에나 근사한 스파이들이 나오지, 실제는 평범해야 한다고 하더라고."

"왜, 그래도 역사에 미녀 스파이 얘기들 나오잖아요. 마타하리? 그런 여자들 말이에요. 아마 이쁜 여자 요원도 틀림없이 있을걸요. 다 자신의 주특기가 있을 거 아니에요? 미녀가 필요한 공작도 많죠."

"창길아. 너 그런 여자 사귀면, 신세 조져. 그런 여자 화나게 하면 자다가도 언제 죽을지 몰라. 넌 퍼질러 자고 있는데, 갑자기 니 목에다 독침을 꽂는 수가 있거든. 하하하."

"에이. 왜 그러세요. 난 삶의 희망을 걸어 볼까 말하는 건데, 하는 말마다 초를 치십니까?"

"하하하하. 아냐. 장난삼아 말하는 거다. 나도 기분이 울적해서 그래, 에이 씨."

'언제나 가슴 펴고 당당하게 살아왔다. 그런데 앞으로 2년 동안 언더 커버 신세라니. 누가 알아주건 안 알아주건 나 자신을 드러내고 자랑을 가지고 살았다. 그 자랑에는 조국에 대한 불 붙는 듯한 사랑도 있었다. 조국은 나의 헌신에 대해 언제나 명예로 보답하며, 아버지로서 나의 모든 것을 책임져 주었다. 그 자랑과 명예가 가끔은 정신이 아득해지는 힘든 훈련도, 생과 사의 경계를 넘나드는 전장도 이길 수 있게 했다. 그러나 이제부터는 자신을 숨기고 살아야 한다. 단기간이라면 모르지만, 장기간을 견뎌야 하는 문제. 내가 적응해 낼 수 있을까? 조국은 이제 나에게 또 다른 나를 요구하고 있다.'

성 중사는 묵묵히 입을 다문 채로 한 자리에 계속 서서는, 너무도 갑자기 달라져 버린 자신의 미래에 대해 생각하고 있었다.

성 중사의 침묵에 잠긴 표정을 넌지시 지켜보던 정 하사가, 싱글싱글 웃으면서 말하기 시작했다. "준모형. 그래도 즐거운 소식이 있는 것 알아요? 우린 로또 당첨됐다니까."

"그게 무슨 말이냐? 로또 당첨이라니?" 성 중사는 정 하사의 말이 무슨 소리인지를 전혀 알 수 없었다.

"형. 그거 잘 가지고 있죠? 왜, 우리가 비밀 창고에서 가져 나온 거 말예요."

성 중사는 정 하사의 말을 듣자 그 붉게 빛나던 조그만 돌덩어리가 생각났다. '밤의 유령 작전'이 마무리되고 후송 헬기에서 꺼내 본, 찬란하게 햇빛 받아 빛나던 돌. 성 중사와 정 하사 들은 샘플 한 개를 미군 측에 인도한 후, 돌덩어리 40여 개 중 30개 정도를 특전대원들과 김인식 대령, 스티븐슨 대령에게 하나씩 나누어 주었다. 그 돌들을 비밀 창고에서 직접 배낭에 넣어 가져 나왔던 성 중사 포함 대원 4명은, 따로 두 개 정도씩 챙겨서 한국으로 돌아왔다. 당시에 주는 쪽이나 받는 쪽이나 서로 마음의 가림도 없고, 작전이 무사히 끝난 후에 오는 허탈감과 안도감에 무슨 생각을 할 경황이라곤 없는 상황이었다. 내무반 관물함에 돌덩어리를 넣어 놓고는 별 생각 없이 까맣게 잊어버리고 만 성 중사였다.

"어. 관물함에 놔두었는데. 왜?" 성 중사는 눈을 연신 깜박거리며 정 하사의 표정을 읽어 내려 애썼다. 뭔가 느낌 같은 것이 마음속에 떠오르고 있었다.

"준모형. 그거 잘 가지고 있어야 돼요. 내가 서울 종로 4가 보석상 거리에 가서 물어봤어요. 그걸 보여 주니까 보석상 주인 눈빛이 달라지던데요."

"그래? 자세히 말해 봐."

"처음엔 보석 가게들 몰려 있는 골목에서 물어보니까 취급 안 한다고 하더라구요. 자기네들은 커팅된 원석만 해외에서 가지고 들어온다고 하면서 말이죠. 그래서 '에라, 뭐, 돈 되겠냐!' 그런 생각이 들어서 '돌아가자!' 하면서 큰 거리로 나서는데, 원석 돌덩어리들이 쇼윈도우에 잔뜩 있는 데가 있었어요. 그래서 들어갔죠. 보여 줬어요. 다른 데선 보여 주지도 못했어요……. 젠장! (그때가 생각나니 기분이 언짢았는지 정 하사는 말하면서 혀를 찼다) 어쨌든 거기선 관심을 가지니까 보여 줬죠. 보여 주니까, 대뜸 보석상에서 그러더라구요. 이거 어디서 났냐고. 그래서 외국에서 내가 가져 온 거라 하니까 한참 날 훑어보더니, '이거 시중에선 구할 수도 없는 건데…….' 하면서 '루비 원석이네.' 그랬습니다. '삐젼브…….' 뭐라고 하면서, '이거 최상급인가?', 그런 말 같은 걸 나한텐 잘 안 들리게 혼자서 중얼거리고, 한참 훑어보더니, 원석을 상점 뒤 어디론가 가지고 들어가더라구요. 내가 눈치를 보아 하니까 현미경 같은 걸로 들여다보는지, 어디다 물어보는지 그러는 것 같았습니다. 한 30분을 안에 있었습니다. 날 그냥 밖에 내버려 두고 말예요. 점원은 날 째려보듯이 예의 주시하면서 감시 태세를 발동하고 있고……, 기가 차서 참!(정 하사는 생각하니 어이가 없는지 또 혀를 찼다) 그러더니 보석상 주인이 쓰윽 나와요. 내 눈치 살살 보면서 얼마 생각하냐고 묻더라구요. 그래서 난 '얼마 줄 겁니까?'라고 되레 쏴붙였죠. 난 그 정도 눈치는 있거든요. 그쪽 분위기가 왠지 이상하더라구요. 흐흐흐흐흐."

"그래서?"

"그랬더니, 갑자기 보석상 주인이 내 눈 앞에서 손가락 열 개를 쫙 펼치는 거 있죠! 난 손가락 한 개에 백만 원 예상하고, '하아, 천만 원 벌었네!' 하고 속으로 좋아라하고 있었지요. 그래도 난 말을 안 하고 가만 있었습니다. 초짜로 보이기 싫었거든요 — 그 중요한 순간에, 지금 생각해 봐도 난 정말 처신 잘했어! — 그랬더니, 내가 아무 말 안하고 있으니까 주인이 몸이 다는지, 먼저 말을 꺼냈습니다."

"뭐라고 했는데?"

"1억이 약해? 얼마면 되겠어? 그러더군요."

"뭐어???"

성 중사는 너무 놀라서 입을 다물 수가 없었다. 그 모습을 본 정 하사는 하얀 이빨을 드러내고 활짝 웃기 시작했다.

"하하하하. 알았죠, 준모형? 그거 대박이에요. 로또라니까. 난 보석상 얼굴 표정 보고 알았습니다. '부르는 게 값이로구나, 이건.' 그래서 좀 더 알아보고 나중에 제값 요구해야겠다는 생각이 들어서, 다시 싸들고 가져 왔습니다. 주인장이 계속 내 행색을 훑어봤는데, 끝에 가서 이러더라고. '여기선 모든 법적인 문제를 깨끗하게 해줄 수가 있어요. 모든 걸 부드럽게 처리해 줄게요.' 제기랄, 내가 어떤 인간으로 보인건지……. 흐흐흐흐흐. 주인장 애원 뿌리치고 나오는데 좀 아쉽더라구요. 지하창고 거기서 한 개라도 더 가지고 나올 걸 하는 후회가 들어서 말이죠. 흣흐흐흐흐흐흐."

〈3권에서 계속〉